蔺红霞 著

洋芋花开

敦煌文艺出版社

图书在版编目（CIP）数据

洋芋花开 / 蔺红霞著. -- 兰州 ：敦煌文艺出版社，2020.3（2022.1重印）
ISBN 978-7-5468-1966-2

Ⅰ．①洋… Ⅱ．①蔺… Ⅲ．①长篇小说－中国－当代 Ⅳ．①I247.5

中国版本图书馆CIP数据核字（2020）第183544号

洋芋花开
蔺红霞 著

封面题字：徐　里
封面摄影：魏建文
责任编辑：李恒敬
封面设计：孟孜铭

敦煌文艺出版社出版、发行

地址：（730030）兰州市城关区曹家巷1号新闻出版大厦

邮箱：dunhuangwenyi1958@163.com

0931-8152198（编辑部）

0931-8773112　0931-8120135（发行部）

天津海德伟业印务有限公司印刷
开本　710毫米×1020毫米　1/16　印张19.5 插页1　字数300千
2020年12月第1版　2022年1月第2次印刷
印数　1 001～3 000

ISBN 978-7-5468-1966-2
定价：69.00元

如发现印装质量问题，影响阅读，请与印刷厂联系调换。
本书所有内容经作者同意授权，并许可使用。
未经同意，不得以任何形式复制转载。

一部书写定西儿女脱贫攻坚的奋斗史
——小说《洋芋花开》序言

"这是一片迷人的土地,西部大开发在这里播种生机;这是一片希望的土地,陇上文化城在这里冲天而起;游一游青山绿水,有多少神话故事在这里演绎;望一望层层梯田,洋芋花卉何时在这里创造奇迹?"唱响这首《定西之歌》,每一个定西儿女都会心潮澎湃,新时代的定西人民在这片土地上实现着脱胎换骨的嬗变。

品读《洋芋花开》这部小说,从女主人公肖凯兰身上,我们会看到身边众多熟悉的影子,这个身残志坚的黄土地女儿,是集合了定西市多位优秀女企业家原型故事的典型形象。肖凯兰从立志"我要活出个人样"的卫生院女护士,到化茧成蝶蜕变为在全国"两会"上为全市马铃薯产业发展代言,提交《国家支持西北寒旱区马铃薯精深加工创新发展》议案的全国政协委员,在创业的道路上历经艰辛,而初心不改。

定西马铃薯产业的发展,是定西人民数十年实干奋斗结出的硕果,在经济社会发展和人民群众日常生产生活中,马铃薯扮演着极为重要的角色,从"救命薯""温饱薯"到"脱贫薯""致富薯",发挥了不可替代的作用。马铃薯不仅是一种产业,也是一种文化,更是一种精神。为了改变家乡的贫困面貌,肖凯兰她们艰苦奋斗,带领群众摆脱贫困、共同致富。植根于这块土地上善良、坚韧、无私的女企业家们，百折不挠的忘我拼搏精神，正是我们这个时代的特征，是这个社会最需要发扬光大的东西。

"我是吃洋芋长大的农村娃，什么活都能干、什么苦都能吃，为了大家都能更有尊严地活着，能为乡亲们做点事，是我最大的快乐和心愿！"不服输、不放弃是这本书带给我们的精神食粮，也是书中女主人公肖凯兰美好的形象所在。书中的故事悲伤而凄美，但不悲观，它传导给人们的是希望和梦想。品读这本书，让读者对生活与苦难会有更深的认识，在对女主人公由衷敬佩的同时，激发起强烈的共鸣和反思。奋斗的路上，把平凡的事情做好即不平凡，把简单的事情做好即不简单。

男主人公林健是以定西市县基层共产党员干部群体为原型塑造的人物形象。他们忠诚地履行着共产党人的职责，不忘初心，牢记使命，投身经济社会发展改革的伟大实践，在西部大开发、引洮工程移民、东西部协作、脱贫攻坚中身先士卒，砥砺奋进，是挺起新时代的精神脊梁。

《洋芋花开》小说中的每一个人物都是一朵朴实的洋芋花，洋芋花开代表着丰收、成功、希望和喜悦。"林娥"、"小爱"、"李爱珍"，正是这些善良、平凡的人们用自己的爱和付出让这片土地焕发出勃勃生机。

《洋芋花开》还为我们展示了一幅定西美丽的画卷，我们能从这部作品中读到定西的故事，临洮的战国秦长城、哥舒翰碑，渭源的禹王祠，陇西的李家龙宫等自然历史人文景观；也能读到党参、当归、黄芪、苦荞茶、陇西腊肉、罐罐茶等地方特产。那些深藏在记忆中的风俗是世代定西人的生活缩影。作品对定西现有的特色做了全方位的展示，可以说定西的特色应有尽有，这是很有价值的。以小说的形式来塑造定西人文历史形象的作品相对较少，这部作品可谓是一幅当代"定西清明上河图"。

《洋芋花开》有很强的抒情性，富有诗情画意，表达了一份人间真情，一份对黄土地的淳朴感情。整个叙述温婉柔美，亲切动人，洋溢着浓浓的亲情。读这本书就有回家的感觉，与亲人相聚的感觉，像在享受天伦之乐："每天早上母亲总会给年迈的太奶奶端上一碗热羊奶。太奶奶舍不得喝，留给他喝，母亲总是提前叮嘱他们说都喝过了……"小说结尾男主人公惊悉父亲病重，为助力家乡脱贫攻坚，毅然回乡挂职。这些描写读来让人潸然泪下，感慨万千。

为时代而歌、为心灵而歌、为梦想而歌，《洋芋花开》发出的就是这种铮铮有声的主旋律，它发自时代的肺腑，发自忠实于现实的内心，在心头久久激荡，余音绕梁。读这本书，我们可以从中感悟到许多东西：爱，至死不渝；自尊自强，不让别人瞧不起你；关爱，不忘身边人的疾苦；理想，不只为自己而活，而是为更多的人奋斗和付出。这种大爱精神埋藏在每一页书中，流淌在字里行间，读者如鱼游于水，身心得到洗礼和慰藉。当然，作品对场景和人物语言把握虽比较到位，情感细腻，引人入胜。但对主要人物形象的塑造还不够丰满，其他人物的形象比较单一，个性化不足。

这是一部定西儿女脱贫攻坚的奋斗史，是作者带着自豪和自信创作出来的，读者获得的也是满满的自豪与自信。

总之，《洋芋花开》小说紧扣西部大开发、引洮工程、马铃薯产业、中医药产业、文化旅游产业、残疾人事业、脱贫攻坚、企业家返乡创业等重大事件，全方位展现定西人的精神面貌和赤子情怀。当前，脱贫攻坚决战决胜和美丽乡村建设号角已经吹响，广大党员干部、致富带头人带领群众摆脱贫困、走向富裕，激发起群众内生动力，让他们更有尊严地活着才是脱贫的真正意义！

是为序。

2020 年 11 月 2 日

（序言作者王美萍系定西市人大常委会党组书记、主任）

目　录

第一章　睿睿和陈奶奶 / 2

第二章　给妈妈一个絮叨的机会 / 4

第三章　我不再是你的唯一 / 7

第四章　洮水的期盼 / 13

第五章　情系九甸峡 / 16

第六章　千里大迁移 / 18

第七章　洮砚之恋 / 23

第八章　新开张的小诊所 / 24

第九章　美丽的乡村女医生 / 27

第十章　生病的婷婷 / 30

第十一章　文文的故事 / 34

第十二章　出路在哪里 / 39

第十三章　我要种药材 / 44

第十四章　金子和莎莎 / 48

第十五章　种植天麻 / 50

第十六章　丰收的喜悦 / 52

第十七章　大姑的爱情 / 55

第十八章　郁金香节 / 58

第十九章　遭遇挫折 / 61

第二十章　无悔的抉择 / 64

第二十一章　中药材种植培训班 / 68

第二十二章　转型发展 / 70

第二十三章　陈平的女儿 / 72

第二十四章　陇平的幸福 / 76

第二十五章　项目补助的风波 / 79

第二十六章　姜维墩前的思索 / 82

第二十七章　彩陶之乡的孩子 / 88

第二十八章　温暖的黄大衣 / 91

第二十九章　叛逆的女儿 / 98

第三十章　背着孩子闯商海的女人 / 102

第三十一章　孙总您在哪里 / 105

第三十二章　守得云开见月明 / 109

第三十三章　小柱子的林爸爸 / 112

第三十四章　种太阳 / 115

第三十五章　曹家坪观赏牡丹花 / 117

第三十六章　蝶恋花开耀京城 / 121

第三十七章　苦荞茶香飘京华 / 124

第三十八章　陈平的忏悔 / 126

第三十九章　马老师的寿辰 / 131

第四十章　梦中的校园 / 135

第四十一章　心血铸就夕阳传奇 / 139

第四十二章　马铃薯产业化道路 / 142

第四十三章　浴火凤凰 / 146

第四十四章　跨越时空的对话 / 150

第四十五章　晚霞之爱合唱乐团 / 156

第四十六章　永远的小爱 / 158

第四十七章　写给林健的信 / 162

第四十八章　秦嘉故里寻左公 / 167

第四十九章　原原种日光温室 / 174

第五十章　会心一笑 / 178

第五十一章　慈母离世 / 180

第五十二章　意外骨折 / 185

第五十三章　兴学助教惠桑梓 / 188

第五十四章　洮河岸边的英雄 / 190

第五十五章　母亲的冬果梨 / 194

第五十六章　思母望儿台 / 197

第五十七章　沙棘果的诱惑 / 199

第五十八章　拜谒禹王祠 / 200

第五十九章　老妈妈的黄芪蜜 / 204

第六十章　公益助学桑梓情 / 207

第六十一章　漫漫凉山路 / 209

第六十二章　梦回陇西堂 / 213

第六十三章　圆梦之路 / 216

第六十四章　父亲的足迹 / 218

第六十五章　为了有尊严地活着 / 221

第六十六章　飞鸽牌自行车 / 225

第六十七章　活在人们心中的人 / 227

第六十八章　坐上火车去西藏 / 231

第六十九章　一群人温暖一座城 / 235

第七十章　成耀祖创业之路 / 239

第七十一章　酸辣粉丝 / 245

第七十二章　成都寻路 / 250

第七十三章　这人这水这桥 / 256

第七十四章　马铃薯文化博览园 / 259

第七十五章　鲁冰花海 / 263

第七十六章　物流园 / 268

第七十七章　寻访红崖湾 / 272

第七十八章　端午节拜祭母亲 / 277

第七十九章　巾帼扶贫车间 / 281

第八十章　孝行天下之狄道乡韵 / 285

第八十一章　改革春风吹拂神州四十年 / 287

后记 / 292

谨以此书献给养育我的土地和我所挚爱的人们！

引　言

　　林健的办公室后墙上悬挂着一副行书条幅："身无半亩，心忧天下；破书万卷，神交故人。"靠窗的茶几上一盆茂盛的剑兰铁骨素，兰叶翠色如滴，质地坚硬；花梗挺拔耸立，顽强向上。他偏爱铁骨素，爱它的清幽雅致，更爱兰叶的坚韧不屈。林健拿起电话，拨通那个熟悉的号码，"凯兰你好，我是林健，告诉你一个好消息，3月下旬将召开第四届国际薯业博览会，我受组委会委托邀请你们公司参展，请抓紧准备相关展品，准时参会。"他深邃的眸子注视着那幅左宗棠的名联，思绪飞到许多年前。

第一章　睿睿和陈奶奶

临近中午，镇卫生院的儿科护士肖凯兰疲惫地坐在护办室的椅子上，倒了杯水，想喝水休息一下。

"大夫，大夫……"一个六十来岁的老妇人背着她的小孙女慌忙跑进楼道，着急地寻找儿科大夫。

凯兰闻声连忙跑出去，来人她认识，是上庄村的陈奶奶，背上的女娃儿弱小黄瘦，四岁多的娃还没有正常发育的三岁孩子大。小小的身子软软地趴在奶奶背上，这个苦命的娃儿出生仅三个月，妈妈因家境贫寒出走，从此渺无音讯，爸爸外出打工也很少回来。家里就丢下奶奶和小孙女两个人，娃儿只吃了三个月母乳，当时也没有奶粉吃，仅靠奶奶炒的面糊糊和小米粥喂养，因营养不良而发育不好。此刻那黄兮兮的头发，缺少血色而蜡黄蜡黄的小脸，更让人心疼。

"陈奶奶，睿睿又咋了？"她急切地问。

"姑娘，你快瞧瞧这娃，昨天夜里到这会儿又是发烧又是拉肚子，今早都三回了，全是稀黄水……"

凯兰把睿睿抱到检查床上，让奶奶坐在椅子上等着，自己跑去找儿科刘主任。

经过刘主任诊断和化验结果表明是食物中毒，由大肠杆菌感染引起的血项指标升高。孩子体质本来就弱，必须住院治疗。

"剩饭已经放馊变质，为啥要让孩子吃呢？这样很危险的，怎么老是说不听呢……"刘主任一边埋怨陈奶奶，一边开药方。

陈奶奶摸着怀里娃儿的头，悔恨莫及，带着哭腔说："都怪我，睿睿还在炕上睡着，我忙着到地里干活，没想娃醒来把灶台上的剩饭给吃了，本该是我吃的……"

"你也不能吃，剩饭变质了能吃吗？"刘主任生气地训斥她，"快去取药吧，得赶快给孩子输液。"

陈奶奶拿着取药单，挪到门口，却迟迟不肯去药房，"大夫，这药能少取点吗？乖睿睿，咱不吊水，奶奶带你回家……"

刘主任气愤地看着陈奶奶，"又要少取药，又不想输液，这病我看不了，你们找别的医生去！"

"我，我这……"陈奶奶两只手慌乱地来回搓着，看到这情形，凯兰猜想她准是又没钱取药。"睿娃要赶紧输液吃药，哪能回家呢？"

她接过药单，凑到刘主任耳边，低声耳语着。

"小肖你这个瓜女子，俗话说救急不救贫，咱们这医院困难的病人多了，你自个儿也不宽裕，能帮到哪里去？"刘主任苦笑着叹气。

"刘姐，你的话对着哩，我就想着能帮一个是一个，"凯兰把陈奶奶领到护办室，"陈奶奶，你看着睿睿，我帮你取药去。"

"姑娘，你别，我自己去，上次你给我买药的钱，我还没还你呢，咋能……"

"这不急，要给睿娃赶紧把瓶子吊上呢，你们坐下等着，我给娃取药去。"凯兰不一会儿便取来药，嘱咐同事小杨配药，自己帮忙办好住院手续，又从住院部领来一套干净被褥，看陈奶奶没准备住院的东西，便把自己的暖水瓶、洗脸盆拿到病房，然后给孩子扎针输液。

此时已过了下班时间，同班的护士都已经交班回家。凯兰走进护办室，脱下护士服，换上自己的外衣，想起陈奶奶她们还没吃午饭，便去对面的小店买来小米粥和小笼包。

"姑娘，不能再让你花钱买吃的，我们真不饿，早起刚吃过馍……"

"陈奶奶这都中午了，哪能不饿呢？趁热给睿睿少喂点粥，你操心看着给娃输液，有啥事就找护士，我下午休息，明天早上再过来看你们。"

"姑娘你快回去歇着吧，老是给你添麻烦，我老婆子真是没法报答呀！"

3

陈奶奶哽咽着把凯兰送出病房。

凯兰拿着妈妈的哮喘药，骑着自行车往家里赶。刚发的工资已经所剩无几，妈妈下个疗程的药可怎么办呢？她不禁惆怅起来。路边洋芋花繁茂地开放着，她把自行车立在路边，蹲在路边的田埂上，蓝莹莹、粉嘟嘟的洋芋花儿在风中摇曳，看着这小小的花儿，她又想起早逝的爸爸，一丝温暖的情愫在心间升起。

爸爸已离开五年，他过早撒手人寰，把太多的遗憾留给她们，在很长的时间里，全家人都无法从哀痛中走出来，随着岁月的流逝，那些过往的记忆愈加清晰地浮现在她的眼前。

"人活着不容易，谁都会遇到难处，兰儿，要学会互相帮衬，要永远记着以爱己之心爱人的道理。"父亲的教导言犹在耳，那矮小、佝偻的身影，斑白的头发，古铜色的脸庞，洗得发白的工作服，永远铭刻在自己的心底。当自己被生活的风霜雨雪所困时，爸爸的话便回响在耳畔，激励自己坚持下去，义无反顾地前行，哪怕只能迈出半步。

爸爸在这个世上只度过了短短五十多个岁月，因积劳成疾而离开人世，他明明早已知道自己身患绝症，却独自承担着一切的苦痛。当他强忍巨痛命悬一线，却还在帮助、鼓励其他困难的病友时，是那样的坦然、镇定……他的勤劳、善良、无私、宽容是馈赠给女儿无穷的财富。

洋芋，它是西北最普通、平凡的庄稼，就如含辛茹苦、坚韧朴实的爸爸，多少年来，它默默地养育了千千万万的西部人，是灵魂相通的亲人，唇齿相依、血肉相连、不离不弃。

第二章　给妈妈一个絮叨的机会

凯兰的家在镇政府旁边的村子里，几间低矮的小平房，妈妈用临街的一间开了间杂货铺。爸爸去世之后,为了她们姐妹学费和家里的日常用度,妈妈就坚持开着这个小小的铺子。杂货铺卖些针线、洗衣粉和毛巾这类日用品,还有小孩子的零食、小玩具和文具。凯兰在卫生院上班之后,用积攒半年的工资给铺子里安装了一部公用电话。铺子很小,地段也偏,生意也不多,但是妈妈总是收拾得干干净净,让这个简陋的铺子看起来整洁舒心。

天气有些热,一段上坡路骑得她大汗淋漓,转过这个岔路口,家就在眼前。远远看见妈妈站在门口张望,她紧蹬车子加快速度赶过去。

凯兰一脸歉意地对妈妈说,"妈妈,这么热的天你怎么站在外头,都怪我忙着工作也没给你打个电话,让你等急啦。"

"按往常你早回来哩,锅里的水都烧开等着下面呢,这会又放凉了。"妈妈急急走进屋内,开火重新烧水。

她把自行车推进院内,"妈,你歇着,我给咱们下面。""你昨晚值夜班,现在都到这会儿啦,赶紧洗手去,准备吃饭。"午饭是手擀臊子面,还有一小碟酸辣土豆丝,锅里的水早已经烧开就等她回来下面。妹妹在省城商学院上大学,家里就她和妈妈两个人。妈妈的手擀面劲道爽滑,很好吃,不一会儿就已吃完。吃饭的时候,她就发现妈妈神情有些不对,眼睛红红的,好像是哭过。吃罢饭她便催妈妈先去睡午觉,自己收拾桌子,洗好碗筷。

返回里屋却发现妈妈还醒着,她走到床边问,"妈妈,你这是怎么了?"妈妈面对她的询问欲言又止,又怕她担心,"妈真是没用,早上铺子里来个年轻人打长途,给了一百元,怪我没看清楚,等人家走远,让隔壁你刘叔看,才发现是张假钱……"

妈妈心痛自责地又抽泣起来。这个可恶的骗子,一百元是妈妈这个小铺子几天的利润呀!

"妈妈,你别难过,再哭钱也回不来,以后小心就是啦。别操心,我过两天托人给咱买个验钞机。"说到这里,她下意识地摸了一下瘪瘪的口袋,可怜的工资早已所剩无几。

"兰儿,你昨晚上的夜班,妈睡不着,你回屋睡会儿去。"

"妈，昨晚病人不多，我们后半夜轮换睡了一觉，不瞌睡，你睡着缓缓腰，铺子我看着。"她坐在小凳子上，惆怅地托着腮帮子寻思，还有妹妹的生活费，这个月可怎么过呢？只有下午到县城去找小爱，向她借点钱救急。小爱在县计生局工作，她俩是最好的同学和闺蜜。

凯兰眼中泛起水雾，环顾着这个贫寒的家，十七寸旧彩色电视机、一台半导体收音机、笨重的大衣柜，还有一对枣红色的大木箱……看着这些陈年的东西，就像回到了那些逝去的岁月，每次擦拭它们，都会带她回味记忆里的那些艰辛和快乐。妈妈是把对早逝父亲的思念镌刻在生活的每一个细节中，"此物为君留呀！"

有一次，她和刘芸说起，妈妈年岁大了，敝帚自珍的这些事。刘芸流着泪说："小肖啊，你虽然爸爸过世早，总还有一个老妈妈牵挂着。自从我妈妈去世后，我总觉得心里空落落的，在这个世上最牵挂、最在乎我的妈妈没有了。我多想让妈妈再骂我一声，再唠叨我几句。子欲报而亲不在，才是最痛苦的。记得曾看过伯愈泣杖的故事，汉代的韩伯愈小时候犯了错，母亲追着打他，他快速躲闪却一声不哭；等长大犯了错母亲训斥几句后却掩面而泣。母亲觉得奇怪就问他为什么，他说：'小时候，母亲打我很疼，说明母亲身体和体力很好；现在母亲训斥几句就感觉吃力，说明母亲的身体一天不如一天，所以我担心母亲身体，悲从中来……'"

妈妈就是家中的那间旧房子，是童年的避风港，是小时候的摇篮，摇着我们走过四季。儿女是妈妈手中的风筝，无论飞多高，那根牵挂的线永远攥在她手里。子女在进取和奋斗的时候，始终有关切的眼神在凝视着。儿时的顽皮、成长的快乐、天生的弱点、异于常人的秉性、疾病和苦痛、从小到大的每一次成功与失败，都如档案般深藏在妈妈宁静平和的眼中。从长出的第一颗乳牙、喊出的第一声"妈妈"、蹒跚着迈出的第一步、第一天背上书包、自己跌倒不再哭泣……这一切就像妈妈小心翼翼地抚摸着的那些旧照片，虽然陈旧黯淡却清晰鲜活地存放在妈妈的心里。

妈妈床上眯了一会儿便起身，也许她根本不曾睡着。凯兰告诉妈妈自己下午轮休要去县城看看小爱，便骑着车子出了门。县计生局在县医院的隔壁，小爱就在那里上班。每次想起她，凯兰的心里就充满温暖，这些年是小爱陪伴、帮助自己走过这些贫寒的日子。计生局到了，可小爱却不在，她去乡镇考核工作还没回来。

凯兰怅然地往回走，走到县城广场时，看到血站的献血车"巾帼英雄号"。她突然兴奋起来，我可以去献血呀。这样营养补贴费就能帮自己暂时度过难关，也不用再给小爱添麻烦。针头扎进胳膊一阵刺痛，看着鲜红的血液缓缓地注入献血袋，她的心中却有一份欣喜……

回到家，她趁妈妈不注意换上件长袖衬衫，这样就不容易让妈妈发现献血的针眼，又把献血证悄悄藏进柜子里。

晚饭是猪油盒子、凉拌黄瓜和米汤，妈妈做的猪油盒子是最好吃的啦。"兰儿，明天你上班的时候，拿几个猪油盒子带给睿睿和她奶奶。我还抽空给睿睿做了双鞋，都一起拿着……"

"睿睿今天又因为食物中毒住院，我中午就是因为照看她们才回来迟了……"夜深时，凯兰躺在床上，久久不能入睡。亲爱的妈妈，你是多么善良呀！哪怕自己再艰难都不忘去帮助别人。

妈妈眼中的世界，只有儿女，却唯独没有自己，把苦痛藏在心底，留给儿女的都是温暖。贫寒的陈奶奶、可怜的睿睿，还有贫困的乡亲，这贫寒的家，我该怎么办才能改变这一切？她苦苦地思索，慢慢地进入梦乡。

第三章　我不再是你的唯一

小睿睿的病情经过治疗很快得到缓解，本来安排至少需要住院五天，可到了第三天一大早，陈奶奶就来找刘主任，说："大夫，我们娃儿看着全好了，就让我们今天出院吧。"

"孩子体质太弱,刚刚又食物中毒过,再说孩子好没好我不清楚吗?"刘主任一脸无奈。

"那您给开点药,我带回去给娃吃,住院实在是……"陈奶奶嘴巴蠕动着,怯怯地小声嘟噜。

"你们家属强烈要求出院,今天的液输完就办出院去。出院后孩子的身体可别再大意,我再开三天的药记得带回去一定吃上。"刘主任无奈地叮嘱陈奶奶。

输完液,凯兰帮陈奶奶收拾东西,送祖孙俩出院。目送老人家背着睿睿走远,她心里不忍,可是又能怎么办呢?唉!陈奶奶何尝不想给睿睿多治疗几天,可看病的钱从哪来呀?

看似残忍冷漠的背后,是这个可怜老人的无奈和心酸。她不止一次去过陈奶奶家,家徒四壁的场景,一次次刺痛自己的心。而自己捉襟见肘的现状,又能真正帮助她们多少呢?

陈平好久没来信,也没有再打过电话。凯兰一边翻看病例,一边怅怅地寻思。陈平是她青春岁月里最甜美的记忆,他们是青梅竹马、两小无猜的伙伴,陈平比自己大两岁。他们一起从小学到高中都在同一个学校,陈平比她高一级。六岁那年,班上几个调皮的男生在上学路上拿着一只死老鼠吓唬女同学。她从小最怕老鼠,捣蛋鬼陈亮突然把死老鼠往自己眼前一晃,差点落到她的头顶,她受到惊吓,一个趔趄摔倒在地上,手掌和膝盖都被路上的小石子蹭破了。

"快拿走、快拿走,别放在我头上,你这个坏蛋,我给老师说去呢……呜呜……"她身子向后躲,吓得直哭。

"你说去、说去,胆小鬼、爱哭鬼……"陈亮还拿着死老鼠在她眼前晃,一脸得意,手丝毫没有拿开的意思。"哈哈哈……"其他两个"帮凶"嬉笑得越发厉害。

"小亮,不许你欺负女同学,你拿个死老鼠吓唬同学,我给三爸说去。"陈平一把拉过陈亮的胳膊,把老鼠抢了过来,嗖的一下,扔进路边水渠里。

捣蛋的陈亮是陈平三爸的儿子，他灰溜溜地夹起书包跑远，扭头求饶："哥，你千万不能给我爸说，我下回给你送两本小人书么……"

"小妹妹别哭，以后哥哥和你一起上学，哥哥保护你，就没人敢欺负你啦！"戴着红领巾的陈平伸手把凯兰扶起来，八岁的他俨然一个小男子汉。

"哥哥保护你！"这份保护从六岁那年开始就成了一种承诺。他们都是品学兼优的学生，陈平是班长、大队长，他是老师和家长眼中的骄傲。一个村子里住着，陈平爸是支书，属于家境好的人家。小时候，上学路上陈平常常偷偷地递给凯兰桔子、饼干这类稀罕吃食，她也会把妈妈做的糖饼、面豌豆留给他一起分享。高中的时候，他们梦想着考入同一所大学，可是……

就在高考前两个月，正当她怀揣着梦想做最后冲刺的时候，亲爱的爸爸意外病倒了。记忆里爸爸就是那座大山，慈爱坚韧，从来没有打骂过自己，好像也从来没生过什么病。可是爸爸却真真实实地病倒了，医生的诊断让全家人绝望。妈妈身患哮喘和风湿多年，凯兰只好奔波在学校和医院，守在爸爸的病榻前复习功课，"兰儿，都是爸爸这病拖累了你，以后你要照顾好妈妈和妹妹……"一切是那样猝不及防，他在那个阴冷的秋夜撒手人寰。陈平在高考中顺利折桂，被医学院校录取，到古都西安上学深造。

多少个夜晚，泪湿枕边，隔断阴阳音信绝，五年冷暖诉谁知？亲爱的爸爸只能午夜梦回时相见！

爸爸的早逝改变了自己的计划，巨额的医药费和丧葬费掏干了家中的积蓄，为了不再给妈妈增添经济负担，也为了照顾妈妈和妹妹，她放弃了理想，选择在离家最近的卫生学校上护理专业，老师和同学们都为她深深惋惜。人生就像两条铁轨，平行地前进，一个岔路口就让他们陌路殊途。

生命里有着多少的无奈和惋惜，又有着怎样的愁苦和感伤？雨浸风蚀的落寞与苍凉，静静地流过青春奋斗的日子和触摸理想的岁月。一个平凡而普通的人，时时都会感到被生活的波涛巨浪所淹没。你会被淹没吗？除非你甘心就此而沉沦。

是的，生活还要继续，可是生活中的每一个人却在不断地失去自己最珍贵的东西。梦想是美好的，痛苦也不期而遇。

陈平不负众望，大学毕业后在本校的附属医院顺利就业。在现代通讯高度发达的时代，他们仍然喜欢用写信的方式，每逢深夜，在信纸上两个人互诉衷肠，思念的痛苦、生活中的点点滴滴凝结成文字传递着爱的讯息。每次收到彼此的信件就是他们最快乐的日子。

可是这半年以来，陈平的信越来越少，电话也只打过两三个，短信也变成敷衍的寥寥数语。是他工作太忙吗？可是他在毕业答辩那样异常紧张、忙碌的日子里，依然每周都给她打电话，半个月写来一封信的。还是……凯兰不愿多想、也不敢多想，几天前自己发去的短信，陈平至今迟迟未回，自己主动打电话又怕打扰到他。等待，煎熬的等待……

又是一周过去了，凯兰还没收到陈平的消息。她开始心慌意乱、手足无措，这天配药的时候，居然将一瓶针剂失手掉到地上。玻璃瓶落地的破碎声让她猛然清醒过来，她抓起笤帚准备把玻璃碎片扫进簸箕，眼前又恍惚出现陈平的脸，眼泪再也抑制不住，滚落下来……

凯兰回到家盯着钟表，滴答滴答的时针摆动着，心弦随着时针紧张地微颤。等到时针指向十二点半，估摸着到陈平休息的时间。她颤抖着拨通陈平电话，好长时间没有人接听。嘟嘟嘟……电话明明是通着的，他为什么不接呢？

一次、两次、三次，就在她近乎绝望的时候，那边终于传来他的声音。

"喂，凯兰，有事吗？"

"平，你好吗？没出什么事吧？最近在忙什么呢？老是没有你的消息，我真的好担心！"呜呜……听到他的声音，她再也忍不住哭出声来。

"小肖，我挺好的，就是最近跟着导师进行开颅手术课题的探讨，没有一点时间，好了，我在忙。以后没啥事就不要打电话啦，有事我会打给你的……"那边的陈平不耐烦地挂断电话。电话机传来嘟嘟的盲音，他已经决绝地挂断了！

这还是那个永远微笑着的陈平吗？还是那个自己苦苦思念的人吗？还是

那个细心呵护自己的人吗？是自己想多了吗？从"亲爱的兰"，"变成小肖"，这份客气的疏远背后又代表着什么？

不要瞎想，不能猜疑。也许他是真的很忙，她这样安慰着自己，但更像是在欺骗自己。

凯兰是个俊俏的姑娘，俏丽精致的鹅蛋脸，垂在腰间的乌黑长发，粗黑的长睫毛下一双大大的黑色眸子，挺拔秀气的鼻子，略显稚气的粉嫩双唇，清雅脱俗就像空谷幽兰，穿上护士服穿梭在病房间如俏丽的提灯天使。

身边的人发现，这几天凯兰一天天憔悴起来。白皙的脸庞愈显苍白，黑黑的眸子里时常会布满血丝，人也越发消瘦。妈妈强拉着她做了一次体检，各项指标却显示正常，妈妈每天变着花样做饭，给她增加营养，可是她还是一天天越发憔悴。

这天傍晚快下班的时候，凯兰推着氧气瓶，路过医生办公室时，发现鞋带松了，弯下腰系鞋带。门半掩着，里面传来刘芸主任和妇科陈主任的对话声。

"陈平现在是他们医院的外科医生，院长对这孩子特别器重，眼看着要成院长女婿哩，他和院长的女儿沈茹已经处了半年多，准备下个月订婚……"

陈主任是陈平的堂姑，她的语气里有明显的愉悦。

"那不把小肖给耽搁啦，这姑娘确实是个难得的好娃……"

"小肖是好，可是能和沈茹比吗？人家可是……"

凯兰一阵眩晕，她想冲进去问个究竟，可是两条腿像注了铅一样沉重，她能说什么？该说什么？进去只能得到更大的羞辱和轻视，原来这就是他忙碌的理由，他已经明确告诉自己不要打扰，自己已经是一个打扰他的人啦……

她近乎麻木的挪进宿舍，呆呆地解工作服纽扣，恍惚间忘记换上外衣。就像林妹妹听到傻大姐一声："宝二爷要和薛姑娘成亲啦！"整个人的精神被瞬间抽空，忘了流泪、忘了思考、忘了时间，她怔怔地坐着。

"凯兰下班啦，你怎么不走？"同事小杨喊了一声，匆匆换掉衣服，出去了。

她像赌徒输掉了自己弥足珍贵的东西，一无所有！回家，机械地推着车子往家里走，路上一阵夜风吹进怀里，不由地打了几个冷颤，原来忘记拉上衣服拉链，彻骨的寒冷让她渐渐清醒过来。

自己这个样子回家，只能让亲爱的妈妈担心，对妈妈能说什么呢？看到自己伤心，妈妈会更难过。不回家又能去哪里？她推着车子惆怅地徘徊……小爱，只有去找亲爱的小爱。在小爱面前她才会卸下坚强的伪装，此时此刻，好想在小爱面前放肆地哭一场。

"妈妈，今晚我替小杨加班，就不回去了，你早点睡，别等我。"凯兰强忍住眼泪，努力用平和轻快的声音打电话给妈妈撒了谎。骑上车，眼泪肆意地在脸上横流。很多时候，人们宁愿去关心一个三流明星的吃喝拉撒和鸡毛蒜皮，而不愿了解一个普通人波涛汹涌的内心世界……

凯兰踉跄着推开小爱的宿舍门，看见小爱，再也忍不住了。"小爱，陈平、陈平……"扑进小爱的怀里，放声大哭。

"你说啥？陈平？出啥事啦？你这是怎么了？"凯兰的样子吓了小爱一跳，红肿的眼睛，灰白的面容，老半天才从她断断续续的哭诉中，听出事情的原委。

"兰，别哭啦，咱们为这种绝情的人不值得伤心……"小爱心痛地安慰着凯兰，估计她没吃，赶忙到外面买来晚饭，可是两人却都没有动筷子。凯兰不知道，此刻的小爱也正处于和恋人曲斌分手的痛苦煎熬中。入夜，两个人躺在一起，互相依偎着流眼泪，劝说安慰着彼此。不知到了什么时候，身心疲惫的她们才昏昏睡去。

第二天，直到九点多她们才醒，小爱请了假陪凯兰。两个俏丽的姑娘都变了模样，红肿的眼睛，大大的黑眼圈像两只熊猫。仅一天多时间，对凯兰来说，却像经历了半世。她嘴里起了水泡，上颚和下唇都火辣辣得疼。半年多等来的就是无情的抛弃，那些深情的过往，得到的仅是欺骗。

此刻的自己，在陈平和他们家人的眼中仅是可以弃之如敝履的累赘。"凤凰男"与"孔雀女"的婚姻在世人眼中也不失为一种明智的选择。院长的女儿会让陈平的事业如虎添翼，而卑微的自己能带给他什么？

对你魂牵梦绕的牵挂是爱，而此刻，放手更是一种成全和爱。就让自己选择放手，因为我真的爱你！亲爱的陈平，再见啦！如果你的选择能带给你幸福，那么我的放手就是对你最深的爱。

"陈平，这是我最后一次给你发信息，当我不再是你的唯一，放手是最好的结局，再见吧！祝我深爱的你幸福！"

然后凯兰将他的号码果断地删掉，亲爱的人，从此天各一方，各自珍重！她强迫自己把深深的伤痛隐藏在心里，删掉陈平的号码，只有删掉那个号码，不敷衍、不勉强、不念过往，放下才能让自己活下去。

第四章　洮水的期盼

2006年8月，骄阳似火。一辆越野车在蜿蜒崎岖的山路上爬行，林健坐在副驾驶的位置，坚毅的脸上现出焦灼的神情。

"糟糕，这破路，车又陷进坑里了。"司机小陈沮丧地抱怨。

小陈使劲踩油门，随行众人在后面推，呜呜呜……一脚油门车飞驰出去，卷起一阵尘土，在众人身上落下厚厚一层。

"林主任，真是对不起，看把大家都弄成'兵马俑'啦，快用毛巾擦擦……"看着大家灰头土脸的样子，小陈尴尬地递过来毛掸子、毛巾。

"我们拍拍土就成了，咱们天天下乡，这点土早习惯了。"林健站在山梁间，猛烈的山风吹拂着他，记忆将他带回第一次走这条路的情景。那是他刚上任不久，陪同上级调研工程方案。车后尘土飞扬，闭合的车窗内不时有细土飞进来，呛得人嗓子难受。路上时常碰到拉水的车辆，大半年的干旱无雨，人畜饮水出现困难，市委市政府组织送水抗旱，群众也都在自发拉水，一路上所见都是络绎不绝的拉水车。

半路上他们碰见一辆歇脚的拉水车，那是一个六十多岁的老人赶着自家的马车拉水。由于天气燥热，马儿呼哧呼哧地喘着粗气，不断打着响鼻。老爷子拧开随车拿着的水囊，摸着马儿的头，亲切地对马儿说着："老伙计，我知道你渴，你拉水辛苦，喝一口水吧，我舍不得喝，匀给你喝吧！"

这一切被大伙看在眼里。他心里一阵酸涩，群众对水强烈期盼的情景深深地刺痛着他的心。从引水工程立项开始，他俨然一个冲锋的战士，带着身边的同志们下乡考察路况地形，统计上报征地搬迁情况，足迹踏遍项目各县的山山水水。

出生在洮河岸边小乡村的他，从小就做着一个美丽的梦——洮河之梦。故乡啊！这片干旱的土地，曾是秦始皇版图上那颗璀璨的明珠。从"富庶无出陇右"到"陇中苦甲天下"，在这历史变迁中，这块华夏文明的发源地，从富庶变成干旱贫瘠，贫困成了笼罩在祖辈们心头挥之不去的梦魇。

翻开历史的长卷，眼前会浮现出一个个鲜活的面容，从马家窑、仰齐文化到陇西三李的惊世传奇，从一代名医悬壶济世到易安居士的风华绝代，从柳毅传书的梦幻浪漫到陇右烽火的热血沸腾……从小，他特别喜欢读书，更爱问为什么。小时候父亲常指着远处的那段土城墙告诉他，这里有战国秦长城、姜维墩、哥舒翰碑、马家窑彩陶……故乡的辉煌文明令他陶醉神往，勾起他无边的遐思。从小他看到乡亲们在崎岖的山道上驴拉肩扛的艰辛，工匠们在洮河岸边制作洮砚，洮砚如温润婉约的女子抒写着故乡的千年传奇。这个洮河岸边的男孩，用童年的稚嫩、天真，编织着彩色的梦。

他从一个山里娃，凭着一股子不服输的韧劲考进了农大的校园，立志要用所学改变家乡的贫困和落后。学生时代的他，机缘巧合随导师来到河西，在嘉峪关附近，见到传说中的左公柳。导师特意邀请熟悉当地历史的刘主任同行做向导，路边一棵棵古柳，巨大的树干自己伸开双臂才能勉强抱住，斑驳粗糙的树皮如同当年西征勇士的盔甲一样，那横伸枝节的树冠虽然被厚厚的沙尘压着，却又掩不住苍老的绿色，显示着植物世界生命的强大与韧性。

"大伙眼前这些古柳树已经有一百二十余年历史了，'上将筹边未肯还，湖湘子弟遍天山。新栽杨柳三千里，引得春风度玉关。'这首广为流传的诗词就是赞颂眼前的左公柳。"刘主任操着浓厚的河西口音，深情地讲述着。抚摸着古柳，让他不禁想到当年陕甘总督左宗棠于花甲之年抬棺西征收复新疆，对道光帝奋笔疾书泣血上表："陇中苦瘠甲于天下"的苍凉悲壮。

"山是和尚头，沟里没水流，十有九年旱，岁岁人发愁，黄土㟛里刨吃粮，儿盼媳妇娘发愁……"儿时村里放羊的三大爷挥动羊鞭，吼喊着的苦涩花儿又萦绕在耳畔。从那一刻起左宗棠"身无半亩，心忧天下；破书万卷，神交故人"的自勉联便成为他的座右铭。因为这份执念，他放弃了本可以留在北京上班的机会。故乡啊！你就像父亲那件旧棉袄，虽然破旧、贫寒，可却是我生命的起点和源泉，为了这片养育我的土地，哪怕遇到再大的磨难，我都会坚持下去……

"林主任，我们该走了。"司机小陈的话打断了他的思绪。他钻进车内，越野车向称沟驿驶去。

称沟驿是定西市一个偏远乡镇，放眼望去，绿色在这里是零零星星的小点，土地是黄的，庄稼也是黄的。又是大旱之年，大半年以来几乎未见一场透雨。土地似乎已经没有一丝水分，玉米大片干枯，路上的送水车、拉水车成了这昏黄世界里罕有的活物。林健坐在车里，不禁眉头皱紧。

经过近一个小时的车程，称沟驿乡终于到了。乡政府大院却出奇的安静，办公室的门大多紧锁着。

林健正在诧异间，从一楼党办室跑出来一个二十出头的小伙子，是乡党办秘书小张，他迎上来说："林主任您到了，先到会客室喝点茶休息，我们的书记、乡长和干部们都去下乡抗旱，书记说您要过来让我特意等着的，我这就给书记打电话，他一会儿就能回来。"

小张将林健他们领进会客厅，沏上热茶，让众人先休息，自己去给书记打电话。称沟驿，光是听名字就知道这里与水无缘，是地处我市西北部的偏远乡镇，土地贫瘠，常年干旱少雨。人畜饮水自古靠窖水解决，自从国家实施相关引水工程以来，人畜饮水困难的局面得到很大改观。但是遇到今年这样的大旱，用水还是出现了严重的短缺。这段时间政府协调驻地部队和相关单位给当地送水，群众自发拉水，一滴水就像金子一般珍贵，在这里，浪费水会被当地老人看做不可饶恕的错误。当地女孩子找婆家，娘家人第一个条件就是问男方家里有几眼水窖。近年来，当地的女孩子外出打工，十之八九都找了外地的婆家，给儿子娶个媳妇成了老人们最难肠的事。

"林主任，真是对不住，让您久等了！"话音刚落，一个四十多岁的中年人走了进来。这是个红脸的汉子，挽着裤脚，戴着顶草帽，天生的红脸越发显得黑红，鬓角、额头的头发被汗水打湿紧紧地贴在头皮上，要是在路上遇到他，绝不会把这个人与乡党委书记挂上钩，而会将他看成一个憨厚的农民。

来人是称沟驿乡党委书记汪涛，林健笑着说："汪书记，赶紧洗把脸，喝点水吧。"林健他们和汪涛握手打招呼。

"你们先坐，我洗把脸，这手脏得像狗爪子……"说话间小张已经打来了水，洗脸水只是平常洗脸水量的三分之一，汪涛两三把洗完脸，却把洗脸水留在脸盆里放进里屋。看到林健诧异的眼神，汪涛憨厚地笑着："林主任，说出来不怕您笑话，我们这里第一遍洗完脸的水都舍不得倒，要留下准备下次洗手用呢。我的名字叫汪涛，应该是水命吧，偏在称沟驿当书记，这里的老人们都说一辈子洗三次澡，生下来洗一回、结婚洗一回、见阎王爷临走前洗最后一回。大伙都盼着能早一天把洮河水引进家门，让咱老百姓们也能洗上个阔气的脸么……"

水！这是旱塬几百年来的渴望，这渴望承载着几代人多么炽烈的希冀和梦想啊！

第五章　情系九甸峡

2007 至 2008 年，林健被市委市政府任命为移民搬迁领导小组副组长，具体负责移民安置协调工作。他在山大沟深的库区和筹建安置区艰苦的环境中奋战了400多天，与当地县乡村社干部一起食宿和工作，制定搬迁实施方案，撰写工作进展情况汇报材料。

通过两年多时间的努力，673户3199人外迁移民分两批全面完成了搬迁安置任务。非外迁移民搬迁安置到位，复建工程全部建成交付使用，后期扶持工作启动实施。该地区移民的搬迁安置工作速度最快、安置最好、问题最少，得到了上级部门的高度评价。

此次大移民最先迁移的是维新乡，维新乡地处洮河两岸，地势南高北低，山多川少，沿洮河川区，平均海拔2200米；山区海拔较高，在2500米以上。全境降雨量较少，年平均降雨量为655毫米，因此，人们称该地区为"干北路"。

2006年后半年，林健投身到库区搬迁前的宣传动员工作中，从开始动员到2008年4月开始搬迁，历时近两年，他来来回回跑过成百趟。千里大迁徙的路上，群众舍小家为大家，谱写着一曲曲奉献之歌，开启了无悔的征程。林健书房里珍藏着两幅手工剪纸，就是当年的移民孙莲香阿婆赠送的礼物。

孙阿婆是个苦命人，三十多岁守寡，含辛茹苦抚养子女长大。艰辛的生活里老人把苦楚和快乐化成缠绵的岷州花儿和剪纸，这也成了老人凄苦生活的唯一慰藉。

2007月9月16号，进入雨季以来，连绵不绝的秋雨中，林健和三位同事坐在越野车里，从县城沿着洮河岸边的山路前往维新乡督查移民搬迁工作。这条乡村山路，只要一下雨就会被山洪和泥石流冲断或掩埋。从县城出发，汽车在泥泞颠簸的道路上行驶了一个半小时，才到达这个掩映在山坳里的尕寨村。看到穿着雨衣改水路的村支书吴富财，司机把车停到打麦场。林健和吴支书打过招呼，众人步行到村委会，和村社干部交流了近期的工作进展和安排后，工作组的同志分头出发去自己的联系社进行现场督查。

这时已过晌午，雨渐渐停了。林健拎着一个纸箱，走了一段上坡路，额头不禁冒出汗珠。转过这棵大槐树，孙阿婆家就在眼前，他放下纸箱，准备歇口气。突然从院子里蹿出一只凶猛的大黄狗，他不禁心头一惊。大黄狗看见他，飞快地跑过来。"哟，是大黄呀！"大黄亲热地把头在他腿上蹭着，欢快地撒娇。他伸出手在大黄头上摸了摸，信步向院子里走去，大黄乐滋滋地摇着尾巴跟在他身后。

"谁呀？"一个颤巍巍的声音传来，满头白发的孙阿婆拄着拐杖摸索着从屋里走出来。

他连忙迎上去："阿婆，是我。"

孙阿婆抓住他的手，一边拉着往屋里走，一边忙不迭地说："林主任，我听脚步声就是你，赶紧进屋，我昨夜里还念叨起你呢，快上炕热乎着，娃们都上地里去了。"

他坐在炕头，孙阿婆硬把他拉上炕，他们亲热地拉起家常："阿婆，你老有福呀！经过我们的汇报和争取，下月初，省里残联的送光明白内障手术医疗队就到县里，我们给您和移民区的所有患者都报上了名，给大伙免费做手术。到腊月年跟前，您就能亮堂堂地剪窗花啦。今天，我捎过来个红外线理疗褥子，您这老寒腿今年就不怕过冬喽。"

老人干涩的眼睛溢出泪来，摸索着抓住他的手说："我这辈子就没承想过还能看见日头，没有你们，我怕是以后要瞎着摸哩。小林哪！这些日子趁着我眼睛还能看见些光亮，给你剪了两幅窗花花，往后我移民去了酒泉，咱们要见一面怕是难了，你看着这窗花也是个念想……"

第六章　千里大迁移

移民搬迁动员中，几乎每一个上门动员搬迁的工作组成员，都有过冷着脸咣当一声吃闭门羹的经历。

"红口白牙的一张嘴就让我们搬迁移民，我就不搬，你们倒是能耐大，把我扔到酒泉！"这天，林健带着工作组苦口婆心解释了半天移民政策，马老二气冲冲就给顶了回来。工作开展不顺利，大家都是一筹莫展。

工作组住在农家简陋的招待所里，没有热水、没有食堂，只能吃肉夹馍、方便面、黄瓜、榨菜。白天入户动员，晚上开会交流，商量对策。

"林主任，这工作我真干不下去啦，今天去动员陈来顺，凶呼呼地挡在门口不让我进门还不算，还放狗咬我，裤子都扯成这样啦……"工作组年龄最小的杨幸福一脸沮丧。

林健弯下腰，卷起杨幸福被狗撕扯成三片的裤腿仔细查看，"咱幸福幸亏穿着秋裤，腿没被咬破，不然就要赶紧去打疫苗。"

"瞧瞧，把我们的开心果幸福都弄成不'幸福'啦！"老马打趣沮丧的小伙子。

"让群众背井离乡移民瓜州，乡亲们的不理解、抵触是正常的，等着他们理解是等不来的，项目建设时间紧、任务重，等不了怎么办，只有靠我们和乡亲们心换心，设身处地为他们着想，才能解决实际问题。每个人对每一户提出的问题，实际困难都要统计、分析，一户一策拿出应对方案……"

"移民搬迁不光是让移民区群众移民，更重要的让项目区群众能过上他们有尊严的生活。激发起他们渴望幸福的内生动力，这样引洮工程才是民心所向、民望所归。"作为组长，他顶着责任和压力上路。工作日记中，每一个数字、一个个移民名字背后的故事，其中的甘苦只有自己才能体会。

已经到了腊月二十二，明天就是小年啦，随着春节的临近，移民搬迁地人心浮动，动员工作再次陷入僵局。傍晚，林健和市上的工作组人员坐在淹没区的洮河边，大家焦虑地啃着冰冷干硬的肉夹馍，环顾着一年后将要被淹没的村庄、土地、道路、树林，商量着有效对策。

冬日的山村，天气异常寒冷，天黑之后才大伙回到招待所，讨论了大半夜工作，屋里的火炉渐渐没了火星，他便合衣钻进被窝蜷着身子睡下。

天还没有亮，维新乡尕寨村的村支书吴富财和往常一样赶到村委会，打开高音喇叭讲解移民相关政策，高音喇叭装在村委会一侧的大树上。作为村支书，他觉得自己有责任把政府的相关政策解释清楚，也只有他才能更真切地把政府和老百姓的个体利益连接在一起。高音喇叭的声音在空旷的山间飘荡，传出去很远。村里的老百姓都喜欢这个大块头的村支书，更喜欢他的那种能听懂的方言和结合自己亲身经历的解释方式。

林健被吴支书的喇叭吵醒了，屋里冷得出奇，大概是昨晚吹冷风，自己的感冒又加重了。他不由地打了几个喷嚏，身上一阵阵发冷，咽喉干哑发不出声音，挣扎着爬起来，铁桶里舀水的马勺冻在桶壁上，提起桌边的暖水瓶里还有半壶有温度的水，凑合着用这点水洗漱完毕，便走出屋外。

洮河边升起一片轻柔的雾霭，山峦被涂抹上一层柔和的乳白色，白皑皑的雾色把一切渲染得朦胧而迷幻。那披着霜的枯草低着眼睑挨着土地瑟瑟发抖，阳光一照发出嗤啦嗤啦的声音。冬季的早晨，土被冻得硬邦邦的，踩在上面，会有嘣嘣的脆响，等到阳光再变厉害点，那些冻住的土咻啦啦就变得松软，消融的水在泥土上泛起粼粼白光，踩上去，泥土在鞋底滑向两边，于是地上便出现一个浅浅的水窝。

村东头张国栋的诊所是村里的保健室，林健决定先去诊所取点药。张国栋是个四十多岁的中年人，他的父亲是第一次引洮工程的亲历者。诊所里这时已经聚集着六七个人，张大夫给林健做了简单的诊断，上呼吸道感染引起的感冒发烧，打完针又取了一些口服药，"林主任，你这感冒应该有些日子了，这次可不轻，我们这地方的药都不全，更没有什么特效药，你最好进城到大医院去治疗。"

"林主任哪！你为我们劳心费力地动员搬迁，人心都是肉长的，我们都看在眼里，不是我们诚心为难政府，就是大伙担心搬过去我们以后的日子咋办，穷家富路，这边东西我们多了也带不走，都难肠这搬过去的日子哩……"诊所里一个老阿婆边说边抹眼泪。

"1958年那会引洮水，我们吃的杂粮，工程全靠人背马驮，现在都是机械化施工，政府投这么多钱引洮河水，这是造福子孙后代的大事，我们不会赖在这里不搬，可惆怅搬过去的日子呀！"张国栋的父亲说。

"大伙担心的事政府一定会解决好，我这就回市里，一定把乡亲们的担忧反映上去，让大家没有后顾之忧，安心过年！"林健沙哑的喉咙里发出铿锵的承诺。

越野车行驶在212国道，穿行于蜿蜒的木寨岭山梁间，林健疲惫地靠在座椅上沉思。头在发烧，持续的咳嗽让嗓子像火烧般疼，身体一阵阵发冷。昏昏沉沉四个多小时的颠簸，进入市区天已经全黑了，他们在路边一个小面馆要了碗牛肉面，他只吃了两口就再也咽不下去。

他打电话给徐正军副市长："徐市长，您好！我是林健，您有时间吗？我想向您汇报一下九甸峡岷县移民的情况。"

市长回话："好的，我还在办公室，你过来吧。"

林健让司机直接把车开进市政府，第一时间将移民区存在的问题和他们工作组讨论的争取提高移民补助和安置标准、争取请求部队军车支援、把移民的家具以及能用的都搬走等解决移民后顾之忧的意见，向徐市长做了汇报。

徐市长认真听取完汇报，嘱咐林健注意身体抓紧治疗。"同志们都辛苦了，你快回去休息，要抓紧治疗。"

晚上十点半，林健才拖着近乎虚脱的身子疲惫不堪地挪进家门，他憔悴的样子把李爱珍吓了一跳。看着他苍白没有血色的脸，深陷的眼窝，干裂的嘴唇上蒙着一层血痂。

"你这是怎么啦？"李爱珍搀扶着哭出声来。

"没事，就是有些感冒发烧……"

"你真是为了移民的事不要命啦，多少天守在那个地方，身体都成这个样子还不知道回来……"李爱珍心疼地埋怨，"赶紧去医院，不能再耽搁啦！"她手忙脚乱叫了出租车拉着丈夫出门。

液体缓缓地输进血管，林健昏昏沉沉地进入梦乡。李爱珍守在病床前，看着丈夫憔悴的病容，心里五味杂陈。自从他负责移民工作近一年来，三分之二的时间都在移民点，家里所有的事情都推给自己，女儿的学业、老人的照顾以及琐事的繁杂，心中委屈和抱怨让她不止一次地对丈夫发脾气。看着病床上的丈夫，此刻都化成心疼和不忍，捧着他的手紧紧地贴在自己脸颊上，眼泪滚落下来掉在手背上。

第二天下午，市政府召开专门会议商讨移民安置问题，随后徐市长一行到省政府进行了汇报。通过积极争取，省委省政府同意他们提出的移民安置方案，彻底解决广大移民的后顾之忧。

腊月二十九，林健陪同市县各级工作人员再次到移民点慰问困难群众，把提高移民安置补贴、高标准安置这一喜讯告诉大家，让大伙过好移民前的最后一个春节。

2007年除夕，移民区的群众在鞭炮声中，迎接新春。他们用传统的方式祭拜祖先，每家都用最好的祭品，最隆重的礼节去拜祭祖先、走访亲友，这是他们在故乡的最后一个春节。

2008年3月底，库区淹没区的天空还飘着雨夹雪。清明时节雨纷纷，路上行人欲断魂。故土难离啊，孙阿婆在移民搬迁之前拄着拐杖来到老伴坟前，点燃香烛，把坟头的土装进一个小瓦罐，她要把这把坟头土连同自己的物件一起带到千里之外。

"娃他大，我和娃们要移民走咧，只能把你留在这搭，我把你坟头的这把土带上，将来我死了来找你的时候，这把土就放到我的棺材里头，就像咱们还能到一搭啦……"

当地的老人们含着眼泪把院子里、祖坟上的泥土装进罐子里，捧着这把故乡土，哪怕远隔千山万水都还能嗅到故乡的味道。

2008年4月8日，四十多辆大客车载着一千七百多移民，一百多辆军车装着搬迁移民的所有家当，在两辆警车的开道引领下，浩浩荡荡向新的生产生活目的地出发。林健陪同第一批搬迁移民的车队到达了酒泉安置点，看着安置区平坦的土地、整齐的村庄、宽阔的道路、崭新的房屋，配套完善的超市、学校、卫生院、村委会、菜市场等基础设施，以及为了让村民增收致富而建好的洮砚加工厂，移民露出了满意的笑容。他在心里默默祝福：亲爱的乡亲们！企盼你们在新的地方安居乐业、幸福生活！

他怎么能忘记，政府动员搬迁工作中一幕幕感人的情景，自己是如何一次次的和工作组的同志深入到搬迁户家里说服动员，打开群众不愿搬迁的心锁。说起群众在搬迁中所表现出的宽容、大度和奉献，林健的眼圈总是红的，甚至会一度哽咽。"哪怕有一户移民生活得不幸福，我都会感到是自己工作的失职，我们的群众太无私善良啦！"

第七章　洮砚之恋

林健是个儒雅有学者风度的人，从6岁起，父亲就开始教他临帖练字。因为当时家里人多，生活困难，常常买不起纸笔，父亲专门找来一块大青石板，让他拿毛笔蘸着水在石头上写字。

闲暇的时候，林健常常会在书案前习字，他更偏爱行书小楷，《赤壁赋》《出师表》《朱子家训》都是最喜爱的篇目。他的书案上放着一方祖传洮砚，雕刻着荷花锦鲤图。

洮砚为中国四大名砚之一，与端砚、歙砚、沉泥砚齐名。砚石产自甘肃省岷县、卓尼县一带的洮河峡谷中。洮砚的特点是发墨快、研墨细、不伤笔毫。洮砚从宋代始为当时文人所珍视，黄庭坚诗云："久闻岷石鸭头绿，可磨桂溪龙文刀。莫嫌文吏不知武，要试饱霜秋兔毫。"

改革开放以后，省内对洮砚产业进行发掘扶持，洮砚产业逐步走向规模化发展。林健因负责移民搬迁工作来到岷县维新乡，维新乡历来有制作洮砚的传统，但长期以来都是以个体家庭制作为主，艺术水平低下，严重制约着洮砚的发展。记得小时候，爷爷就坐在洮河边，指着身边流过的洮河告诉他那个古老的传说。洮河是一位钟灵俊秀仙子的眼泪所化，仙子春游来到人间，看到这里莺歌燕舞，男耕女织勤劳富足，便贪恋人间的美景不愿返回天庭，玉帝震怒下令捉拿她，仙子舍不得离开，她的眼泪就化成涓涓细流，她的精灵化作静美的玉石永留人间，仙子的眼泪化成流淌不息的洮河水，洮砚就是仙子精灵化成的珍宝。从儿时起，洮砚便是他心中钟爱的瑰宝。

移民工作中，林健认识了洮砚雕刻匠人颜成润老师傅。颜师傅是几代祖传的洮砚雕刻艺人，雕刻师傅们虽然传承了精湛的制砚技巧，却大多苦于没有资金，洮砚作坊设备落后和零散，小作坊单门独户的生产销售方式，这一切严重的制约着他们的脱贫致富的步伐和当地洮砚产业的创新发展。

为了洮砚这一民族非遗瑰宝的保护发掘创新，林健两次邀请市县相关负责人实地考察调研，动员颜师傅带头将洮砚制作工匠组织起来，成立洮砚协会。从协会的组织、拟定章程，到发展规划，都是由他帮忙执笔完成。协会通过吸纳社会资金和协会担保贷款筹集的资金，成立了砚香斋洮砚公司，洮砚雕刻工匠以技术入股的形式参与公司管理。砚香斋洮砚公司成立以来，企业从无到有，度过了最困难的创业初期，发展开始步入正轨，公司生产的洮砚产品在国内同类产品中销量稳步提升。砚香斋陆续制作出了"九九归一"巨型砚、"中华民族大团结"砚、"东方醒狮"砚、"辉煌"砚等传世洮砚。

砚匠们世代口口相传的一个古老故事：千百年来，砚台是世代读书人必备的文具，砚匠们一刀刀雕刻下去，熬干心血，刻瞎眼睛，每一方砚台都是砚匠们的心血，寄托着对读书人的期望，期望他们能够金榜题名，企盼他们能够了解百姓疾苦，希望所有为官者为民请命、替民谋福。在这个洮砚之乡，林健被这个故事深深地感动着，时时警醒自己不忘初心，砥砺奋进，做一个清正廉洁为人民服务的好干部。

第八章　新开张的小诊所

凯兰努力让自己忙碌起来，因为只有忙碌才会让自己暂时忘记心头的伤痛。她比平常更敬业，更加细心地照顾那些"小病患"，看着自己的小患者们一天天痊愈，她的心情也稍稍的快乐些。

陈平的婚礼确定无疑在积极推进，陈支书开心地给亲朋们散发儿子新婚的喜帖，卫生院里不少的人已经收到了，大家对凯兰的态度也变得谨慎和微妙起来。

这天查完房，儿科主任刘芸把她叫进自己的办公室，"小肖，姐姐是过来人，我知道你心里苦，也知道你的委屈，陈平负了你，妹子你要强迫自己咬牙把这个坎挺过去，人这辈子长得很，沟沟坎坎都要过……"

"刘姐，谢谢你关心我，我没事……"她强忍着泪水。

"要哭就在姐这里哭出来，别憋在心里。"刘主任的眼圈也是红的。

"刘姐你放心，我都想通了也不会再哭，总有一天我要活出个人样来，为自己、为妈妈，也为了所有爱我的人。"

吉日、喜联、鞭炮、花车，陈平的婚礼在陈家老宅如期举行，陈家人欢天喜地迎娶心怡的儿媳沈茹。婚宴设在县城最好的大酒店里，老宅里按照传统的习俗进行祭祖认亲仪式。陈平和沈茹都穿戴着传统的中式婚庆礼服，在老宅完成祭祖认亲仪式后，装饰豪华的婚车将新人送到酒店，酒店里他们又换上西式婚纱和礼服。美酒佳肴，觥筹交错间，宾朋们谈论着新娘家世的显赫，羡慕着陈平的春风得意。陈支书老两口看着漂亮的儿媳妇眉眼里含着笑，殷勤地给亲家夹菜、倒酒。

生活就是这么现实，凯兰心中最纯真的爱情在现实面前这般脆弱，这般轻贱！陈平婚礼的消息让她的心再次经历凌迟，连日来头疼得厉害。窗外的雨淅淅沥沥下个不停，曾几何时开始害怕阴雨天，丝丝凉意就会让她倍感孤单心寒。其实，孤单的不仅仅是身体，更是心灵。为了不让妈妈难过、焦急，她强拖着酥软无力的身体倔强地从床上爬起来。身体在发烧，空空的房间剩下相依为命的母女，再难受也要把饭咽下去，要痊愈只有靠自己。

此刻凯兰知道，没有人会为她的善良买单，她流着眼泪看着父亲的遗像，心中充满委屈，眼中噙满泪，心中暗暗发誓："亲爱的爸爸，当年你背着麻袋包养活了一家人，像牛马一样受苦，现在女儿还有什么样的苦熬不过去？"

感谢那些伤害自己的人吧，只有成为强者，别人才会给你尊重。自己就是田野里的苦菜花，历经风雨和严寒，只要有阳光、土地和雨水，就能在春天顽强地绽放。

妈妈看着女儿每天在自己面前强颜欢笑的样子，心如刀割。她常常彻夜不能入睡，哮喘和风湿更加严重。"孩子她爸呀，为啥偏偏是你走了，把个没用的我留下，都怪我拖累了咱娃，让咱的兰儿受这么多委屈，呜呜……"

一天深夜，凯兰从梦中惊醒，听见妈妈在里屋自言自语。她翻身下床，透过窗户看到妈妈又抱着爸爸的遗像抽泣着。

"妈妈你再不能这样，一切都会好起来的，你别操心我，爸爸已经走了，你不能再有事啊！"凯兰扑到妈妈怀里，母女俩哭作一团。

同事们惊奇地发现，凯兰居然剪了头发，齐腰的长发剪成干净利落的短发。原本那天然栗色的长发飘逸顺直，经常被小姐妹们羡慕不已。陈平曾经说过，凯兰的头发是最美丽的长发。长发飘飘为君留，人是他抛弃的，长发再美有什么意义？她强迫自己忘掉苦涩的过去，开始新的生活。

看着陈奶奶在贫困中凄惨挣扎，看着妈妈为了生计焦虑和苦楚，面对困境中自己的无力和脆弱，她苦苦思索，终于做出一个决定。

这天中午下了班，她回家吃过午饭，骑车到五竹镇，去找在当地任党委副书记的堂哥肖海。从小，肖海是对她最亲的哥哥，见到哥哥，她说出自己盘算好久的计划："四哥，我不想在镇卫生院干了，打算在镇上开个诊所，从业资格证去年就考取了，可是开诊所至少需要五万元资金，家里只有不到两万，你能帮想想办法吗？"

肖海前段时间听说陈平的事，他深深地担忧妹妹，担忧这个重情的孩子能不能扛住人生的这次重创，听了她的话，他满口答应凯兰的请求。

"兰儿，钱的事情你别担心，需要多少我给你想办法，铺面你操心找好，收拾装修的事情哥给你找人干，另外营业执照我帮你办去，你改天把需要的资料给我拿来就是啦。"

有了哥哥的支持，每天下班后她就骑着车子在镇上找合适的铺面，房租不能太贵，地段也不能太偏，要把梦想变成现实远远比预想的更难。奔波半个多月，才找到临街一个70平方米的小套间。外面大的那间做诊疗室放药柜、诊断床、诊断仪，里间供自己日常休息用。为了节省钱，凯兰买来涂料自己学着刷墙，又从旧货市场买来旧柜子重新油漆改装成药柜。

两个月后，她的诊所终于开张了，这个小小的诊所寄托着全家人对未来的憧憬和希望。

第九章　美丽的乡村女医生

镇上的人发现，新开的诊所里有个漂亮的女医生。开始看病的人不多，人们怀疑这样一个年轻的女娃是不是真的会看病？慢慢地发现这个女医生的病看得还不赖，不光取的药便宜，治病效果也蛮不错。为了帮助凯兰打理诊所，妈妈关掉了家里的小杂货铺。每天天蒙蒙亮，母女俩便会相伴来到诊所，里里外外把诊所打扫干净。她出诊的时候，妈妈就帮她看铺子。早在凯兰从卫校毕业的时候，就在省中医学院开始临床医学专业的函授学习，去年年底通过相关考试取得乡村医生从业资格证书。在肖海的帮助下，她又报考通过全县乡村医生上岗考试，诊所被县卫生局确定为上水村疫苗接种点。

来就诊的老人们取完药，她总会柔声地叮嘱道："老人家，这个药记得饭前吃，这个晚上睡觉时才吃。"

"头痛片吃多了不好，你要一盒我不能卖，但可以送两片给你。"

由于贫穷闭塞，当地农村妇女大都缺乏基本的卫生保健知识，不少妇女患妇科病后，不会去医院，也不找妇科医生，一直拖到病情恶化。上水村还是个风湿病高发村，老人几乎都患有风湿病，一些村民四十来岁就骨骼变形、直不起腰。而村民最渴望的就是细致负责、对症下药的好医生。

随后，肖海又拿出两万元帮助凯兰购买理疗仪，治疗妇科等疾病的仪器，所有用具每天严格消毒，还按医院要求设置了垃圾分类。妈妈因为患有风湿，她带着妈妈找到省内的一个老中医诊断，用中药针灸治疗风湿。遇到同类的风湿病患者，她便针对病情，用同样方法治疗，病情都有所缓解。妈妈还专门买来一个熬中药的小炉子，帮助那些熬药不方便的患者免费熬好中药带回去。碰到陈奶奶这样的病人，凯兰不仅不收钱，还常留她们吃饭。

妈妈是患了多年的哮喘、风湿病，每到秋冬季节，她的哮喘就会复发，常常整夜气喘、咳嗽的无法入睡。在卫生院上班的时候，凯兰就听说过县中医院的侯富贵主任曾在哮喘专科医院进修，是本县开展"冬病夏治"诊疗的专家。如果可以帮助妈妈缓解病痛，那真是天大的喜事。她兴冲冲地去中医院找侯主任请教，可一连去了好几次，侯主任冷着脸没有搭理这个问东问西的女孩子。

又一次碰壁了，她低着头在中医院楼道惆怅地往外走。下次真没脸再来，回去再想办法吧。

"凯兰，你等等……"她恍惚中听到有人叫自己，四下张望，原来是卫生院的儿科主任刘芸。

刘芸提着一箱子牛奶和一袋子水果正往里走，看到凯兰酸着脸低头往外走，便叫住她问个究竟。

"刘姐，我呆头呆脑都没看见你，你是到医院看病人吗？"

"我大舅前两天做的胆结石手术，我今天过来瞧瞧。你这是出啥事啦？家里人都好着没？"刘芸关切地问。

"没事，家里都好着呢，我就是……"

看着她欲言而止的神情，刘芸越发着急，"看你这女子，有啥事不能跟姐说的？你拿我当外人么。"

"看姐说的，我哪能当你是外人，是我想跟侯主任学'冬病夏治'方法，前前后后找了好几次都不见人，今天又挨了一顿训……"凯兰红着脸嘟噜。

"哎呦，我还当出了啥大事，这事包在姐身上，他是我哥老同学，前几天还在家里喝酒来着。你放心，我今晚就带你去他家拜师。"

"姐，真是太好啦！姐，这让我怎么谢你呀！"

"傻丫头，说谢就见外啦。"

傍晚，刘芸带着肖凯兰敲开了侯富贵的家门，"侯哥，近来可好？到你家来讨杯好茶喝下么。"

"刘芸啊，你可真是稀客，赶紧进来，你怎么有空过来？"侯富贵看到刘主任亲切地让进门，凯兰低垂着头跟着两人走进屋内，侯富贵招呼妻子洗水果，自己给客人沏茶。刘芸和他们亲热地拉着家常，"刘芸你怎么有空到我这来？"

"侯哥我可是无事不登三宝殿，今天专程带着我这个小妹妹拜师的。"侯主任看到坐在沙发上低头不语的凯兰，不由地冷下脸："你这个姑娘，这些天缠着不算，这又追到家里来了。"

"我的好侯哥，你别生气！小肖是年轻不懂事，她是以前在我们卫生院的小姐妹，就是我跟你提过的肖凯兰。"

他曾经不止一次地听刘芸说过凯兰，那是个善良、孝顺、励志的女孩子。听着刘芸讲明原委，侯主任的脸色缓和了很多。

"刘芸，今天是你带着小肖来，我不能不给你这个面子，换其他人，想学我的绝技可想都别想，再说了，就算真要学，这可不是个轻松活，配药做膏药，贴药那这么容易呀？"

"凯兰，赶紧认师父，难得侯哥给我这么大面子。"刘芸笑着打趣。

"先别叫师父，处暑前两天再过来，帮着我做膏药，我瞧瞧再说……"

"好，我一定会好好学，有啥不对的地方您尽管说……"

渐渐的，凯兰以自己的勤奋和努力赢得侯主任的认可，他终于认可了这个徒弟，开始教她用穴位贴敷和艾灸治疗的方法。通过认真钻研学习，她进步很快，一段时间后已经可以单独操作。夏至那天，她把妈妈带到侯主任跟前，请侯主任给妈妈贴膏药和艾灸。通过一个夏天的治疗，妈妈的风湿症状得到了有效缓解。

时间一长，村民们渐渐把凯兰当成朋友，不看病也会过来拉拉家常，赶集时常来喝水歇歇脚。忙碌的间隙，生活也有许多意想不到的快乐和温暖。

卫生室里屋檐下的燕子窝每年都有燕子返巢，村民们也常送来自家地里的蔬菜，她把治疗过的病人病例分类保存，对患有慢性病的患者定期回访。

凯兰承担着村卫生室疫苗接种的工作，她严格按照疫苗的管理规程进行操作。这段时间要给上水村小学的孩子接种疫苗，她提前到学校给要接种疫苗的孩子做体检，测体温，询问孩子最近的身体状况，对接种孩子的信息进行详细记录。

接种的当天，县疾控中心派来一个防疫员协助凯兰给学生打疫苗。凯兰细心地给同学们量体温、看舌苔，确保孩子们身体状况良好的情况再进行接种。对暂时不能接种的孩子做详细记录，方便随后回访。在漂亮的凯兰姐姐面前，这些胆小的小家伙们都奇迹般的争着排队注射疫苗。她帮学生们解衣扣，接种好又照顾他们穿好衣服，让孩子在规定的时间内休息，观察接种后的状态。

魏楚雄是上水村中心小学的教师，他负责小学的后勤外务工作，和凯兰接触的几天里，心头萌动着一种别样的情愫。

第十章　生病的婷婷

春天转眼来了，天气变得暖和起来。春天，多么美好而充满诗情的季节；春天，意味着又一个生机勃勃的开始。

傍晚，凯兰背着药箱出诊回来，遇到一队队放学的小学生。"草长莺飞二月天，拂堤杨柳醉春烟。儿童散学归来早，忙趁东风放纸鸢。"看到这些可爱的小家伙，她不禁想起清代诗人高鼎的《村居》。曾几何时，自己也和陈平这样背着小书包一起上学，如今已经物是人非。

凯兰回到诊所，妈妈已经做好晚饭。饭后她让妈妈先回家，自己留在诊所看铺子。天黑之后，开始淅淅沥沥的下起雨来，雨越下越大，这样下雨的晚上一般没有什么病人会来，她关好门窗，躺在床上看杂志，不一会儿就迷迷糊糊进入梦乡。

"肖大夫，你在吗？快开开门，婷婷发烧了……"凯兰被一阵急促的敲门声惊醒，打开灯，穿好衣服翻身下床。

"肖大夫，快开开门，婷婷又发烧得厉害。"她听出是王大伯的声音。

婷婷又发烧，不是下午自己刚打过针吗？怎么会这样？她心头一紧，打开房门。婷婷是村里王大伯的孙女，今年四岁，孩子的爸爸妈妈都在外地打工，家里只留下婷婷和爷爷奶奶。今天早上王大伯来找自己，说小孙女前两天跟着老两口在地里干活的时候，吹了冷风感冒发烧。她到王大伯家出诊，给婷婷配了口服药还打了消炎退烧针。

凯兰以前就听说王大伯家境贫寒，当她走进这个家，贫寒的状况仍然超乎她的想象，让人看着心寒。这是一个普通的农家院落，土墙已开始渗水，屋里仅有的炕上堆放着他们所有的衣物和生活用品。昏暗的屋内，杂乱地放着一张桌子和凳子，一台14寸的旧电视是唯一的家电。屋外的窗台下面堆放着王大伯平时捡来的旧纸皮和酒瓶子。王奶奶是个老风湿，疾病让她的手足早已变形，上半身像虾子一样弓着。婷婷是留守儿童，平时两位老人下地干活，要么把孩子锁到屋子，要么只能带到地里。

春天乍暖还寒的时候，最容易感冒。凯兰看到婷婷的状况，心头一紧。娃儿的体温高达40℃，虽然暂时还不能确诊，但是从出现的症状上看绝不是单纯的感冒，必须尽快将孩子送到县医院。

"王家爸，婷婷发烧这么厉害，突然发出这么严重的疹子，这不是单纯的感冒，恐怕是感染其他的病，我们要赶紧把孩子送到县医院才行。"

"这可怎么办呢，我腿脚不好又不识字，她奶奶更走不了路，这黑天雨地的怎么把孩子送到医院去呢？"

"王家爸你别急，学校里王建华老师有辆面包车，上下班开的，我去学校看看他在不，问问他能不能开车送咱们去县医院。"

留下王大伯和婷婷在诊所等着，凯兰便打起伞往学校跑去。镇中心小学在镇东头,诊所在西头,要十分钟才能到。她打着伞在雨中跑,雨越下越大,风也越来越猛,伞时不时被狂风掀起来,树上的枝条哗哗地响,乡村黑漆漆的夜让人心里一阵阵发紧。她顾不上害怕,放快速度向学校跑。衣服早已全湿透,裤脚上溅满泥浆,糟糕,不小心一脚踩到水窝里,泥水灌了一鞋子。

学校终于到了,可校门锁得死死的,校园里忽明忽暗的路灯在雨夜里眨眼,凯兰猛烈拍打着靠近值班室的侧门。

"陈叔,陈叔,你开开门,我找王老师……"

或许是外面的风雨声太大遮住了她的呼喊声,或许是陈老汉睡得有点沉,老半天才看到屋内的灯亮了,陈老汉戴着顶草帽,打着手电筒走出门来,瓮声瓮气地问:"谁呀,这半夜三更的啥事呀?"

"陈叔,我是村卫生室的肖凯兰,我要找王建华老师,他在吗?"

"王老师不在,下学就回城去了。"

这可怎么办呢?孩子不能耽搁。凯兰一听心里越发着急。

这时,从后院走过来一个打着手电筒的人,他提高声音问道,"肖大夫,你找王老师有事吗?"

凯兰认出是负责学校后勤外务的魏楚雄老师,就像看到救星,忙不迭大声说:"魏老师,你能帮忙联系到王老师吗?村里的一个尕娃得了急病,想让王老师开车送我们去医院。"

"王老师说是发现车的变速箱有问题,傍晚到城里去修车,估计还没好。"

希望彻底破灭了,凯兰沮丧地说:"陈叔、魏老师,真是对不起,打扰你们啦,我再想想办法吧。"说完她转身就走。

"肖大夫你等等,我有辆摩托车,如果不嫌弃我骑着摩托车带着你们到公路边上等顺车吧。"

"魏老师,下这么大的雨,怎么好意思麻烦你呢?"

"不麻烦,你等一会儿我去骑车。"片刻之后,魏楚雄穿着雨衣,发动摩托车载着凯兰来到诊所。

"王家爸,你先回家去,明天一早再坐班车到医院来,我和魏老师先送婷婷去医院。"

"肖大夫，魏老师，这让我怎么谢你们呢？去医院要钱，我这……"王大伯慌乱地搓着手。

"住院费你别发愁，先拿我这里的。"凯兰返回里屋，把湿漉漉的衣服换掉，从抽屉里抓起准备进药品的钱塞进包里，穿上雨披，锁好门，抱着婷婷坐上魏楚雄的摩托车。

王大伯站在雨里，望着远去的她们，嘴里喃喃念叨着：老天爷，你发发慈悲吧！

从诊所到附近的公路上要有十分钟的车程，雨越来越大，风猛烈地吹着，魏楚雄艰难地骑着摩托车载着她们在雨中穿行。

砂石路坑坑洼洼，到处是水坑，魏楚雄的裤子往下滴着水，凯兰的后背和腿上也被泥水溅湿粘在身上。她用雨披把婷婷紧紧地包裹着，再不能让发烧的孩子淋着雨。

公路终于到了，这段县乡公路是通往县城的唯一通道，平时每天早晚有两班客运班车，遇到雨天夜晚想拦到一辆车可是真不容易！等了半个多小时，过去几辆车都没有要停的意思。远远过来一辆货车，魏楚雄冲到路中间挡车，司机看到他们，一点没有停车的意思，呼地开了过去，还溅了他一身泥水。

"这破地方，真是见着鬼啦！开个破车，就当成爷啦！"魏楚雄恼怒地咒骂着。

看到拦车无望，病中的婷婷又不敢耽搁，魏楚雄提议自己骑摩托车边走边挡车。一路的风雨，一路的颠簸，他们子夜时分才到达县医院。

通过医院初步检查和诊断，婷婷疑似得了川崎病。川崎病是一种急性发热出疹性疾病，婷婷的病要等第二天再做更详细的检查，把血液标本送到省城的医院检测后才能确诊。

凯兰把自己带的3000块钱都交了住院费，婷婷被安置在儿科特护病房输液治疗。看到孩子的体温慢慢恢复正常，她一颗悬着的心稍稍放下。头发黏糊糊地贴在头皮上，被泥水糊过的衣服黏在身上，刚楼上楼下跑来跑去，现在都差不多快被身体暖干了。

经过一夜的奔波，凯兰虽然已困到极点，仍然在用温热的湿毛巾细心地擦拭婷婷的额头和手脚做物理降温，焦虑地关注着孩子的状况。魏楚雄坐在病床旁边的椅子上，久久地凝望着她忙碌的身影，眼前这个善良的姑娘，让他的心里泛起爱的涟漪。

第二天一早，王大伯和王奶奶也赶到医院，凯兰困倦到了极点，衣服也脏得一塌糊涂。等照看着做完当天安排的各项检查，她嘱咐两个老人照料婷婷输液，自己走出医院去找小爱，准备在小爱宿舍洗漱换身衣服，再好好睡一觉，她真的要累瘫啦！

第十一章　文文的故事

县计生局就在县医院隔壁，小爱看到凯兰一身泥浆的狼狈样子，赶紧打来热水，又找出自己的衣裤让她换上，她俩的身形差不多，衣服几乎都可以互穿。知道她经济不宽裕，很多时候小爱买衣服时就照自己的尺码也给凯兰买一件，她们就是那种比亲姐妹还贴心的闺蜜，彼此一个眼神对方就明白。小爱听说凯兰还没吃早餐，就趁着她换衣服的时候，从外面买来小笼包和八宝粥。凯兰又累又饿，吃完早餐爬到小爱的床上倒头就睡。

等她一觉醒来的时候，小爱已经准备好午饭，自己换下的脏衣服也全洗好晾在外面。吃过午饭，她担心医院里的婷婷，要去医院再看看，另外诊所也得尽快赶回去。

"小爱，湿衣服晾在你这里，我下次来了再拿，时间还早你也眯一会儿，我去医院看看婷婷，今天还要回诊所去。"

"凯兰，你等等，这钱先拿去应急用，我刚发的工资。"小爱听说凯兰帮婷婷付了住院费，拿出准备好的一叠钱递给她。

"我手头有钱，不用。"她推脱着。

"你跟我客气啥，先拿着，要用的时候也方便。"小爱就是这样善良到骨子里的人，她们就像亲姐妹，默默关心、帮助、爱护着彼此。凯兰告别小爱往医院走去，心里暖暖的。

王大伯已经给外地打工的儿子和儿媳打过电话告知婷婷的病情。小两口说想办法凑5000元钱让孩子先看病，婷婷妈妈准备坐火车回来照看孩子。婷婷爸爸要在那边打工赚钱，两人回来路上花销大，也耽误工作。他在外地一家快递公司当送件员，是靠计件挣钱的，如果回一趟老家，就没有工资可能还会失业。这是许多在贫困中挣扎的人们无奈地选择，在残酷的现实面前，赚钱养家和照顾孩子总是两难。

凯兰帮婷婷在医院办好合作医疗的登记手续，又用小爱给的钱买了些水果和酥饼拿到病房。看着王大伯满脸褶子笨拙地照顾幼小的婷婷，王奶奶两眼垂泪的神情，她心里一阵发酸。

"肖大夫，谢谢你给娃垫的住院费，这些钱你先拿上。"王大伯从怀里摸索出一个脏兮兮的小布包，里面有五十、十块、五块、一元、五角各种颜色的纸币，颤巍巍地把钱递到她面前。

"王家爸，你这是做啥？孩子住院正要用钱呢，你赶紧收起来，住院需要用钱的地方你尽管给我说，我们大伙帮你想办法，我先回诊所去……"

凯兰离开病房下楼，王奶奶拉着她的手，一直把送到楼下，"婶子，我先回去，你别太操心，婷婷的病不严重，住几天院就好了。"

老人用袖子抹着眼泪，那虾子一样弓着的身体更弯了，"肖大夫，昨晚我们老两口一眼没合，多亏了你们啊，真是没法报答这恩情！"

"婶，娃发烧可不敢耽搁，这没啥，这点事你别挂在心上。"等她走出很远回头看时，老人仍站在那里……

回到诊所已经下午四点多，妈妈关切地询问婷婷的病情。听说婷婷病情严重，不禁担忧起来，"屋漏偏逢连夜雨，心疼着这娃怎么这么可怜！"

"妈，你也别担心，现在还没确诊，兴许不是很严重，现在医学发达，住几天院就好啦。"

  稍作休息，她便开始清点药品，明天要准备在医药公司进购一批急需的药品。她不禁苦笑着埋怨自己，昨晚怎么想都没想就把钱全给婷婷交付了住院费，多亏小爱给了些钱，可是药款还是差好多，这可咋办呢？盘点了几次药，只能先订购一部分急需的，试着和医药公司商量能不能赊欠一部分药。她心里焦急又不敢把实情告诉妈妈。自己好心帮助了婷婷，诊所又捉襟见肘。诊所的药品都是低价药品，利润本来就很微薄，加之平时自己不收诊金，还经常给一些老人免药费或者赊欠药费，小诊所除去日常支出，几乎没有多少盈余。这次给婷婷垫支药费，进购药品就成了问题。

  第二天清晨，凯兰正在打扫卫生，魏楚雄突然来到诊所，取出一叠钱放在桌子上，"肖大夫，我看见前晚你给婷婷垫付好些住院费，这5000块钱你先拿着周转，就算我借给你的。"

  凯兰想不到魏楚雄会主动借给自己钱，自己又怎么能平白无故借人家钱呢？尽管她现在太需要这些钱来解决燃眉之急。她倔强地坚决推辞，"魏老师真的不用，昨天我从小爱跟前拿了些钱，这回进药没问题，以后需要的时候我再找你借，真的谢谢你的好意！"

  "肖大夫，你别跟我客气，以后你就当我是好朋友，好朋友之间有啥事你尽管说。"魏楚雄特意把"好朋友"这三个字说了两遍。

  送走魏楚雄，凯兰心里觉得，这个魏老师真奇怪，自己什么时候和他成了好朋友？就在医院魏楚雄确信，自己已经深深地爱上这个善良美丽的姑娘。自己主动帮助她把婷婷送到医院，又去借钱，是悄悄表达爱意，又担心凯兰会拒绝，所以才故意说出"好朋友"来试探。

  冰雪聪明的凯兰早就察觉出魏楚雄对自己有好感，可是……自从和陈平分手之后，她已经将自己的心封闭起来，对异性，无论是友情或是爱情，她都像惊弓之鸟躲避；再大的困难，再大的苦自己默默承受，爱情也不会去想，拒绝一切异性的关爱，拒绝打开受伤的心门。

  通过治疗，婷婷正在慢慢痊愈，可是这个家庭的生计，因一场突发的疾病变得愈加艰难。她时不时去看望婷婷，给孩子带去些营养品，以便孩子更好地恢复。

时间过得真快，转眼已到端午节。端午节的前一天傍晚，村里的文文提着小篮子给凯兰带来自己包的粽子和一碗凉粉。文文是村子里的一个少妇，长得粗粗壮壮却起了这么个文静的名字。文文是个可怜人，娘家在后山，她从小没了母亲，继母对她也不好，20岁嫁到村里，老公又患过小儿麻痹，一条腿残疾着，重活累活干不了，家中里里外外全靠文文一个人忙，是村子里的贫困户。文文人木讷话不多，却是难得的贤惠善良，每天像男人一样干活，她有一对可爱的儿女，去年小儿子壮壮得痢疾发烧到39℃，凯兰把壮壮接到诊所给输液、艾灸，管吃管住好几天，娃儿才好利索。文文把凯兰当成亲姐妹一样，遇到下雨天不能下地干活的时候，就会拿着鞋底或是草编的活带着小儿子到诊所里来拉拉家常。

凯兰每次进城总会买回点小饼干、糖果。每次文文带孩子们来，她就会拿出这些吃食给孩子们吃，两个小馋猫见了她就叫姨姨。奇怪，文文家不宽裕日子过得紧巴，怎么这次过端午节准备这么丰盛？

文文说话怪怪的："妹子，这是我专门给你和娃们做的，学着包的粽子、做的凉粉，往后我走了，怕是娃们再也吃不上这些东西啦，妹子啊，姐知道你心好，等姐走了，这两个娃要靠你帮姐照看哩。"

"姐，你说啥呢？走，你要去哪呢？"

"妹子，姐就这么随口说胡话呢，粽子包得不好，你和婶别嫌弃尝尝。"文文一步三回头地走出门去。凯兰想拦住她追问清楚，诊所来了一个骑车摔破额头流血的老汉要清洗包扎伤口，她忙忙乱乱也没顾上多想。

第二天是端午节，妹妹若兰也放假回家，她们娘仨中午就在家里包饺子过节。下午三点多，她才骑车来到诊所。正在擦桌子，文文的小儿子壮壮突然哭喊着冲进来："姨，快去家里看看我妈，妈妈倒在地上，都叫不醒啦，姨你快去看看吧！"

凯兰的头嗡的一声，来不及多想，背起出诊箱，骑上自行车带着壮壮飞

37

快往家赶。家里已经乱成一团，几个邻居在院子里忙活，文文的丈夫和女儿趴在地上撕心裂肺地哭喊着，陈老二已将自家的三轮车开到门口，准备把文文拉到镇卫生院去抢救。文文倒在堂屋的地上，脸色青黑，嘴里泛着白沫，已经失去知觉。大伙看到凯兰进来，赶紧让开道让她瞧瞧。此刻的文文气息微弱，瞳孔都已经放大。

"快，咱们赶紧去卫生院，兴许还有希望。"凯兰抱着最后一丝希望对众人喊，三轮农用车在砂路上颠簸着把文文送到卫生院急救室，文文已无生命体征。原来今天早上吃过饭，文文便让丈夫带着两个孩子去姑姑家，她在家人离开后喝下农药，就这样走了。

为什么？胆小怯弱的文文为何选择这样的日子决然地抛下这两个孩子，为什么？她恍然明白，昨天文文给自己带来粽子和凉粉是向自己告别，也是给自己托付娃们，孩子是文文在这世上最不舍的牵挂。

这可怜的母亲，在临死之前给孩子准备了丰盛的端午节吃食，然后……家人随后发现了文文的遗书，遗书是用女儿作业本撕下的纸写的："小燕的妈妈，天天堵着我骂，说我偷了她的300元钱，我真的没有偷，我敢发誓我没偷，家里的药苗要浇水，水桶破了我借她家的，用完我就去还，当时屋里没人，小燕妈妈偏说我偷了她的钱，我没偷，我敢去庙里发誓我没偷。我熬不住了，可怜我的娃没人管……"

邻居七嘴八舌议论，怪不得，这一个多月来，经常听见邻居小燕的妈妈每天恶毒地咒骂文文，还有人曾见过她追到文文家门口撕打，说是文文借还桶的时机，偷走了自己家的300块钱，并且确定就是她偷的，理由是几天后看见文文家两娃都穿着新衣服。

小燕妈妈是村里的悍妇，那种有理没理都能闹腾的人。文文嘴笨话少，根本不是小燕妈妈的对手，文文无力抗争对方强悍的撕打和恶毒的咒骂，也无处证明自己的清白，最后痴笨、怯弱的她却果敢地选择用自己的生命去证明清白。

一把纸灰送走了文文，留下一对无助可怜的娃儿。凯兰的胸口像被撕裂一样疼，她跪在文文坟头，愤懑地想哭喊、想奔跑、想控诉，"文文姐，你怎么这么傻呀？你为什么不告诉我？老天爷啊，你为什么这么残忍啊？"

凯兰清楚地记得，就在一个多月前，文文开心地告诉自己，她一年多辛苦编织的草编卖了几百块钱呢，准备给孩子都添置一套新衣服。现在算算时间，就是这钱添置的新衣，却成了小燕妈妈污蔑文文的证据。

一年后，小燕的妈妈突然得了一种怪病，类似"羊角风"，发病的时候，便会跪在地上哭喊："饶了我，饶了我，文文！你别找我，我给你烧纸，我给你磕头，求求你放过我吧，钱是我娘家弟弟拿走的，我知道你是冤死的……"

村里人都说是小燕妈妈被文文的鬼魂缠住中邪了，钱是她娘家那个好吃懒做的弟弟拿走的，这是她冤枉、逼死了文文的报应。凯兰并不相信所谓的中邪，那不过是小燕妈妈因为自己恶毒、残忍地逼死文文，内疚产生心里恐惧的梦魇罢了。

面对自己辛劳的妈妈，面对婷婷、睿睿的困境，面对小燕妈妈的暴戾无知，面对文文的托付，面对为了几百元钱而付出生命的残酷现实，肖凯兰一时不知道该怎么办。到底该如何拯救自己，帮助她们走出困境？她陷入了前所未有的痛苦之中。

第十二章　出路在哪里

家里的院子，一年四季花开不断，有迎春梅、牡丹、芍药、绣球、蔷薇、月季、菊花、茶花、腊梅等，空气里弥漫着花的幽香，让人心旷神怡。

每到春季，妈妈就忙着追肥、浇水。家里的小花园，母亲总是早早地锄过，土地松软得像发酵的面包。分别撒些六月菊、香菜、小白菜的籽，既有花可看，又有了新鲜蔬菜。在靠近树的地方妈妈总会种一两窝的丝瓜、南瓜，到七八月便可吃到美味的丝瓜饼、喝到香甜的南瓜汤。家里的荷花盆里养着几尾锦鲤，天气晴朗的时候，调皮的鱼儿便穿梭白色和粉色的荷花之间，好美。妈妈像哺育孩子一样，照顾着娇嫩的花朵。老屋的房檐下还有一窝小燕子，清晨，小燕子叽叽喳喳地叫着，妈妈也早起收拾屋子，窗台、院子里被打扫得一尘不染。

院里一架蔷薇，花是粉嘟嘟、圆圆的，像穿着舞裙的小姑娘，一瓣一瓣簇拥着，挤着嚷着，笑语盈盈，争着窥视人间的春色。有的如昂首高歌，有的如低眉轻吟，有的羞答答半开半合，有的静悄悄心扉坦荡。白的，如细瓷，透着一点青；粉的，如凝脂，含着几份白。乍开如婴儿的脸，粉嘟嘟的，红里透白；绽放时，略显慵懒，颜色渐淡，如处子的面，白里泛粉。远远望去，一大片一大片倾泻而下，整面墙都是浓淡深浅的花朵，浅红深碧，汪洋恣肆。唐人高骈诗云："水晶帘动微风起，满架蔷薇一院香。"一架蔷薇，就满院清香了，那么如果是满墙的蔷薇呢？一面墙，开满了蔷薇花的墙，该是怎样的壮观，怎样的芬芳？

正是这别样的美丽让金戈铁马、征战沙场的赳赳武将高骈沉醉，更让千年后的我们流连。一个小院、一壁蔷薇花的瀑布，风过处，暗香滚滚而来，引得蜂飞蝶舞，引得邻人驻足流连，于是，整面墙便生动起来了。

一直相信蔷薇花是有灵性的，《红楼梦》里那个叫龄官的丫头，于五月的蔷薇花架下，一遍一遍用金簪在地上画"蔷"字。于是那一架蔷薇便也似乎浸润着爱情的芬芳。情窦初开的少女龄官，就如枝头的一朵蔷薇，独自妖娆笑傲风尘。即使风吹雨打落英缤纷，那花开的暗香一直随日月绵延而来，芬芳了季节！

文文的死对凯兰影响很大，这段时间，她无法从悲伤中走出来。当诊所没有病人，闲下来的时候，她就会一次次地想起文文。如果自己在文文出事前能多关心、开导她，她也许就不会走上这条弃世绝尘之路。

所谓的"赃款"仅仅只是300元钱，尚且不够别人吃一顿大餐，就让文文赔上一条性命。可贵的生命在此刻变得何等轻贱卑微！这一切都是因为可怕的贫穷，小燕妈妈固然可恨，那300元钱对她而言也是弥足珍贵，那是老公在外打工寄给家里一个月的生活用度。文文走了，两个可怜的孩子没了妈妈，残疾的爸爸辛苦地拉扯年幼的娃儿，虽然办了低保，村里也在想办法帮助他们，可是贫困、无助更像梦魇，时时笼罩着幼小的孩子。凯兰经常去看望他们，买衣服、吃食，有空的时候还会带孩子出来玩，但是这一切仅仅能让他们开心一瞬间。

可怜的姐弟俩亲眼目睹妈妈离世的惨状，妞妞自闭了，原本可爱活泼的小姑娘变得不爱说话，也不和小伙伴交往玩耍，经常痴痴地发愣。小弟弟壮壮变得执拗暴虐，经常闯祸和小伙伴打架，砸坏东西，因为打架他爸爸没少揍他，可是壮壮越发变本加厉，打急了，小家伙就会暴燥地撞墙自残。孩子们只有和凯兰在一起的时候，才会变得安静可爱，这让她愈发地疼两个孩子。

凯兰一次次地陷入沉思和迷茫，出路在哪里？自己的小诊所可以为乡亲减免些许药费，可以给他们买几件衣服买些吃食，可是自己拼尽所有也只能仅此而已。妹妹今年上大三，懂事的妹妹申请了生源地贷款，假期做家教打工，靠着助学金和奖学金来贴补生活费，家里的生活用度全靠这个小诊所微薄的收入来维持。开诊所的时候，借哥哥肖海的钱还没有还清，还有小爱陆陆续续接济自己的钱，这些都是必须还的，自己不能太拖累他们。她常常痛苦得难以入睡，人也更加憔悴、消瘦。

转眼已近夏至，入夏以来，时不时有病人来咨询冬病夏治的事，凯兰忙着准备配制膏方的药品和制作艾绒，以便适时制作膏药诊疗。这天，她正在配药，魏楚雄又来到诊所里，自春天以来，他时不时会到诊所里来坐坐，每次还会带些水果什么的。

魏楚雄提着个手提袋，里面装着一件歌力思牌的真丝连衣裙："凯兰，我上周去省城出差，在商场里看到这件裙子，觉得很适合你，你看看喜不喜欢？"

不知从什么时候起，魏楚雄不再称呼自己为肖大夫而叫凯兰。

"魏老师，谢谢你！怎么好意思让你这么破费呀，多少钱我拿给你？"这是一件淡紫色的真丝连衣裙，领口和袖口都镶嵌着蕾丝，精细的做工，温润丝滑的手感，真的非常漂亮。她心想这件裙子一定价值不菲。一看吊牌，还是吃了一惊。吊牌上赫然印着，材质百分之百的桑蚕丝，国内统一售价：1680元。自己还没穿过这么昂贵的衣服，她一边在抽屉里拿钱，一边对魏楚雄说："魏老师的眼光真不错，这件衣服我真喜欢，你把钱拿上。"

"你怎么又叫魏老师，我早就说过叫我楚雄就好，咱们是好朋友，你跟我客气什么？"魏楚雄坚决不要钱，凯兰坚决要给钱，两人左推右揉相持不下。

最后，看她态度坚决，魏楚雄只能说："这是商城打折买的，我拿680元就行。"

凯兰看出他在撒谎，刚上市的一线品牌新款真丝连衣裙哪有这么打折的？她想这样僵持下去也不是办法，自己就先给他这些钱，其他的等以后找机会再还。

魏楚雄走出诊所，他心里怅怅地充满懊恼。自己爱上凯兰已经快一年啦，这一年来他屡次找机会接近她，可是她都会很巧妙地找借口躲避自己，她客气礼貌，却冷冷的一直拒自己于千里之外。魏楚雄开始变得不自信起来：我不会这么差劲吧？她是真不喜欢我，还是心里有别人呢？

魏楚雄是个英俊的小伙子，一年来，同事和家里人给他介绍了好几个姑娘，他都不去和人家接触，因为他已经把凯兰深深地藏在心里，他爱她，爱的真挚炽烈。可是每一次她却在婉转地拒绝自己，这让他觉得失落颓废。不，我不能放弃，我一定要让她接受我、爱上我，魏楚雄暗暗下定决心。

凯兰穿上这件淡紫色的真丝连衣裙，越发显得清秀美丽。真丝的连衣裙飘逸轻柔，白皙娇嫩的肌肤与滑爽细腻的丝绸邂逅时，以其特有的柔顺质感，包裹着她玲珑的曲线，体贴而又安全地呵护着她的每一寸肌肤。张爱玲说过，"当丝绸温柔的在女人身上流动，是叹息，是爱抚，是怜惜，是惊人的美，是惊人的和谐"。她在连衣裙外又穿着一件白色的医用大褂，苗条的身姿让人心动。

她告诉妈妈这是魏楚雄给自己代买的裙子，魏楚雄经常来诊所，还会时不时给妈妈带来营养品。这天晚上吃过晚饭，妈妈将凯兰叫到跟前说："兰儿，你也不小了，妈妈知道陈平的事情你受了太多委屈，妈妈知道你心里的苦。可是你看看人家陈平都结婚两年多，孩子都生下了，你总不能这么熬着吧！妈妈身体不好，看着你成家有个知冷知暖的人照顾着，我也安心么。魏老师人不错，过日子要找个心上有你、爱你疼你的人。你不能老躲着冷脸对人家，你要是看不上人家，实在不愿意，你不好开口，妈妈给他说，不能耽搁人家。"

"妈妈，我知道魏老师人不错，他对我好我都知道，可是我心里还没想好怎么接受他，咱家这么个情况，我不能让人家轻看咱们，让你和妹妹跟着我再受委屈，这事先放放，以后再说吧"。妈妈暗自垂泪，身处卑微的人，最能看到世态人情的真相。这是孝顺的女儿担心魏楚雄以后给自己脸色看，怕自己受委屈呀。

夏天很快在忙碌中过去，天气转凉，时至八月，凯兰心里总有种莫名的愁绪，努力想让自己快乐起来，父亲在中秋前那个冷冷的雨夜离世，中秋的记忆蒙上无法抹去的哀怨凄楚味道。生命中，似乎总有一种难以承受的痛，总有一些精美的情感瓷器在我们身边跌碎，那裂痕永远留在岁暮回首时的刹那。当她又来到让自己心痛的坟茔，祭奠早逝的父亲。"要照顾好妈妈和妹妹……"言犹在耳，斯人已逝，万千滋味，有谁知？和亲人的相逢只在梦中，斑斑泪痕，万缕愁肠。

中秋这天好大的雨，老天爷好像要把聚集的力量一次发泄出来。雨从空中洒向各个角落，从屋檐、墙头、树叶上跌下，就如同断了线的珠子一样，雨滴很像一颗颗晶莹透明的珍珠，最后连在一起，形成水柱。雨更大了，房顶上，溅起一层白蒙蒙的雨雾，宛如缥缈的白纱。一阵风刮过来，那白纱袅袅地飘去，雨点斜打在院子的积水上，激起朵朵水花。

到中午的时候，肖海拿着一盒月饼和一袋水果来看妈妈。这段时间以来，凯兰觉得迷茫、纠结，她很想去找哥哥，把心中的苦闷告诉他。今天一定要和亲爱的哥哥好好说说话，只有哥哥能够理解她，也只有哥哥能给自己最好的启发，指点她探寻人生的出路。

第十三章　我要种药材

　　肖海惊异地发现自己的小妹妹已经真正长大，长成一个有思想有远见的姑娘。她不仅仅是在考虑自身的得失和个人家庭的幸福生活，而更多的是关注身边的父老乡亲，这何尝不是自己久久思索的问题。自己作为一个镇党委副书记分管扶贫工作，每每看到某些贫困群众因病返贫时，很多时候除了无奈更觉手足无措，见得多了心也似乎变得麻木。

　　在妹妹面前，他此刻觉得惭愧又有些汗颜，盯着她的眼睛说："妹妹，哥哥从来没想到你已经在考虑这么深远的问题，今天我有说不出的高兴，你想带动乡亲致富，这非常难得。你想做的事哥哥会全力支持你！我们镇上有几家药材种植合作社，都发展得很好，这也许对你而言就是一条可行的路子。我可以带你先去看看，学习借鉴别人成功的经验，让你少走些弯路，达到事半功倍的效果。"

　　"这真是太好了！哥哥，真的谢谢你，看你哪天方便我就来。"凯兰突然有种醍醐灌顶的感觉，好像一个久困黑暗中的人突然被推开窗子，哥哥的话像一缕阳光照进她的心房，让她看到希望的曙光。

　　这里是古老渭河的发源地，位于定西市南部。洋芋、中药材是全县最主要的支柱产业和增加农民收入的主要来源，在当地发展中药材产业有着得天独厚的优势。

　　肖凯兰跟着哥哥来到何老大的药材种植合作社。何老大本名何光明，个头不高、五十岁上下，五年前注册成立碧草源中药材种植合作社，带动当地三十户农户脱贫致富。何老大是县人大代表，也是五竹镇的药材大户，从事中药材种植贩运二十多年，因为在当地从事中药材种植贩运时间长，为人豪爽、重义气，同行业的人都称他何老大。走进弥漫着浓郁药香的加工车间，满眼都是党参、黄芪、红芪，十来个工人正在机器旁切片、装箱。

看完药材车间和仓库，何老大把他们带进会客室。喝着茶，何老大的生意经滔滔不绝地讲起来："道地中药材的种植，是咱们农民致富的一条好出路。我做中药材种植和贩运，现如今都二十五个年头哩，五年前我在村里成立合作社，合作社现在有三十户农户参加，在广州和桂林都有自己的药材经销公司。我办合作社不光是过好自个儿的小日子，也要让大伙都过上舒心的好日子。"

跟着哥哥参观完两家中药材种植合作社，凯兰心里像燃着一团熊熊的火，内心的梦想和创业的激情被点燃。看着人家红火的场面，让她心生羡慕。可羡慕归羡慕，要想转行做中药材首先要资金，开诊所借的债还没还清，这大笔的资金又到哪里去借呢？资金、场地、流转土地这些事她从来都没想过。一没资金、二没技术、三无场地，妈妈的身体这半年才刚好些，不能再让她劳心劳力。可是要真正改变命运，只能去拼、去闯。为了妈妈的晚年不再为家中的生计而操劳，为了好学的妹妹能顺利完成学业，为了兑现文文最后的托付，为了让自己更有尊严的活着，考虑再三她决心以破釜沉舟的勇气，投身中药材种植行业，带领乡亲们致富甩掉穷根。

对于中药材种植，凯兰就是个门外汉，"兰儿，农技中心的许学明是我老同学，我先给你报名去上培训班，等学习完你再做决定，不要有顾虑，哥哥全力支持你。"哥哥的支持给凯兰一颗定心丸，帮她在县农技中心报名，去参加中药材种植知识技能培训班。

在农技中心，农技师许学明推荐凯兰尝试种植天麻。

"小肖，我和你哥是农校的老同学，你可以先种天麻，天麻种茎我们给你免费提供，天麻是名贵中药，在室内场地也可种植，目前我们县内还没有大规模种植，属于农技中心推广中药材品种之一，我还能给你免费当农技特派员。"在培训班的结业典礼上，许学明爽快地说。

"许哥，真心谢谢你的支持，有你这个农技专家给我把关坐镇，我一定把天麻种起来。"凯兰信心满满。

入冬之后，凯兰筹划中药材合作社的事，每天早出晚归忙碌着。妈妈看着女儿憧憬着美好的未来，既喜又愁。喜的是女儿虽然异常忙碌，却变得精神焕发、神采奕奕，这孩子终于走出了前段时间的消沉和烦闷。愁的是，一个柔柔弱弱的女孩子，从来没有接触过药材，能做好吗？想做药材需要大笔的资金，手头哪有这些钱呢？

几天后的傍晚，妈妈把凯兰叫到跟前，从柜子里取出一个存折递给她，"兰儿，这里面有3万块钱，你取出来用去。"

凯兰疑惑地翻开存折，"妈妈，咱家哪里来的这么多钱？你从谁跟前借的？"

"这些钱是我和你爸的积蓄还有丧葬补贴款，这几年的遗属补贴一直没动过，本来是留给你们姐妹将来成家用的钱。"

"家里的积蓄我爸看病早花光了，补助款哪能有这么多？"

"我把你外奶奶留下的那只镯子给卖了。"

"妈妈，那只镯子不能卖，那是外奶奶留给你的念想。"

"那件东西本来是要留给你的，现在急等着钱用，卖就卖了，你外奶奶要是在也会这么做的。"

"妈妈，女儿太对不起你啦！"凯兰扑进妈妈怀里，痛哭起来。

"我的傻孩子，为了照顾咱这个家让你受的委屈够多了，咱们以后日子过好比啥都强……"

外奶奶是岷县茶埠镇姬家的独生女，姬家在当地是非常富足的望族，铺面和生意遍布周边，光在洮河上就建有四座水磨和三座油坊。外公做木材和药材生意，家道殷实，不幸的是，中华人民共和国成立前外公在外出运送货遭遇匪徒，货物被洗劫一空，人也被土匪打伤，回家后外公伤重不治，英年早逝。当时外公还不到四十岁，外公去世后，由宗族族长主持分家，因为当家人已过世，家里的牲畜、铺面、财物都被族人分走，仅留下他们居住的一座木楼、一头老母牛和一圈羊。那头老母牛温顺听话，别人嫌弃母牛已老，便留给他们。外奶奶含辛茹苦抚养三个儿女长大，平时的生活用度常靠娘家接济。每年春节前舅爷便打发人送来过年的盘缠、挑来两罐清油，每年到夏至和冬至定时送来两车面粉，这些就是外奶奶他们一年的用度。

那头老母牛伴着妈妈长大，妈妈一天天长大，牛儿一天天衰老，牛儿帮家里耕地、拉车，后来又添了两头小牛犊。外奶奶是个小脚的妇人，耕不了地，孩子们都小，家里只能和村里人合伙干些农活，牛犊子卖掉换钱供舅舅读书，那头老母牛就给人家帮工，换取让村里的男人帮忙耕地。慢慢的牛儿体力越来越差，经常身上被别人鞭子打出血道。后来牛儿的眼睛被人毫不心疼地用鞭子打瞎，牛儿看不见走路，耕地跌跌撞撞。

妈妈常常会流着眼泪诉说：那个初春的夜里，舅舅在牛圈里提着风灯，牛儿身上深一道浅一道带血的鞭痕，旧伤结痂又添新伤。母牛哞哞沉闷的呻吟着，外奶奶流着眼泪给母牛擦药，"牛儿呀，都是为了我们娘几个，让你受这些苦……"

三天后那个炎热的晌午，老母牛摔倒在地边再也没有醒来。外奶奶伤心痛哭两天没进水米，老牛就像一起患难与共的亲人，姐弟三人把牛儿埋在地边，地埂边堆起一个小小的土堆。

这只和田碧玉手镯是外奶奶的陪嫁首饰，也是最珍爱的东西。在最艰难的生活中，外奶奶变卖首饰糊口度日，唯独留下这只镯子。妈妈出嫁前一晚，外奶奶偷偷地将镯子塞进她怀里，低声嘱咐道："带着它去吧，往后即使远隔千山万水，看见这物件，就像娘还在身边一样。"

几十年后，外奶奶早已去世，这只镯子是妈妈唯一的念想。这只手镯妈妈珍藏在柜子里，是家里最珍贵的东西，如今为了给自己筹钱，妈妈居然把它偷偷变卖了。

"妈妈，咱们把钱退给人家，把镯子换回来。"凯兰含着泪央求妈妈。

"我的傻孩子，东西是死的，人是活的，妈妈这辈子最大的期望就是你们姐妹俩过得幸福快乐，现在你要做事太需要钱，把它卖了帮你，这都值得。"

亲爱的妈妈呀！请你相信我，不管遇到任何困难我都会咬牙坚持下去，女儿一定要活出个人样来，绝不会让你再受苦！凯兰在心中暗暗发誓。

第十四章　金子和莎莎

金子是凯兰家的狗狗，金子起名源自晋商巨子王朴家一只忠犬的名字，那只叫金子的狗狗，在王朴创业初期曾用生命保护了陷入狼群的主人，后来为了帮他传信千里奔波劳累而死。当年，王朴专门为它建了一座坟，教育后世子孙不忘这只忠犬。金子是自己十五岁那年，爸爸从乡下亲戚家抱来的。当她第一次抱着小小的狗狗时，它正用一对圆圆的黑眼睛看着她，便给它取名叫金子。

金子伴着自己和妹妹长大，爸爸去世后，它好几天都不肯进食，每天傍晚朝着爸爸下班回家的地方张望，半夜发出呜咽般的哀鸣。金子很聪明，会自己开关门，每天喜欢去外面疯跑一圈。当它逛一圈回来时就会偷偷地看主人在不在，看见凯兰就一副得意的样子，凑到她跟前撒欢。每天下班回家，它早早趴在门口就等自己。金子一点儿也不挑食，不像那些只吃火腿肠和喝牛奶的狗狗。

有一次，金子撒欢时把凯兰心爱的瓷花盆打破了，它低垂着脑袋，像个做了错事的孩子，使她不忍心下手去打它。去年夏天，金子突然生病了，病得很重，水米不进。凯兰骑车将金子送到当地最好的兽医潘大夫那里去治疗，四针昂贵的药剂救回了它的命,打针的时候金子疼得在她胳膊上抓出两道血痕。

前几天，可爱的金子突然失踪了，她的心好像被掏空一般，足足等了两天，找遍所有能找的地方，还是不见踪影。她只希望金子能遇到一个好人家，不要受虐待、伤害。十天之后，当家里人不抱一丝希望的时候，金子居然自己回来了。那天她从诊所下班回家，一眼看见金子就趴在门口。它一定是跑了很长的路，满身的伤痕，或许是被人困住不得脱身，现在才历经辛苦终于回家。

莎莎是李爱珍收留的一只流浪猫，它长着白白的毛发和一张大大的脸。

当李爱珍在楼道口发现它的时候，它还怀着小猫咪，又瘦又可怜，便在楼梯口放了个小纸箱，单元里的人们有了这个共同的小宝贝。李爱珍精心地喂养它，莎莎变得圆滚滚，越来越可爱。莎莎是个勤劳的猫咪，它总会想办法逮老鼠回来。一个下雪的早晨，李爱珍看见莎莎趴在雪地上专注地等老鼠，那白白的身子像一个大大的雪球，非常可爱。在大家的呵护下，四个小猫咪顺利出生。

回家的金子，有家的莎莎，这自然界中最普通的生灵，渴望的仅是一个温暖的家，一个小小的窝，一个可以遮风避雨的地方。小小的生灵带给人们多少的快乐时光，诚如这俗世中芸芸众生，只要彼此多付出一点关爱，就会收获更多的快乐。

凯兰想要种植天麻，首先要有合适的场地。为了找到合适的场地，她每天都趁病人少的时候出去找，可是总不如意。这天肖海带来个好消息，镇上一个废旧厂房有意转让。这是一个食品厂的旧厂房，几年前因为经营不善倒闭。他托人打听到对方有转让的意思，并请农技站的农技师实地进行考察，厂房可以改造成天麻种植场地，便带着凯兰去接洽，多亏一个朋友热心帮忙，双方谈成以十六万的价格转让。

可是，凯兰手头的资金却有很大的缺口，想尽一切办法只筹到不足6万元。肖海知道妹妹的难处，帮忙作担保在农业银行贷了十万元的贷款，还拿出自己的5万元给她，哥哥一次次雪中送炭让她感动流泪，"哥哥，我一定会好好干出个名堂，不让你们失望。"场地有了着落，凯兰便动员村里的其他人入伙一起种植天麻。

村里人这一次却很少有人支持她，凭一个小姑娘能种天麻，天麻那东西咱们又没种过，万一亏本，血汗钱不是打了水漂吗？面对乡亲们的迟疑，让大伙拿点钱入伙确实不容易，凯兰和哥哥商量先自己干，大家对自己的担心也是正常的。第一年好好干，等乡亲们看到效益就好办了。

凯兰又要忙诊所又要收拾场地，为来年春天种天麻做准备，来回奔波夜以继日地操劳。她决定把文文的丈夫陇平叫来帮忙，陇平身体有残疾不能外出打工，自从文文死后，日子过得越发紧巴。凯兰在场地里买好米面和煤炭炉子，他们全家临时搬到厂房，这样陇平可以看看门打扫卫生，收拾场地。年底孩子们都已放假，两个孩子先由妈妈帮忙照看。

陇平很高兴凯兰的安排，住在这里比自己家要强许多，冬天能有温暖的住所，孩子也不用受冻挨饿，自己更不用难肠地给娃们顿顿吃洋芋拌汤。凯兰考虑场地地段偏僻，陇平腿脚不方便不安全，就把金子带到厂房里给陇平作伴。

这天魏楚雄来找凯兰，带来两万块钱，不由分说塞到她手里说："我听说你要种植天麻，这钱就算我入股，等场地里有活要忙的时候，你尽管给我说，我过来帮忙干活。"

面对魏楚雄，凯兰再也想不出拒绝的理由，她只能答应说："好，魏老师，如果这次天麻有盈利就算你入股，按比例分红，如果天麻种植不成功，这钱就算我借你的。"

她的诚信和坦荡让魏楚雄佩服，他怕自己的坚持让她再一次拒绝自己，便满口答应。

第十五章　种植天麻

春天来了，凯兰开始天麻种植的准备工作，她邀请县农技站的农技师许学明担任种植基地的技术顾问。种植场又招来两个工人，他们分别是睿睿家的陈奶奶、婷婷的爷爷王大叔。妈妈负责给大伙做饭，帮忙照顾几个孩子。

魏楚雄看到这个天麻种植场的员工，看着凯兰不由地笑出声来，"我真服你啦，人家招员工都要年轻力壮的，你可倒好，尽照顾老弱病残，外人还以为你是开收容所的呢。"

"年轻力壮的在外面能打工赚钱，你可别小看我们这个'3860'部队……"

魏楚雄知道凯兰是想帮助陈奶奶他们能有所收入，可是他们干活行吗？但还真别小看了这支"3860"部队，他们干活从来不偷懒，就像一只只勤劳的小蚂蚁一样尽心尽力。

许学明被县农技中心委派到合作社做农技特派员，他指导大家制作培育坑，天麻种植的第一步要进行天麻菌材培育，选用当地的槐树和榆树做菌材树种。因为村里不少人家都有槐树和榆树，凯兰便在村里贴出通知收购榆树和槐树，这两种树在村里人看来就是杂木，大多用来当烧材，收购价格便宜。木匠将榆木和槐木桩进行加工，挑选茶缸粗细的树枝，并锯成一尺多长的节段，每隔二三寸砍一个鱼鳞口，如果树枝较粗可以砍三四排，把槐木和榆木制作成菌材。根据场地的条件，许学明指导大家采用坑培、堆培、箱培三种方式。五个培育坑，每个坑深五十厘米，长十五米，宽十米。坑底先铺一薄层树叶，树叶上平摆树枝一层，然后盖一层土，并用土填好树枝间的空隙，每两根树枝之间加入菌枝三四段，如此法摆放四五层，树枝上再盖土二三寸厚的土与地面一样平就可以。

在没办法制作培育坑的角落地方用堆培，在地面上将树枝堆起来直接培养。在厂房内制作了五百个培育箱，采用箱培四季均可培育。冬季可在有加温设备的室内培养，使土温达 18～20 摄氏度。除用木箱外，也可以用砖砌成砖池，另外，填充和覆盖物是用锯木屑与砂子，其比例按体积一比一。第二步就要开始栽种天麻的块茎，块茎繁殖可以分为冬栽或春栽。根据季节他们先采用春栽的方法，春栽在三至四月开始，栽前要培养好菌床。选好地块，在栽前二至三个月，挖深二十五至三十厘米、宽六十厘米，长度据地形而定的窖。窖底松土整平，铺放一层干树叶或腐殖土，用处理好的新树枝与带蜜环菌的菌材间隔摆一层，相邻二根间距为六至七厘米，中间可夹些阔叶树的树枝，用腐殖土填实空隙，以防杂菌污染，再覆土三至四厘米。同法摆第二层，上覆土十厘米。保持窖内湿润，上盖杂草遮荫、降温、保湿，使蜜环菌正常生长，即成菌床。选无病斑、无冻害、不腐烂的块茎，大小分开，分别栽培。栽植时，把种麻平行摆放在菌棒间的沟内，紧靠菌棒，用腐殖土填平空隙，再盖上三厘米，以不见底层菌材为宜。同法栽第二层，最后盖上十至十五厘米土，上盖一层树叶杂草，保持土壤湿润。凯兰怕误了栽种期，又从附近的村里招聘了六个妇女当零工，经过一个月的辛苦劳作，天麻块茎终于栽种完成。

许技师特别叮嘱，在夏季一定要注意给天麻遮荫，还要注意防雨，天麻的花苔最怕阳光直射，会使受光面的茎杆变黑，下雨后倒伏。魏楚雄从县城采购来遮阳网和塑料薄膜，五一放假的时候，他叫来几个男同事帮忙把遮阳网和塑料薄膜都给装好。陇平负责浇水和种植场的保卫工作，妞妞和壮壮由魏楚雄帮忙转学到镇上的中心小学，孩子们放学回来就在培育场住。大家一起劳动，一起吃饭，其乐融融。姐弟俩带着金子撒欢游戏，妞妞慢慢走出自闭的阴霾。

到天麻开花的时候，许天明又教他们给天麻打尖。打尖是个技术活，天麻顶端几个花朵，结的果实很小，种子量少也不饱满，应在现蕾后，将其顶部二至三个花蕾打掉，可减少养分消耗。这样，结的果实饱满，可提高种子产量。看着天麻苗在培育棚里茁壮成长，开花结果，他们的心里充满喜悦。

天麻培育场开始以来，魏楚雄每周都过来帮忙，天麻病虫害的防治这一块由魏楚雄负责起来。他虚心地向许技师请教学习，按照科学的方法，菌料的选择、树叶培育基的消毒、种苗的培育成长环节的监控，魏楚雄都亲力亲为。

慢慢的，凯兰终于打开紧闭的心扉，收获着真挚的爱情。她辛苦的时候，开始对他倾诉；快乐的时候和他一起欢笑，不知不觉中她习惯依靠这个厚实的肩膀，依恋这个温暖的怀抱，爱的种子终于开花，他们约定等这批天麻成功采收后，就举行婚礼。

第十六章 丰收的喜悦

天麻宝宝在培育棚里茁壮的成长，一个个小不点经过八个月的孕育长得白白嫩嫩的。天麻后期管理比普通中药材简单，工作量小，因为它不用施肥，不用除草，也不用打农药。种植期间的管理工作主要就是在培养基出现干燥的情况后，保持通风，洒水保湿。采收时，清除覆盖泥土，撬动菌材并取出大小球茎，形成花茎芽的天麻为商品麻，其余球茎作为种麻进行下季移栽。

刚出土的天麻像一个个胖乎乎的小精灵，个大，肥厚饱满，色黄白明亮，属于优等的天麻。许学明指导他们对收获的天麻进行粗加工：洗干净收获的商品天麻表面泥土及菌索，在火上烧一大锅开水，先放大个的天麻，依次最后放小个的天麻，最多煮十五分钟，捞起烘干，即可上市出售。收获、粗加工整整忙碌了一个月，在许学明的帮助下，收获的天麻通过县农技站销售给外地客商。

培育五百平方米的菌床共收获了三百三十斤的天麻，所生产的天麻个大、色泽好、营养价值高。幸运的是，天麻遇到好行情，按照每斤三百元的收购价格，除去日常的花销和工资等成本支出，净收入三万多元。这是凯兰自从辞职创业以来最大的一笔收入。这笔钱加上诊所的收入，凯兰偿还了部分银行贷款。

这一季的天麻收获后，又要在11月份准备冬栽天麻的工作。她留够自己种植需要的天麻块茎，又给陇平免费送了一些，让他栽种到自家的山坡地里，这样收获后也能额外增加些收入。凯兰一直有个愿望，让文文的孩子们能有个新妈妈照顾。

陇平身有残疾，又家徒四壁，想再娶几乎是不可能的事。现在除了在种植场里每月的工资，帮他在自家山坡地里栽种天麻，早点把日子过得红火起来。合作社种天麻成功和免费传授天麻种植技术的消息不胫而走，村里原本犹豫迟疑的农户，纷纷登门请教。凯兰不仅毫不保留地将技术传授给他们，还请许学明帮忙指导做菌材。

为了充分利用当地高海拔、低气温、少日照等地理资源，发展中药材产业，凯兰于2005年底成立了绿源中药材有限公司。公司成立后，她率先在当地推行"公司+基地+农户"的模式，实行统一技术指导种植、统一收购加工、统一销售的方式，使天麻种植技术得到有效推广，带动群众过上富裕的生活。

凯兰和魏楚雄正在筹备婚礼，她要把一颗年轻而热情的心交给这个亲爱的人，她心里充满欣喜而又有几分忐忑。他们不准备办隆重的婚礼，两个人所有的家当都已经投到天麻种植场。新房在天麻种植场里一间旧办公室，简单用涂料粉刷过，床和必需的家具已经订好，再准备些日用品和衣物就可以。他们的婚礼没有玫瑰、没有钻戒，只有两颗真诚相爱的心在患难与共中的相持相守。

这天，他们从县城采购结婚用的物品回来，魏楚雄因为学校有事先返回，凯兰拎着东西往家走。天空中一行大雁从对面的山上向南飞去，冬天快要来临了。

她猛然记起，就是这个大雁南飞的季节，自己就是站在这里，因为陈平的背叛凄楚地望着南归的大雁哭泣。陈平的背叛像晴天霹雳将她的梦击碎，那时的她感到整个世界都是昏暗的。她甚至一度想失忆想死去，可是她不能这样做，为了挚爱的亲人，她强颜欢笑地面对妈妈，强迫自己超负荷工作，让身体的劳累忘掉心底的隐痛，一切都已成过往，时间这良药竟然这般飞快，可是生活的道路却如此曲折而漫长。

他们在天麻种植场举行了简朴的婚礼，没有奢华的婚车，没有隆重的仪式，只有彼此长辈亲人和朋友们最朴素、诚挚的祝福。被褥是在县城里选购最好的棉花做成棉絮，由妈妈缝制的，小爱给凯兰送来富安娜婚庆床品套件，肖海为妹妹添置了沙发和皮箱，唯一的奢侈品是魏楚雄买了一台新电脑，除了平时备课用之外，还便于了解药材行情，开辟销售渠道。可口的婚宴是请镇上的大师傅做的，婚宴里有一道特色菜肴天麻鸡，用的是自产的天麻和当地的散养土鸡，味美醇香。

夜晚，凯兰依偎在楚雄怀里，静静地听着他的心跳，她像一只快乐的鸽子在丽日的阳光里滑行，愉悦清丽。人的心脏只有拳头般大小，只能把最挚爱、弥足珍贵的人藏在那里。楚雄贪婪地吻着她的粉唇，亲爱的人哪！往后的日子里，我愿用生命保护你，不离不弃！

第十七章　大姑的爱情

凯兰没有蜜月，她和楚雄要忙着准备天麻的冬栽。冬栽天麻受土时间长，天麻的品质和产量会提高。村里和附近的十来户村民也将投入天麻的培育种植，凯兰每天在诊所、种植场、农户家里往返奔波，忙得脚不沾地。这天，肖海突然打来电话："妹妹，大姑最近身体不好，你抽空过去看看吧！"

"好，哥哥，这两天我就去。"肖海的电话让她心里慌慌的，大姑一辈子凄苦，如今又生病，唉！

妈妈一听就坐不住了，"今年忙忙乱乱的和你大姑也没多走动，你结婚那天她来的时候，就看着精神不济，脸色不太好，我们也没顾上多说话……"

"妈妈，都怪我今年事情多，没能去看望大姑，我们明天就去看她。"第二天一早，她们带着补品前往大姑家。

大姑住在县城东门口那栋旧楼里，这栋楼算是县城最早的家属楼，原来的住户基本都已经搬走，现在这里大多数住户都是来陪读的家长租住的。楼房的外表被风雨侵蚀的斑驳破旧，就像垂暮的老人，给人一种压抑沉闷的感觉。

大姑家在一单元102室，楼梯间贴满了乱七八糟的小广告，看着脏兮兮的。自从姑父去世后，大姑一个人住在这套老房子里，开门的是大表嫂，"舅妈快进来，你们一大早就过来了，我妈在屋里输液呢。"

"我们早该来的，今年是合作社诊所两头忙，昨天才知道你妈生病了。"

大姑靠着床头的被子在输液，已经瘦得不成样子，深陷的眼窝，鸟爪一样的手就是骨头上包着一层皮，头发已经全白。看见妈妈她们进来，大姑挣扎着要坐起来，妈妈赶紧上前按住她，拉起瘦骨嶙峋的手，说话间眼泪夺眶而出，"大姐，你怎么瘦成这样？都怪我，这段时间忙着种植场的事都没过来看看你……"。

"没啥大毛病，我这两天觉得好多了。前两天浑身疼还肿着不行，到医院看过，没啥大毛病，我也不想住院给娃们添负担，在家吊点水就成啦。"大姑说话已经明显气力不足。

趁妈妈她们说话，凯兰偷偷将表嫂叫到其他屋里，低声询问："嫂子，大姑这是啥病呀？我看着老严重的，整个人不精神得很。"

"到医院看过了说是肾衰竭引起的全身脏器衰竭，医生回来让准备后事，就等日子了。"凯兰心痛如绞，顿时觉得眼前发黑，脑子发蒙，表嫂后面还在絮絮叨叨说什么，她都没听清楚……

她看过大姑输的液体，只是一些补充能量的药品，可怜的大姑就是在维持日子，她的生命正快速走向死亡。

生命中，总有一种难以承受的痛，命运狰狞留下的遗憾，注定要背负一辈子。大姑的一生凄苦无助，身患重病就是仅仅去医院粗略地检查一下，然后就是回家等待死亡的来临，多么残忍的命运啊！

大姑是爸爸的大姐，从小性格温顺，却长相丑陋、个头小，她的婚事成了爷爷最大的心病。大姑父20岁那年，突发的恶疾夺走了心爱的儿子和前妻的生命。那年秋天，先是一岁半的儿子突然得了急病夭折，两个多月后妻子又因忧伤过度、积劳成疾染病身亡。半年之内，全家五口人变成三口。除夕那晚，臊子面端在炕桌上全家人都没动筷子。姑父家连遭不幸，也因此家徒四壁。

姑父家托人上门求亲，爷爷看中了大姑父的长相俊美，人品出众，欣然应允了婚事。因为大姑的长相怕姑父嫌弃，爷爷倾尽全力给大姑置办嫁妆。嫁妆是用六头骡子驮过去的，布料、被褥、粮食等把家底都拿出来送到了大姑父家。可是丰厚的嫁妆并未换来大姑的些许幸福，三月里大姑到了婆家，五月里姑父就当兵走了。

一走就是好些年，等姑父转业回来在县公安局工作，大姑一直在乡下照顾老人和孩子。姑父对大姑是嫌弃甚至鄙夷的，据说，新婚之夜大姑父不肯进屋，是挨了两牛鞭被赶进新房。大姑是他的第二个老婆，可共同生活了近

50年，大姑始终未能走进他的心里。

小时候，村里大戏台上唱秦腔《铡美案》，凯兰看到秦香莲跪在包相爷面前哭诉，她不止一次想到大姑。大姑何尝不是这样忍辱负重卑微的生活着？她一个人在乡下辛苦地种地干活，照顾老人，抚养孩子。直到后来，两位老人相继去世，两个儿子、三个女儿都成家之后，在两位表哥的坚持下，大姑才来到县城和姑父一起生活。她在姑父面前永远是小心翼翼的，连姑父的房间都不能轻易进去，每次换洗的脏衣服姑父总是卷成一团丢到房门口，大姑却毫无怨言、甚至微笑着洗好熨烫好送进姑父的屋里，然后卑微地退出来。每次吃饭，他和小孙子在餐桌上吃，大姑一个人蹲在厨房的旮旯里吃。

5年前，身体一向健壮的大姑父突发心脏病去世，大姑在他灵前哭得肝肠寸断，泪水涟涟。姑父生前深爱着他的前妻，在他屋内一直放着前妻的照片，大姑不曾动过那张照片，她就像一个卑微、愚钝、忠诚的女仆，只有在主人不在的时候才进去擦拭打扫。

50年后那段彻骨苦痛仍让大姑父肝肠寸断，泪洒孤坟。他对前妻的思恋直到生命的最后一刻，他带着遗憾和破碎的梦走完自己的一生，期许来生的相遇相知。他对早逝前妻的痴情注定了对大姑的无情和残忍，他是无情的也是痴情的。也许正是他对前妻的挚爱和痴情才造成了他的无情。姑父给大姑的一生带来的只有等待、辛劳、嫌弃。大姑父去世后，大姑拒绝搬到儿子家一起生活，她依然保持着姑父生前房内陈设，姑父住过的房间每天都打扫得干干净净。每逢祭日，她总会提前准备好祭品，虔诚偏执地祭奠这个对自己绝情、无情的男人。

为了生计，她在家里办起了托儿所，帮着附近的年轻人照顾小宝宝，以补贴家用。甚至在这次发病的前两个月还在替人看孩子，她抱着一个八个月大的宝宝，自己晕倒在地上，被来接孩子的家长发现，打电话通知了表哥他们，用救护车送到医院。

凯兰和妈妈走在回家的路上，一路上沉默无语，两个人心里像吞了黄莲一样苦涩。往后的日子，妈妈每天都早早炖好鸡汤让她给大姑送过去。十多天后，一个飞雪的寒夜，大姑溘然长逝。纸灰在空中乱飞，灰黄的天空中只有一片血色残阳。

  凯兰跪在大姑的坟前，心头充盈着凄楚和悲凉，她为大姑的不幸痛哭流泪。爷爷耗尽家力为大姑换来的婚姻，只是套在她身上沉重的十字架。孝顺长辈、抚养孩子，所有的一切压在大姑的身上，她从来不抱怨，像哑巴一样默默承受，丑陋的大姑一生执着地爱着姑父，可是她的爱那样卑微，那般辛酸！姑父走后，她执拗地生活在那里，固守着清贫和孤寂，每天打扫擦拭那些遗留着姑父气息的物件，从没有怨恨，她生活在自己爱的幻想中，用自己的方式去延续自己的爱……

  大姑走了，凯兰不止一次地想到她，一遍遍声泪俱下地吟念苏轼的《江城子》。遥想当苏子痛失那位红袖添香的爱人，把"十年生死两茫茫，不思量，自难忘"的悲情化成血泪；宦海沉浮，风雨漂泊的旷世才子月夜追忆"小轩窗，正梳妆"的美好；他伤感"料得年年肠断处，明月夜，短松冈"的孤寂，最苦时光弹指间，他已垂垂老矣，满目苍凉，不付往昔的意气风发。她总是在与他相遇的刹那间，袅袅逝去，此恨绵绵无绝期！

  纳兰容若曾说，"此情已自成追忆，零落鸳鸯，雨歇微凉，十一年前梦一场。"大姑是不幸的，那么姑父呢？他用冷漠无情摧残着大姑，也折磨着自己，让自己的心困在凄苦的牢笼里。逃不掉的生死离别，曾经沧海难为水，除却巫山不是云，从来相思古今同！

第十八章　郁金香节

  春天悄悄的来临，雨中偶尔夹杂着片片雪花，乍暖还寒，寒意犹存。那生命的绿，一点点地从根茎里滋生上来，那绿，绿得矫情、绿得羞涩、绿得鲜亮。土地里钻出一点点的绿，胆怯、羞涩，只会探头探脑的四处观望这繁杂人生的喜怒哀乐。燕子归来，声声鸟啼，苏醒了万物，叫醒了春的黎明，已是初春的感觉，却还不是春天的萌发，这种感觉，就像是闺秀待嫁，粉饰了妆容、穿上了嫁衣，却迟迟听不到迎亲的爆竹，面似桃花、娇羞千媚，只等盖头掀开的一刹那。只是，这久久不能散去的雪雨，明明是春欠下的旧情，此时，惊蛰春雷一声，这雪，渐渐下落，化为水，湿了地，从窗口望出去，四下里都是星星点点雪的点缀。

　　春寒料峭，让人觉得好冷。很长一段时间里，看着至亲的人一个个离开，凯兰心中的隐痛久久不能释怀。大姑的去世让她再一次陷入痛苦中，那凄苦哀怨的一生就像梦魇在她心中无法消散。

　　春寒并未挡住人们播种的脚步，他们又增加了一批春栽天麻。为了更有效地利用资源，将冬栽和春栽结合起来，其他种植户的天麻也正在陆续种植。凯兰在诊所、种植场、农户家来回奔波，在辛劳奔波中憧憬着丰收和希望。

　　天气慢慢暖和起来，她的心情也慢慢变得开朗。诊所已经成了附近村子里人们看病聊天的地方，她的医术和人品得到村里人的认可和赞许，人们信任她的医术，更敬佩她的人品。对待那些老爷子老太太，她就像一个贴心的女儿，对待小娃娃，就像一个贴心的阿姨，村里的孩子开始叫她"肖姨"，渐渐的孩子们都叫她姨，去姨的铺子里玩会儿有糖果饼干吃，嘴馋的小家伙们都爱去姨那里"占便宜"。

　　凯兰刚给村里许大伯的儿媳妇做完了检查，她嘱咐孕妇多注意营养均衡，劳逸结合。这个小媳妇曾有过两次习惯性流产的先例，现在已经怀孕四个多月了，除每月去医院定期孕检外，凯兰每周会去再做一些检查，以便及时发现问题及早治疗。

　　手机响了起来，是小爱打来的："凯兰，五一假期咱们去省植物园看郁金香吧，顺便看看换季的衣服。"

　　"好，我这两天把手头的事情处理好，咱们去看郁金香。"郁金香是她们最爱的花，第一次在济南郁金香节上看到它，就被它独特的美所吸引。小爱的话唤起了她的少女情结，这些年自己总是忙着生计，追逐着理想，难得能在闲暇时去散散心，开心放肆地在花海里奔跑嬉戏好像离自己的生活很遥远，就像是一个色彩斑斓的梦。

五一那天，她们启程去观赏被法国作家大仲马曾赞美"艳丽得叫人睁不开眼睛，完美得让人透不过气来"的郁金香。两个人坐在大巴车上，小爱拎着一袋子她们爱吃的零食，两个人头靠在一起，低声说着、笑着，好像都回到无忧无虑的学生时代。

小爱和未婚夫李锐已经商定了婚期，她们准备下个月举行婚礼，坐了两个多小时的大巴车，下车后她们又转乘市内公交车。经过近三个小时的颠簸，快中午的时候终于看到了郁金香。

在古罗马神话中，郁金香是布拉特神的女儿，她为了逃离秋神贝尔兹努一厢情愿的爱，请求贞操之神迪亚那把自己变成了郁金香花。所以，野生郁金香有一种含义就是贞操。这是她们与郁金香花海的一次浪漫邂逅，抬头望去，植物园大门两旁是用各色郁金香做的拱门，坡地都盛开着郁金香。有炙热的红、纯洁的白、高贵的紫、温暖的橙、可爱的黄、甜蜜的粉，还有各种混色、条纹，美不胜收。

走近花海，发现花瓣上都滚动着晶莹剔透的水珠，可能是昨夜刚下过雨的缘故吧。阳光细细地洒落在花瓣上，水珠折射出的光，仿佛能听见叮叮的美妙声。清新的空气中充盈着负氧离子，轻嗅芬芳，花香扑面而来，使整个人沉浸在诱人的甜香之中，久久不忍离去。

转入一条小道，来到了另一片花海，一朵朵娇羞可人的花儿含苞待放。有的苞儿才刚长出来，小得让人看起来随时都有可能掉落，弱不禁风；有的长到了一定程度，苞顶上露出了花儿的颜色；有的花苞就要开放了，绽放出了一两片花瓣。

现在正是郁金香的最佳观赏期，植物园内八万株各色郁金香营造出满园春色的氛围，让游客置身于五彩缤纷的花海之中。花海里不时有情侣在拍摄婚纱照，婚纱、钻石、鲜花几乎是爱情的标配。

看着那些幸福的情侣，凯兰嘴角泛起一丝浅笑，自己的爱情没有鲜花，没有奢侈的婚车，没有耀眼的钻戒，只有经过风雨后，心与心的依恋。花海里一对老夫妻互相搀扶着携手走过，那份相互的关切和眷顾让人嫉妒。白发红花恰是美丽的油画，执子之手、与子偕老的承诺，少了一份浮躁，更多的是恬淡、相濡以沫的风雨同行。最幸福的事，是陪你慢慢变老，心中有爱就不惧怕岁月寒凉！

第十九章　遭遇挫折

"关关雎鸠，在河之洲。窈窕淑女，君子好逑。参差荇菜，左右流之。窈窕淑女，寤寐求之。参差荇菜，左右采之。窈窕淑女，琴瑟友之……"小爱的婚礼要举行了，凯兰由衷地为她祝福。婚礼前一晚，闺蜜可心也从省城赶来，三个人像以前一样挤在一张床上，有说不完的贴心话，子夜时分才进入梦乡。

可心在省城一所高校当讲师，虽然不能常见面，但是她们是那种不常见面、常在心中的朋友。早上五点，她们就已经起床，两个闺蜜要陪着小爱去做头发化新娘妆。小爱面容清秀、身材苗条，身着白色婚纱的她，经过化妆师的巧手装扮，显得越发娇羞可人。

丽珠大酒店的婚礼大厅，布置的时尚、浪漫、温馨。三维立体的酷炫舞台上，超大电子屏滚动婚纱组照和拍摄花絮，9999朵红玫瑰制作的9颗爱心，组合成一颗硕大的爱心花墙，两人的婚礼海报镶嵌在花墙里，边缘环绕着百合花，十分美丽。

主持人宣布典礼开始，《婚礼进行曲》奏起。随着美妙的音乐，一对新人步入结婚礼堂。大家都迫不及待地把目光投向粉色的拱门，李锐身着黑色西装，显得优雅端庄，小爱穿白色婚纱，更显亭亭玉立。她的裙摆由一对花童拉着，手中的玫瑰百合捧花是由可心亲手制作的，若兰和可心作为伴娘陪在小爱身后，李锐的两个发小作为伴郎陪在新郎的身后，一对新人携手走向主席台，脸上露着幸福的微笑。

执子之手，共你一世风霜；吻子之眸，赠你一世深情。牵尔玉手，收你此生所有；抚尔秀颈，挡你此生风雨。可心亲手为小爱和凯兰每人制作了一幅亚克力仿水晶珠帘，凯兰婚礼的时候，可心的外婆正在做手术，她没能来参加婚礼，这次她也专门带来亲手做的粉色珠帘，祝福她婚姻幸福美满。

从天麻栽种完成后，由于天旱少雨，种植户投入了很大的精力给种苗浇水，可是进入夏季以来，老天爷好像要把积攒了半年多的雨量全部还给大地。接连几天的大雨，晌午太阳才露出脸来，不料中午刚过，突然刮起风来，一阵风过去，天暗起来，灰尘全飞到半空。尘土落下一些，北面的天边见了墨似的乌云。又是一阵风，黑云已遮住半边天。地上的热气与凉风掺合起来，夹杂着腥臊的干土，似凉又热；南边的半个天还飘着白云，北边的半个天乌云如墨，仿佛有什么大难来临，一切都惊慌失措。又一阵风过去，街上的行人仿佛都被风卷走了，全不见了踪影，只剩下柳枝随着风狂舞。云还没铺满了天，地上已经很黑，极亮极热的晴午忽然变成了黑夜。风带着雨点，像在地上寻找什么，东一头西一头的乱撞。风小了，可是利飕有劲，使人颤抖，连柳树都惊疑不定的等着点什么。

又一个滚雷响过，白亮亮的雨点紧跟着落下来，极硬的砸起许多尘土，土里微带着雨气。柳枝横着飞，尘土往下四里走，雨倒往下落；风、土、雨，混在一处，连成一片，横着竖着都灰茫茫冷飕飕，一切的东西都被裹在里面，辨不清哪是树、哪是地、哪是云，四面八方全乱，全响，全迷糊。风过去了，只剩下直的雨道，扯天扯地的垂落，看不清一条条的，只是那么一片。一阵，地上射起了无数的箭头，房屋上落下万千条瀑布。几分钟，天地已分不开，空中的河往下落，地上的河横流，变成一个灰暗昏黄的水世界。黑云开始显出疲乏来，绵软无力地打着不甚红的闪。

一会儿，西边的云裂开，黑的云峰镶上金黄的边，一些白气在云下奔走；闪电都到南边去，拖着几声不甚响亮的雷。又待了一会儿，西边的云缝露出阳光来，把带着雨水的树叶照成一片金绿。东边天上挂着一道七色的虹，两头插在黑云里，桥背顶着一块青天。不久，虹消散开，天上已没有一块黑云，洗过了的蓝空与洗过了的一切，像由黑暗里刚生出一个崭新的、清凉的、美丽的世界。

凯兰闷坐在诊所里，听着风声，看着滂沱的大雨，她心里更添烦闷。前半年的雨水不足，现在又是连天的雨，按照往年的惯例，立秋之后才会进入雨季，今年的雨量几乎都集中在夏季了，自己种植场的天麻因为是场地栽种，在多雨的季节里能占优势；可是其他种植户的天麻都是在田地里栽种的，雨量过多将会使天麻烂掉，造成天麻减产。况且种植户大多数是贫困户，种植天麻是自己想帮助带动他们早日脱贫致富。如果因为天麻减产，使他们没有利润甚至亏损，这是她最不愿意看到的事情。

她看着雨，心里纠结更添烦闷。雨终于停了，她收拾好东西，准备去种植场看看，顺便去附近的两家种植户家里了解一下情况。她从椅子上起来，却一阵头晕乏力，伴随着恶心，挣扎着走到洗脸盆跟前，想呕吐又吐不出来。早期妊娠反应让她这段时间以来倦怠嗜睡，并且食欲减退。每每在清晨及胃内空虚时恶心与呕吐，不能闻油腻气味，不间断地反复呕吐，甚至闻到做饭的味道、看到某种食物就呕吐，吃什么吐什么，甚至喝水都吐，有时连胆汁都吐出来。妈妈每天给她变换着做各种清淡可口的饮食，魏楚雄欣喜之余采购新鲜的蔬菜和她爱吃的水果，家务活也由他全权负责。

可是，她就是个闲不住的人，总是趁楚雄上班的时候，偷偷跑去种植场帮忙。许大伯的儿媳妇经过科学的保胎方案，已经怀孕七个多月了，顺利度过习惯性流产的危险期，自己也打算去了解一下她的状况。

她躺在床上休息了一阵，感觉舒服了许多，正准备起身出门。

"肖大夫，你在吗？"说话间，刘大伯走进门来。

"刘叔，我在哩，你赶紧坐。"刘大伯也是今年的天麻种植户。

"我昨天去地里看天麻种苗，在地头淋了雨，今天感觉浑身发冷、关节疼，你给瞧瞧。"凯兰给刘大伯做了检查，是受凉感冒还有轻微发烧，便给他打了针，取了一些口服药。

刘大伯打完针却没着急走，紧锁着眉头坐在椅子上和她拉起家常，"肖大夫，我这几天愁得很，急着没法到地里看天麻，这段时间雨水太多，我那块地又是低洼地，怕是再下雨就都要烂到地里头。原想着天麻丰收能赚点钱还些旧债，可是如今怕是……种苗、人工肥料加起来花了不少啊。"

凯兰心头一沉，"刘叔，你放心，就是将来天麻真的亏了钱，我也不会让你们受损失，公司会按照往年其他作物的收成补给大家。"

"肖大夫，哪能让你给搭钱呢？这雨要是不下了，兴许有希望，我先回去啦。"

凯兰背上药箱和刘大伯一起出门，路上又叮嘱刘大伯按时吃药。几天来，她一直在寻思这件事，如果年底其他种植户的天麻减产亏钱，就将自己种植场的利润补给他们。他们都是贫困户，不能让他们的生活雪上加霜。如果自己的天麻增产丰收，自己绝不会让其他种植户遭受损失，今天刘大伯的一席话让她更拿定了主意。楚雄会同意她这样的做法吗？她要和魏楚雄好好谈谈。

第二十章　无悔的抉择

恼人的雨季来了。连绵的秋雨，让凯兰的心中越添烦闷。种植户们几乎不约而同的到诊所来。看似闲谈，其实都是想从她这里得到些许的慰藉，更准确地说是得到某种承诺。她就像铁板上的烤鱼，时时处在煎熬之中，想推心置腹地把自己的想法告诉楚雄，但看到他对天麻丰收的期待，一次次欲言又止。

种植场由于是室内种植，受降雨影响较少，加上楚雄在许技师的指导下，在雨天增设设备节能灯，补充了光照条件的不足，天麻丰收在望。他早早盘算好，等这季的天麻丰收后，要给家里添一辆客货汽车，早在结婚前，他已经考取了机动车驾驶证。多少个夜晚，躺在被窝里，他就会滔滔不绝憧憬开车带妻子兜风远游的快乐情景。

楚雄起早贪黑在学校和种植场两头跑，她不忍心破坏他的美好蓝图，可是那些种植户们，又是眼巴巴地盯着自己。加上妊娠期的反应，让凯兰身心疲惫。进入农历九月，种植场的天麻开始收获，楚雄看着天麻，心里充满喜悦，他已经兴奋地在电脑上挑选好喜欢的车型。凯兰不忍心泼他凉水，心里一次次地期盼着，但愿自己的担心都是多余，祈祷着种植户们的天麻都能获得丰收。

种植场刚出土的天麻，像一个个胖乎乎的小精灵，个大，肥厚饱满，色黄白明亮，根据上次的经验判断，这批天麻基本属于优等品。现在，他们已经能够对收获的天麻熟练地进行粗加工。这一期冬栽天麻的产量达到三百斤，加上春栽的，这一年的产量粗略估计在五百斤以上。今年的雨量大，天麻的产量受到影响，价格却比去年有较大增涨。

"兰，告诉你个好消息，我刚和医药公司的刘总打电话联系，今年的天麻收购价格平均上调百分之十，咱们的天麻能卖个好价钱啦！刘总说公司的车可以上门收购，这周末咱俩去市里逛车展怎么样？"魏楚雄一进门就喜形于色地告诉她这个好消息。

"楚雄，我想和你商量下，咱们车先不急着买，今年雨水多，其他种植户的天麻受到较大影响，预计会有亏损。我想等大家都收获出售后清算一下，亏损户的损失由咱们补偿，就按种植玉米的产量给他们补贴，他们都是贫困户，当初联系大伙栽种天麻是想帮助他们脱贫致富，现在亏损了，他们的日子会更难过的。你想买车，咱们明年再买好不好？"凯兰把憋在心中好久的话一股脑说给他。

"你是怀孕傻了，还是怎么回事？"听到她的话，他恼怒地说。

"我就没见过你这号人，种植天麻是他们主动要求栽种的，这是双方签了种植协议的，又不是咱们逼他们种，人家的天麻亏损了，你想让咱们补贴，那如果咱们亏损了，你问问看有人补贴咱们吗？你又不是活菩萨，他们是困

65

难户，咱们也不宽裕，辛辛苦苦一年……"魏楚雄愤怒地喊着，生气地甩手走出去，砰的一声，门被狠狠地关上。

天已经黑了，他还没有回来，凯兰怅怅地坐在屋内，她知道楚雄说的是事实，依据合同处理合情合理，可是一想到那一双双因为穷困而愁苦的眼睛，她的心中就隐隐作痛，我该怎么办？她不愿去思考，也害怕去思考。

晚饭早早做好，可是她一口也没吃，呆呆地坐在椅子上等他，甚至忘记了开灯。黑暗中，恍惚间她好像回到了儿时。自己还是梳着两个小辫子的小姑娘，爸爸下班回来，带来了期盼已久的好消息。

"孩子她妈，你来看咱们的缝纫机票，下个月15日，咱们就去百货公司买缝纫机。"在那个物质贫乏的年代，长久以来，缝纫机是妈妈最期盼的物件，能有台缝纫机给家里人缝缝补补做衣服是她长久以来的心愿。可是缝纫机只有在供销社和百货公司才能买到，并且必须有购销证才行。飞人牌缝纫机要175元，这可不是个小数目，妈妈辛苦积攒了好久才存够这笔钱，购销证也是爸爸几个月以来托人才办好的，就等着到时候去买缝纫机了。姐妹俩幻想着穿上用自家缝纫机做新衣服的情景，高兴地又唱又跳。

可是期盼好久的缝纫机最终也没拉到家里来，她记得为此妈妈生气了好久，也时常抱怨爸爸。因为爸爸的徒弟小平要娶媳妇，小平媳妇要求买一台缝纫机做彩礼。小平是个农家孩子，家境困难，远远没攒够买缝纫机的钱，更没有购销证。为了小平的婚姻，爸爸把购销证和钱都资助给小平。直到几年后小平才将当年的缝纫机钱还给爸爸。

夜已经深了，楚雄还没回来，凯兰和衣躺在床上，感觉像困在沙漠里孤雁一样无助。冥冥中，亲爱的爸爸就在眼前，她流着把自己的苦闷一股脑地告诉他："爸爸，我这样做对吗？你会支持我吗？"

"兰儿，只要是自己认定正确的事就要坚持下去……"

"爸爸，爸爸，你别走……"凯兰惊醒了，泪湿枕边，原来是一个梦。想想当年爸爸扛着棉花包能养活一家人，现在还有什么样的磨难不能挺过去的呢？对，只要是认定的事就要坚持下去，困难是暂时的，钱花掉了可以再挣，不能眼看着陈奶奶他们的生活雪上加霜，她流着泪，下定了决心。

种植户的天麻陆续开挖，由于雨水偏多，种植户的部分地块排水不畅，造成高湿环境，加之通风环境差，病虫害防治不到位，造成了天麻的减产和亏损。陇平的种植地块是高坡地，不聚水，通风条件好，加之他跟着许技师学习时间最长，对天麻的病虫害防治做的到位，他和少数种植户的天麻意外获得丰收。

在其他种植户减产亏损的状况下，凯兰最终说服楚雄从自己的种植场里拿出钱，补贴给他们。种植户在绝望之余，佩服这个果敢的女子在危难之时对他们的帮助，她坚定地兑现着以微薄之力去补贴他人的承诺，他们为自家狭隘自私的想法感到惭愧，众人被这个年轻弱女子的无私、果敢而震撼、折服。如何真正的带动这些种植户走向富裕，凯兰再一次陷入思考中。

"妹妹，今年的天麻种植虽然遭遇挫折，但是你的处事方式让哥哥敬佩，你的勇气和果敢是我们很多男人都做不到的，别灰心，振作精神，咱们从头再来！"肖海特地来到种植场看望他们。

"哥哥，这都是楚雄支持我的，最困难的日子已经过去了，以后我们会好起来的……"凯兰的眼睛红红的。

"妹妹，天麻的种植经验不足也是一个重要原因，最近市发改委和市农业局要组织中药材培训班，可惜你身子不方便，以后有机会我给你报名多去学习。"

"哥哥你帮我报名吧，我可以去培训班，现在才7个月，没关系的。"

"我的傻妹妹，让我说什么好呢？你怎么就这么倔呢，这么重的身子能去吗？"肖海苦笑着劝她，后悔自己把培训班的事告诉她。

"哥哥，我能行，你不记得啦，大妈她们怀着孩子8个多月还推磨干活挣工分哩。"面对执着倔强的妹妹，肖海只能同意。开班前夕，凯兰拖着沉重的身子坐上肖海的车去培训地粮食大厦。

第二十一章　中药材种植培训班

　　这次市上组织为期15天的中药材种植培训班在粮食大厦按期开班，80人的培训班汇集了全市各县区中药材种植合作社的成员。

　　林健是本次培训班的组织者之一。在开班仪式上，他首先做了《关于加快中药材产业发展》的专题报告：我市是古丝绸之路重镇和新欧亚大陆桥必经之地，自古就以"千年药乡"著称，是全国道地药材的重要主产区之一。特殊的自然地理条件、气候资源和生态环境，与中药材本身的生物学特性相吻合，适宜中药材的生长和发育，也为开发绿色中药材产品提供了先决条件。近年来，依据全市中药材的道地特征和种植规模优势、品种品质优势、规模仓储优势、加工增值优势，我们提出打造"中国药都"，并将中药材产业确定为战略主导产业力促发展，使中药材基本完成了产业聚集和规模扩张的历史性跨越，开始步入标准化种植、规模化贮藏、精细化加工、市场化营销的发展阶段……

　　"林主任您好，这是我同学肖海的妹妹肖凯兰，她是我们县首家种植天麻的合作社。"开班仪式结束后，在经验交流会上，许学明将肖凯兰介绍林健认识。

　　"欢迎你肖凯兰同志，你这种身体状况能来参加培训班，真的很不容易，要多注意身体，培训学习任务重很辛苦，能吃得消吗？"

　　"林主任，我们的合作社去年才成立，苦于没有经验，能来参加培训班对我的帮助太大了，谢谢您的关心，身体没问题，再大的困难我都能克服。"

　　林健赞许地看着这个清瘦俊俏的女子，她骨子那种坚韧和不服输让他想起两年前去周庄见到曲玲妮的情景。前年暑假的时候，林健带着家人去周庄度假旅游。周庄古镇60%以上的民居仍为明清建筑，仅0.47平方公里的古镇，有近百座古典宅院和六十多个砖雕门楼，民居古风犹存，还保存了14座各具特色的古桥。这里是中国水乡文化和吴地汉文化的瑰宝。周庄古镇，道路整洁，河水碧绿，水巷内橹声水声一片，小桥流水生机勃勃，青条石铺就的小街上人声鼎沸，操着各种方言的游客摩肩接踵。鲜嫩可口的河鲜吸引着人们的眼球，弦乐丝竹、昆曲小调让人陶醉，各种手工艺表演令人叫绝。

周庄的兴起，应当归功于20世纪80年代的周庄人。到周庄的人都会记住一个名字：曲玲妮以及他们的团队。他们坚定不移地走上了一条保护和开发并重、古为今用的道路，将古老的水乡古镇蜕变成江南水乡的旅游明珠。

这是肖凯兰第一次见到林健，她的励志和勤勉给林健留下了深刻的印象。她把自己开办天麻种植场以及成立中药材产销公司和创业中的挫折和规划，讲给这位发改委副主任听。

林健时而倾听，时而提问，时而在笔记本上记录，被这个俊俏女子坚韧不屈的精神打动，更为她在其他种植户遭遇到减产之时倾尽全力补贴他人的豪爽和果敢折服。看到眼前的肖凯兰，今天的她不正是当年那个意气奋发的曲玲妮吗？渭水源头这个贫寒女子正在用自己的羸弱之力，探索着一条布满荆棘的创业之路。当听到她对中药材产业的未来设想，他心里充满欣喜。欣然接受了肖凯兰的邀请，以后一定去他们的种植场参观考察。

这个培训班只有5个女学员，而凯兰更是挺着个大肚子的特殊学员，又是这个培训班里最勤奋认真的一个，每天她除了认真地听取专家讲解的相关知识，课余时间还虚心向同行前辈请教。一个身怀六甲拖着沉重身体的孕妇，那份励志的精神让其他人深深地敬佩和折服。凯兰在这次培训中受益良多，通过专家的培训，她全面了解到全市中药材产业的发展历史和前景，开阔了视野，对自己的中药材种植和营销也有了全新的远景规划。

第二十二章 转型发展

冬天的乡村，地上蒙着一层薄薄的霜，僵化的土地，冻硬而干裂，刚刚从地里钻出来的冬麦苗，显得那般怯弱，原本嫩绿的叶子，紧紧地贴在地皮上。由于没有了绿树如荫的点缀，显得有点破败，加之天寒地冻很少有人出来，也就显得有些冷清。只有到了中午的时候，人们才陆陆续续出门，在阳光照耀的地方聚成一团儿聊天。

乡村的黄昏倒是弥漫着温馨的气息，因为农闲，晚饭吃得特别的早，于是黄昏可以看到那样柔和轻盈的袅袅炊烟，还会偶尔传来孩子的嬉笑声，孩子玩起来就是天不怕地不怕的那种，担心的只是爷爷奶奶，他们总是抱着衣服跟在后面，嘴里说着气话，脸上却挂着慈祥的笑容，也难怪孩子不听话。不时传来狗的叫声，不知是谁的脚步，碰触了它那敏感的神经，表现出那种护卫者特有的忠诚。冬雪总是喜欢在夜里给人一个大大的惊喜，几只无名的小鸟无意中撞落了一枝雪花，纷纷扬扬呼唤着自然界的天才画匠。

巨大的"白锦缎"上，留下"画匠"的杰作，一会儿被雪花覆盖的了无痕迹。雪花在我们的指间飘落，随同一片日历滑过冬夜。站在窗前眺望着冬天的景色，侧耳倾听着冬天风的吟唱，那景色、那声韵，谁说冬天是苍凉的季节？辛勤的农民在初冬就忙着给田地埋好基肥，早早地让肥效在冬天发酵孕育，埋下希望等待回春后耕种。

凯兰从培训班回来，这次培训让她收获颇丰，通过听取专家对中药材种植加工的系统讲解以及与同行的交流，她已经有了新的规划和打算，决定将种植的重心由种植天麻转向种植当归和党参。

对于新手来说，天麻的种植因为受温度和湿度的影响大，很难把握。相比而言，当归和党参更具优势。其中以甘肃岷县的产量最大、质量最好、栽培历史最为悠久，仅岷县每年种植当归约十万亩。当归和党参的种植宜选在海拔2400至2600米，阴凉湿润，没有阳光直射的半阳半阴缓坡山地为好。当地地理气候具有得天独厚的优势，非常适宜当归和党参的种植。她将自己的规划和魏楚雄他们商量，经过上次她对天麻种植亏损户的倾情帮助，人们从心底里认可佩服她。

"小肖呀，你说咋干就咋干，咱们大伙跟着你没错，心里踏实着呢。"刘大伯是上次种植天麻损失最大的人，他看着烂在地里的天麻欲哭无泪，正在愁苦之时，是凯兰慷慨扶持让他们减少损失。

刘大伯从心眼里佩服凯兰，饱经沧桑的老人被这个年轻柔弱的女子深深震撼，在某些人眼中，金钱超过了亲情和友情。当凯兰将自家辛苦赚到的利润无私帮助大家的时候，所有人被这个出身贫寒女子的大气、果敢和慷慨折服。塞翁失马，焉知非福。雪中送炭的恩情和果敢让凯兰此刻得到的前所未有的尊重和支持，是很多人用金钱都难以买到的。

考虑到种植场是厂房，她和魏楚雄商量调整场地少栽一季天麻，腾出一部分场地改造成药材加工车间，在附近的村子流转一百亩合适的田地栽种一些当归。除了原先的种植户，她想把附近种植中药材的农户联合起来，将绿源中药材有限公司做大，实现公司+基地+农户的运行模式，更加科学化操作。

妹妹若兰经过努力顺利考取会计专业的研究生，在成都继续深造。凯兰已经怀孕八个多月，妈妈每天来诊所帮忙照顾她，"宝宝，你要乖乖的，妈妈一定会好好努力，我们一起加油！"她甜蜜地感受着宝宝每一次的胎动带来的快乐和欣喜，可爱小天使还有二十多天就要出生了，作为准妈妈，她却无法让自己有一刻的闲暇。

除了诊所的日常工作，她还要联系贷款的事情。要扩大生产还有很大资金缺口，今年的利润因为补贴农户，所剩的已经很少。还要联系农户协商中药材种植合作事宜，签订合作协议书，以前有60户协议农户，公司计划在明年增加到200户，这些农户需要挨家挨户的动员，根据实际情形完善协议的内容。还有种苗、农膜的采购，一项项的事情千头万绪逼的她一刻不能懈怠。

楚雄本来是负责这一块的，可是慢慢发现，大伙更喜欢和凯兰交流沟通，人们更认可她的承诺。听着这个轻声细语的女子微笑着娓娓而谈，那些固执的大叔大婶便会慢慢地乐意达成合作意向。在合作责权利划分方面，公司为种植户提供了尽可能多的利润空间。比如公司免费给种植户加工药材，销售也由公司统一安排，免除种植户的后顾之忧。对于条件困难的种植户，公司也可以先提供种苗、农膜和化肥，保证他们适时栽种。

楚雄和凯兰在这些方面一度产生分歧，因为药材加工方面的人力、物力的投入基本就是由公司单方买单。可是每一次，她总是用自己那朴素的处事原则说服丈夫，让他不得不认可她的决定。公司的人力明显不够，除了原来的陇平和陈大叔之外，魏楚雄又招聘了两个农学专业的小伙和一个会计专业的女孩。这个女孩是他同事的妹妹小娟，她担任公司的财务会计。凯兰挺着大肚子在农户家里走访，除了商谈加盟的事，她还免费当起了家庭医疗保健医生。每次出去走访农户就由小娟帮忙背着出诊箱，到农户家里一边聊合作一边给老人们免费量血压、测血糖，做些日常检查。遇到农户家里有人生病的，随身带着药品能治疗的就当时治疗。往往一天走回来，凯兰的脚都肿得像馒头一样，穿不了鞋，累得爬不上床，在妈妈面前，她强打精神怕妈妈担心心疼，只有自己一个人的时候，她常常累瘫在床上。她像一只勤劳的蜜蜂，不辞辛苦地构建着甜蜜的蜂房。

第二十三章　陈平的女儿

凯兰的预产期还有半个月就到了，她留在诊所待产。天已经黑了下来，楚雄在学校开会还没有回来，凯兰和妈妈已经吃过晚饭，诊所的门刚关上，她准备先上床休息。

"肖大夫，你在吗？"门外有人敲门，是陈大伯的声音。妈妈打开门，陈大伯走进门来。"肖大夫,又得麻烦你啦!那两个娃今天一天不吃奶,先是女娃发烧,后来男娃也跟着发烧了。你能过去看看吗?我知道你行动不方便,孩子太小,我们老两口也不敢抱着出来……"陈大伯的儿媳妇前段时间生了一对可爱的龙凤胎宝宝,这个有习惯性流产的小媳妇正在坐月子,两个婴儿怎么突然发烧呢。

"陈叔我过去看看。"凯兰毫不犹豫地说。

妈妈不放心,陪着她来到陈大伯家里。她给孩子量了体温,初步诊断孩子是感冒引起的发烧。新生儿由于身体机能不完善,会因为很多原因发烧,除感染因素外,环境过热、失水均可引起发烧。眼下宝宝的体温已经超过38摄氏度。凯兰嘱咐陈大伯他们立即找车带宝宝去医院,以便得到更准确完善的治疗。

陈大伯一家人手忙脚乱地收拾着准备带宝宝去医院。凯兰帮着他们上了车,自己和妈妈慢慢地往回走。也许是刚才太紧张宝宝的病情没注意自己,回家的路上,她的腿像灌了铅一样沉重,肚子也开始隐隐作痛起来。她怕妈妈担心,强忍着往回家走。好不容易才挪到家门口,发现魏楚雄已经在家。

凯兰的脸色煞白,头上冒着虚汗,肚子越发疼的厉害。妈妈察觉女儿不对劲,扶着她先躺到床上,随后张罗收拾东西,让楚雄赶快找车去医院。

凯兰躺在病床上,经过4个多小时的阵痛,女儿来到了这个世界,她虚弱地沉沉睡去,妈妈心疼地看着女儿,唉!这女子都是当妈的人了,还不知道心疼自己,这样的身子还要去帮别人家的事。

看着这个粉嫩娇弱的小女儿,凯兰所有的辛苦都化为喜悦。她给这个长着大大眸子的小宝贝取名魏雪,乳名雪儿。雪儿长着纯黑的眸子,秀气的小鼻子,可爱的小嘴巴,活脱脱是凯兰的翻版。楚雄家离得远,家里也抽不开身,他妈妈照顾了凯兰十来天便回去了,伺候月子的事就由妈妈承担起来。妈妈的身体虽然一直不是很好,现在每天除了精心地制作可口的月子餐,还要照料宝宝,却整天不知疲倦乐呵呵地忙出忙进。

在妈妈的精心照顾下,宝宝满月了。小宝贝长得很快,粉嘟嘟、胖乎乎的惹人怜爱。这天午后，小娟过来找凯兰，给雪儿宝贝带来一套爬爬服。看到屋内只剩下她俩，小娟压低声音，神秘兮兮地说："姐，我给你说件事，姐夫不在家吧？"

"你姐夫今天去县农行联系贷款的事，你找他有事吗？"

"我不找姐夫，他不在就好，他在我还不能说这事哩。"

"你这丫头，啥事还要瞒着你姐夫呢？"

"姐，你是坐月子没出门，陈支书他们家出了难肠事情，就是那个在西安医院工作的儿子陈平，他女儿得了什么先天再生障碍性贫血，听说孩子八个月的时候就发现不正常的，现在越发严重哩，说是要进行骨髓移植才能治愈，已经到北京治疗两三个月，这病已经花了二十多万，还要好些钱做骨髓移植，今天陈支书来找我哥借钱。"

小娟的哥哥刘光明是村小学的副校长，楚雄和他关系不错。"小娟，光明哥给借钱了吗？"

"姐，还没有，我哥正为这事犯愁，借了怕一时半会还不了，不借抬头不见低头见也觉得生分。我知道当初是陈平哥他对不起你，村里人都说是陈平不该对姐那样无情无义的，所以我哥找借口推脱着。"

小娟絮絮叨叨地说着村里人的评说，村里长舌的女人私下里议论看笑话，都是陈平攀高枝把凯兰甩了，结果没想到他家娃得了这病。陈支书也是一肚子苦水，当初儿子娶了一个贵气媳妇，而这个儿媳妇天生骄纵任性的脾气让儿子和老两口没少受气。更可恨的是孙女得病的根源还是因为儿媳妇家隐瞒了遗传家族病史。老伴天天挂着眼泪到处拜神求菩萨，自个儿舍着老脸求人借钱，这日子煎熬着过不成啦！

"小娟，别听别人胡说，当初我和陈平的事不全怪他，人家孩子生病遇到难事，不该那么说人家……"凯兰嗔怒道。

小娟本来想着凯兰听到这个消息会很解气，看着她不高兴的神情，她知趣地闭了嘴。送走小娟，凯兰的心里像打翻了五味瓶。

陈平当初决绝地抛弃了自己，他的伤害像一把利刃深深刺痛她的心。那流血结痂的伤口藏在自己的心底，多少个夜晚她痛苦地辗转反侧泪湿枕边，即使他那样无情地伤害了自己，她的心中仍然期盼他能幸福快乐的生活。今天当再次听到他的消息，孩子的病让他无助凄惶，妻子的骄纵蛮横让他痛苦挣扎，她惊奇地发现自己竟然还会怜惜他，关心他。孩子的不幸让这个家庭陷入痛苦的深渊，自己又怎么能冷漠地把这一切当做茶余饭后的故事来听？

　　此时自己唯一能做的就是替他筹集一些医药费，救助生死一线的孩子，可是自己目前也是捉襟见肘。家里的积蓄已经全部投到种植场，为了扩大生产规模，楚雄正在跟银行争取贷款，家里为陈平孩子借钱治病是根本不可能的事，就算手头有钱，这件事她绝不能在楚雄面前提起。看着安然熟睡的雪儿，她不止一次浮现出一个在病痛中苦苦挣扎，等待救助的小女孩的身影。

　　两天后，凯兰来找肖海，她想通过肖海借钱给陈平。"哥哥，我想在你跟前借三万元钱，请你不要把我借钱的事告诉楚雄。我借钱是想帮助陈平生重病需要做骨髓移植手术的女儿，虽然他曾经伤害过我，我不能眼看着孩子没钱治病……"

　　肖海听她说完，走过来给她添上茶水，怜惜地盯着妹妹的眼睛，那双清澈的眸子里是笃定的沉静，"妹妹，难得你能有这样以德报怨的胸襟，哥哥支持你。"看着眼前这个柔弱的妹妹，她的善良、无私，他的心再一次被深深地震撼。

　　凯兰拿着哥哥准备的钱悄悄找到刘光明，让以他的名义转交给陈支书。"刘哥，这些钱你麻烦你转借给陈家爸，让他给小孙女看病用，就说是你借给他的，这事还请你绝对保密，任何时候都不要告诉他们，也不要告诉楚雄，我不想让他误会。"

　　"小肖，这钱你真要借给陈平？我没听错吧？"刘光明愣住了，他甚至不敢相信自己的耳朵。

　　"刘哥，不管我和陈平有过些什么，那都过去了。那是我们之间的事，孩子是无辜的，我不能眼睁睁看着娃儿生病不管……"

　　"好，妹子，你让我佩服的无话可说，哥啥都不说啦。谢谢你对我的信任,你嘱咐的事我保证不让任何人知道,你做事比我这个大老爷们还讲义气。"就在几天前,刘光明以自己贷款买房为由没有借钱,在凯兰此刻以德报怨的大爱面前,他为自己世俗的自私和狭隘感到惭愧。

立春以来,气温慢慢转暖。每年四月是当归和党参栽种的季节,经过一个冬天的努力,公司的种植户从计划的二百户增加到了二百三十户。要带动大伙一起种药材致富,凯兰更多了责任和压力。

过完春节,楚雄已经开始着手联系订购药苗和农膜。当归的种植正常需要三年的周期,第一年培育种子,第二年培育苗子,第三年培育当归。由于是第一年栽种,没有自己培育的药苗,就得去提前订购种苗。凯兰在培训班学习的时候,认识了岷县的一个当归种植大户马富江,他从事当归种植三十年,成立的合作社带动两百多户入社的农户集中发展当归产业。他们到马富江的合作社取经,马富江算得上是当归行内的土农技专家,他听说凯兰需要当归种苗,就联系自己合作社农户把准备出售的优质种苗低价转让给他们。他还爽快地答应给这个果敢倔强女子担任公司当归种植技术顾问的请求。

种植场里又忙碌起来,魏楚雄找来一些人在种植场把去年留的天麻种茎拿出来开始栽种。

第二十四章 陇平的幸福

从清明前后开始,经过半个月的栽种,种植户的当归和党参都陆续栽种完毕。

这两年来,陇平和两个孩子都在种植场生活,吃穿用度都是凯兰提供,另外他还能在公司每月领取工资。幸运的是,他家去年的天麻意外地获得了丰收,这个男人第一次手头有了积蓄。今年,陇平在自家的二阴地里全部栽种当归。全家人已经不是以前那个凄惶的样子,小姐弟的个头都长高一大截,姐姐妞妞已经上小学六年级，这个聪慧的小姑娘在学习上很有天赋，每次考试都会捧回来一张奖状。弟弟壮壮虽然有点调皮，学习成绩比不上姐姐，但他跑步像箭一样，是个长跑的好苗子。看着一对儿女健康快乐的成长，陇平也一改过去的颓废和懒散，成了一个勤快敬业的人。

凯兰生了雪儿之后就在诊所住，这天她正在哄雪儿睡觉，陇平走进屋来。她赶紧招呼坐下喝水，突然发现他今天和往常不太一样。他今天没穿那套平常穿的蓝工作服，而是一件浅咖啡色的新T恤，一条崭新的蓝色休闲裤，脚上一双新皮鞋。整个人看上去容光焕发、神采奕奕。

"哎呀，陇平哥你今天穿的工整得很，新展展的。"凯兰笑着跟陇平说。

"这都是巧花给买的，她给娃们也都买新衣裳哩……"陇平有点羞涩的回答。

"巧花？哪个巧花？哦，经常干零活来的那个眼睛大大的吗？"

"是，她对娃们好，经常……"陇平突然脸红了。

"能对娃们好，我打心眼里高兴哩，哥你们准备啥时候办事情呢？"凯兰这段时候带孩子，种植场去的少了些，对陇平的事没注意到。突然发现，这个自己几乎天天打照面的男人是个挺帅气的人，文文在世的时候，他总是一副懒散的样子，衣服也穿得邋里邋遢的。

陇平红着脸居然有些羞涩，他说："办事情还远着哩，镇上小城镇开发改造有新农村建设的房子，这两年你拉扯我到公司里来，我们爷仨吃穿都不愁，去年我种的天麻卖了两万块钱，每月给的工资我也攒着没花，总共加起来有3万多，我盘算着把镇上建的房子给定一套。那房子有个小花园、水电都齐全，孩子们上学也方便。就是人家这一套房子加上政府补贴最少要十二万，我手头这点钱能凑合交个首付，剩余的钱想请楚雄帮忙担保着贷些款，等今年当归收获了，我能还上些。"

"哥，这是好事，都怪我这段时间忙着疏忽了，我给楚雄说说，明后天你和楚雄找时间到镇上选房子办手续，缺的钱，让楚雄想办法担保贷款。"凯兰听着他的诉说，心里洋溢着欣喜。让他们全家过上富裕幸福的日子，为

77

孩子找一个照顾他们的妈妈，这不仅是为了兑现文文的嘱托，更是她的心愿。

一段时间以来，她忙着中药材种植的事，加上生雪儿坐月子照顾孩子，居然没有注意到镇里那成片新农村建设的房子，有这样一套房子，孩子们就有了期盼已久的新家。她早已把他们当做血肉相连的亲人。

陇平欢天喜地走在路上，心中抑制不住窃喜，他还有个小秘密没有告诉肖凯兰。他感激这个比亲人还亲的妹妹对自己的帮助，自己第一次手头有了存款，才大胆奢望能置办一套新房子。

这一年多来，遇到栽种和收获加工的时候，种植场总会雇佣一些附近村子的人来打临工。渐渐的他接触到一个年龄相仿的离婚妇女，通过在打工期间的相处，陇平和这个叫巧花的女人之间有了许多知心话，她为人贤惠、善良，干活不偷懒耍滑，还经常给陇平他们做些可口的吃食，馋嘴的小壮壮最喜欢吃她烙的糖酥饼。慢慢的孩子们和她也混熟了，巧花对孩子们的贴心关爱，陇平都看在眼里，只是怕她嫌弃自己贫困残疾，还有一对儿女拖累，不敢和她提起组建家庭的事。

直到前几日，楚雄给工人们发放了工资。第二天，巧花就自个儿去县城，用自己挣的钱给陇平和两个孩子全都买了衣服。

那一夜，两个人第一次缠绵相拥在一起，两颗相守相望的心也紧紧地贴在一起。在历经生活磨难之后，陇平重新燃起爱的火焰，他信心满满地勾画着未来的幸福蓝图。

房子很快就选好定下来，等八月份交工之后就能简单装修入住。今年风调雨顺，在人们的辛勤劳作下，基本可以预见是个丰收的好年景。

由于很多种植户是第一年种植药材，经验不足，聘请的马富江这个技术顾问可帮了大忙。马富江将自己的培育经验和技术倾囊相授。

看着田地里的药苗长势喜人，每个人都心怀喜悦。魏楚雄召集人手把种植场的一部分场地改造成药材初加工车间，马富江把自己合作社的当归饮片加工机借了一台，又指导公司购置了一台新机器。

丰收的当归一车车运到种植场，堆成一座座小山，种植场场地有限，公司安排有经验的农户在自己家里进行加工熏制，再集中切片装箱。种植场里到处弥漫着浓郁的药香，人们的脸上洋溢着丰收的喜悦。

第二十五章　项目补助的风波

　　漫天的白雪，洋洋洒洒地装点着世界，琼枝玉叶，粉妆玉砌，一派瑞雪丰年的喜人景象。雪后初晴天气很冷，树枝杈都稀稀疏疏的，积不了多少雪；种植场西边有一处树林，枝杈上零散地挂着雪绒，一场大雪把天地变成了银装素裹的世界。男人在熏制药材，女人在分拣药材，切片装箱。机器轰鸣，烟雾缭绕，一片忙碌的景象。

　　今天早上，凯兰带着雪儿来到种植场，给雪儿喂完奶，由妈妈照看着，她自己走进公司的会客室。昨天许学明打过电话说今天有市上相关人员来公司参观，随行的还有县上的工作人员，这是市县相关部门人员第一次到公司参观，一定要给他们留下好印象。会客室是由以前一间会议室改造的，因为公司的资金困难，用的都是从旧货市场买来的桌椅，凯兰擦桌子摆放水果，小娟扫地拖地，不一会儿就收拾得干净整洁、井然有序。

　　午后，林健一行七人在镇政府工作人员的陪同下来到公司。凯兰领着他们参观药材加工车间，查看加工的中药饮片，随后来到会客室同大家一起座谈。凯兰代表公司对各位的到来表示热烈欢迎，随后介绍了公司的发展和未来规划，许学明作为农技特派员汇报了对公司中药材种植技术帮扶工作，种植户代表也做了交流汇报。

　　前来参观的林健看到公司一派生机勃勃的景象，非常高兴，大家畅谈公司艰辛的创业历程和未来发展规划，对凯兰能够在逆境之中不断奋进，带领乡亲发展中药材产业脱贫致富的举动表示赞许。同时提出建议，中药材种植示范基地要按照无公害生产和 GAP 种植要求，在新技术、新产品方面，要引进试验筛选和标准化生产技术研究进行有益探索，同时建议创立中药材品牌，要从种植粗加工走向药材精细加工创优的道路。

"请各位领导放心，一年后我们邀请你们再来参观，我们一定迈出一大步。"肖凯兰信心满满地保证。

"哈哈，说话算数，我们这些人会经常来看看，检验你的成绩。"林健爽朗地笑着。

谁也不曾想到，林健始终践行着十年前看似玩笑的一句承诺，他每年总会抽时间去肖凯兰的公司，见证着这个在渭河源头破土的嫩芽一步步的艰辛成长和华丽蜕变。

从公司参观回来，林健总是不止一次地想起这群可爱的人，肖凯兰这样一个出身贫寒的弱女子，以一己之力带领旱塬上的乡亲为了摆脱贫困进行的艰辛探索，这个柔弱女子在金钱利益面前超乎常人的大气、诚信和果敢，令多少人为之敬佩感动！普通人身上金子般的可贵品质，是那么珍贵和可敬，他们励志攻坚、互帮互助的情怀深深打动着他，企业的发展更牵动着他的心。

这个被左宗棠称为"苦甲天下"的地方，脱贫工作任重道远，他常常凝视着办公桌后悬挂着的那条人生格言，时刻警醒自己。作为负责扶贫开发的专职副主任他深知自己肩头的责任重大，引导帮助群众脱贫致富是时代赋予自己的使命。

今天是周一，林健正在参加一个专题会议。根据国家相关政策和安排部署，将从税收优惠、金融政策支持、财政扶持等方面对有示范性的农业合作社进行扶持，对运行规范的合作社尤其是示范社作为政策扶持重点和国家"三农"建设项目的重要承担主体。我市将会有3个示范合作社获得这次项目补助资金。

越野车行驶在回市区的高速公路上，林健心情愉悦看着窗外，"到了惊蛰节，锄头不停歇"，路边的田地里处处是劳作的人们，"春雷响、万物长"，惊蛰时节正是大好的"九九"艳阳天，气温回升，雨水增多。车停在市政府办公楼下，林健快步走进刘青山主任的办公室，他要把这次会议的相关精神和安排向主任做汇报。

"刘主任您看看这份文件,这次省上能拿出资金补助扶持农业合作社的发展对我们是件大好事。"林健把包里文件递给刘青山,高兴地说。

"林主任,你是负责农林水牧的副主任,这笔补助资金的安排就由你来具体负责。"

"好的,我把相关的情况统计梳理一下,拿出补助方案,之后再向您汇报。"

林健回到自己的办公室,他安排马国强科长对全市农业合作社的情况进行统计,以入社农民合作社在200户以上、有区域示范带动性为标准条件,将统计结果作为项目补贴的先决条件。

3天之后,马国强把统计调查结果向林健做了汇报。马富江的中药材合作社、肖凯兰的中药材种植合作社、王鑫的马铃薯种植合作社等五个合作社具备较好的示范带动作用。相比之下,肖凯兰的合作社虽然起步较晚,经济实力也相对较薄弱,但是发展潜力和群众基础却是最好的,这笔补助款对于艰难创业初期的他们更是雪中送炭。

通过各方面的综合考虑,对于这笔60万的补助资金,林健心里已经有了初步的考虑:鉴于马富江和肖凯兰的中药材种植合作社、王鑫的马铃薯种植合作社在带动群众脱贫致富方面有非常好的示范性和带动性,具有良好的发展潜力,将这笔补助资金配置给这3个合作社。

他拿着统计资料和项目补贴资金方案向刘青山进行了汇报,刘主任表示赞同。林健提交党组办公会议进行了讨论和征集意见,通过分析研究审议通过了他提出的方案。

下午快下班的时候,老同学王浩打来电话:"老林,今晚咱们一起坐坐,我外甥前段时间新加盟的火锅店正在试营业,一直叫我去试菜,今晚没事儿咱们几个老朋友过去品尝一下,给他提提意见。"面对王浩的盛情邀请,林健不便回绝。

走进豪华考究的中式装修的火锅店,包间里的桌椅都是用红木材制的,地道醇厚的川味火锅,让在座的人都吃得酣畅淋漓。王浩的外甥刘杰一身名牌,殷勤地给所有人夹菜敬酒。刘杰二十七八岁,穿着时尚,腕子上带着一块劳力士名表,一副世故老练的样子,一看就是常混迹于场面上的人物,"林主任你要多尝尝这进口的新鲜刺参,小弟在老家也有一个马铃薯种植合作社,以后要仰仗您多多关照哩!"

林健感到浓浓的火锅里弥漫着鸿门宴的味道,便以身体不舒服为由提前离开。刘杰殷勤地送他出门,"林主任,您今天能来是给我面子,以后一定要常来。"

"多谢刘总盛情,我喜欢晚饭后散散步,一个人走走。"林健执意谢绝刘杰要安排车送他回家,坚持自己步行。

"林主任您慢走,改天小弟一定登门拜访,跟您讨杯茶喝。"刘杰满脸堆笑地目送他离开。

第二十六章　姜维墩前的思索

第二天刚上班,刘杰就悄无声息地来到林健办公室,"林主任,昨晚您身体不舒服,不知道现在好些没有?"

"谢谢刘总关心,我已经好了,刘总百忙之中怎么有空到我这里来?"面对刘杰的殷勤和关切,林健客气礼貌地应对。

"林主任您这是笑话我哩,今天来是有个物件,请您给长长眼看看。"说话间,刘杰神秘兮兮地关上了办公室的门,从包里取出一个锦盒,里面是一方端砚。

端砚,国之瑰宝,产于古称端州的广东省肇庆市,一直雄居四大名砚之首,至今已有一千三百多年的历史。眼前这方端砚是著名端砚雕刻艺术家钟创荣的作品,雕刻的富贵牡丹细腻温润、栩栩如生。

"恭喜刘总能得此砚，这是一方材质优良雕刻精美的端砚佳品，今天能欣赏这传世之作，真是幸事。"林健说。

"林主任您说笑了，我这么个粗人哪里懂得这些，这东西在我手里是埋没糟蹋了，我舅舅说您平时常练字，这东西给您用才合适，您可别嫌弃，一点小心意而已。"刘杰不愧为场面上的高手，一番话说得滴水不漏。

"刘总太客气了，我怎么能夺你所爱，这砚台是绝对不能要的，再说无功不受禄。"林健坚决推脱。

"林主任，兄弟前两年也成立了农业合作社，您是分管农业扶贫的，我听说最近省上有一笔补助资金，请您帮帮忙，抬抬手，兄弟一定不会亏待您的。"刘杰终于说出了自己的来意。

"刘总，请你把东西收起来，真是不好意思，最近的这笔补助资金已经安排到其他的合作社，你的合作社业务工作我们一定会全力支持。"

"这不是资金还没放下去吗？您就是抬抬手画个圈的事。"面对刘杰的死缠烂打，林健觉得心里很烦。

"你把东西收起来先回去，我待会要去市上开会，等我了解了你合作社的情况再说好吧。"林健对着刘杰下了逐客令。

刘杰知趣地媚笑着收拾东西，"真是叨扰您了，您忙，我等您消息，事成之后一定重谢……"刘杰轻轻地退出去，他精明的脑子里飞快地盘算着，今天自己拿出这件东西，林健肯定会有所触动，自己再加把火那笔补助款就有希望到手。刘杰寻思林健所说的了解一下自己合作社的情况就是官话，自己的合作社就是个空牌子，成立合作社的初衷就是想趁国家对农业合作社的加大扶持力度的机会，钻空子弄点项目补助款。

刘杰走后，林健的眉头皱得很紧，对于这种貌似精明、圆滑世故的人他心底里有说不出的厌恶。他安排马国强对刘杰合作社去做实地了解，结果不出所料就是个名存实亡的空壳子。刘杰过了两天又来找林健，林健拿出税务部门出具的合作社零业务纳税申报证明，直接拒绝了他。规范合作社的项目补贴款按照相关程序划拨给三个农业合作社。

林健下乡回来已经七点多,他和司机小陈在路边吃了一碗牛肉面,满身疲惫的身体回到家。打开房门,屋内是黑的,爱珍还没有回来吗?他在门口换好拖鞋,看到妻子的手提包、皮鞋都在,客厅的沙发放着她的外衣,诧异地问道:"老婆,你在吗?"

李爱珍合衣趴在床上,听见林健进门的声音,她不想答应也不想动。

"老婆,你身体不舒服吗?病了吗?"林健看到妻子趴在床上,走过来坐在床边,伸出手去摸她的额头。

李爱珍猛地一抬手把他伸出的手挡回去,"你少碰我,也少管我,我的死活不要你管,你只管自己逍遥快活就好,我死了还少碍着你的眼!"她披散着头发,眼睛哭得红肿猛地从床上爬起来,声嘶力竭冲着林健吼。妻子一直是贤惠温顺的,早上出门的时候还好好,怎么突然就这样了?

"老婆你这是怎么了?我做错了什么吗?"他很纳闷。

"你还有脸问这话,都是你干的好事,人家都举报到纪委,还给我写了匿名信,你自己看看吧!"李爱珍把一封揉捏的皱皱巴巴的信狠狠扔给他。只见信上写道:"李爱珍同志,你好!我是一个好心的知情人,你丈夫林健品德败坏,利用职务之便,将国家的项目补助资金私自安排给一个和他有不正当关系的女人,你是一个善良贤惠的人,我不忍心看到你被他们欺骗……"

"这些人无中生有,真是太无耻了!"他愤怒地狠狠一巴掌拍在桌子上,看到这份所谓的好心人的信,他心痛地把憔悴哭泣的妻子揽进怀里,"老婆,从大学开始我们认识都二十年了,几十年的夫妻,我是什么样的人你不清楚吗?什么样的好心人会比你了解我?"

"老林,你别给我说这些好听的。你们男人都是会变的,怪不得你一天到晚说忙忙忙,原来在忙着照顾关心别人,可怜我、我……"爱珍奋力掰扯开他的双臂,扑倒在床上放声痛哭。

"老婆,不要哭了,你听我解释好吗?你先冷静冷静好好想想可以吗?"他从卫生间拿来一条热毛巾,递给她。

"我不要听,也不需要你的虚情假意!"爱珍夺过毛巾,向床下扔去,飞出去的毛巾将床头柜上的玻璃杯带下去，啪的一声，摔碎在地上。林健伸手去拿毛巾，像刀锋一样的玻璃碎片划拉在虎口处，鲜血瞬间溢出来，殷红的血顺着手掌流下去，手中雪白的毛巾瞬间被染成一大片血色……

生气归生气，看着殷红的血，爱珍的心软了，"也不知道小心，把手割成这样，自己去门口诊所包扎一下……"她从柜子里找出健康保健工具包，丢到他面前。

"没关系，不用去诊所，伤口不大，自己用止血胶布贴上纱布包扎就可以。"

"前段时间省上是有一笔补助资金用于补贴示范性合作社的发展，这笔资金的使用严格按照程序办事，是经过我们党组办公会议讨论决定的，曾经有人觊觎这笔资金，想给自己的合作社弄去，被我严辞拒绝，真没想到有人借题发挥污蔑我，我可以问心无愧地坦然接受纪委的调查，你也不要被某些别有用心的人利用、生气……"林健向妻子说明原委。

爱珍看着他因为愤怒变形的脸，疲惫的面容，心中像打翻了五味瓶。虽然因为工作他常常忽视自己，但自己心中的丈夫一直是个正派坦荡、有原则的人，可是当她突然收到这份所谓"好心人"的匿名信时，她还是忍不住动摇。恍恍惚惚地走回家，歇斯底里在卧室里痛哭，直到折腾地自己近乎虚脱晕厥。看到丈夫真诚的眼睛，她努力让自己冷静下来。

林健心疼地凝视着妻子，她的鬓角早早添了白发，眼角也有深深浅浅的皱纹，自己常常忙于工作对她少了该有的关爱，此刻心里充满深深的愧疚和歉意。

"老婆，对不起！都是我不好，让你受委屈啦！"他把妻子紧紧抱在怀里，吻着她的额头和双眸，眼角溢出的泪滚落在她的额头，流下去和爱珍的眼泪混合在一起，好咸好涩。

"老婆，是我对你关心照顾不够，可是我从来没有做过对不起你的事，也没有做过违背原则的事……"他喃喃地说着。夜深了，他们紧紧相拥在一起，爱珍依偎在丈夫的怀里，这一夜他们流着眼泪亲吻着、诉说着，用身体安抚着彼此。

第二天，吃过早饭，两人一起出了家门。上班的路上他们十指相扣走着，路人好奇地驻足，眼中是惊奇更是羡慕。

来到单位，林健看到刘青山主任的门开着，他径直走了进去，"刘主任，您有其他安排吗？我想和您谈谈。"

"你这手是怎么了？受伤了？严不严重？"刘主任看到他手上的纱布，着急地发问。

"手没事，昨晚喝水的时候，杯子破了不小心划伤的。"林健平静地回答。

"以后一定要小心，看这多危险。"昨天下午，办公室将市纪委转办的举报投诉信送呈给刘青山，这封所谓"知情人"的举报信件牵扯到前期的合作社项目补助款拨付的公正性和林健本人的生活作风问题。看到林健一大早找自己，刘青山已经猜到他的来意。他盯着林健的眼睛，"林主任你先坐，我早上没有安排，你要说的是关于有人在纪委举报的事吧？我也正准备要和你好好谈谈。"

刘青山给他沏好茶放在茶几上，两个人坐在办公桌对面的小沙发上，"老林，不要有思想负担，工作中的失误和不足在所难免，我们共产党人就是要练就不怕难、不怕苦，坦荡无私经受任何考验的素质，我欣赏你的工作能力，也信任你正直的人品。"

"刘主任感谢您的信任，合作社项目补助款我处理有不够细致、不够妥当之处，在以后的工作中一定改进，但是这次我是严格按照项目补贴标准选择的……"林健将事情的原委和给李爱珍写匿名信的事向刘主任做了汇报。

刘主任听完他的话，愤怒地说："这些人真是太恶劣了，用这种卑劣的手段。我们在工作中可能存在不够完善的环节，但是合作社项目补助款的事情我是清楚的，这笔资金的发放是经办公会议集体讨论研究的，这件事我会安排办公室写出书面材料上报纪委，你不要有思想负担。"

"谢谢您的信任，我会正确面对，全力配合纪委对此事进行调查，同时将这笔项目款的发放详细过程，写成书面材料上报市纪委。"

林健回到办公室，趁着暂时没有工作安排，拿出稿纸给纪委王书记写信："尊敬的王书记：您好！我是市发改委副主任林健，我就最近关于项目补助资金的发放情况和本人与三位合作社负责人的交往情况向您汇报……"

　　随后的日子里，林健在忙碌的工作之外更遭受着身心的双重考验，调查取证在悄悄进行着，他不止一次地问自己，试问自己通融一下会有这样的事吗？这样做后悔吗？不，只要是正确的、认定的事就不会后悔，没有人知道他步履匆匆的背后走过怎样痛苦的心理历程。真相不会迟到，通过纪委的认真调查，林健的事情属于别有用心的人的恶意陷害和污蔑。

　　清明节到了，林健和李爱珍回到老家扫墓。扫完墓，他们相约又一次来到姜维墩前拜谒。姜维墩遗迹位于县城东面之岳麓山顶，居高临下，可俯瞰县城全境。墩台系黄土夯筑，据《三国志·蜀书·姜维传》载：后主刘禅延熙十年（247年），姜维"又出陇西、南安、金城界，与魏大将军郭淮、夏侯霸等战于洮西"；延熙十七年（254年）"复出陇西，守狄道长李简举城降……维乘胜多所降下，拔河关、狄道、临洮三县民还。"姜维这一悲情的末路英雄，诸葛亮去世后姜维在蜀汉开始崭露头角，姜维为报答诸葛亮的知遇之恩，舍身忘死，虽事败身死，然铮铮铁骨。刚刚经历调查事件后的他此刻站在姜维墩前，追忆姜维的先贤轶事，感慨万千，"伯仲是非多赞毁，约似砥柱中流间"。

　　站在姜维墩上，俯瞰这片英雄辈出的洮阳大地。洮河水见证着历史的辉煌，悠悠千万年，焕焕流日月，那漾漾清波掩映了多少刀光剑影，沉沉泥沙掩埋不住英雄璀璨的光华，漫漫烟尘掩不住历史的风采和辉煌。

　　如今的狄道古城，不再是西部边陲的荒蛮之地，这座正在兴起的现代化新型城市，它正抖落历史和岁月的风尘，展现着今日的繁荣和昌盛……

　　他站在山间，更是别有一番滋味在心头，扯开嗓子呼喊着，心中郁结的烦闷和委屈终于可以释放出来！"啊……啊！啊！"远山传来阵阵回声，这一刻，两个人泪眼婆娑。

　　"老婆，你还记得我们太爷爷传下的家训吗？"

　　"我当然记得，是左宗棠题写在江苏无锡梅园的那首诗句，这不光我知道,我们婧婧从小也知道。"

"我们要记得,更要牢牢记在心里,'发上等愿,结中等缘,享下等福;择高处立,寻平处住,向宽处行',我不后悔,不后悔!"他眼里有泪,更有坚定和执着!

第二十七章 彩陶之乡的孩子

岳麓山巅、姜维墩前,山风阵阵,林健深情地凝望着妻子,"爱珍,你还记得第一次到这里来的情景吗?转眼已经二十年啦……"

岁月荏苒,如烟的往事依稀浮现在眼前。1986年12月9日,大学礼堂正在举行纪念"一二·九学生运动"主题演讲。林健作为参赛学生在学校的大礼堂进行演讲角逐。

当年的林健年方20,他身穿雪白的涤纶衬衣、深蓝色长裤,显得神采奕奕、意气风发,他侃侃而谈:"我的家乡古称'狄道',自古为西北名邑、陇右重镇、古丝绸之路要道,是黄河上游古文化发祥地之一,已有2380多年的历史。数千年间,狄道既是游牧民族和农耕民族的战场,也是两种文化碰撞融合之地。灿烂的古代文明在这块土地上留下了雄浑神奇的历史足音,享誉世界的马家窑文化、寺洼文化、辛店文化,沉寂了2300多年的秦长城西端起首遗迹,雄踞县城的哥舒翰碑,耸立于东山之巅的姜维墩,留下这座古城辉煌的见证……"

林健精彩的演讲博得了全校师生的阵阵掌声和一致好评,一举夺取此次演讲大赛的金奖桂冠。李爱珍坐在礼堂里,目不转睛地倾听着林健激情洋溢的演讲。美丽的眸子追逐着他的身影,这个美丽的姑娘又一次被师哥的才情折服。

爱珍这个来自天水的俊俏姑娘,家乡和林健相距200多公里,在学校里他们算一个省内的老乡。林健是学校的学生会主席,李爱珍是宣传干事。林健的家乡有姜维墩,她的家乡就是姜维故里。冥冥之中,千年之前的英雄姜维将他们联系在一起。他们都喜欢历史小说,课余的时候,两人常常在图书馆相遇,经常一起讨论,交流。林健比李爱珍大半岁,李爱珍就叫他师哥。

看到林健从舞台上走下来,李爱珍挤到祝贺的同学前面,抑制不住的喜悦,"祝贺你师哥,今天的演讲太精彩啦!"

"谢谢大家支持。"林健被要好的同学们簇拥着走出礼堂,大家一致决定要在食堂为他庆祝。在那个经济尚不宽裕的年代,他们各自打了食堂最好的饭菜,围坐在一起。

"师兄,等放假的时候你带我去参观姜维墩,我也带你去我们老家拜谒姜维庙好不好?"

"没问题。"林健爽快地答应着。放寒假的时候,林健带着李爱珍来到岳麓山瞻仰了姜维墩、哥舒翰碑、老子飞升地,随后也有了他们的姜维庙之行。爱的种子在他们心中萌芽生根,开花。李爱珍常开玩笑说,"姜维是他们的月老,从姜维墩到姜维故里,月老的红线把两颗心牵在一起。"

1988年秋天,北京火车站。作为学校学生会主席的林健在车站的月台上,等待着接放假返校的同学们。他穿着一件白色的涤纶短袖衬衣,下摆束在蓝色长裤里,显得英姿飒爽。

"师哥,我回来了。"随着银铃般的呼唤,一个风姿卓越的女学生出现在林健面前,两条长长的麻花辫垂在胸前,粗黑的长睫毛下一双大大的黑色眸子,挺拔秀气的鼻子,稚气未脱的粉嫩双唇,身穿一套崭新的裙装校服,胸前佩戴着红色校徽。

他接过行李,关切地问道:"爱珍,你回来了,累了吧?吃过了吗?"

"我在车上吃过了,同学们都来了吗?"

"大部分同学都接到学校了,我还要接下趟车,赵伟他们在站台口,你先跟他们回学校休息。"

"我等你一起回去吧,反正也不累。"看着她不愿离去的样子,他只好作罢。这时车站广播播出列车进站准备接车的广播，他们接完这趟车的同学便一起乘车返校。

　　时间过得很快，从这学期开始，同学们都被分配到附近的农科所、农场、工厂进行为期两个月社会实践。林健在朝阳区，李爱珍被分配在顺义区的一个农科所。转眼到了中秋节，离学校近的同学都选择回家或者聚会过节，林健寻思着要去看看这个娇嗔的丫头，这个爱撒娇、爱哭、怕打雷的姑娘和自己之间已经有一种情愫在滋长。中秋节正好是星期五，他背着小提琴提着一盒稻香村月饼，坐上了去顺义的班车。

　　天阴沉沉的好像又要下雨，这段日子以来，很少见到晴天，让人的心情也变得忧郁。李爱珍坐在窗前，天快要黑了，食堂打来的饭菜还在饭盒里，她扒拉了两口，感觉没有一点食欲，明天就是中秋节，农科所的人都已经回家过节，宿舍两个女伴下午都走了，只剩下自己一个人。她觉得前所未有的孤寂，不由得眼里泛起泪花。林健除了前几天来过一次电话，这几天也没有消息，她不禁对他有些幽怨，可是她也不想给他主动打电话。她不是没想过给他打电话，可是每次拿起话筒，她总是纠结，该说什么呢？能说什么呢？自己和他除了是同学关系，好像还没有其他的什么，这样的自己他会怎么看呢。

　　雨淅淅沥沥下起来，她蜷缩在床上，像一只可怜的小猫咪。忽的笃笃笃传来轻微的敲门声。她没有说话，不由地裹紧被子。此时，猛的又一阵敲门声，咚咚咚，比先前那敲门声越大越急促。她还没有说话，身体明显开始微微颤抖，恐惧、惊慌。

　　可没过多久，砰砰砰，门外又响起了敲门声。这次的敲门声比先前两次更凶更猛，"爱珍、爱珍，你在里面吗？"门外传来林健急促焦急的声音。

　　"是谁？是师哥吗？"她没有开灯，摸索着走到门口，贴着门缝往外观察。"爱珍，我是林健，你没事吧？怎么不开门呢？"她伸手摸索到灯绳，灯亮了，打开房门。门口是他，头发、衣服都湿漉漉的，她的眼泪夺眶而出，扑到他怀里，用拳头捶打起来："你这个坏蛋，吓死我啦！呜呜呜……"

林健看着她红肿的眼睛，怜爱地说："爱珍，对不起我想给你一个惊喜呀！我是误了车，步行走过来的，不然早就到了，瞧瞧又哭鼻子，成丑丫头喽！"

　　换掉湿衣服，用热水洗了头，吃过她从食堂买来的打卤面，不知道何时雨已经停了，院内静谧而幽远，他站在窗前用小提琴演奏着《梁祝》，在这如痴如醉的曲调中，传递着无限的遐思和幻想。爱珍穿着一件粉色针织衫，俏丽的侧影美得让人心醉。他心头一阵悸动，努力拉回自己追随的目光。

　　窗外花园里种满了繁茂的紫藤，路灯下郁郁苍苍的紫藤围成美丽的花墙，大部分紫藤的花期已过，形如豆荚的果实，悬挂枝间，别有情趣。有个别的紫藤仍在秋初的季节里再度开花。成年的植株茎蔓蜿延屈曲，开花繁多，串串花序悬挂于绿叶藤蔓之间，瘦长的荚果在夜风中摇曳，好美的夜！

第二十八章　温暖的黄大衣

　　天蒙蒙亮，李爱珍就从被窝里爬出来，蹑手蹑脚将打满开水的暖水瓶放在林健借住的宿舍门口。从馒头铺买来几个馒头，又悄悄来到宿舍转角处的简易厨房里，看着煤油炉子跃动着蓝色火焰，她心里充盈着欢乐。

　　三个饱满的红皮鸡蛋放在小案板上，水开之后，她将鸡蛋打进锅中，一碗散发着诱人香味、鲜嫩软滑的荷包蛋片刻已经做好。

　　"这碗荷包蛋归你，尝尝我的手艺！"

　　林健含笑地看着饭盒里三个圆润的蛋，"爱珍，我可吃不了这么多，你再找个小碗过来，咱俩一起吃。"

　　"这都是给你的，我是在食堂吃饭的，只有一个饭盒一副碗筷，哪有啥小碗？这还是借用张姐的炉灶给你特意做的。"

　　"那咱俩就一起吃，你先吃一个，剩下的归我。"

　　爱珍不禁红了脸，"你先吃……"

"咱俩一起吃,我先给你喂一个……"他将一个荷包蛋用汤勺舀起来,她轻轻咬了一口,黄色的蛋黄汁就溢出来,"哎呀,对不起,我是太心急啦,这蛋煮得太嫩……"

林健喝下一大口汤,"味道不错,我就喜欢吃这样的,只要你做的我都喜欢……"

她的脸更红了,羞怯地低下头抿嘴不说话。

林健背着小提琴,爱珍提着他带来的月饼,又在食品门市部买了些葡萄、脆枣,两个人相跟来到车站,坐上去往白洋淀的班车。

他们俩都成长于北方,看惯了黄土高原的山梁沟峁。儿时看电影,对枪膛里插着雁翎的神枪手,穿梭在芦苇荡里神出鬼没的抗日小英雄嘎子、水生嫂,以及那芦苇荡、水乡荷园充满好奇和向往。

著名的作家孙犁先生在他的文章《采蒲台的苇》里曾经这样描写过白洋淀:"我到了白洋淀,第一个印象,是水养活了苇草,人们依靠苇生活。这里到处都是苇,人和苇结合的是那么紧。人好像寄生在苇里的鸟儿,整天不停地在苇里穿来穿去……"孙犁浪漫主义的抒情手法展现着一幅令人神往的水乡生活画卷。

一个小时后,他们到达安新县城,又转乘去白洋淀景区的六路公交车。关于白洋淀的文字记载,最早见于晋代辞赋家左思的《魏都赋》,书中写道"掘鲤之淀,盖节之渊……"后北宋杨延昭、明成祖朱棣都曾在白洋淀屯兵御敌,清代康熙、乾隆皇帝多次到过白洋淀,盛赞大淀风光。白洋淀至今保留着康熙皇帝的水上行宫和敕造沛恩寺。众多文人墨客来此观光游览,留下许多千古传颂的奇闻逸事。

因为昨晚刚刚下过雨,白洋淀笼罩在一片浓雾中。晌午时分,太阳探出头,雾才慢慢散去。

码头上依次停靠着一些柴油小汽艇和小木船,林健走过去和船老大协商搭乘小木船进淀,船夫都是附近村子的渔民,闲暇时间划着自家的船来挣点零钱。有个五十多岁船夫,刚把打的鱼和新采摘的莲蓬送到码头的饭馆,准备回村子，他俩便搭乘他的船。

木船驶离码头，在薄雾中滑行，置身于芦丛苇海之中，两人并排坐在船舱里，船夫在船尾熟练地划着桨，小船轻快地驶进荷花园。天是蔚蓝的，云是雪白的，苇是碧绿的，水是湛清的，柔和的风带着几分水汽迎面吹来，将浑身的燥热转瞬驱散，心神为之一爽，他不觉伸手去触碰那一淀清水。荷叶已出水多日，亭亭而立，层层叠叠，铺展开去一望无际。荷花箭从叶丛中高高挺出，或盛开，或含苞，朵朵绯红，高低错落，绽放着"去雕饰"的天然之美。层层叠叠的荷花一眼望不到边，各色荷花在重叠的荷叶之间或举或藏，或开或闭，或躺或卧，浑然天成，充满野趣。

看着荷叶间长着丰盈的莲蓬，船夫热心地提醒，"小伙子，摘两个你俩尝尝鲜。"

林健伸出手摘下两个莲蓬，掰开莲蓬将莲子逐个剥下，再剥掉莲子上白色的外皮，将那些白白胖胖的莲子捧在手里，"爱珍吃吧，我都给你剥好啦。"

李爱珍从他手里抓起几颗莲子，一掰两半从里面剔除绿色的莲芯，将两颗塞进他嘴里，"这样才好吃，你这个大才子不记得金圣叹所说的莲子心儿苦么……"

她将头靠在他肩头，亲昵地把新嫩香脆的莲子喂进他嘴里。清风中带着荷香，小船转过一个水湾，前面是一片开阔的水域，芦苇丛边的湖面上是一群群的小水鸟，或黑或红，颜色不一。水鸟翻腾打闹，追逐嬉戏；或静静地浮在水面上，两三只，或四五只，这一群，那一伙，劳作的渔民并不去打扰这些小水鸟的生活。鸟儿们是幸福的，白洋淀是幸福的，这花，这水，还有这鸟，它们都在自由地生长着。

船夫是郭里口村的，著名的敕赐沛恩寺遗址就在他们村子里。木船拐了个弯，进入宽阔的主航道，在岸边驻船，拾级而上，来到郭里口村。前面坐落着敕赐沛恩寺和康熙水围行宫。敕赐沛恩寺相传为康熙皇帝御旨敕造，飞檐斗拱，雕梁画栋，结构严谨，布局合理，精巧细致中透着庄严肃穆。山门内的哼哈二将不怒自威，东西两殿里的菩萨仪态安详，前后大殿内的佛像高大威严，令人顿生肃慕之心，紧邻沛恩寺的是康熙水围行宫。相传康熙帝先后四十余次到白洋淀，并在赵北口、郭里口、圈头、端村修建了四座行宫，除供皇帝水围之余，还有召见臣工、阅审部院奏章、发布谕令，以及读书、娱乐、休息之处。

行宫内树木森森，花草萋萋，颇有历史的沧桑感，回廊壁刻中最吸引人的是康熙皇帝御笔亲题的诗句："平波数顷似江声，风阻湖边一日程。可笑当年巡幸远，依稀吴越列行营。""遥看白洋水，帆开远树丛。流平波不动，翠色满湖中。"

站在岸边远眺，只见芦苇浩浩，淀水粼粼，野生荷园，鱼鹰渔猎，木船采莲。两个人拉着手沿着湖边的小路往前走，进入湖边的小村庄。这是一个环形的小岛，住着十来户人家，村里的木船都停靠在湖边，村里人大多以船为家，长堤烟柳，青砖小巷，村里的房子有新盖的砖瓦房也有土坯的房子。

林健看看表，不知不觉已到下午五点，两个人在芦苇丛旁的两块大石头前停下来，准备吃点东西。爱珍打开手提袋，先递给他一块月饼，自己也拿起一块吃起来。

"爱珍，咱们今天是沉醉不知归路，误了时间，今晚我们只能在村里借宿，这样更好，咱们还能听老乡们讲讲雁翎队的故事哩。"

"只要有你在，借宿我才不怕呢，我好向往风吹芦苇，别样的荷塘月色。"她脸上泛起潮红。

缠绵悱恻的小提琴曲《梁祝》在湖边飘荡，林健站在柳树下拉着小提琴，夕阳将波光粼粼的湖面染成金色。

嘎嘎嘎，嘎嘎嘎……李爱珍转过头，看到一个大约七八岁，大眼睛的小男孩正趴在路边的大石头上朝他们张望。身边几只毛茸茸的小鸭子在草丛里嬉戏，她走过去浅笑着摸摸小家伙的头，把手中的小月饼递给孩子，"小弟弟，这是你的小鸭鸭吗？"

小男孩看到她，怯生生地点点头接住那块月饼，"漂亮姐姐，大哥哥的那个木盒子拉出来的曲子真好听！"

林健走过来把琴放在小男孩肩膀上，拉着他的手用琴弓在琴弦上滑动，小家伙惊奇地睁大眼睛，眼睛里像闪亮的星星，第一次听到自己拉动琴弦的声音，"大哥哥，我也能拉这琴吗？"

"当然可以，你喜欢拉琴长大可以去学音乐，还能当演奏家哩。"

"这是真的吗？妈妈说今晚要炖鱼呢，是爸爸打的嘎鱼，大哥哥漂亮姐姐到我家去过中秋节吧。"

"好啊，我还不知道你叫什么名字？"

"我叫虎虎，今年七岁哩，我给你们带路。"虎虎连跑带跳在前面，开心地赶着鸭鸭，哼唱"门前大桥下，游过一群鸭，快来快来数一数，二四六七八……"

转进巷子，虎虎开心地嚷起来，"奶奶，妈妈，我带着大哥哥和漂亮姐姐到我们家做客喽。"

一个不大的院子，主屋是新盖的砖房，房子只修起来四面墙和上盖，其余是两间土坯房。靠墙角的地方整整齐齐地码着一溜红砖。院内一个老婆婆盘腿坐在芦苇旁编凉席。

三个人走进院子，老婆婆停下手中的活，一个三十八九岁的女人举着两只油手从灶房里出来，惊奇地打量着他们。

"大婶，大嫂，真是冒昧打扰了，我们是过来旅游的，在村里遇到虎虎，给你们添麻烦啦。"

"奶奶，这大哥哥会拉琴，那琴拉起来太好听啦，让大哥哥拉给咱听"，虎虎窜到奶奶跟前，在她耳边大声嚷嚷，小嘴巴跟倒豆子一样，"妈妈，你多炖一条鱼，给大哥哥他们吃……"

几个大人都笑起来，虎虎妈妈从里屋拿出两个小木凳，招呼两人先坐，"虎虎这娃跟孙猴子一样，你们不嫌弃能到我们家来，就好得很。咱这地方没啥别的好东西，就有鱼吃，我锅里还炖着鱼呢，今晚就在我们家过中秋节。"

虎虎像泥鳅一样钻进厨房，嚷着："妈妈，你炖的嘎鱼熟了吗？再多炖一条鱼，给大哥哥和漂亮姐姐吃哩。"

老奶奶没起身，朝他们慈祥地笑笑，低下头又开始编席子。虎虎妈妈热情招呼，"老奶奶有点耳背，腿脚也不灵便，话少别见怪，快进屋坐……"

"大嫂，真是给你们添麻烦啦，我们在院子坐还能看老奶奶编席子哩。"两个人坐在院里，看老人熟练地编织芦席。林健学着老人的方法将芦苇杆上的绒毛用刀刮干净，爱珍走进厨房打下手帮忙，袅袅炊烟升起，不一会香喷喷的炖鱼和炒河蟹已经出锅。

"月亮在白莲花般的云朵里穿行，晚风吹来一阵阵欢乐的歌声，我们坐在高高的谷堆上面，听妈妈讲那过去的事情……"院外传来银铃般的歌声，一个小姑娘抱着用荷叶包裹的烤鸭走进来。

这是虎虎的姐姐丫丫，丫丫看到林健他们愣了一下，腼腆地笑笑，"哥哥姐姐好，"一溜烟跑进厨房，把黄灿灿、油亮亮的鸭子捧到妈妈眼前，"妈妈看今天鸭子多香，我爸让把烤的鸭子先拿回来，他说收拾好船就来。"

晚饭就摆着院子里，炖嘎鱼、炒河蟹、烤鸭、炸藕夹、沙窝老豆腐，满满一大桌白洋淀的农家特色美食，虎虎爸爸是个大脸盘豪爽的退伍军人，当过八年的边防兵，大家边吃边聊。

晚饭后，虎虎妈妈收拾碗筷，又端来月饼、瓜子、水果。湖上升明月，天涯共此时。林健站在院中拉琴，悠扬的《春江花月夜》从小院飘出。

"八月十五月儿圆呀，爷爷是个老红军呀，爷爷为我打月饼呀，月饼圆圆甜又香啊……"丫丫和虎虎并排站着唱歌，小提琴为他们伴奏。

"这两个娃儿都爱唱爱跳，日子过得再苦再累，听着娃儿们的歌，都是甜的。"看着一对儿女，一家人眼中是幸福的笑。

虎虎黏在林健怀里，"大哥哥，你的琴拉得太好听啦！"

林健怜爱地抚摸着他的头，"大哥哥也是才开始学，俞丽拿老师演奏的才是真的好，你和姐姐都是学习音乐的好苗子，要好好努力哩……"

夜渐渐深了，夜风吹来阵阵荷香。孩子们恋恋不舍地被奶奶领到屋里去睡觉，虎虎爸爸有点愧疚看着林健说，"家里房子紧张，新房还不能住人，老人和娃们住在屋里，我们两口子在船上住。家里有两条带蓬船，你们要是不嫌弃，就在船上将就一晚。"

"大哥，真是太感谢啦，躺在船上看星星我们求之不得……"

虎虎妈妈抱着一件军用黄大衣走过来，"真是抱歉得很，家里也没有多余的铺盖，这件大衣是他爸从部队上拿来的，也算干净暖和，夜里凑合盖上点。"

星光、湖水、芦苇、荷香、蛙声、秋虫，在皓月之下，林健吟诵着孙犁先生的《荷花淀》，这个中秋节不一样的风情，在心中荡起涟漪，夜风中那荷花香袅袅而来，淀风习习，蛙鼓阵阵，万亩荷塘翠叶叠盖，荷花清影缥缈可见。

两个人裹着黄大衣依偎在船仓里，李爱珍抬起头深情地凝望着他，他那深邃明亮的眼睛正热烈地对视，那黑瞳仁的光泽像火焰一样热烈，恰似两颗明亮的星星突然在她面前腾起，那不是星星，是他注满深情的眼睛。

林健追逐着她的目光，炽烈的诗句脱口而出，"要知道世界上唯有你，对我是鼓舞的泉源，对我是天才的慰藉，对我是闪烁在灵魂深处的思想光辉。这一切一切呀，都隐藏在你的名字里……请让我叫你相信，我只盼一件事情，给你献上我的心灵和这心灵中蕴藏的全部感情。"

"珍，这是卡尔·马克思送给燕妮的诗句。现在我转赠给你，还有我真挚的爱情。"李爱珍觉得自己的呼吸也急促起来，迎着他火热的目光，这是爱情吗？

当两颗心经过长久的跋涉，而终于走到一起，像镜子一样互相印证，彼此如一，毫无猜疑，倾听着胸膛里的心跳，对每一声的跳动，彼此渴望、依恋，告诉彼此，我等的人就是你，这就是他们期待的爱情！

第二十九章　叛逆的女儿

林健是 2009 年调任到北京的，开始时组织安排在某处挂职副处长一年，后由于基层工作经验丰富、工作能力突出等缘故被留了下来，升任处长。

他正准备去参加会议，手机嘟嘟地响起来："老林，你最近工作忙吗？最好抽时间回来一趟，婧婧老师昨天打来电话，说她最近老是旷课，居然在学街舞，我要愁死了……"李爱珍边说边抽泣。

"知道了，你先别急，这周末我一定争取回来。"

自己在北京工作，妻子在市妇联工作，女儿林恩婧在市一中上高一。女儿是个天资聪慧、品学兼优的孩子，学习从来没让大人操过心，中考的时候，以全市第五的优异成绩被市一中录取。自己前两年忙于九甸峡库区移民工作，现在又在北京，孩子的学业和照顾全都推给老婆。我真是欠她们母女太多了，既不是好丈夫更不是合格的父亲。林健的心中深深自责起来。

周末他如期返乡，坐在列车上，女儿成长的点点滴滴一幕幕浮现眼前。

"爸爸，带我去游乐场玩吧！"小婧婧穿着粉色的连衣裙抱着他撒娇，这时婧婧只有 7 岁。

"爸爸要起草一个文件，让妈妈带你去好不好？"

"爸爸老是忙忙忙，你都好久没陪我去玩了……"婧婧撅着小嘴巴，一脸不高兴地嘟噜着。

曾经有一次冒雨下乡回来，正好赶上中午放学的时候，他便打着伞去校门口接女儿。左等右等孩子们都走光了，还不见女儿的踪影。他焦急地赶回家里，女儿却已到家，看到衣架上女儿换下的湿校服，自己突然反应过来，这学期孩子已经在上初中，他居然还去小学门口。女儿的记忆中爸爸很少接送自己，小小年纪遇到妈妈工作忙的时候，都是自己一个人上学。午饭也经常是妈妈提前做好，自己放学用微波炉热着吃。

林健提着两盒稻香村糕点走出站台，这是女儿喜欢吃的。回家的路上，看到一家新开的花店，他走进去给妻子挑选了一束香水百合。妻子最喜欢百合花，自己却很少买给她，他是个缺乏浪漫的人，想想真是亏欠她们太多！

李爱珍看到他居然带着一束花回来，不禁眼睛有点潮湿。"你还能记得买花给我，真是难得，这个家你都快忘了，整天忙忙忙。"她一边插花一边埋怨。

"都是我不好，对你们关心不够，我认罚，这不是回来了吗？"

"婧婧这孩子最近突然迷上了街舞，还被其他孩子鼓捣着成立了文学社，自己还当社长。高中功课压力重，却天天忙这些东西，老师打电话说她时不时旷课，成绩也退步厉害。我一说她就犟嘴，说辞还一套一套的，我真是没办法才叫你回来的。"李爱珍趴在他肩头呜呜地哭起来。

林健把妻子揽进怀里，轻声安慰道："你也别急，咱们慢慢引导，孩子这个年龄正是叛逆期，这也怪我，对你和孩子的关心照顾太少啦……"

晚餐清淡而美味，木耳拌小白菜、清炒油麦菜、手撕饼、小米粥。婧婧却还没回来，已经超过正常回家时间半小时啦。李爱珍不禁着急起来："走，咱俩去学校找找，这孩子没出啥事吧？"他们正准备出门，婧婧汗嘻嘻地回来了。

"婧婧你怎么回家这么晚？"林健问道。

看见爸爸，林恩婧一下子扑上来，抱住他的腰："老爸你可回来啦，想死我啦！我下课去练街舞了，下周艺术节我们准备表演哩。"

"街舞，你什么时候开始喜欢街舞了？你不是说，街舞是那些特别疯的孩子才跳的吗？"

"老爸老妈，你们都落伍啦！跳街舞使人注意力集中，动作优美随意，还能培养一个人的意志力，可使大脑想象力、创造力发挥到极致。韩国人都把街舞确立为国家三大经典舞种之一……"婧婧说起来一套套的。

"可是也不能因为跳街舞耽误上课，还旷课呀。"

"老爸，有不少大明星还没上过大学，才不像我们整天只知道读书做题，高考真的太束缚人性啦！"高考在女儿的眼中是束缚发展的，他俩不由地更加忧虑起来。

月光如水，好美的夜，女儿正在屋内做功课，林健坐在书桌前，心情久久不能平复。橘色的台灯下，他拿起笔，开始给女儿写信。

亲爱的婧婧：

我的女儿，你是我们最疼爱的宝贝。一直以来，你都是个品学兼优、聪明上进的孩子，更是爸爸妈妈的骄傲。

今天爸爸想和你好好说说话，一直以来，爸爸都是忙于工作，对你的关爱照顾太少，爸爸对不起你，请你原谅爸爸！你因爱好文学、喜欢街舞而导致数理化成绩急剧下降时，妈妈既气又急，你却不以为然。我深知，我们强制你，掌控你的目的，是让你考个理想的大学，将来能更有尊严地生活。其实，我的胸腔里跳跃的也是文学的种子，走自己的路，也是我内心的真爱。

你对中国的高考制度颇有微辞，而爸爸、妈妈就是高考的受益者。好多受过高等教育的人，成就了自己也报效了社会。如今社会平等、机会均等，只要努力就有望成功。不怕苦的苦一阵子，怕苦的苦一辈子。

现在，你已经16岁了，爸爸要告诉你，我工作多年最大的体会是，能够博学深究，才是制胜法宝。无论你将来走到哪里，都不要企图走捷径。科学家是"钻"出来的，劳模们是"干"出来的，运动员是"练"出来的。行行都能出状元，强人自有过人处。只有你学到了知识，才能拥有立身的武器。人，可以白手起家，但不可以手无寸铁。滴水石穿，不是力量大，而是功夫深。每个成功者身上自有鲜为人知的辛劳，而将辛劳能化做快乐则是大智大慧。古人如此，今人如此，蓝眼睛红头发的外国人也如此。

人生有无数个选择题，而最美的选择，最佳的答案，就是做自己想做的事，创自己想创的业，走自己愿走的路。我不反对你喜欢街舞，但是我希望你做这些必须在完成学业之余。好好努力实现理想，那样你的生命才会更加有意义。

明月泻如水，已是子夜时分。此刻，你在东屋学海里遨游，我在西屋为你守望。因为爸爸工作的原因，我们相距三千多里，但是爸爸的心连着你，无时不在守望着你！无论相隔多远，身在何处，爸爸妈妈永远爱你！我们期盼你未来的人生能更有尊严、快乐的活着！

爱你的爸爸

  林健写好信的时候，婧婧已经睡下，他悄悄地将信放在孩子的书桌上，关上门。

  李爱珍半坐在床上忧虑地看着他，低声问道，"婧婧休息了吗？"

  他拉开被子，在她身边躺下来，"女儿已经睡着了，你也不要太担心，我们的婧婧是个懂事的孩子，她会想明白的，都是我不好，对你们关心照顾太少……"

  "嗯、嗯，我知道，你回来就好了。"在这个温暖的怀抱里，所有的委屈、抱怨、无助都化作眼泪滚滚而出。他的双唇吸吮着她眼角溢出的泪，有力的双臂把妻子紧紧揽进怀里。

  闹钟响过，他按住准备起身穿衣服的妻子，贴在她耳边轻声说道，"今天的早餐我来做，你多睡会。"

  整个上午，林恩婧在房间里做功课，夫妻俩一起到超市买菜回来，林健下厨做最拿手的大盘鸡。中午吃午饭的时候，婧婧眼睛红红地来到餐桌前："老爸老妈，对不起！我错了，我一定好好努力把拉下的功课补回来，保证不会让你们失望的。"

  "婧婧，妈妈太高兴啦！"

  "我的好孩子！"林健怜爱地将女儿揽进怀里，全家人都眼泪婆娑，"婧婧，爸爸妈妈相信你是最棒的孩子，让我们共同努力！"

第三十章　背着孩子闯商海的女人

　　清明快到了，凯兰陪着陇平全家到文文坟前扫墓。每年清明，她都会到这个凄苦的女人坟头说说话，算是冥冥中给彼此一丝慰藉吧！

　　今年来给文文扫墓的还有巧花，巧花和陇平领证结婚，贤惠温柔的巧花对孩子们贴心的关爱，让这个家和睦幸福。巧花跪在文文坟前，一边摆放祭品，一边喃喃低语："文文姐，你放心吧，我会把这两个孩子当做自己亲生的一样对待。"

　　看着眼前的景象，凯兰感到莫大的欣慰，陇平和孩子们去年年底已搬进新家，娃们有了新妈妈照顾，这个家的日子越来越红火。"文文姐，孩子们都长大了，我没有辜负你的嘱托，你就放心吧。"她点燃清香默默祈祷。

　　去年中药材种植取得了成功，但是公司的发展壮大是摆在凯兰面前艰巨的任务。种植户们的中药材产品要在竞争激烈的市场中赢得份额，必须要建立 GMP 生产车间，取得药品生产许可证、药品 GMP 证书，创立注册道地中药材品牌，实现从中药材种植、收购、加工和销售的一条龙体系。资金、人才、销路对她都是一个个严峻的考验。她果断决定对原有种植场的厂房改造，将场地分为药材储存区、粗加工区、GMP 生产车间、成品冷库区四个区域。

　　市上的项目补助资金前段时间拨付到公司，这对他们无疑是雪中送炭，由此引起的风波凯兰起初并不知道，林健也从未向她提及过。他独自顶住了所有的压力，直到纪委调查组的人来到公司，她才知道，萍水相逢的林主任为了帮助自己的合作社所经受的诘难和流言蜚语。

　　等调查结束之后，她和魏楚雄专程到市上对林健表达深深的歉意，他报之爽朗一笑，"我是心底无私天地宽，'咬定青山不放松，任尔东西南北风'。只要你们的公司发展顺利，将项目补助资金用好，就是我最欣慰的！"

魏楚雄负责修建GMP生产车间的工作，正在紧张有序地进行着，他利用课余节假日及一切空闲时间，一心扑在工地上，白净帅气的人晒成一块黑炭。凯兰要在公司和合作社两头忙，精力顾不上。小诊所准备转让给村里一个学医的年轻人，她把药柜和输液架这些都无偿赠送，还把药品按照出库价转给他。就是这个小小的诊所让她赚到创业的第一桶金，这方天地带给她多少快乐和喜悦，见证着她的艰辛和努力！再见了，我心爱的小诊所。

凯兰随后将全部精力投入到申请药品生产许可证、药品GMP证书等事务中，在大家的支持帮助下，她在工商部门成功注册了"凯宝"道地中药材商标品牌。药材产品注册后，为了打开销路，她决定带着小娟去云南，与云南大型制药厂洽谈，以便建立长期业务往来，加强合作联系。

听到凯兰准备去云南，楚雄和妈妈同时表示反对，他说："孩子年纪小，才刚过半岁，母乳是不能断的，你去什么云南，要去也是我去。

"你一个女人家跑那么远，我真是不放心，何况还有个吃奶的娃，药材的销路咱们慢慢找……"魏楚雄坚持自己的观点。

楚雄要忙着GMP车间的建设和中药材病虫害的防治，还有学校一摊子的事，他没办法去。可是不出去拓宽销售渠道，就得找中间商代理，中间商要从中提取两成的利润，合作社的农户种植药材盼着致富，眼巴巴地望着自己。大伙辛辛苦苦一年在土里刨食，不能因为自己家的困难影响他们的收入。

入夜，她坐在妈妈身边，耐心说服妈妈。娘俩流着泪回忆爸爸去世后家里的困顿和无助，是妈妈拖着多病的身子坚强地走出悲痛，用不多的积蓄开办杂货铺，辛苦赚钱供她们姐妹读书。

面对坚韧、倔强的凯兰，楚雄和妈妈最终同意她去试试。

一个烟雨蒙蒙的早晨，她们要出发了。考虑到两个人带着孩子，魏楚雄把公司的资料样品、孩子的婴儿车、衣物等大件行李，办理好铁路快运同车发往昆明。凯兰背着雪儿，小娟拿着随身物品，由楚雄送她们到火车站。

蒙蒙的冷雨让此行更添些许悲壮的味道，她们瞒着公司的其他人悄悄出发，踏上远去的列车，去那个完全陌生的地方。妈妈没有去车站送行，自从知道凯兰坚持要去云南的那一刻起,她就在默默地打理着她们远行需要的衣物,雪儿和凯兰走了,把老妈妈的心也带走了。妈妈没有去车站送行,怕自己忍不住会强留女儿,老人在屋里忐忑不安地徘徊,站在老伴的遗像前流泪,祈祷她们一路顺风,早日归来。

"兰,你们谈不成业务就回来,咱们再想办法,有啥事别强撑着,一定要打电话给我。"楚雄站在月台上,一遍遍叮嘱妻子。他深深地亲吻雪儿粉嫩的脸蛋,万般不舍地送她们上车。

经过列车三十八个小时的长途奔袭,云南昆明近在眼前。美丽的春城美景如画,一路的颠簸让她们疲惫不堪,下了火车,查收了行李物品,她们无暇去欣赏沿途的美景,坐出租找到一家价格适中的快捷酒店。

凯兰打电话给家里报了平安,就背着雪儿和小娟登记好房间休息。进入房间抱着雪儿吃过奶,看着怀中的宝贝甜甜睡去。才觉得紧绷的身体放松下来,昏沉沉瘫倒在床上蒙头便睡。雪儿的啼哭声将凯兰吵醒,她给孩子换过尿片,在浴室冲了澡,才算恢复了精神。

吃完小娟从外面买来的过桥米线,凯兰坐在桌前查找地图,规划第二天出行的方案。某大型医药股份有限公司制药厂是她们明天的第一站。

这家企业的创始人是著名中医外伤科医家,该医药集团公司是云南大型医药企业。凯兰期盼着能与他们建立业务联系,实现"凯宝"道地中药材产品的销售,可是她既不清楚联系渠道,也没有熟人领路,只能直接去制药厂碰运气。她把准备要带去的资料和样品又检查了一遍,时近子夜才休息。

雪儿在妈妈怀里吸吮着香甜的乳汁,她看着襁褓里雪儿可人的憨态,轻声地吟唱:"睡吧,睡吧,我亲爱的宝贝,妈妈的双手轻轻摇着你,摇着摇着你,快快安睡……"

第三十一章　孙总您在哪里

这家制药厂就在市区，从酒店出来两站路就到了。凯兰早早起床收拾东西，换上一套素雅的衣服，特意化了淡妆，整个人看起来干练素净。她把公司资料和产品的样品让小娟装好，自己背着雪儿就出了门。

公交到站，她们下了车。制药厂就在路边，凯兰走进大厅咨询前台小姐。漂亮的前台小姐首先打招呼说："您好！请问有什么可以帮到您？"

"你好！我是来自定西市的肖凯兰，我们公司种植生产当归等中药材产品，想找贵公司的负责人联系供货业务。"咨询小姐听她说完诧异地睁大了眼睛，她甚至不敢相信自己的耳朵。她在这工作三年多，每天都能接触到形形色色的营销人员，前来洽谈业务的人无一不是打扮得风姿绰约的公关美女或是西装革履的帅气小伙，今天这个背着小宝宝的女人居然说是要联系业务，是自己听错了还是这女人精神有问题？

她惊讶地端详着她们，得体大方的衣着，薄施粉黛的妆容，条理清晰的谈吐，看着也不像精神有问题，"肖女士，真是不好意思，负责原材料供应的是孙浩东副总经理，他目前不在公司，要和他洽谈业务，是要提前两天预约的。"

凯兰听说要预约，就按规定填写好个人身份资料和洽谈事项，然后怅然往回走。看来今天是谈不成业务，只能到附近转转，逛逛美丽的春城。

那个前台小姐一直憋着忍住不敢笑，目送着她们离开，第一时间打电话给总经理办公室洪秘书，汇报自己的判断："刚来两个女人，一个女人背着个小宝宝说要找孙总谈业务，看着精神又不像有问题，哪有这样谈业务的人，我看多半像是遇到困难找领导讨钱的。"

"我知道了，她们下次来就了解登记清楚，遇到什么困难，听听她们的要求，现在这种装可怜的人太多。"洪秘书一脸嫌弃，一边挂电话一边自言自语，现在骗子太多，动不动就装可怜说自己有天大的困难要求捐款的人……

　　凯兰和小娟来到昆明大观楼游玩观花，亭台楼阁，满眼繁花，南国的春城让人流连忘返。中午她们吃了特色鲜花饼和过桥米线。时近夏季，是鲜花饼最新鲜香嫩的季节，鲜花饼是用新鲜玫瑰花瓣制作而成，层层酥软的酥皮包裹着甜美的馅儿，香甜可口，吃完后还留有淡淡玫瑰香。刚出炉的鲜花饼香气四溢，外酥内软，让人垂涎三尺。在这南国如画的美景中，凯兰心里却忐忑不安，明天能不能见到孙总呢？她心里没底，但为了那些乡亲们殷殷的期盼，无论遇到多少艰辛都要把产品的销路打出去。

　　小娟有点沮丧，"姐，我看那个公司的前台根本就是在敷衍咱们，看那样子说不准就是看不起咱，咱们明天换个公司试试吧！"

　　"小娟，咱们初来乍到，到哪个公司都一样，况且这家公司是龙头企业，咱们的药材产品道地、质量好，一定会找到合作机会的。"

　　春城的夜晚，月光如水，小娟和雪儿已经进入甜甜的梦想，凯兰久久站在窗前，睡意全无。她的脖颈上带着一枚和田玉莲花小坠子，那是十六岁的时候父亲送给她的生日礼物，算不得名贵，但这枚小坠子对她却弥足珍贵。爸爸虽然走了，这枚玉莲花时刻陪伴着她，就像爸爸在身边，教导她做一个善良、纯净的人。

　　爸爸的乳名叫九娃，他从小聪慧好学，却在十四岁不得已辍学回家，在大队里当文书，遇到那些不会写的字，硬是靠着捡来的半本缺页卷边的《新华字典》给学会了。

　　那年冬天，转眼快过年了，大队书记陈德旺老汉吧嗒吧嗒地盘腿坐在大队部的热炕上抽着旱烟，杀猪匠罗三虎和九娃在分割牛肉，会计石强胜记账，外面站满着排队分肉的社员。大队把得病不能干活的大青牛宰杀了，也让大伙能分点肉过个年。一年没见过肉星的社员们围在大队院里眼巴巴盯着。

　　"九娃，把这谷面馍馍咬上几口，牛眼睛跟前的头肉拿上去。"陈大叔呼唤着爸爸的乳名，递给他一个黑乎乎的谷面馍。

九娃忽闪着大大的纯黑眸子，"陈家爸，我还饱着呢，馍我拿回去吃。"陈大叔在炕沿上嗑着旱烟嘴，"我的瓜娃，你这一整天忙出忙进的，就喝了两碗稀汤，不知道饿吗？吃半个馍，赶紧回去歇着。"

从大清早忙碌到半夜，一天只喝了两碗菜拌汤的九娃，把谷面馍揣进怀里，用一根马莲杆子绑住拎着这一大块牛头肉，兴冲冲往家走。

"咱今年有肉过年哩，有这'牛眼睛肉'就能过个好年……"挨着饥肠辘辘的肚子，谷面馍揣在怀里沉甸甸的，此刻的幸福让他忘记了饿。这大队今天分的谷面馍馍能省下，明早给我大喝茶呢。他迈着两条像麻杆一样的细腿走进家门，"妈，你看咱今年有肉过年哩，这个馍你放下。"

"九娃，你把这半个馍吃上，总不吃能行吗？"

"妈，陈家爸给了我两个，我把一个都吃上啦，饱饱的。"说罢，九娃钻进屋子，爬上炕去，要强迫自己赶紧睡着，睡着就不觉得饿……

1969年的秋天，县运输搬运队要在公社里招一批搬运工，大队六个年轻人到县运输搬运队做合同工。搬运队的活又累又苦，不到半年那六个人陆续都跑了回来。刚刚经历丧父之痛的九娃，看着一家人衣食无着，便找到陈大叔提出去搬运队干活的诉求。这时的他已经是大队里的一把好手，还是社员小队的队长。标语、大字报都会写，毛笔字能赶上学校的王老师，陈大叔说啥也不让他走。为了生活，搬运队48元4角5分（公社规定一年合同工期间10元上交大队）的工资是年轻的他最殷切的渴望。他双膝跪倒在陈大叔面前，含泪乞求道："陈家爸，你让我去吧，我大走了，我妈和弟弟妹妹们还要活下去，我去搬运队还能给大队每月交10元钱呢……"

"九娃呀！我的瓜娃子，你别说啦，我私心着舍不得你走，你起来，我答应让你去。"陈大叔扶起九娃，两人抱头而泣！九娃扛着一卷行李离开家，那卷行李仅是一张老羊皮和满是补丁的旧被子，干床板上铺块老羊皮就是他的床铺。

暮色沉沉中，在这南国的春城，冥冥中那个叫九娃的瘦弱少年，眨巴着与自己酷似的大眼睛，他就在那里殷殷地注视着自己！此刻凯兰抚摸着这枚玉莲花，眼泪从脸颊滚落下来。亲爱的爸爸，你一直在那里吗？你能看见我的努力吗？

"我的孩子，坚持下去……"多少次最艰难的时候，爸爸就用这样的话鼓励自己，无论遇到多少困难，坚持下去！

第二天，天蒙蒙亮，凯兰已经起床，她在洗漱间将自己打扮得漂亮利落，给雪儿也换上新买的宝宝服。看着娇弱的小宝贝，她轻轻在宝贝的额头亲了一下，说："雪儿，我的宝贝，你要乖乖地陪着妈妈，妈妈一定带你闯出一片天地！"

她把雪儿放进婴儿车，准备推着步行去药厂，等小娟收拾停当在餐厅吃了早餐就匆匆出门。她寻思孙总事务多，想赶在他来公司之前到达，或许自己就能见到他。

她们很快就到公司门口，问了保安知道时间还早，公司的人还没到上班时间。过了一会儿，昨天那个前台小姐来了。她一眼看到凯兰，嘴里嘀咕着："怎么又来了？这女人真是难缠。"看见她，凯兰急忙凑上前去打招呼："早上好！我想问问今天孙总会来公司吗？他能见我们吗？"

那个女职员昨天已经向上司洪秘书做了汇报，他们认定肖凯兰就是个讨钱的主，不由对她有些嫌弃，说："孙总今天有安排，不会过来，你改天再来吧！"

"方便告诉我孙总的行程吗？我去找他。"

"对不起，孙总的行程我不方便告诉你。"

"那我在这里等孙总，万一他临时能来公司我就遇上了。"

"你想等就等吧，不妨碍其他人就行。"女职员鄙夷地转身就走。凯兰把婴儿车推到墙角坐在椅子上等。雪儿在婴儿车里待得时间长了，开始哭闹，凯兰怜爱地把女儿抱在怀里开始喂奶。

第三十二章　守得云开见光明

公司职员们陆陆续续来上班，看到凯兰无不露出诧异的神情，对她们指指点点，嘀嘀咕咕。小娟脸露尴尬，低下了头，凯兰早已见怪不怪，坦然面对别人异样的目光，微微的浅笑。她在进进出出的人中努力辨认，期盼孙总的出现。等待的时间很煎熬，早上时间过去，等待的人还是没有出现。

到午餐时间，公司的食堂是不对外的，凯兰让小娟到外面买了面包就着大厅里的白开水凑合。给宝宝已经喂过奶，雪儿闹腾了一早上这会儿也睡着了。她让小娟带孩子去酒店午休，自己留在公司继续等。职员们吃过午餐都开始在休息室小憩，凯兰疲惫地靠在墙角的椅子上也准备稍作休息。

前台那位姑娘从餐厅回来，看到肖凯兰的样子觉得也挺可怜，便走过来说："今天孙总是不会过来的，你先回去照顾孩子吧！"

"孩子已经带到酒店去了，我回去也闲着，就在这里等，说不定能等到孙总。"女职员看到她很固执，也不再劝她就径直回休息室去了。

时间一分分过去，直到下午下班，她还是没有等到孙总。向那位女职员打听，说："明天孙总能来公司吗？"

"真的不巧，孙总明天要在市里参加会议。"漫长的等待，煎熬的等待！第三天、第四天、第五天，凯兰总是早早推着孩子来到公司，可是总没有孙总的影子。

时间过去一周，每天在等待中度过，小娟再也耐不住了，"姐，咱们回去吧。这么等下去没结果，人家都把咱们当讨饭的，那些人看咱都像看西洋景……"

"别人咋看咱不重要，重要的是我们自己知道是来干什么的，不管做啥要坚定信念……"小娟看到凯兰的坚持，也不再说什么。

天蒙蒙亮，淅淅沥沥下起雨来，小娟看到下雨就劝凯兰："姐，咱们今

109

天别去了吧！下雨带着孩子出去怕会着凉。"

"下雨咱们不用婴儿车，孩子用雨衣包好，我背着，咱们坐出租去。"她用雨衣包好孩子，背在自己背上，让小娟拿好资料和样品，下雨天吃饭不方便，午餐是她提前买好的泡面、榨菜、馒头。

那个女职员看到下着大雨肖凯兰居然又出现在这里，心想，这个女人真是执拗。雪儿包在雨衣里没有淋雨，她自己身上的衣服却湿了大半，头发上湿漉漉的滴着水。小娟本来打着伞的，可是下车的时候，风雨太大，两个人都被淋湿。那个女职员看到她们，不由得动了恻隐之心，给她们拿来两块干毛巾。凯兰心疼地吻着雪儿的额头，"对不起，我的宝贝，妈妈让你也受苦了。"

说话间，一个个头不高，穿着一身西服的中年男子从外面走进来。他五十多岁的年纪，目光深邃，仪表不凡。这人走进大楼，看到她们，眉头皱了一下，脚步未停走进电梯。他会是自己苦苦等待的孙总吗？她心头一热，赶紧向那位女职员打听："请问刚才进去的男士是孙总吗？"

"是的，那就是孙总，他早上有一个业务洽谈会，如果有时间，方便的时候他会安排见你们的。"

凯兰心中充满欣喜，漫长的等待终于等到机会。会议开得时间很长，到午餐的时候，还没有散会，她们吃过泡面，眼睛不眨地盯着电梯间。十二点半的时候，一帮人才从电梯出来，经过大厅往食堂走去。凯兰抱着雪儿三步并作两步，赶紧跟上去，"孙总，您好！我是来自定西市的肖凯兰，请您了解一下我们生产的中药材饮片，给我们一个合作的机会。"

孙总早上进门的时候就看到两个带着宝宝的女人，听到她的介绍，停住脚步仔细地打量着这个女人。一个单薄柔弱的女人抱着未满周岁的婴儿来洽谈业务，他眼中充满惊异。

"孙总，这位女士一周前就来公司等您了。"身边的洪秘书汇报说。

"你们还没吃午饭吧，咱们一起去食堂先吃饭，工作下来再谈。"

"我们已经吃过泡面，不用麻烦了，谢谢您。"

"泡面怎么可以，你还带着孩子，要给孩子保证营养才行。"凯兰顺从地抱着雪儿和小娟随众人来到食堂，因为吃过泡面就只要了两小碗粥。雪儿已经七个月，平时给添补些米粉和配餐，她把孩子抱在怀里用小勺喂粥。

孙总看着可人的小宝贝吧唧吧唧喝着香甜的米粥，露出慈爱的笑容，说："出来联系业务怎么大老远的带着孩子来？让这么小的孩子来回奔波受不少罪呀！"

"我们公司两百多户种植户生产的中药材饮片，要找到销路，宝宝太小还在吃母乳，只能带着宝宝来了……"听到这样的问话，凯兰的眼圈泛红。

洪秘书听着肖凯兰的诉说，脸不禁一阵阵发烧，当自己第一次听到一个女人带着孩子的时候，他潜意识里认定她就是个装可怜讨好处的骗子。

吃完午餐，孙总让洪秘书安排她们到休息室稍作休息，等下午三点之后在六楼会客厅见她。凯兰在休息室一边给雪儿喂奶哄孩子睡觉，一边思考和孙总洽谈的事。三点很快就到了，她把雪儿留给小娟，自己带着资料和样品来到六楼。

洪秘书热情地接待凯兰，让她喝茶等候，孙总也随即来到会客厅。她拿出公司的资料和中药材饮片样品给孙总介绍。孙浩东端详着这个单薄俊俏的女人，聚精会神听着她的诉说和讲解。

眼前这个年轻的女人，为了带领贫困乡亲脱贫致富，背着襁褓中的婴儿来到千里之外艰辛地拓展市场，貌似柔弱的她超乎常人的坚韧和不易让商海中阅人无数的他心生敬佩。

"你们真的非常不容易，我看了你带来的样品和资料，你们的道地中药材产品很好，我会安排药材检测部门到你们公司实地进行考察检测，如果你们的药材产品符合我们公司的质量要求，我们会考虑和你们签订合作协议。"

"孙总，真的太感谢您啦，我们欢迎贵公司的考察和检测，同时相信我们一定会合作愉快的！"

她们从公司出来，雨已经停了，湛蓝的天空中，飘着几朵洁白的云彩。空气是那样清新怡人，她拨通电话，把好消息告诉千里之外的亲人。

初战告捷，第二天凯兰她们启程返回，为迎接医药集团公司的考察做好准备。临行前在专卖店专门采购了一些现烤的鲜花饼和土特产，让家里人和馋嘴的小姐弟尝尝鲜。

考察工作取得如期的效果，双方顺利签订合作协议，在孙总的介绍和帮助下，"凯宝"牌中药材产品与云南多家医药企业建立了合作关系。秋天到了，在药香弥漫的药田里，勤劳的人们心中憧憬着丰收的快乐！

第三十三章　小柱子的林爸爸

这是个周五，林健下班后，走进朝阳区棵棵树少年装专卖店，挑选了两套 11 岁男孩的秋装和一双运动鞋。提着手提袋，走在熙熙攘攘的人流中，想起那小家伙可爱的样子，他自言自语道："小柱子已经半年没见了，这衣服买大一码的，应该合身。"小柱子是林健当年在岷县泥石流灾区认养的一个孤儿。

几年前，林健负责九甸峡库区移民搬迁工作，在岷县蹲点四百多天，和这片土地上的乡亲们建立了很深的感情。2012 年 5 月 10 日岷县南部乡镇突发了一场罕见的泥石流灾害。林健当时正在回乡探亲，向当地武装部杨政委了解灾情之后，于第一时间驱车来到灾区参与抢险。那天傍晚他和杨政委一起在救援基地，遇到泥猴子一般满身泥浆的小柱子，柱子的爸爸和奶奶已不幸遇难，爷爷的腿被倒塌的房屋砸伤。泥石流发生时小柱子的妈妈在外地打工，因为目睹爸爸和奶奶遇难的惨状，受伤的爷爷又要被送去医院救治，孩子哭喊着抱住爷爷硬是不放手，恐惧无助地睁着大大的眼睛，小脸上糊得像只泥猴，"阿爷别走，爷、爷……"孩子哭喊到嗓子沙哑。在柱子看来，爷爷这回被救护车拉走，肯定就再也找不着了，就像爸爸和奶奶永远不再醒来一样。

林健的心被深深绞痛，他一把抱起小柱子，"孩子别哭，让医生叔叔先送爷爷去医院，你听话，吃完饭，再乖乖睡一觉，到时候叔叔带你去看爷爷好不好？"说来也怪，任是谁也说不动的孩子，在林健慈爱、温柔的话语安抚下，开始不再缠着要爷爷，乖乖地洗了脸，换下脏衣服，吃过饭菜躺在他的身边像一只可怜的小猫咪般睡着了。

柱子睡梦中正做着噩梦，梦中的洪水肆虐，掀翻了屋顶，卷走了爸爸和奶奶，他惊恐地睁开眼睛呼叫："爸爸、阿婆，爸爸，别丢下我……"

"我娃别怕，爸爸在这里，别怕……"林健紧紧地抱着孩子，轻声地安慰着。柱子紧皱的眉头慢慢舒展开，抱着他的胳膊安稳睡去。那一夜，他抱着柱子，就像抱着自己的女儿一样。第二天一早，便带着娃儿来到医院看望爷爷，他当场承诺要资助这可怜的娃儿。灾害发生后，林健积极组织参与救灾募捐活动，定西籍在京爱心人士为灾区捐款近20万元，有力支持了灾区恢复生产生活。

回京之后，林健又动员、衔接定西籍在京企业家成耀祖，对口资助岷县十里镇曹家村七社一户贫困灾民朱清的两个初中学生上学，每年资助2000元，直到高中毕业，为灾区困难群众献上一片爱心。

每个学期，他会给小柱子提前准备好换季的新衣服和文具，定期给他寄去生活费用。每次回乡，再忙也要去看望这爷孙俩。孩子放假时就会被李爱珍接到市里来住上几天，如今小柱子已经把他当成自己的另一个"爸爸"。每次见到林健总是开心地叫他"林爸爸"。

去年年底，政府为爷孙俩办了低保，柱子的妈妈再婚后，小柱子不愿意离开年老的爷爷，家里只剩下爷孙俩一起生活。考虑到爷爷年老干不动重活，林健又出面和当地村委会协商，将小柱子家的承包地租赁给药材种植合作社，这样家里又增加了一份固定收入，补贴爷孙俩的生活。现在的小柱子已经十一岁，长成一个懂事、好学的小男子汉啦。

林健回到寓所，李爱珍已经做好晚饭在等他。看到他手里的手提袋，知道又给小柱子买的东西，她笑着说："我说到饭点还不回来，是给你儿子买东西去啦。"

"我是给咱儿子买衣服去啦，柱子眼看要开学，我给准备些衣服和鞋子，你明天中午让快递寄过去，再汇上一千块钱，我明天有个活动顾不上。"

"好，咱们先吃饭吧，菜都凉了。"李爱珍一边盛饭，一边答应着。晚饭清淡可口，都是两人喜欢吃的菜。几年来，爱珍也不自觉地将柱子当成自己的孩子般照顾，看着体贴贤惠的妻子，他的心里暖暖的。

第二天是一个学术活动。林健聆听着国内著名经济学家杨教授关于现代农业发展的精辟演讲和论述，感触良多。散会已近中午，他遇到大学同学刘洋，他们关系不错。两人相约到附近的一个全聚德烤鸭分店去吃烤鸭。

"老同学最近忙什么呢？走我请你吃烤鸭去。"林健热情地和刘洋打招呼。

"我哪有你林处长忙呀，最近理工学院那边要更新一批电脑设备，这段时间就忙着张罗这事呢。"听说大学要更换一批电脑设备，林健有了兴趣。"更换电脑设备，更换后的电脑准备怎么处理呢？"

"学院的意思是低价转让给电脑商，已经和一家二手电脑经销公司初步谈好了。"

"老同学帮帮忙，支援一下我们市里的乡村中小学呗！我们家乡的那些孩子急需电脑设备，好些中小学还没有财力配备电子信息技术室。你们把更换的电脑赠送给我们，也算做公益帮助我们贫困地区的孩子啦，孩子们要开设信息课，计算机配备不足，下一代不能耽误呀！"

"我就知道这只鸭子不好吃，你就是那挑食的鸟，有好米就想着往你们那个窝里面叼，心里眼里想的都是你老家那些事。用一只鸭子就张口要我们的电脑，你可真会做生意。"刘洋笑着打趣道。

"我们家乡贫困地区孩子们真需要电脑设备，你老兄帮帮忙吧！今年只要想吃鸭子尽管给我打电话，我管够……"

"这事我一个人说了不算，还真做不了主，得和学校领导商量，你等我消息吧！"

周三早上，林健就给刘洋打电话："老兄，电脑的事你多操点心，我等你消息。"

"老同学你真是心急，我记着呢，有结果就通知你。"

一周后的上午，刘洋打来电话告诉林健，学校领导经过研究，同意将更换的 220 台电脑无偿赠送给家乡的中小学校使用。林健得到这一好消息，立即与当地政府有关部门联系，接洽物流公司把这批电脑送到千里之外的故乡。

第三十四章　种太阳

"老爸，你这段时间在忙什么？告诉你一个好消息，这次期终考试我的成绩是全年级第五名，我会继续努力的。"林恩婧打电话给爸爸报告喜讯。

"我的婧婧真是好样的，爸爸相信你是最棒的孩子。爸爸这段时间忙着种太阳呢。"听到女儿的进步，林键心里感到莫大的欣慰。

"啊！种太阳，老爸你告诉我怎么种太阳？在哪里种太阳？"她的小嘴巴像连珠炮似的追问。

"这是个小秘密，等爸爸种出好多小太阳再告诉你……"

林恩婧一脸疑惑，不禁哼唱起小时候最喜欢的儿歌："我有一个美丽的愿望，长大以后能播种太阳，一个一个就够了，会结出许多许多的太阳。一个送给送给南极，一个送给送给北冰洋，一个挂在挂在冬天，一个挂在晚上，挂在晚上……"

时近年底，林健工作异常忙碌，半年多来，他一直帮着市驻京办的同志积极地争取对家乡捐赠节能灯的项目。长期以来定西市县区的贫困群众大部分在使用白炽灯，白炽灯最大的缺点就是能耗高、寿命比较短。而 9W 的节能灯就能达到 40W 的白炽灯差不多的亮度。

7 月份，林健在一次会议时，与会领导提出联合国开发计划署、全球环境基金有意向我国西部贫困地区捐赠一批节能灯，如果这批节能灯能捐赠到家乡，对当地贫困群众是件好事。会后，林健将这一讯息与市驻京办的同志进行了沟通，驻京办向定西市政府领导汇报后，全力开展了此项目的争取工作。争取过程中却遇到了很大的难题，因为在此之前，贵州方面的人员就已经与主管该项目的联合国开发署官员歌迪亚女士有过接触，歌迪亚女士更偏向于贵州。

为了争取歌迪亚女士及其他相关人员的支持，林健和驻京办的同志与对方进行多次沟通，邀请歌迪亚女士和全球环境基金会的查理先生到定西市的岷县等县区进行实地调研，最终以诚心打动了他们，将项目落地定西市。价值400万元的11万只节能灯分两批捐赠给定西市贫困地区群众。

2009年12月中旬，第一批捐赠的十万只节能灯运送到定西市，年底分别赠送到两个县区贫困群众手中，新春的时候，一个个小太阳照亮了贫困乡村静谧的夜晚。

周末，林健正在派克兰帝专卖店给小柱子挑选羽绒服，遇到定西籍企业家成耀祖也带着女儿在选购羽绒服。

"林处长，你也给孩子买衣服。"

"林叔叔好！"成璇乖巧地打招呼。

"成总，璇璇真是越来越懂事啦。我给柱子买衣服呢，快要过年了，这次探亲回去的时候带给他。"林健给柱子买了一件羽绒服和一条加绒裤。他们买完衣服，成耀祖顺路捎林健回家。

"你老哥无微不至地照顾这娃儿，真是难得啊。"

"我也没做什么，柱子是个苦命的孩子，我能尽些力帮帮孩子也是应该的。去年冬天我去他们村，看到有些留守儿童校服下面就套着件薄薄的旧棉衣，让人心里不好受呀！想想咱们小时候，都是过苦日子过来的，现在能帮就帮一把。"

"听老哥说这话，我都快坐不住了，看到你对柱子这娃所做的一切，我真是既敬佩又惭愧！我明天就安排人和学校联系统计，为老家村里小学的娃儿们每人买一件羽绒服，让孩子们过一个温暖的冬天。"

"成老弟,你能慷慨解囊做公益,真的是太好啦!"

成耀祖委托妹夫与当地乡村小学联系沟通,派专人统计了孩子们的人数和尺码,甚至每个孩子喜欢的衣服颜色都登记造册。严寒的冬日里,千里之外的叔叔正在为他们精心挑选合适的羽绒服,一个个包裹从遥远的北京运抵乡村,传递着温暖和爱的暖流。

12月31日,在二十铺小学的操场上,八十多个孩子收到了来自北京的新羽绒服,这份温暖的新春礼物凝聚着远方的叔叔阿姨对孩子们深深的关爱。

"叔叔,这件羽绒服真漂亮、真暖和,谢谢叔叔!"捐赠仪式上林健身边的一个小姑娘忽闪着大大的眸子,这个爸妈妈都在杭州打工,跟着爷爷奶奶生活七岁的小姑娘,第一次穿上了轻盈保暖的新羽绒服。

"叔叔,叔叔到我们家去喝茶吧,让奶奶给你们烙油饼……"林健胸前的红领巾在冬日暖阳里显得格外鲜艳,他怜爱地牵着小姑娘的手,走出校门。

"林处长,你要不把这小姑娘也认下当女儿,正好和你的小柱子成一儿一女。"成耀祖看到林健笑着打趣。

"我倒是想再要个女儿,就怕人家爷爷奶奶舍不得哟!"林健爽朗地笑起来。从捐赠现场回来已经一个多星期,孩子们稚嫩的声音、纯真的眼神、幸福的笑脸依然时常浮现在林健的面前,暖衣行动,让这个冬天不再寒冷。

第三十五章　曹家坪观赏牡丹花

老院的屋檐下长着几株牡丹花,谷雨之后,院里的牡丹便争相绽放,姹紫嫣红满树繁花,"唯有牡丹真国色,花开时节动京城。"

云破月来花弄影,那些月光如水的晚上,母亲纳着鞋底,坐在屋檐下给他们讲那个古老的传说:一年冬天,武则天到上苑饮酒赏雪。突然发现在那白皑皑的雪堆里,有点点燃烧跳跃的火苗。仔细一看,原来是朵朵盛开的红梅。她酒兴未消，令宫女拿来文房四宝，当即手握霜毫，蘸饱浓墨，在白绢上写了一首五言诗："明朝游上苑，火速报春知。花须连夜放，莫待晓风吹。"写罢，叫宫女拿到上苑焚烧，以报花神知晓。宫女把武则天的诏令拿到上苑焚烧以后，吓坏了百花仙子，其他花仙畏惧武后淫威，唯有牡丹仙子倔强地说："百花开放，各有节令，开天辟地，四季循从。岂容你逆天乱地？看她能耐我何？"这时已鼓打四更，天色快亮。众花仙看牡丹仙子的决心已下，只好匆匆散去，各自下凡赶赴花会。

　　百鸟啾啾，晨曦初露。武则天一觉醒来，醉意已经全消。正在这时，宫女推门而入，欣喜地禀报："万岁，上苑的百花全开放了！"武则天大喜，细想昨晚写出的诗，只不过是"酒后戏言"，没想到百花真的奉旨开放。她急忙走出皇宫，来到上苑。举目一望，满园的桃花、杏花、玉兰、海棠、芙蓉、丁香等全部怒放，一丛丛、一簇簇，绚丽多彩，争芳斗艳。灿烂的朝霞映着花朵，皎洁的白雪衬着绿叶，随风摇曳，时俯时仰，婀娜多姿，妩媚动人。这时，满朝文武百官都纷纷跑来，观看稀罕。武则天面对众卿，看花丛中唯有牡丹未放，不由得怒火中烧。下令将牡丹放火焚烧，一株不留。武士们领旨后，马上点柴引火，扔入牡丹丛中。霎时，浓烟滚滚，烈焰熊熊，牡丹花圃化成一片焦灰，又下令将烧焦的牡丹扔到邙山岭上。谁知，牡丹一入新土，就又扎下了根。来年春天，满山翠绿。一到谷雨，株株怒放，千姿百态。观赏牡丹的人，扶老携幼，朝暮不断，人海花海，盛况非凡。又因为牡丹在烈火中骨焦心刚，矢志不移，人们赞它为"焦骨牡丹"。牡丹仙子因其凛然正气，被众花仙拥戴为"百花之王"。从此以后，牡丹就在洛阳生根开花，名甲天下。

　　林健到北京工作后，一次回乡探亲恰逢牡丹盛花期，他带着父母来到洮阳镇曹家坪曹德旺老人家牡丹园赏牡丹。

　　一早就给老人打过电话，转进园门，精神矍铄曹老汉穿着一身银灰色桑蚕丝质地的打拳练功服，正在练杨氏太极拳。

　　老人回头看见他们，收住身形，脚底生风似的几步迎过来："林老哥、老嫂子、小林，你们来了，这些日子天天念叨哩，欢迎欢迎！"曹德旺老人和父亲是老熟人。

"老神仙,你真是越活越精神啦!"父亲笑着和曹老汉热情的打招呼。

林健走上前去:"曹叔,半年未见,您老身体越发硬朗哩。"

曹老汉笑逐颜开地将他们引进回廊里的凉亭,一边张罗泡茶,一边热情寒暄。

"老伙计,你们老两口看着精神不错呀!"

"身体都还行,真羡慕老哥哥,在牡丹园都修成老神仙啦!"

"我早上练练太极拳,闲了倒腾下花儿,困了喝茶赏花闻香,这日子过得舒坦着呢……"

曹家坪是临近洮河的一处台地,这里的气候、光热、土壤为紫斑牡丹的培育提供了得天独的生长条件。曹家坪的曹德旺老人和林健父亲同庚,林健和他因为牡丹结缘,结成忘年交。

林健当年任市发改委副主任时,偶然来到曹德旺老人的牡丹园赏花,当时已到五月底,牡丹的盛花期已过,飞红满地,他和几个好友沿着地砖铺成的小径在园中穿行。

"寂寞萎红低向雨,离披破艳散随风。晴明落地犹惆怅,何况飘零泥土中。"离牡丹种群不远的地方,它的姊妹花——风姿绰约的芍药正擎着露珠怒放,林健想起宋代大词人姜夔的名句"念桥边红药,年年知为谁生?"曲径回转,那棵让世人惊叹已有四百年树龄的牡丹树就近在眼前,它的茎叶青翠欲滴,主干却又呈虬龙之态,直径可以达到30厘米。在曹家坪的牡丹园里,这类树龄两三百年的植株还有很多,"牡丹大如树,隔墙可见花,本著花以百计,高或过屋",是牡丹园的真实写照。

偶遇曹德旺老人,老人正在给几株二乔牡丹打黑色的遮阳伞。第一次遇到给牡丹花打伞的老爷子,他觉得很好奇,便和老人聊起来。

"老人家,你老还给牡丹花打伞呀?"

"这花骨朵娇贵,暴日头晒得厉害,打个伞能多开些日子,一年就能多开几天光景,你们能看到就是有福气哩。"

曹老汉给二乔牡丹花安置好遮阳伞，又拿起装工具的笸箩和几根小棍子在路边花苗间仔细察看。发现有一株牡丹幼苗因为离路太靠近，被人不小心踩倒。他先拿一根细直的竹棍直插进地里，用绳子将已经倾斜的牡丹苗固定端正。然后拿铲子将花株周围被踩实的土壤重新铲松，再用水壶浇上些水，最后又用斧子将一些粗木棍钉在那株花的周围形成一圈小小的花篱，以防再被游人误踩。

"别看这株花小，这可两年生的'冠世墨玉'牡丹花，被踩伤了怪可惜。"

曹老汉把客人领进自家的堂屋，熬上罐罐茶，聊起牡丹经："我干了半辈子园艺，早些年在山东菏泽还卖过牡丹花苗子哩。咱们这里是中国紫斑牡丹栽培的发源地，是由野生紫斑牡丹经过长期引种栽培而发展形成的一个独特的品种群，因其花瓣基部有明显的大块紫色或紫红色斑点而别具特色，并区别于山东菏泽、河南洛阳等中原牡丹品种群……

"我们祖上就是几辈子的花农，牡丹园里的每株花都像孩子般的悉心照料。每株花都有名字昵称，'赛杨妃'、'玉版'、'绿玉'、'墨玉'、'红娃娃'……"

通过这次谈话，林健了解到村里虽然花农们不少，可是大伙的日子过得并不富裕，牡丹花品种的改良和培育需要人力和财力的投入，将曹家坪牡丹产业做大做强是带动群众致富的良好契机。

一年后，当地政府规划建设高科技花卉示范园，曹家坪成立了牡丹产业公司，曹德旺老人被聘为公司的技术顾问。听到公司正在筹划进行紫斑牡丹油用价值项目的开发，林健回到市里后随即邀请省农科院农技专家来实地考察。

现在园区的紫斑牡丹种植面积达三百多亩，芍药的种植面积也有二百亩左右，经过几年努力，乡亲们选育出二百多个新品种，赢得空前美誉，每天都有客户从外地赶来观赏选购紫斑牡丹苗。

曹家坪牡丹园培育的芍药鲜花已远销中国香港、中国澳门、澳大利亚等地区和国家。通过对紫斑牡丹籽的油脂检测，籽仁的油脂含量高达33%。根据油脂含量大于30%即为高含油率油料的标准，紫斑牡丹属木本油料作物。

紫斑牡丹种子油中45%为亚油酸，它对降低人体血液中的胆固醇、预防高血压、中风和心脏疾病具有明显功效。牡丹籽油的项目上马将是曹家坪人致富的一个新梦想，以创新发展的理念，以科技为支撑，延长产业链，提高产品附加值，当地生产的牡丹系列产品正在成为引领群众脱贫的朝阳产业。

牡丹园观赏旅游带动着周边乡村旅游和农家乐的发展，曹德旺老人的二儿子也在自家牡丹园修建的园林凉亭办起农家乐。牡丹园内游人如织，大家在园中纷纷拍照留念。

"现在市场需求量非常大，我们几乎不用做宣传就能把苗卖掉，家家的光景都红火着哩。"曹老汉满心欢喜地说。

趁林健陪着老人们赏花的时候，新鲜爽口的时令小吃已陆续端上桌，香椿拌豆腐、凉拌灰条菜、地软包子、韭菜盒子、地达菜炒鸡蛋、热凉面……

第三十六章　蝶恋花开耀京城

林健刚走出会展中心的大门，看到一辆商务车旁几个人往下卸花篮。

"林叔！"一个身穿淡灰色时尚裙装的娉婷袅娜的姑娘从车后转过来，披肩秀发，鹅蛋脸型、粗黑的长睫毛下一双杏仁俊眼，林健认出这是故乡凌云花卉有限公司李总的侄女李海燕。

"是海燕呀，你到这边过来送花吗？"

"林叔，明天这边有一个书画展览，我们是会议中心的花卉供应商，这束香水百合您带回去，阿姨最喜欢这花，今天早上刚从老家空运过来的。"林健再三推脱不过，只得把花束拿了回来。海燕是他看着长大的孩子，坐在车里，不禁想起海燕小时候的样子。

他当时任市发改委副主任，一次下乡检查扶贫工作，来到李海燕家里，当时她只有十三岁，是个留守儿童。父母都在外地的建筑工地打工，父亲当泥水匠、妈妈在工地上做饭,海燕和弟弟海亮由爷爷奶奶照顾。爷爷常年有病,家里的日子过得凄惶,午饭就是煮洋芋就着稀拌汤。

当天,他下到海燕家的洋芋窖里查看洋芋和存粮,看到窖里仅有一堆小洋芋和几颗包菜,询问之下才知道,好洋芋早已卖了补贴家用。

看着孩子们在昏暗的土房里吃着简陋的饭食,他心中发涩,掏出二百元硬塞给海燕的爷爷。每次看到因为生活不得已留守的老人和孩子时,他的心就一次次被绞痛。十多年来,他数次来到这个小院,目睹了小土房变成两层小洋楼的蜕变……

2003年,县里决定建设高科技花卉示范园区。种花也能挣钱?听到这个消息村里人聚集在村口七嘴八舌争论:

"种了大半辈子地,还没听过种花也能挣钱的。"

"种花那是城里有钱人闲得慌,种着玩的。"

"花长起来,几天就开败了,卖不出去咋办?"

"种花要是亏了,连粮食都没得吃。"大家围绕种花的话题,你一言我一语,都觉得庄稼人就该种粮食,春播、秋收、冬藏,心里踏实。经过激烈讨论,大家得出一个结论:种花不靠谱。

李海燕的伯父李振南是当地最早一批建筑企业家之一,改革开放初期他带着叔伯兄弟和村里一帮年轻人走南闯北承包建筑工程,慢慢地积攒了些资金。后来他们到山东菏泽干工程,菏泽古称曹州,素有"雄峙烈郡"、"天下之中"美誉。这里物华天宝,人杰地灵,曹州牡丹种植有数百年历史。宋时牡丹以洛阳为多,自明开始,种植中心已移至曹州。发展至今,菏泽已有上百个品种,数千亩牡丹田,每年谷雨前后,曹州牡丹连阡接陌,艳若蒸霞,蔚为壮观,堪称中华之最。菏泽利用牡丹花卉产业带动了当地群众致富,看着别人快乐富足,一家人其乐融融的日子,让背井离乡的他们羡慕,更震动着众人。

故乡历来有种植紫斑牡丹、大丽花的传统,为什么不能在自家门口发展花卉产业,何苦要抛家舍子的在异乡打拼呢?当时,当地政府为了发展花卉产业，一方面派人到河南等地考察学习，一方面邀请农技专家前来问诊把脉。通过一次次考察对比、调研论证、引种试验，政府决定发展以兰花为主的花卉产业。李振南利用工程冬季停工期间，参加政府考察团到云南考察取经，随后在林健的鼓励支持下成立了凌云花卉公司，入住政府规划的现代化农业示范园区。

园区建设的时候，李海燕家的六亩地被公司流转，父母都来到园区当起产业工人。海燕的父亲在园区当运输车队的队长，妈妈在育种温室里工作。"流转土地—企业种植—农民打工—企业自销—企业农民双赢"，凌云花卉公司摸索出了成功的经营模式。自2005年元月，园区首批鲜花上市，公司生产的鲜花已迅速占领国内市场。和成都、西宁、西安、乌鲁木齐、银川、北京、上海等许多大中城市客户保持了常年供货关系，而且能做到反季节常年供货。以蝴蝶兰、香水百合、海棠、红掌、温馨兰、郁金香等为代表的名优品种花卉和苗木全部采用了无土栽培滴灌技术和计算机程序控制系统。顺应当地政府建设"中国西部最大的兰花生产培育基地"、"全省重要的花木生产基地"的目标定位，凌云花卉一步步走向全国。

林健调任北京之后，他与市驻京办一道为当地花卉产业的发展大力宣传、积极奔走。2011年6月，凌云花卉集团北京分公司在朝阳区成立。

春华秋实，经历几多挫折，付出多少努力，蝶恋花开耀京城，来自昔日"苦甲天下"千里旱塬的凌云花卉一步步走进星级酒店、会展中心来到京城人家。2012年3月，凌云花卉集团天津分公司相继成立，以香水百合、蝴蝶兰、郁金香为代表的鲜切花和种球以质优价廉享誉京津。

海燕这个聪慧懂事的姑娘大学毕业后，作为花卉公司的新生代投身花卉产品的营销市场。经过两年的磨砺，这个初出茅庐的女孩子用自己的诚信和努力赢得了大家的认可，去年她通过选拔升任北京分公司营销部经理。教师节之际，海燕代表公司给全区的优秀中小学教师免费送去节日花束。

重阳节一周前，她风风火火地跑来找林健："林叔，我已经请示公司同意，这个重阳节我们想组织敬老活动，作为志愿者给区里敬老院的爷爷奶奶们赠送鲜花，您能帮忙联系老龄委吗？"

"这样的公益敬老活动我支持，重阳节我和你们一起去。"

重阳节秋高气爽，红叶满地，菊花飘香，白发红颜笑脸盈盈。林健、海燕和志愿者们一道来到敬老院、老年公寓为老年人送鲜花和祝福。志愿者们还表演了自创的小品和文艺节目，和老人们一起品尝重阳糕。

回到家，林健将花束放在茶几上，百合花散发着沁人心脾的幽香，站在窗前，一群鸽子从头顶飞过向天空冲去。他推开窗子，啊！这是一座多么繁荣又温馨的城市！

第三十七章　苦荞茶香飘京华

国庆期间，挚友老柳到京出差。老柳出生在书画之乡通渭县，年少时的老柳常常听爷爷讲秦嘉徐淑的故事。

誓两心同愿，一世一双人，大概就是徐淑秦嘉这般。东汉桓帝时，秦嘉为郡上计吏，离开家乡远赴洛阳。徐淑寝疾还家，不获面别，夫妻俩书信往还，诗词酬答，各叙款曲，情辞均悱恻动人，是较早以夫妻日常生活感情纳入文学作品视野并取得相当成就的佳话。烛影摇红，心缱绻，夜无眠；笔赋词闲思无涯，愿你，莫负时光莫负卿。故乡的老人们在孩子出生之后就会把秦嘉徐淑的故事讲给他们听，代代相传。

两人许久未见，老友重逢，谈至兴头，老柳兴之所至在徽宣上为林健泼墨疾书他的得意之作《兰亭序》相赠。老柳是中国书法协会会员，书法界名流。老柳本姓陈，自号老柳，取义柳"结根建本，则固于泰山"、"信永贞而可羡"的古意，借以表达对左宗棠左公柳的酷爱。

老柳和林健是二十多年的同事挚友，两人都是单位的业务骨干和笔杆子："老林，泡一壶我带来的黑苦荞茶，这是今年的新茶，我特地给你带来尝尝。"

苦荞茶曾是他俩的最爱，年轻的时候下乡回来，一个茶壶放在火炉上，煮一壶苦荞茶，两个黑面馒头半碗酸白菜就能当是一顿饭。时至如今，他俩依然偏爱着苦荞茶。杯中的苦荞茶是一种原汁原味的纯天然茶饮，是通过膜分离技术提取苦荞麦中的天然有机营养元素芦丁（黄酮）、叶绿素等成份，经生物技术加工生产而成的一种固态营养保健饮品。内含人体所需的多种微量元素钙、磷、铁、镁、硒等。

传说盛唐雄主李世民求贤访能，途经某地鹿鹿山，不仅赞叹："穷乡避地，竟有如此奇山，真乃江山处处有胜地也"。大队人马在山中盘旋太久，不想路险山深，马疲人累，迷失了方向，三只白狼幻化成人为他献茶一杯，并在浓雾间救驾出山，李世民感激三只白狼，封为"白马三大天王"，封鹿鹿山为"玉狼山"，唯独疏忽了浓雾中所喝的那一杯苦荞茶。真正让李世民去疲劳、提精神、益气力的是那杯茶，没有那杯淡淡清香的苦荞茶，李世民很难走出迷雾重重的"玉狼山"。李世民晚年因国事操劳，身体日渐消瘦虚弱，遂想起苦荞茶。命人到"玉狼山"取茶，喝后精力充沛，身体逐渐复原。苦荞茶虽比不得高山乌龙茶、金骏眉的昂贵，但长期饮用，可改善身体状况，是理想的绿色保健食品。

午饭的时候，林健和老柳两人共同下厨做饭，醋溜土豆丝、清炖土鸡、西芹炒肉，都是他们几十年爱吃的菜。每次相聚都是两人一起下厨做饭，就像年轻时一样，浓浓故乡味，深深老友情！

土鸡是宰杀后真空包装由老柳从故乡带来的，农业合作社的无公害放养鸡。老柳夹起一个鸡翅放到林健的碗里，调侃道，"你这家伙，从年轻那会儿就爱吃鸡翅，结果飞到北京来了，我是爱吃鸡腿，还在老地方蹦跶转悠着……"

"这回换你吃鸡翅，我吃鸡腿。"林健哈哈大笑。

"鸡腿肉多，你的那翅膀没肉，我不换，我就爱在鸡窝跟前溜达……"老柳性格豪爽率真，有时更像个老顽童。晚饭后，两人靠在沙发上闲聊。老柳端起杯中的苦荞茶念叨起来，"老伙计，不是我吹，这苦荞茶真是不错，我们那地方的老人喝着苦荞茶，健康长寿！"林健和老柳两人谈古论今直聊到半夜，方才休息。

几天后，林健百忙之中送老柳返乡。10月10日，《经济日报》头条刊登《高原苦荞茶新世纪健康茶饮》的署名文章，这是林健通过对当地苦荞茶的深入了解调查论证的基础上写成的，文章刊登后引起热烈反响。2014年年底，在全国食品博览大会上，定西市苦荞茶受到嘉宾们一致好评，随后餐饮服务商家的订单纷至沓来，苦荞茶作为健康茶饮飘香京华。

第三十八章　陈平的忏悔

眼看着药材要丰收了，人们的脸上都洋溢着笑容。在孙浩东的介绍和帮助下，公司陆续与国内几家大型医药企业建立了合作关系，凯兰的云南之行取得意想不到的效果。她庆幸自己在近乎绝望的时候咬牙坚持了下来，感恩父亲对她从小的教导，是艰难生活磨砺练就的坚韧和不放弃，鼓励着自己前行。

陇平夫妻俩每天结伴到公司来上班，他们搬了新家后，公司又招聘了两名保安，陇平被任命为保安队队长。现在的他已经不再是昔日那个邋遢颓废的光棍汉，衣服洗过之后，巧花总会熨烫平整收拾在衣柜里让家里人换穿。每天穿着干净整洁的保安服，时不时快乐地哼着小调，精气十足地在公司巡视。巧花已经怀孕五个多月，凯兰安排她在公司里做中药材饮片装箱检验的工作，这样巧花在生产前还能多干两个月。

陇平比凯兰大十岁，可是他对她打心眼里佩服，他从一个破落户到现在这种红火的光景，都是靠凯兰的提携拉扯，对她心存深深的感激。源自这份感激，他成了公司里最敬业的一个人，几乎从来没有旷工过，风雨无阻任劳任怨的做好自己的事，把公司当成自己的家，更看不惯有些人的偷奸耍滑、占小便宜。

这天，陇平又发现两个女员工趁着干活换衣服的时候，将切好的当归片偷藏进包里。下班的时候，他将那两人堵在公司大门口，说："你俩包里装了什么？拿出来。"

"你当自己是谁呀？狗拿耗子多管闲事，我们包里是自个的东西……"

"把包打开检查，如果没装厂里的东西，我给你们道歉赔不是。"陇平坚持不让步。

两个女人心虚，紧紧地抓着自己的包，其中一个撒泼开骂："你一个瘸子看门的，还真把自个当人了。"

"我就不让检查，你能咋的？"她们越急越骂的难听，陇平越不让步，三个人在门口吵吵嚷嚷、推推搡搡的，因为是下班时间，立马就聚了好多人。

凯兰在办公室听到争吵声也走了过来，看见他们三人在撕扯，她推开人群，厉声喝住他们："你们这是干什么？"

那两人女人看见肖凯兰来了，慌张地松开手。

"我发现好几次，她们俩偷偷往包里装当归饮片，这是大伙的东西，不能任由她们这样。"陇平的一只衣袖都被扯破了，手背也被抓出血印子。

那两个女人红着脸，灰溜溜地从各自的包里取出切好的当归饮片，求饶道，"肖总，我们知道错了，下次绝不会再犯了……"

"这两个贼婆子，你们在厂里偷东西真不要脸……"众人七嘴八舌地骂了起来。

"好了，大家都回去吧，你们知道错了，下次就不能再犯这样的错误，如果以后再发生类似的事情，一经发现严格按照制度进行经济处罚，严重的解聘开除。"两个女员工灰溜溜地走了，巧花看到丈夫被抓破的手和扯破的衣袖，心疼的直掉眼泪。

凯兰见状取来消毒药水："陇平哥，你把公司当成自己的家，我真心谢谢你！衣服袖子破了让嫂子缝缝，我让小娟给你们保安队每人再买套新制服，你先回去休息吧。"

"妹子，说啥谢我呢，这公司是你带着我们大伙辛辛苦苦办起来的，不能让这些人给祸害了。"看着陇平背影，凯兰心中盘算：陇平哥说的对，公司是大伙的，没有规矩无以成方圆。公司要做大做强，必须要建立现代企业制度，激发员工的主人翁责任感，形成奖罚机制，优秀的技术和管理人才的引进迫在眉睫。

可爱的雪儿宝贝满一周岁了，咿咿呀呀地会叫妈妈、爸爸，从11个月就开始蹒跚学步，现在已经能从床边走到门口，拉着外婆的手能从一间屋子走到另一间屋子里找妈妈。虽然每天照顾雪儿很辛苦，妈妈的身体却比往年好了很多，她看着公司的发展，心里充满了喜悦和安慰。

这天下午，凯兰正在办公室查看中药材饮片的发货账册，小娟走进门来。她神秘兮兮地凑过来说："姐，魏哥不在吗？"

"小娟，你魏哥到学校去了，他下学就回来了，你找他有事吗？"

"姐，我不找他，就给你一个人说。"

"啥事还不能让他知道呀？你这丫头就是一惊一乍的脾气。"凯兰看见小娟的样子有些诧异。

"姐，是陈平要回来啦，陈支书昨天来请我哥，说是陈平的孩子在北京做了骨髓配型手术，手术很成功，孩子目前康复的不错，还说陈平过几天要回老家来，准备好好感谢大伙呢……"陈平，这个隐藏在凯兰心灵深处的名字被小娟提起，所有关于他的记忆都像潮水一样涌上她的心头。

陈平，那个陪伴照顾自己成长两小无猜的哥哥，那个自己纯真初恋中挚爱过的男子，那个无情背叛抛弃自己的男人，那个为了女儿的病情焦灼忧虑的父亲，那个因为强势的妻子而委屈隐忍的丈夫。曾几何时凯兰强迫自己不去想他甚至不去恨他，彻底把他从自己的记忆里抹去，可是当小娟再次提及他的名字，她才痛苦地发现他一直就藏在心底，永远无法抹去。无法忘却在那些贫寒岁月中他给予自己的关爱和温暖，她无法抹去成长记忆中陈平的影子，岁月留下的烙印已融入她的血液和灵魂。当得知他走出困境的消息，她感到欣慰，听到他即将回乡的消息，她又有些惶恐和忧虑，自己能不能平静地面对他。

陈支书在家里准备了丰盛的饭菜，感谢那些在孙女生病期间借钱和帮助他们的亲友。陈平和父亲给在座的每位亲友热情地敬酒答谢，并偿还了前期的部分借款，对暂时没有能力偿还的借款，他们表示会陆续还给大家。小娟的哥哥刘光明也被邀请在列，并作为重要客人被安排在上座。

对于今天的宴请，刘光明心里矛盾纠结，他甚至很羞愧。因为当初陈支书借钱的时候，自己害怕他们还不上钱以买房为由拒绝，是凯兰带来3万元以自己的名义借给陈平的。陈平真正应该感谢的是她，不是自己，但凯兰再三叮嘱自己不要把这件事告诉任何人。为此刘光明借故推脱不想去赴宴，可是陈支书老两口来来回回找了他三四趟，自己再不去凑个场子也说不过去。

刘光明硬着头皮听着陈家人的感谢，陈支书殷勤地给他夹菜敬酒，他觉得脸上火辣辣地发烧，坐在舒适的软椅上如坐针毡。

陈平给刘光明再次单独敬酒，说话间眼里泛着泪花，"哥，我不知道怎么才能报答你，你自己买房子贷款，还想办法给我孩子治病拿钱，我陈平这一生都难报答你的恩情！"

刘光明躲闪着不敢抬头看他的眼睛，低头喝着闷酒："兄弟你别这样，谁都会有困难的时候，哥帮你也是应该的。"

"哥啊，你不知道沈茹她家人嫌弃我，有些以为平时很要好的朋友怕我借钱都躲着我，你这样的人太少了！"陈平说到伤心处，搂着刘光明的肩掉下泪来。

"哥你多吃点菜，今天一定要多喝几杯！"陈平去招呼其他的客人，刘光明坐在那里一杯杯地灌着闷酒，他为自己当初的自私感到羞愧和自责。

一杯接着一杯，他不知道喝了多少，渐渐眼前的人影开始晃动，身体也轻飘飘不受控制。宴席散了，刘光明喝得迷迷瞪瞪。陈平和一个亲友扶着刘光明把送他回学校，他嘴里含糊不清地嘟噜着："陈平兄弟，哥心里有愧呀！当初给你孩子生病借钱的不是我，是肖凯兰找来的钱，是她不是我，你真正该谢的人是她不是我……"

刘光明一路上含糊不清地说着酒话，陈平他们最终听清楚就是肖凯兰借的钱不是他。是凯兰？怎么可能？我是那样对她的，她怎么可能借钱给我？一定是刘光明喝醉说胡话，陈平心里打翻了五味瓶，充满疑惑，今晚也在这个醉汉跟前问不清楚。他躺在床上一夜无眠、辗转反侧，明天一定要找刘光明问个明白。

刘光明被送回宿舍又哭又吐地折腾了半夜，到凌晨三点多才沉沉地睡过去。第二天睁开眼，已经日上三竿，他头重脚轻地从床上爬起来，记起来十一点要上课。刚打开房门，准备洗脸，陈平突然提着水果来了。

"哥，你昨晚喝多了，我来看看现在好些没有？"

"昨天我真是喝太多，丢丑了，这才刚起床，待会要去上课，现在没事了，真是谢谢，又麻烦你过来看我……"

"哥，你昨晚念叨了一路，又说钱，又说是肖凯兰的，我也没听清，这到底是咋回事呀？"

刘光明听到陈平的话知道自己昨晚喝醉说漏了嘴，但是这件事也不应该再瞒着他，应该让他知道实情，不然这就是压在自己心头的巨石，让他喘不过气："陈平呀，哥给你说实话，当初借给你的钱是肖凯兰拿来的，她要我以自己的名义借给你，还让我保证不告诉你们实情。陈平，她当时刚坐完月子，听说了你的事情托人借的钱帮你，凯兰这些年真是不容易，你那样对她，她竟然能借钱帮你，你真正应该感谢的人是她呀！"

"哥，你说的这是真话？"陈平开始战栗，他不敢相信自己的耳朵。

"陈平啊，到这个时候，我说的都是实话。她怕你有思想负担还要我保证不告诉任何人。我一个大老爷们不如凯兰啊，你那样对她，她还……"

"哥，我对不起她，我不是人啊！"陈平彻底惊呆了，身子软软地瘫坐在椅子上，双手捂着脸痛哭失声。

凯兰，竟然是她！是那个自己为了和沈茹结婚决绝抛弃的人，是那个自己一度嫌弃无情伤害的人，却是女儿患病四处求救，有些人躲他唯恐不及之时，给予自己无私的帮助；她还是原来那个美丽、柔弱、善良的小妹妹，可是自己变成了什么？一个自私、冷酷、残忍、绝情的伪君子。陈平一时间心里像打翻了五味瓶，羞愧、自责、震撼翻江倒海般一起涌上心头。

灰黄的天空中只剩下一缕血色残阳，陈平提着礼物，在凯兰公司门口踌躇，他已经徘徊了许久，心里充满纠结，羞愧自责让他脸发烧，腿也不听使唤，他想进去见她，又不敢进去见她。

公司的人都下班回家了，他像鬼魅一样躲在暗处不敢让别人看到自己。院子里的路灯已经亮了，他听见墙内有人说话："陇平哥，你把大门关了吧！"

这是她的声音，陈平感到瞬间血管都绷紧了，他强迫自己两条僵硬如同注铅的腿移动到门口，颤声呼唤道："凯兰，你还好吗？"

凯兰怔住了，这个曾经熟悉的亲切呼唤，这个无数次梦里依恋的声音，此刻让她战栗、让她迷惑，她觉得一阵眩晕，努力稳住自己说："你是陈平？你来干什么？"

凯兰冷冷的并没有让他进去的意思。

"凯兰，不，肖总，我知道自己没脸再喊你的名字。可是今天我必须要来，对不起！是我对不起你，我知道自己没有资格乞求你的谅解。我不奢求你的谅解，我来是为了感谢你，是你在我最困难的时候帮助我，我恨自己，我只是想真心感谢你……"说话间，陈平双膝跪倒在凯兰面前，干裂的嘴唇溢出血，泣不成声。

凯兰看着眼前这个跪倒在地的男人，这个曾经倾心挚爱过的男人，曾经无数次思念、哀怨的他真实出现在自己面前的时候，她该爱，该怨，该恨？她一时间感到眩晕窒息到不能呼吸，时间仿佛在这一刻停滞……

第三十九章　马老师的寿辰

过几天就是马老师七十岁寿辰，林健早早和同学们约好为马老师祝寿。

马老师名叫马文，是林健小学四年级到初中毕业的班主任兼语文老师。马老师是当地为数不多的文化人，毕业于北京大学中文系。在当地人眼中马老师就是个异类，学校没课的时候，他喜欢一个人在山间游荡。听村里放羊的石老汉说，二十多岁的马老师有魔怔，一个人在山里面，对着茫茫大山叽里咕噜念咒语般地念念有词，还爱哼唱些谁也听不懂的调子，甚至手舞足蹈又吼又跳。村里好事之人将此事专门向公社汇报，公社找人调查之后，才知道马老师的那些所谓"咒语"是在吟诵《诗经》《离骚》，哼唱英文版《哈姆莱特》《茶花女》……因此马老师没少被批判，据说最严重的一次是将马老师停课，由公社监督劳动。

冯校长专门安排女儿冯佩茹和看门的老刘头在他宿舍外观察，后来据冯佩茹说他当时嘴巴里念叨那些乱七八糟的话，是出自莎士比亚《哈姆莱特》中复仇王子哈姆雷特的经典台词。

老冯校长很愤怒，一个好好的人，念叨些外国人的鬼话，好好的人能让洋鬼子的话害死。老冯校长叮嘱老刘头，盯紧马老师，别让这个孽障货在学校里寻了死。马老师没寻死，可是过了几天，他张着嘴却说不出话来，老冯校长找来老中医看过说是患了失语症。

冯校长听到是失语症倒放了心，他寻思失语了挺好，省得乱吼乱叫说些别人听不懂的话。冯校长心地不坏，他只是个谨小慎微、胆小懦弱的人，他一方面欣赏马老师的才华，同时看不惯他的惊世骇俗，"多好一个年轻人，非鼓捣那些害人的东西干啥？这就是个孽障、顽货！"

马老师失语之后，冯校长便安排他干后勤的工作，给学校管理桌椅、扫把、铁锹、农具等用具，马老师的宿舍也搬到后院后勤房的旁边。他说不出话，常常跑到山里或者蹲在学校后院的土地上拿着树枝写写画画，画得都是别人不认识的字母，还是后来听冯佩茹说是英文书写的《哈姆莱特》和《李尔王》台词。

冯佩茹是老冯校长的女儿，她高中毕业后到学校当民办教师。她身材高挑、长相俊俏，马文老师私下叫她倩卿，取义"巧笑倩兮，美目盼兮"的卿卿佳人。冯佩茹在学校给低年级的孩子们上语文，时不时有不懂的地方就找马老师。

当时公社革委会张副主任几次托人给冯校长说话，想让冯佩茹给县里某机关当驾驶员的儿子张虎当媳妇。可是冯佩茹对那个白白胖胖、貌似精明圆滑的张虎一点不上心，每次张虎拿着礼物到学校找她，她总是想尽办法躲掉。马老师比冯佩茹大五岁，她是马老师在学校唯一的朋友。

冯校长痛苦地发现，女儿居然和马文厮混在一起，她甚至偷拿着家里不多的白面给马文烙饼，自己花骨朵般的宝贝女儿跟着这个人是他绝不能接受的。冯校长强行把女儿带回家，老两口苦口婆心地劝说，老伴更是鼻涕一把泪一把地哭诉："张虎那娃多好，来咱们家从来没空过手，干活勤快，人精明能干，跟了这样的人一辈子享福。你看上马文有啥好呀？"

可是冯佩茹就是铁了心："马文没啥不好，他是咱这地方难得的文化人，我就是喜欢和他在一起，这辈子跟着他吃糠咽菜，睡猪圈我都高兴，你们再逼着我，我就从山崖上跳下去给你们看，我这辈子死活都要跟他……"

冯校长愤怒地搓着手在院里来回转，老伴更是哭晕在床上。面对决绝的女儿，冯校长死活不松口，足足苦熬了五年，老两口才最终同意他们的婚事。冯佩茹用最纯真无私的爱情滋润呵护着马老师伤痕累累的身心。一年之后，马老师的失语症奇迹般地无药而愈，他们纯美的爱情历经风雨，终于开花结果。

林健清楚地记得1978年11月，自己正在上初中一年级，两位老师在学校那间宿舍里举办了简单的婚礼。当时的马老师已过而立之年，艰苦的环境让他的鬓角过早添了白发，那间简陋的宿舍，两床新被子，两件旧柜子就是他们新房全部家当。马老师结婚的那天，孩子们都送来偷偷地为他们准备的礼物，林健央求母亲特意剪了两个喜鹊闹梅的喜字窗花花，蒸了白面大花馍送到新房。

这个新房里唯一与众不同的就是多了一个书柜，满满一柜子的书籍，里面装满了古今中外的名著，这是他俩这些年用不多的工资四处搜集来的宝贝，其中还有不少是马老师学生时代想尽办法藏起来的外国名著。

在那个年代，同学们总是半天上课学习，半天组织到生产大队劳动。马老师毕业于北大中文系，才华横溢，对古诗词的研究造诣颇高，他的语文课是同学们最喜欢的课。课堂上他意气风发、旁征博引、滔滔不绝给讲解古诗词，只有在这个时候，当他沉醉在文学的世界里，生活中所有的诘难和苦痛通通化为乌有。劳动的时候，他还会应时应景教给孩子们背诵古诗词，马老师可以一字不差、抑扬顿挫背诵整篇《离骚》《九歌》《滕王阁序》等传世名篇，教孩子们观察大自然，发现生活中的美，用生活的点滴教导孩子们写作文。

在课外书籍贫乏的时代，林健作为马老师最钟爱的学生，在马老师那个珍藏的宝贝书柜里，有幸读到了《钢铁是怎样炼成的》《童年·在人间·我的大学》《战争与和平》《安娜·卡列尼娜》《复活》等苏联名著，是马老师让儿时的他知道了《茶花女》《简爱》《雾都孤儿》，劳动休息的时候，马老师会吹着口琴教孩子们唱《喀秋莎》《莫斯科郊外的晚上》，让繁重的劳动变得轻松愉快。马老师给少年时代的他埋下了文学的种子，引导他从古诗词中去领略语言的魅力，培养了他对古诗词浓厚的兴趣，奠定了深厚的国学造诣。

林健就读的陈家咀学校，是1937年由他的太爷爷林盛永筹资兴建的，学校坐落在漫坝河边，学校生活用水要到河边去挑，饮用水还要去一里外山里挑泉水。四年级的时候，因为同学们年纪小，马老师不放心，他每天早上就去山泉里挑水，回来用自己的铝水壶烧水给同学们喝。初中时，马老师特意买来两个水桶，早自习后，值日的同学每天轮流抬水，这样孩子们每天都能喝到开水。

很多年后，马老师坐在同学们中间，才告诉他们一个秘密。当年学校不供暖的季节，他和冯老师两人的约会，就是傍晚下课后两人相约去漫坝河边、附近山洼里捡柴火。夕阳的余晖中，两个人各自背着一背篼柴火回来，正是这些柴火，才让离家远的同学，每天能吃到一碗开水泡馍。

用村里人的话说，马老师是个洋派人，村里人穿灰黑色的绒线衣，他穿白色的衬衫，洗脸用香皂，洗衣服不用碱面，用滑溜的胰子，衣服总是工整干净的，也不像庄户汉一样给娃们喝生水。

冯老师还经常给家远的孩子们做午饭，洋芋拌汤、玉米发糕、胡萝卜地达菜包子、洋芋苜蓿碎面……就算打牙祭，韭饼是林健记忆里最鲜香的美食。

在历年的中考升学考试中，马老师的学生以优异的成绩考进各类中专和县重点高中，高出同级其他班36%。人们才终于明白，这个戴着高度近视眼镜的老师是多么可敬高尚！

1981年6月，16岁的林健以优异成绩考进全省重点高中甘肃省临洮中学，马老师将一个印着北京天安门图案的淡蓝色塑料皮笔记本赠送给他做为纪念，并在上面写下："林健同学毕业留言：五年间为学习情交深长，严要求勤钻研没负期望。入重点更希你一心专往，苦攻关攀高峰伟名远扬！马文于1981年6月。"

林健敬佩、感激亦父亦师可亲可敬的马老师，至今珍藏的当年那个笔记本上，马老师赠言的扉页被特意塑封后，三十多年一直珍藏在随身的钱包里。

马老师高度近视，七十年代学校没通电的年月里，他夜夜在昏暗的煤油灯下批改作业、看书，视力每况愈下，眼睛经常干涩发红疼痛。这些年来，师母为了他的眼睛想尽一切办法，每晚都会用热毛巾给热敷，用中药材、剩茶叶煮的热茶气熏蒸。

退休那年，他的眼睛一度出现重影疼痛症状，当时林健在市里工作，他接马老师到市医院眼科检查治疗，因为长期熬夜造成的过度劳累诱发中心性视网膜炎并伴有轻微黄斑病变已无法逆转。但经过一段时间的专业治疗，马老师的眼睛状况有了明显改善。

第四十章 梦中的校园

林健带着订制的稻香村糕点和清心明目的安溪特级铁观音，踏上回乡的列车，和同窗好友们一起为马老师祝福古稀寿诞。

林健和十几个同窗相约来到马老师家中，马老师头发已经全白，虽已到古稀之年，依然精神矍铄，他教过的历届学生们陆陆续续来了近百人，老两口看着从全国各地奔赴而来的学生，欣喜之余不由得眼角泛泪。

林健的同班同学陈浩是当地明珠大酒店的经理，由他全程负责安排寿宴事宜。装修考究的大厅里布置得典雅喜庆，餐桌上铺着红色的台布，中间摆放着让人垂涎的鲜香大寿桃，红红的灯笼点缀在其间。大厅中央安放着由马老师的儿子马睿亲笔书写的百寿图，酒店里播放着管弦乐《步步高》《每当我走过老师窗前》《长大后我就成了你》。马睿是重点大学的中文系教授，几天前他携全家专程回乡为父亲祝贺寿辰。

大家把马老师和师母安排在主位坐定后，亲友和学生轮流向老寿星拜寿，林健发现马老师的视力和听力都下降很多，但他的记忆力还是那般惊人。

这两年马老师和助手又在呕心沥血进行《洮岷花儿集》的收集和整理工作，用心血铸就夕阳传奇。用他的话说，"我才六十多岁，还能干很多事。"马老师把洮岷"花儿"歌谣置于其存活的文化生态整体内，对其加以观察、描述、分析，以期获得对研究对象的"主位观"理解及"客位观"反思。寿宴上马老师兴致颇高、抑扬顿挫地吟诵《龟虽寿》："神龟虽寿，犹有竟时。老骥伏枥，志在千里。烈士暮年，壮心不已。"寿宴结束后，马老师意犹未尽，在现任学校校长的陪同下和学生们一起驱车到当年的学校参观。

岁月沧桑，时光荏苒，学校已经不是往日的样子。学校中央的逸夫教学楼是十年前修好的，操场和图书馆、学生食堂都是近几年的项目工程。记忆中的校园已经旧貌换了新颜，学校的现任校长也是马老师的学生，他把大家引进会议室，大伙看着眼前的景象，诉说着记忆中的点点滴滴。哦！梦中的校园，他们多少次在梦中来过这里，这里留下了多少欢乐和励志的记忆。

林健走进四年级一班的教室，当年的自己就是一班的学生。现在是课外活动时间，孩子们基本都在操场上做游戏，空荡荡的教室里，只有第一排临窗的座位上一个瘦弱的小女孩在写作业。

林健记得儿时自己就是坐在教室里这个位置上的，他看着小女孩好奇，就走了过去，"叔叔好。"小姑娘怯怯地站起来向他问好。

　　"你好，同学们都出去做游戏了，你怎么还在教室里做作业呀？"

　　"叔叔，我要赶快在学校写完作业，回家要帮奶奶切菜喂猪做家务呢。"小姑娘低着头，瘦弱的小手握着笔局促地回答。

　　"你要帮奶奶做家务，爸爸妈妈到哪里去了？"林健看着小姑娘瘦弱的小手，心中顿生怜惜。

　　"爸爸在外面打工，妈妈……"

　　提到妈妈，小姑娘低下头，眼泪噼里啪啦掉下来："林处长，您怎么转到这里来了？"一个年轻的女教师走进来，是四年级一班的班主任陈晓燕。林健在会议室刚见过的，"哦，陈老师，我当年就是一班的学生，随便转进来看看。"林健边说边和陈老师走出门去。

　　"叔叔再见。"小姑娘礼貌地向他道别。

　　"小惠，你怎么又没去做活动呀？"

　　"陈老师，我想把作业先写完……"

　　"以后要注意课间多活动，你这样对身体不好。"

　　"老师，我记住了。"小惠怯怯地回答。

　　林健觉得很好奇，孩子们这个年纪正是好动喜欢做游戏的年龄，这个孩子怎么了？

　　"林处长，您是不知道，这个孩子叫刘小惠，是我们班的班长，特别懂事好学。十年前，她的父亲外出打工时与江苏籍母亲相识相爱，有了小惠。临产前，夫妻俩回家生子，她妈妈因无法接受婆家的贫困，便在小惠满月不久离家出走，至今杳无音信。爸爸心灰意冷，常年外出打工，很少回家。奶奶只好含辛茹苦一把屎一把尿拉扯孙女。小惠的户口落在大伯家，大伯老实巴交的娶了个有智力缺陷的妻子，生了个同样有智力缺陷的儿子，一家人的生活基本无法自理。虽然分家另居，但饭在一起吃，活在一起干。年逾花甲的奶奶一个人操持着两个家六七口人的生活。这孩子特别懂事，每天帮着奶奶做家务干活，每天学校的营养早餐她只吃一点点，其余的都是留下带给爷爷奶奶吃。

陈老师边走边讲小惠的故事："我是去年才担任这个班的班主任，一次中午放学我发现小惠的手里提着一个塑料袋，里面是当天的营养早餐：一个鸡蛋，一个油饼和一盒牛奶。我走过去问她怎么没吃早餐，她不假思索地说给奶奶留着，她脸上的笑容很灿烂。听了她的话，我心里升起一股暖流，多孝顺的孩子！我问她不吃早餐，饿不饿？她没有回答，只是低着头笑。紧跟她身后的丫丫告诉我小惠经常不吃早餐，每天都把早餐往家里拿，我是家访之后才知道她家的情况。"

林健听着陈老师的讲述，想着孩子瘦弱的身体，不禁心生怜惜。回到家，小惠瘦弱的身影总在他眼前萦绕，挥之不去。

第二天下午，明珠大酒店的总经理陈浩邀请他一起喝茶。闲谈之中，他把小惠的事讲给陈浩听。陈浩的回应竟让他吃惊不小："我的老同学呀，你就是太感性，现在的学生大都不爱吃学校发的营养早餐，能拿回家的还算是好的，很多同学都偷偷往垃圾里扔，看着让人生气。我家那丫头就那样，班上好多孩子都是这个样子。"

"难道，小惠真是不喜欢吃才拿回家？难道老师说的不是实情？"

"老兄你在京城待久了，还不相信，咱们打个赌去那孩子家里看看就知道啦。"

"赌就赌，我看那孩子不是你说的那样。"

"好，就这么定了！咱们去她家看个究竟。"

傍晚时分，陈浩开着车和林健找到陈晓燕老师，让她领路到小惠家里去。这是一个很简陋的院子，东面两间土坯房年代已久，墙壁脱落，看上去斑斑点点。北面的三间房子稍微新一些，屋檐下的土台子上散堆着玉米棒子，院子里摊着一些党参。小惠奶奶告诉他们，这就是她家今年的全部收成，小惠放学回家后已经去打猪草了。

进入厅房，炕头斜躺着一位六十多岁的老爷爷，蓬头垢面，目光呆滞。

炕上铺着一块破旧的塑料油布，下面是一条皱巴巴脏兮兮的花布单子。炕周围的墙皮也脱落了很多，坑坑洼洼。屋里没什么摆设，一个旧式三格木柜，一个破旧不堪的老式三人沙发，一个旧茶几，除此之外家无长物。坐在破旧硌人的沙发上，林健和小惠奶奶聊天，了解他们家的情况。

"这娃娃老是不听话，学校的早餐我让她别给我留着，自己多吃点，正是长身体的时候不能饿。可她听不进去，总要给我和她爷爷留着吃，还说她不饿，我……"奶奶抽泣起来。

看着眼前这个贫困家庭，听着小惠奶奶让人心碎的诉说，大家心里都有些酸涩。泣血的孝顺背后，贫困是压在这个年幼孩子身上沉重的十字架，幼小的生命不该承受这命运之重呀！看着眼前的景象，林健和陈浩各自将两百元钱硬塞到小惠奶奶的手里。一路上，他们都在沉默没有说话。

"我要回去把今天的事情讲给女儿娇娇听，让她知道自己随意丢弃的，不仅仅是自己不喜欢吃的东西，还有……"说话间陈浩有些语涩。

林健坐在车内，这个家徒四壁的家，孩子这般羸弱，又是这般懂事孝顺让人怜惜，他心情不由地沉重起来。

第四十一章 心血铸就夕阳传奇

"一句话说到了心肺上，麻雀飞到弓背上。弓软着射不到尕靶子上；一句话说到了心肺上，脚软着踩不到马镫上……"这段洮岷花儿唱得缠绵悱恻，真挚火辣。从初春到深秋，一年四季，农活忙不完，花儿唱不缓，山花开不败，歌声不间断。恰逢农历六月初六，林健开车载着马老师和师母到麻家集去搜集花儿曲谱。

六月的麻家集是花儿的世界，青山绿水，田间地埂、农家小院，花儿如潮。马老师这是第三次到麻家集花儿会，当地不少花儿歌手认识他，热情地和他们打招呼。

林健把老两口领到广场边一处啤酒摊前的太阳伞下，自己取来随车带来的暖壶和茶杯，又买好饮料和矿泉水给被采访的人。马老师打开随身的小本、小录音机就开始工作。

很多时候他们都是一起出去，马老师的手提袋里装着笔记本和小录音机，师母提着水壶和两个小马扎跟在后面，就像年轻时一样。熟悉的人看到他们，就会开玩笑："前面走的杨宗保，后面跟着穆桂英，提着马扎赶花儿……"五年前，退休的马老师被几个学生邀请去逛岷州二郎山花儿会，就是那次出游，偶然间缔结了老师对洮岷花儿的挚爱情缘。耄耋老人在心底暗下决心，一定要把这民间瑰宝收集整理成册，古稀之年对这块土地的深情，融进了对洮岷花儿宏大内容的孜孜追求和潜心细致的资料收集整理上。

马老师从学生时代开始就酷爱西洋歌剧，在他看来，高雅之堂的"西洋歌剧"与原生态的"花儿"有异曲同工之妙。花儿既是西北地区普通百姓抒发内心情怀的原生态方式，也是人类文明进程中农耕文化的一个强势符号。长期以来，花儿在口头传唱中繁衍流传，一些原汁原味的曲调和即兴口头创作的歌词大量散失。这给花儿的研究学者带来了相当大的困难，保护和抢救花儿是十分紧迫的现实。

"把我丢在远路上，你要思念我在想，参念一声眼泪淌，眼泪淌了两大缸，一缸和泥抹光墙，一缸给你洗衣裳。"耳边飘来的这首洮岷"花儿"令马老师沉醉，也让他看到了挽救洮岷"花儿"的紧迫性。

两年多来，两个古稀老人穿梭在花儿集会歌海里，呕心沥血八百多个日日夜夜，搜集整理花儿曲谱，为洮岷花儿文化的基因宝库增添完备厚实、光彩夺目的华章。"花儿"属于"同源异流"的民间文学形式之一，其唱词、曲调五花八门，流传十分广阔。经过漫长的历史演进和花儿歌手的创新提升发展，最终形成了特有的唱腔和表演形式，但它自古以口授心传为主，编撰在册的文字记录很少。花儿曲词资料的收集整理比想象中的要困难得多，复杂得多。

刚开始资料收集，按照就近和先易后难的原则，他首先在图书馆查找关于花儿研究的图书，在市场上购买花儿磁带和光碟，再查找花儿歌手，然后按照乡镇、村社排列分序，列出采访计划，最后逐一实地进村入户采访，并通过一个个花儿演唱者又寻找新的唱家，通过按图索骥式的途径查询，记录整理花儿曲词谱。因为传唱久了，一个曲目有好几种唱法，好几个曲谱，以至于一个曲牌名称有好几个版本的唱词和唱法，为解决这一历史难题，他遍访花儿传承知情人。还把花儿歌手请到家里来，管吃管住，现场演唱实地录音，随时记录，及时整理。对于一时有事来不了的演唱者，托人代为采访，还有朋友主动送来录好的花儿磁带。因为有些花儿演唱者年逾古稀，还有不少已离世，马老师说他在和时间赛跑，用脚板丈量着坎坷崎岖的人生之路，用心血和汗水培育浇灌"洮岷花儿"这朵非遗之花。

马老师的眼睛有近20年的病史，眼睛怕光不能疲劳，为了完成花儿曲谱的收集整理，他带着老花镜认真研读雪梨和柯杨编的《西北花儿精选》《中国民俗学概论》等书籍，以便花儿曲词谱的整理工作更科学、规范。马老师年老不会操作电脑，要将采访记录整理成册，困难重重。

陈家咀学校的音乐老师陈丽萍主动请缨，承担在电脑上修改编辑稿件的重任。陈丽萍这位中学音乐高级教师，是教学和家务一肩挑的中年巾帼之才，看着这位年逾古稀的老人为了"洮岷花儿"四处奔走，为千百年来的乡土瑰宝找个"家"，为"洮岷花儿"的传承续写辉煌无私奉献，她被马老师的高尚情操和艰辛的拼搏深深感动，欣然接受免费帮助记录花儿的词谱的译谱和编排。

虽然是音乐老师，但陈丽萍基本没有接触过民间音乐，这可给她来了一个"下马威"，俗话说隔行如隔山。她只好一遍一遍地播放光盘，反反复复听，终于从中找到规律和窍门。她发现译谱相当的重要，许多谱子通过反复细听、多次揣摩，发现对声音变形、发音走样、唱腔变化、唱词搭配要求很严很高。特别是用小型磁带录音机录制的花儿，大多是在没有伴奏的情况下录制的，清唱者以老者居多，该高的曲调上不去，该低的音调下不来，听不清节拍，导致译谱时经常把握不准曲调与音符。为了解决唱词不清楚、发音较模糊的问题，陈老师常常是先写出曲谱再听，然后推出节拍，如此往复，要谱唱多遍，方才罢休。完成记谱曲目后，她在钢琴上按谱弹奏，再播放光盘和磁带反复对照，比对修正，再次播放光盘和钢琴同时对照译谱，然后将译好的曲谱唱词抄一遍交给老人，再让花儿演唱者随机试唱，互相检验，经过如此反复多遍的修改和演练，四百多首花儿词曲谱已收录成册，将为洮岷民间文学宝库增加不可多得的新鲜血液。

繁重的工作，对文字曲谱的审定、修改和排版，致使马文老师的眼睛出现了短暂失明。师母担心不已，强迫他休息、治疗，眼病稍有缓解，马老师接着继续苦干，继续努力。马老师是林健最尊敬的人，看着如师如父的老人在烈日炎炎的夏天，为花儿的传承发展不惜余力，虽白发如雪不改初心，心底涌起深深的怜惜和敬意！

夕阳西下，林健载着辛劳一天的二老踏上归程。"老师，过几天我想带您和师母一起去北京，提前预约了北京的眼科专家，把您的眼病好好诊断治疗一下，再陪二老在北京各处转转，这个季节去北戴河不错的，您看好吗？"

"好好，好好给你马老师瞧瞧眼睛。"师母抢先答道，她对林健的提议很高兴。

"好，那我们就去看看，北京已经好几年没去过，还是上次你带着我们去的……"

"好，今天回去我就定机票。"车子穿行在公路上，两旁郁郁葱葱挺拔的行道树，好似一幅"车行路中，人在画中"的美丽风景线。

第四十二章　马铃薯产业化道路

"这是一片希望的土地，陇上文化城在这里拔地而起；望一望层层梯田，洋芋花卉何时能创造奇迹……"这首《定西之歌》是林健最喜欢的歌曲，听到这首歌总有一种亲切的感觉。啊！故乡，我魂牵梦萦的地方，勤劳、善良、至亲至爱的乡亲，我的同胞亲人。

洋芋花卉何时能创造奇迹？听到这首歌，他的眼前就会浮现出吸引着四方客商，熙熙攘攘的马铃薯交易城，遍布全市的现代化马铃薯原种基地，绿源农科多功能展示厅，故乡的人们在这片希望的土地上创造着奇迹！

中药材种植受自然气候、光照、雨量的影响大，市场价格波动大，合作社入社的群众资金实力差，不少人是借新账还旧账，种苗、化肥年初都是赊欠，天麻种植的惨痛教训时时警醒着凯兰。如何才能带动乡亲们真正实现致富，路在哪里？这一切常常让她陷入深深的思考。

在"科教兴陇"的培训会上，凯兰见到了省农科院马铃薯研究所所长陈瑞研究员，这位被群众亲切称为"洋芋王"的老专家，常年扎根在马铃薯试验田中，研究马铃薯育种，培育出的"陇薯3号"、"陇薯6号"等多个马铃薯良种，昔日填饱肚子救命的洋芋，正成为旱塬上人们致富的"金蛋蛋"。

在陈老的陪同引荐下，凯兰走进爱梅薯业基地，见到了爱梅薯业的当家人周梅，在这里凯兰第一次见到了长在实验室的脱毒马铃薯瓶苗。

从一个在阳台上育种的小作坊，到中国第二大土豆"原原种"供应商，周梅不仅让麦当劳成为公司的稳定客户，每年还为10多万户农民提供土豆良种，带动每户农民增收千元以上。对周梅来说，与土豆结缘，倒更像生活和她开的一个善意玩笑。他们夫妻两大学毕业后在当地农技站当技术员，1996年，一次放假回家，一进门就傻眼了：屋子空空荡荡，几乎所有东西都让小偷搬空了。这却让她再没有了思想包袱：什么也没有了，干脆不当干部了，我就去当农民。随后，她借调到一家民营企业，研发脱毒种薯，又出来单干。因为没钱租房，周梅就把家当成实验室，做脱毒试管薯苗。80多平方米的房子，到处是瓶瓶罐罐，厨房、阳台都已摆满，夫妻两只能挤在一张小床上睡觉。第一年卖了100多万株，销售10万元以上。她想扩大规模，可是没钱。为了成功贷款，周梅天天往银行跑。整整一年，终于贷款50万元。可是，1999

年第一次推广种薯，这 50 万元就赔光了。原来，农民并不认识这种和小枣一样大的"原原种"，也不按技术要求操作，加上那年大旱，几乎没什么收成。农民到乡政府去闹，骂周梅是女骗子。她为了还贷款卖了房子，全家人没地方住，挤在一个破面包车里……谈起创业的艰辛，周梅几度哽咽。

周梅带着众人带到试验田旁，自豪地指着马铃薯给凯兰介绍："我国马铃薯的主产区在定西市、宁夏固原市以及西南、内蒙古和东北地区。我们这里得天独厚的地理环境和自然条件是中国乃至世界马铃薯最佳适种区之一。如今全国马铃薯市场的三分天下在我们这里。我们农民的嗓门儿，可以左右全国马铃薯市场的定价声。"

"目前，市委市政府提出从'中国马铃薯之乡'到'中国薯都'的战略规划，马铃薯产业势必成为助力全市脱贫攻坚和经济高质量发展的优势主导产业。依托政策扶持优势，带动群众致富，这是一条适合我们这个贫困地区的发展之路。马铃薯这个昔日让人赖以生存的土蛋蛋，变身带给这千里旱塬上人们致富的金蛋蛋！"

这次与周梅的邂逅让在迷茫中探索的凯兰豁然开朗，在陈老和周梅的帮助指导下，她再一次果断转型。创业之路总是崎岖坎坷的，凯兰像一个孤独的行路人在这条充满荆棘的道路上励志前行，在充满挑战和艰辛陌生的道路上努力探索。学医出身的凯兰做中药材生意也还算沾点边，可是做马铃薯育种完全是个门外汉，一切都得从头学起。

初次涉足马铃薯产业时，当年从爱梅薯业调进 20 吨陇薯 6 号常规种子在 100 亩大田种植，由于准备不充分加上经验不足，马铃薯收获之后，因没有贮藏库，眼看着大家辛苦一年的丰收成果难以过冬，凯兰急得像热锅上的蚂蚁，四处找销路、租库房，公司一度陷入困境。

她硬着头皮找到了凯越农牧有限责任公司总经理张凯大姐求助，就像在云南拓展市场一样，她在绝境中以诚心感动了张大姐。作为马铃薯行业的前辈，张大姐雪中送炭慷慨地将自己的马铃薯冷藏库租借给她，200 多吨马铃薯冷藏后销售外地，解决了燃眉之急。

时至今日，凯兰说起这些仍心存感激，一直以来她把周梅和张凯当做自己的姐姐一般尊敬。翌年，在她们的帮助和指导下，她从市旱农中心和爱梅薯业公司引进一批马铃薯原原种，栽种300亩的原种扩繁，并建起了一座2000吨的贮藏窖。

从引进良种种植，到自己创建瓶苗、良种基地，8年来，在创业的征途中，她一步一个脚印，先后建成瓶苗组培室、原原种日光温室、智能连栋温室、贮藏窖、气调库，公司实现了年产脱毒瓶苗9千万株、原原种1.5亿粒、原种9千吨、一级良种5千吨的跨越式发展。

走进她一手创办的马铃薯原原种生产园区，碧绿的草坪、盛开的鲜花、整洁的院落让人感受到一个女企业家特有的细心。公司这座2.3万平方米的日光温室，目前为全国最大、科技含量最高的专业生产马铃薯原原种的智能连栋温室。

2015年，中国启动马铃薯主食化战略，把马铃薯加工成馒头、面条、米粉等主食，马铃薯将成为除稻米、小麦、玉米外的又一主粮。

马铃薯虽"土"，但它的育种却是实实在在的高科技，茎尖脱毒、瓶苗组培、扦插移植以及浇水、营养液补充、温湿度控制等每一个环节都不容马虎，稍一疏忽可能就会前功尽弃。作为一个民营企业家，凯兰在自己并不熟悉和擅长的领域探索发展，引进和重视人才是她必然的选择。

从转型起步做马铃薯产业伊始，公司就和省农业大学建立合作关系，聘请农技专家为技术顾问。农技专家提起她，都会竖起大拇指。一个弱女子有海一般的胸襟，"人底为王、水底为海"，正是这种厚德载物的精神，让她在创业的路上一路前行。农技专家毫不保留地帮助公司不断发展壮大马铃薯育种产业，并推荐学院毕业的优秀人才到她的公司做事创业。在合作社这个大家庭里，凯兰还发掘和培养了一批乡土人才。他们虽说文化程度不高，却是当地马铃薯育种行业有名的"土专家"，凭着对马铃薯的朴素感情，他们跟随农技人员刻苦钻研学习，掌握了育种过程中的所有技术规范，成为公司麾下的业务尖兵。

她的办公室里挂着一幅省内知名书法家的墨宝"天道酬勤",她常说:业精于勤荒于嬉,我要时时警醒自己,创业不光是为了自己家人、一家一户的幸福生活,公司的发展是所有人共同努力的结果,只有带动更多贫困的乡亲过上好日子,才是最大的幸福!这些昔日苦哈哈的人们,正在用马铃薯改变着生活,打开奔向富裕幸福的大门。

第四十三章　浴火凤凰

凯兰躺在省军区医院重症监护室里,医生正在检查多功能监护仪、供氧设施、呼吸机显示的各项指标情况,重症室王主任看着昏迷的病人,嘱咐护士:"密切观察血压和心肺功能的变化。"

凯兰陷入重度昏迷中,她浑然不觉自己身处何地。魏楚雄搀扶着岳母来到重症监护室门口,监护室紧闭的大门像一道无法逾越的屏障间隔着两个世界。

时间已经过去三十个小时,那一夜,酣睡中的魏楚雄被一阵急促的电话铃吵醒,"你好,请问是魏楚雄吗?我是高速交警刘军,你妻子肖凯兰刚刚发生车祸受伤,伤势严重,救护车正在送往省军区医院……"

为了争取公司新收获的马铃薯在广东省某大型连锁超市上架,忙碌一天的凯兰连夜开车赶往机场,想在对方市场总监登机之前拿下合作订单。夜幕中,一辆超速失控的大型货车突然变道,像发狂的怪兽横冲过来,强大的冲击力将左车道上行驶的小轿车撞向护栏,凯兰驾驶的小轿车冲出护栏,从高架桥跌落,车内的她满身血污昏厥过去……

"王主任,我求你啦!让我进去看一眼女儿吧,就看一眼……"妈妈流着眼泪恳求王主任。

"对不起!老人家,现在病人刚做完手术还在昏迷,目前不能探视,等病人身体状况允许,我会立即安排探视。"一天一夜,可怜的老人水米未进,眼睛一眨不眨地盯着监护室的门,嗓子沙哑地说不出话来,突然她双腿一软,晕倒在门口。人们手忙脚乱把她送到病房急救,突如其来的噩耗如晴天霹雳,瞬间将老人击倒了。

  远处是层层叠叠平整的梯田,这是一片洋芋花海,淡紫色的花儿在风中摇曳,爸爸正牵着凯兰的小手在山间小路上走着。

  "爸爸,你看洋芋花开得好漂亮呀!"前边是一道水渠,好像很宽,她很害怕。爸爸在对面看着她,"爸爸,你抱我过去,我太小了,跨不过去。"她带着哭腔向他求助。

  "爸爸相信你能行!兰儿你试试看……"凯兰怯怯地挪到水渠边,在爸爸的鼓励声中抬脚迈了过去,原来那个貌似很宽的水渠自己真的过去了。

  "爸爸,我自己过来了!"她高兴地雀跃。

  "孩子,相信自己,你能行!没有过不去的沟坎,前面是一座大山,爸爸走累了在半山腰歇歇脚,你要一个人爬上去……"爸爸对着她微笑。

  满眼是白色的迷雾,雾在慢慢退去,眼前是高大雄伟的宫殿,里面一尊人面蛇身彩塑巨像。藻井顶棚正中绘着太极河洛八卦图,四周等分为六十四格,内刻绘六十四卦图。

  院内遍布古柏,挺拔苍翠,浓荫蔽日。凯兰认出这是在伏羲庙,爸爸在给她讲那个远古的传说:"眼前这就是人文始祖伏羲,传说伏羲是华胥氏踩了雷泽神的脚印诞生的。雷神临死的时候将所有的力量凝聚在一颗牙齿里留给他,帮助小伏羲战胜困难,可是父亲牙齿的力量只能帮助他战胜三次困难,最后所有的问题只有靠他自己。孩子,你要记住,遇到天大的磨难只要自己不放弃,一切都会过去……"

  河道边的田地里,人们在辛勤忙碌着,地边是一堆堆收获的马铃薯,大家的额头渗出晶莹的汗珠,脸上洋溢着幸福的笑容。她仿佛站在故乡那片绽放的白玉兰林里,"妈妈,妈妈抱抱!"这是雪儿的呼唤,是雪儿在白玉兰下嬉戏,粉嫩娇美的小脸上露出甜甜的笑,"雪儿,我的宝贝!"

眼前的景色渐渐变成模糊的、缤纷的一片，无数的彩色光晕在这缤纷中静无声息地旋转。她看见了一些光点在其间聚集成线，点线又组成色块，这些色块在堆垒，最后渐渐显出了一张脸。

她认出了这是爸爸的脸，他头稍稍偏歪着，慈祥地对她笑。这张脸是有动感的，甚至连眼睫毛的颤动都能感觉到。爸爸嘴里在说着什么？她听不清，这好像是他过去某个瞬间的形象，她拼命向爸爸喊叫，但发不出声音来。不然，他肯定会看见她的泪水了。

"爸爸，您不要走，不要离开我。"凯兰在拼命呼喊，伸出双手想要抓住爸爸，可是手臂软绵绵的一点也抬不起来。无论怎样喊叫，那张亲爱的笑脸随着色块的消失，最后消失在了那片缤纷之中……凯兰在昏迷中陷入沉沉的梦境，她顽强的生命在努力挣扎，用意志力去挣脱那些地狱的迷雾。

空气中弥漫着消毒水的味道，她睁开眼睛，眼皮感觉好重，到处是白色的世界，耳畔传来滴滴的声音。这是哪里？大脑发胀、眼睛发困、嗓子发干，拼命张着嘴，却发不出一点声音。

她强迫自己去回忆之前的点滴，入冬以来，一直忙着马铃薯的装袋和运输，她已经几天没有好好休息。一批产品准备在省城的一家连锁超市上架，自己开着车奔驰在去往省城的公路上，刚过了隧道，前面是渭河大桥，背后呼啸而来一辆大货车，突然觉得眼前发黑，她努力睁开眼睛，大脑却一片空白，紧急刹车、车冲了出去、从桥上往下掉、慌乱、恐惧、剧痛，无边无际的黑暗……

值班的护士发现肖凯兰醒了，立即通知王主任。王主任是个清瘦的中年人，他走到她跟前，检查脉搏、查看各项仪器显示的身体特征，脸上现出轻松的表情，"病人终于度过危险期，生命特征正在趋向正常，可以通知家属探视五分钟。"

惨烈的车祸使她的脊椎多处粉碎性骨折，并且脊髓神经受到严重损伤，目前的手术只完成了脊椎骨折的固定复位，省军区医院不具备开展修复椎管口神经元手术的医疗条件和水平。

林健这段时间正在贵州某地考察。他接到魏楚雄的求助电话得知肖凯兰的状况，第一时间咨询了北京脊椎外科的专家，结束考察之后，顾不上休息连夜返京，挂号预约为凯兰康复赢得宝贵的时间。

然而，由于车祸对脊椎脊髓神经元造成了不可再造的损伤，神经元萎缩软化，导致受损麻痹的脊髓神经无法恢复，下肢神经坏死导致下肢行动受限。凯兰的康复手术回天乏术，痛心之余，林健又托人安排在医院康复中心进行专业的康复锻炼，尽最大的可能活动下肢以保持关节的活动度和减少肌肉萎缩。

魏楚雄必须回家去打理公司的业务，还要照顾雪儿，妈妈和小娟留在北京陪同照料凯兰。因为日以继夜的操劳，哮喘和风湿无情地蚕食着妈妈的健康，她强忍着病痛和心碎的双重折磨，在女儿面前，妈妈以百倍的细心和耐心照顾她。不识字的妈妈居然准确无误记住了所有下肢穴位，她笨拙地从康复中心医师那里学会了按摩，每天近乎偏执地给她按摩。妈妈的手因为风湿的侵害早已变形，每天拼尽全力给女儿擦洗按摩，手经常又红又肿，疼得放不住。

每个夜晚，妈妈就睡在她的临床，常常整晚的不眠不休，即使躺在床上也睁着苍老的眼睛，观察倾听凯兰的一切。妹妹若兰剖腹产在成都坐月子，凯兰又在北京做康复，妈妈的心牵挂这个，放不下那个，以惊人的速度憔悴、衰老下去。

凯兰心如刀绞，孝顺的她不忍心见妈妈这样憔悴辛苦，她使劲地捶打自己的双腿，可是却没有感觉，没有一点痛感，我是个废人，我为什么要活着？我活着就是让妈妈遭罪……

她不再配合医生做康复锻炼，开始厌食，任何食物吃下去都会吐出来，妈妈想尽办法给她换配餐，可是却成效甚微，每天耐心地抚慰开导女儿却无济于事，妈妈越发愁苦。凯兰常常整夜不合眼，一整天不说一句话，她心里想到只有死才是最好的解脱。几天之后，她瘦得像一个纸人，趁着查房的时候，便对主治医生恳请，"医生能给我开一点镇静类的药品吗？我失眠严重。"

"镇静药品不能多吃，只能每晚吃一粒，先开两天的吧。"

"好的，谢谢您！"凯兰以失眠为由向医生要求开镇静类药品，每次吃药的时候，她总会找各种借口把小娟和妈妈支出去，自己把药品藏在枕头里，半个月来她偷偷藏了十粒药，她是学过医的，很清楚这些药吃下去会让自己悄无声息地离开人世。

一想到要抛下暮年的妈妈和可爱的女儿，她的心就一次次的流血，她不敢想象自己的离开会带给她们多大的苦楚。也许，自己走了妈妈就不用这样辛苦照顾自己，妈妈还有妹妹若兰赡养；她就不会这样面对半死不活的自己这般心痛；雪儿年纪太小，有爸爸抚养她长大，会忘了自己的，会快乐幸福的长大……凯兰一遍遍这样说服自己，此时不允许自己有一丝心软，那样会消磨自己求死的决心。

这天，凯兰破例叫小娟照料自己洗澡，又换上喜欢的新衣服，整个人收拾得清爽利落。她又在食堂点了几样配餐，和她们高高兴兴地吃完午餐。妈妈看着她突如其来的变化，心中充满欣喜，"兰儿，没有过不去的坎，多大的苦多大的难，妈都陪着你！"

"妈妈对不起！让您受累了，女儿欠您的下辈子都还不起……"凯兰看着泪眼婆娑的妈妈，强颜欢笑，心中默念：妈妈再见吧，女儿走了，你要好好活下去！

吃过午饭，她推说自己想午睡，固执地让她们去隔壁休息。听着隔壁传来均匀的鼾声，她用双手支撑着从床上支起身子，悄悄从枕头夹层里取出自己藏的药品，这一把药吃下去，所有人都可以解脱，她端起床边桌子上的水杯，先喝了一口水，心中默念着：亲爱的妈妈，我的雪儿，再见！我永远爱你们！

第四十四章　跨越时空的对话

"你给我住手！你这是干什么？"随着一声大喝，一个身影扑了过来，一把打翻她手中的药片，药片散落在床单上，只有两三片药片被她强咽了下去。凯兰恍惚间，看到妈妈手忙脚乱地在按床头的急救灯，声嘶力竭的呼喊小娟帮忙。

"你这是要干什么？你要寻死，就先把我弄死，你不为自个儿想，不为孩子想想吗？你走了，让雪儿当没妈的娃吗？"妈妈瘦的皮包骨头，此刻她却爆发出一股异乎寻常的强大力量，她把凯兰从床上提起来，将上半身强按到床边，一只手捶打凯兰的后背，"吐出来，你给我吐出来……"

睡梦中的小娟被哭喊声惊醒，鞋都来不及穿，光着脚吼喊着去找医生，"大夫，大夫，出事了，快来帮帮忙。"

医生很快赶来，经过紧张的检查，强行对她做了催吐洗胃处理，所幸只吃下去极少量的药，避免了悲剧的发生。

凯兰痛苦地瘫在病床上，她紧闭着双眼，强忍着眼泪不让流出来。输液架上正在输液体，三个人都疲惫到极点，妈妈拒绝小娟要接替照看她的请求，让小娟先去隔壁房间休息，自己坐在床边目不转睛盯着凯兰，像一尊苍老的雕塑。

凯兰心中充满懊恼，明明自己听到她们睡熟，怎么在自己实施计划的时候，妈妈突然像发怒的母豹一样冲了进来？以后的日子里，她才痛苦地知道，自己任何一个细微的变化都逃不掉妈妈的眼睛，她一直就守在女儿病房门口的凳子上，心细如发地捕捉着自己的一切讯息，当听到里面床上窸窸窣窣的声音，看到异样的情形，她就箭一般冲了进来。

灯光下的妈妈那般憔悴，时间仿佛停滞在这一刻，她凝视着眼前这个装作沉睡的女儿，眼泪顺着脸颊流下来滴落在她的手背上，从床单上滑落……凯兰不敢睁开眼睛，怕眼里心里溢满的泪水喷涌而出。

第二天九点，凯兰被安排去做康复训练，尽管她心中有千万个不愿，可是看着妈妈那渴望的眼神，她再也无法拒绝。康复训练由专业医师和小娟照看，妈妈才稍稍放心些，脚穿不进去鞋，她的腿肿得不成样子。

"妈，你不去睡觉，我就不去做康复训练。"肖凯兰心里流着血，硬着心和妈妈对峙。妈妈再三叮嘱小娟好好照顾她，可怜的老人身心俱疲到极点，咬牙强撑着。

医生针对凯兰的情况，下肢康复治疗采用物理疗法和中医疗法配合治疗，上午用康复器材治疗改善全身各个关节活动和残存肌力增强训练，以及平衡协调动作和体位交换及转移动作。下午利用传统中医国粹，从根论治，疏通堵塞的脉络，溶滞化瘀，用中医理疗仪促进病灶区出血灶的吸收，改善血液供应，填精补髓、接筋续骨，且配合针灸、熏洗、外用敷剂、按摩等方法，修复和促进神经细胞再生的功能，来促进康复。

小娟推着凯兰做完一个小时的物理康复训练走出康复室，看见林健捧着一大束花从走廊里走过来。

"林处长，您工作忙，怎么又过来了？"

"我今天休息，顺路过来看看你，这几天恢复的怎么样？"

"我挺好的……"

"你还好呀？昨天差点就……"

"小娟，你怎么这么多话。"听见小娟说漏嘴，凯兰立即喝住她。

林健从一看到她们就察觉到情况不对，两人都是异常憔悴，凯兰的脸苍白到没有一丝血色、眼睛红肿，小娟两个大大的黑眼圈。林健猜想，昨天一定发生过什么，他要弄个明白。

"林处长，您带来这花真漂亮，我都不认识。"小娟赶紧岔开话题。

"蓝色的这是玻璃苣，粉色、红色、白色的是雏菊，还有满天星，玻璃苣象征勇气，雏菊代表希望，有勇气战胜困难，就会有希望……"

"好漂亮的花呀，谢谢您林处长！"凯兰眼中垂泪，她感激林健，在自己最困难的时候，一次次无私真诚地帮助自己，可是自己带给他的只有麻烦。

"你们先回去休息，我去找一下杜主任。"林健将手中的鲜花递给凯兰，自己去找杜主任了解情况。

林健一脸焦虑的站在走廊上，他和杜主任谈过之后了解到小娟欲言又止背后的隐情：凯兰的情绪近来波动极大，厌食、弃世的种种迹象让他在心痛之余更加焦虑，只有真正激发起她内心生存的勇气和信心，才能拯救陷入绝境中的她。此时的她心如死灰，让他感到从未有过的惶恐和压力。

他不能坐视让这个坚韧、励志的女子走向歧途，决不能！

林健阴沉着脸回到凯兰病房，康复中心的病房是一个套间，病人在里间，家属陪护在外间。她的印象中，林健一直是和蔼可亲的，他就像邻家大哥一样。

他从来没有像今天一样冷着脸，那双眸子里射出一种威严和寒气，让人不敢去看他的眼睛。几个人都没有说话，空气中弥漫着压抑、沉闷的气氛。

"凯兰，这些年来我一直当你是我的亲妹妹一样，可是你让我失望，真的失望。"

"林处长，不，林大哥，对不起！我……"凯兰哽咽着说不出话来。

"你不要叫我林大哥，我没有你这么懦弱自私的妹妹！你没有对不起我，你对不起的是你自己，对不起含辛茹苦照顾你的妈妈。一直以来，你是一个让我敬佩的女性，现在我才知道你居然是这样极端自私懦弱的人，是我看错了你。"林健语气中透露出不屑与愤怒。

"林处长，求你不要这样说姐姐，她真的在努力。"小娟流着泪劝阻。

"你觉得服药自杀就解脱了，你是可以轻松解脱，可是你想过会给你的亲人带来什么？你想过养育你的妈妈吗？你的决绝会对这个垂暮之年的老人带来什么？你冷酷残忍地剥夺了她活下去的希望，你让她老无所依，生不如死！你想过你的女儿吗？你抛下年幼的孩子，在她人生成长的路上缺席，让她一辈子失去母爱，你忍心吗？"

"这些我都知道，可是我没办法，我活着就是大家的累赘，我心里的苦，说不出来，呜呜呜……"肖凯兰两只手狠狠的捶打自己的双腿，绝望地痛哭。

"我苦命的女儿啊，你不要这样，林处长，求求你别说了，孩子心里苦，都是我不好！"妈妈扑上来，抱住凯兰，泣不成声。

"你觉得自己活着苦，你想过她们的苦吗？你的妈妈为了照顾你不眠不休，透支着生命，你看不到吗？你要让自己的妈妈生不如死，在千里之外捧着女儿的骨灰回家吗？你这是要残忍的亲手杀死她，所有人都在为了你努力，

153

可是你却懦弱地放弃自己，你真的让我失望！你对妈妈不孝，对女儿不管不顾，你尽管可以光明正大去死，我们没人拦着你，带着你懦弱、自私、卑劣的灵魂去见爸爸吧……"林健厉声呵斥肖凯兰。

"林处长，求求您不要说了，不要再说了，别这么说孩子，我知道孩子心里苦，我都知道，我……"

"阿姨，你别护着她，她想寻死就让去，你有我们大家照顾，我来照顾你……"

"我活着只会拖累她们，我是个废人，我……"此刻屋内的她们都哭成泪人，哭声混合在一起，绝望的让人窒息。

林健强迫自己硬着心肠冷着脸呵斥凯兰，他明白此时用猛药才能唤醒、拯救绝境中的她。

第二天一早，林健再次开着车来到康复中心，他要带着凯兰和小娟去地坛公园。来到这座四百多年前的沧桑故园。满目金黄的地坛公园，除了有史铁生先生笔下的"古殿檐头风铃响"，还有一树一树金黄的银杏叶。地坛满园的黄叶点缀着浪漫的古都之秋。

他将手中的《病隙碎笔》递给凯兰，推着轮椅边走边说："有人说到了北京，可以不去长城，不去十三陵，一定要来地坛。每个强者，都是含着眼泪奔跑。把疾病留给医生，把命运交给上帝，把快乐和勇气留给自己。"

"这本《病隙碎笔》我希望你能静下心去读完，史铁生先生1969年去延安一带插队，因双腿瘫痪，于1972年回到北京。《我与地坛》鼓励了无数的人，他的写作与自己生命完全连在了一起，用残缺的身体，说出了最为健全而丰满的思想。面对生命的苦难，表达出的却是存在的明朗和欢乐，他睿智的言辞，照亮的反而是我们日益幽暗的内心。一如既往地思考着生与死、残缺与爱情、苦难与信仰、写作与艺术等重大问题，并解答了人如何活出意义来这些普遍性的精神难题。史铁生居住在自己的内心，苦苦追索人之为人的价值和光辉，坚定地向存在的荒凉地带进发，坚定地与未明事物作斗争，这种勇气和执着，深深地唤起了我们对自身所处不幸境遇的警醒和关怀。他的身体被上帝的手摁着坐了下来，但他的精神，却超乎常人地坚强站立起来！"

"《我与地坛》我上学的时候读过的，以前觉得很震动，现在更是感同身受，我会更认真去拜读的。"凯兰幽幽地说。

"我希望你能真正静下心去面对现实、思考，全国有八千多万残疾人，各人都有自己的不幸，可是他们却选择勇敢地直面生活，坚强地面对苦难，不屈地活着。能说出来的苦不算苦，说不出来的苦才是真正的苦，只要活着就有希望。你暂时失去了站起来的能力，只是换了一种方式站立、行走。你没有失去聪明的头脑，灵巧的双手，死是最简单也是最不负责的方式。"

"我不想死，我也舍不得她们，可是我这么个废人，还能做什么？"绝望再一次笼罩着她。

"你能做很多事，能奔跑能跳跃还能做我们想不到的事，轮椅就是你的双腿，你可以用另一种方式奔跑！"

古树下，林健朗读着手中的《病隙碎笔》："地坛离我家很近。或者说我家离地坛很近。总之，只好认为这是缘分。地坛在我出生前四百多年就座落在那儿了，而自从我的祖母年轻时带着我父亲来到北京，就一直住在离它不远的地方——五十多年间搬过几次家，可搬来搬去总是在它周围，而且是越撤离它越近了。我常觉得这中间有着宿命的味道：仿佛这古园就是为了等我，而历尽沧桑在那儿等待了四百多年。

它等待我出生，然后又等待我活到最狂妄的年龄上忽地残废了双腿。四百多年里，它一面剥蚀了古殿檐头浮夸的琉璃，淡褪了门壁上炫耀的朱红，坍记了一段段高墙又散落了玉砌雕栏，祭坛四周的老柏树愈见苍幽，到处的野草荒藤也都茂盛得自在坦荡。

这时候想必我是该来了。十五年前的一个下午，我摇着轮椅进入园中，它为一个失魂落魄的人把一切都准备好了。那时，太阳循着亘古不变的路途正越来越大，也越红。在满园弥漫的沉静光芒中，一个人更容易看到时间，并看见自己的身影……"

在这悠悠故园，凯兰闭上眼睛，任心灵穿越时光的隧道去追寻史铁生先生的脚步，开始灵魂深处的对话。

第四十五章　晚霞之爱合唱乐团

　　瑟瑟的秋风里，林健磁性的声音在风中飘荡："当我不在家里的那些漫长的时间，她是怎样心神不定坐卧难宁，兼着痛苦与惊恐与一个母亲最低限度的祈求。现在我可以断定，以她的聪慧和坚忍，在那些空落的白天后的黑夜，在那不眠的黑夜后的白天，她思来想去最后准是对自己说：'反正我不能不让他出去，未来的日子是他自己的，如果他真的要在那园子里出了什么事，这苦难也只好我来承担。'在那段日子里——那是好几年漫长的一段日子，我想我一定使母亲作过了最坏的准备了，但她从来没有对我说过：'你为我想想'。事实上我也真的没为她想过。那时她的儿子，还太年轻，还来不及为母亲想，他被命运击昏了头，一心以为自己是世上最不幸的一个，不知道儿子的不幸在母亲那儿总是要加倍的。她有一个长到 20 岁上忽然截瘫了的儿子，这是她唯一的儿子；她情愿截瘫的是自己而不是儿子，可这事无法代替；她想，只要儿子能活下去哪怕自己去死呢也行，可她又确信一个人不能仅仅是活着，儿子得有一条路走向自己的幸福；而这条路呢，没有谁能保证她的儿子终于能找到。这样一个母亲，注定是活得最苦的母亲……"

　　凯兰紧闭的眼睛早已噙满泪水，此刻她再也忍不住了，眼泪滴滴答答顺着脸颊滴落在胸前。她恍惚看到年轻的史铁生摇着轮椅行进在地坛，这园中不单是处处都有过他的车辙的地方，也都有过母亲的脚印。她听到他的挣扎，呐喊，看到他的徘徊和哀怨，感受到追寻和救赎！假如世界上没有了苦难，世界还能够存在幸福么？要是没有愚钝，机智还有什么光荣呢？要是没了丑陋，漂亮又怎么维系自己的幸运？　要是没有了恶劣和卑下，善良与高尚又将如何界定，自己又如何成为美德呢？要是没有了残疾，健全会否因其司空见惯而变得腻烦和乏味呢？

此刻，自己的母亲正在焦虑地企盼着自己，她变形的双手、鬓角的白发，她眼中的泪水、流血的心；此刻妹妹若兰刚刚做了妈妈，自己还没见过那可爱的小外甥；此刻我的宝贝正在翘首渴望妈妈的怀抱，她小小的个头、稚气的笑脸、胖胖的小手；此刻我的员工们正在田地里劳作，憨厚的陇平、贤惠的巧花，大学毕业返乡创业的小赵，辛劳一年的马铃薯要销售……凯兰的心头此刻翻江倒海，就在几天前自己居然决绝地准备结束自己的生命。

"凯兰，人都固有一死，或重于泰山，或轻如鸿毛。我期待你能走出迷雾，战胜困难，活出不一样的精彩人生。"

林健推着轮椅往园外走，此刻天边是一片绚烂的夕阳。夕阳，喷涌如血，火红的如此肆意、张扬，似乎在迸发全部的力量，来将这世间的尘嚣涤荡。秋风吹来，淡黄色的银杏叶随风一起摇摆，树叶犹如一只只黄蝴蝶翩翩起舞。

银杏大道凉亭旁，一群老年人正在弹奏乐曲，他们是附近的《晚霞之爱老年合唱乐团》的老人们。一位独臂的老者正在激情澎湃地指挥，悠扬的管弦乐《梁祝》如泣如诉，她惊异地发现这些耄耋老人大部分都是残疾人。看到凯兰诧异的眼神，林健告诉她："晚霞之爱老年合唱乐团"的成员85%都是残疾人，年龄最大的86岁，最小的52岁。那位独臂老者是我国第一代石油工程师，当年在大庆油田处理油井作业中失去了右臂，可是他用左臂练习写字、工作，直到离休；那个拉小提琴的老人从出生双目失明，他学会了盲文，学会了给病人按摩治疗骨病，学会了盲人乐谱、会拉小提琴、手风琴；那位吹奏笛子的老奶奶是当年的老三届第一代知青，在新疆建设兵团遭遇雪灾失去了一条腿；那位……"乐曲声起，是悠扬的《红梅赞》，由六位阿姨合唱，她们或是盲人，或是坐着轮椅。"红岩上红梅开，千里冰霜脚下踩，三九严寒何所惧，一片丹心向阳开！"

"凯兰，你的父母给你取名兰儿，就是希望你做绝世的空谷幽兰，在人生的苦难面前，要像傲霜的红梅，不惧严寒，绽放生命的华彩！"看着这些老骥伏枥的耄耋老人，凯兰为自己自杀的举动感到惭愧，自己没有理由再沉沦下去。

凯兰坐在车内，林健开着车回康复中心，看着路上步履匆匆的行人，车内播放着贝多芬的《命运交响曲》。"当代著名物理学家霍金，是有史以来最杰出的科学家之一，而他的贡献是在他被卢伽雷氏症禁锢在轮椅上20年之久的情况下做出的。他因患'渐冻症'，坐在轮椅上达50年之久，他却身残志不残，克服了残废之患而成为国际物理界的超新星。他不能写，甚至口齿不清，但他超越了相对论、量子力学、大爆炸等理论而迈入创造宇宙的'几何之舞'——无边界条件。凯兰，你有敏锐聪明的头脑，公司的发展不能没有你，你忍心自己的心血和梦想都付之东流吗？"

"林处长，请您放心，我一定会振作起来！"凯兰含着眼泪。

"我相信你！"林健的眉头渐渐舒展开来，疲惫的脸上泛出笑容。

妈妈惊奇地发现了凯兰的变化，她每天认真地配合康复，阅读书籍，从阅读中去汲取力量。天气好的时候，她会要求小娟她们一起去地坛，去听"晚霞之爱合唱团"叔叔阿姨的演奏，和他们聊天，感悟生活。妈妈看在眼里，心头多了一丝些许的安慰。

小爱打来电话，正在来京的列车上。小爱为了看望照顾她，这次特意申请了年休假来京。小爱，在凯兰最困难的时候总是你在身边无私的帮助我。想到就要见到的小爱，凯兰充满了期待。

第四十六章　永远的小爱

经过近20个小时的火车颠簸，小爱到达北京。她身形单薄，一个人拖着两个大行李箱，从西客站出站后坐出租到医院，迫不及待想见到凯兰。

从惊闻凯兰车祸受伤的消息之后，小爱时时刻刻陷入深深的忧虑中，她和可心在重症监护室门口陪着妈妈度过了最难熬的那些夜晚，当凯兰转到北京治疗，小爱的心也跟到了北京。凯兰和小娟到医院门口迎接小爱，看到坐在轮椅上憔悴的肖凯兰，她扑过来，两个人紧紧抱在一起，"兰，你受苦了，我来陪你啦！"

"小爱，我好想你……"凯兰一直以来强忍的泪水，在她面前如河水打开闸门，奔涌宣泄而出。两个人哭成泪人，过了好久小爱强忍住悲痛。

"兰，我们都别哭了，我来陪着你，有再多的苦难我和你一起挺！"

"阿姨，看你都瘦成啥样啦？"看到妈妈瘦成纸片人，小爱又落下泪来。

"姐，你这么大两个行李箱都装的啥呀？"嘴快的小娟看着小爱那两个鼓鼓的大箱子不由好奇。

小爱打开其中一个箱子，里面一个紫色的纸盒装满着手折的各色纸鹤。千纸鹤有一个古老的传说，说用心折的一千只纸鹤能给爱的人带来幸福与好运。

于是，在寂寂的秋夜里，在淡淡的星空下，垂着长发的她含着泪，一下一下地折叠着写着肖凯兰名字的千纸鹤，每一只纸鹤上都写着自己对她满满的期许和爱。在如水的月色里，很多个与凯兰携手走过的日子在脑海萦绕，如果所有失去的一切都可以重来，我情愿捐献自己的骨髓去救治她，为她做任何事，只要让她重新站起来！一只只纤巧的纸鹤，在那灵秀的手指间有了生命，薄薄的轻羽，又如何载得动她的期盼和牵绊，"折一千对纸鹤，结一千个心愿，传说中心与心能相逢……"

"过一会我们把这一千只千纸鹤挂起来，挂到你的病房里，你要快快康复起来。还有川端康成的《千纸鹤》，这是当年你最喜欢的小说。"

看着满眼的千纸鹤，凯兰再一次溢满泪水。

小娟把一个褥子从行李箱掏出来，"小爱姐这是啥？你还带褥子来了呀。"

"这是我特意下乡买来的糜子，找裁缝做的糜谷褥子，这褥子铺着不得褥疮……"

"我专门申请了休假，可以在北京陪你20天。这是你爱吃的牛家糖酥饼，这是何虎的猪蹄，这是马家的荞粉，这是董家的醪糟，我都是现场给真空包装的，这是……"小爱的箱子就是百宝箱，她把能想到的凯兰需要和爱吃的所有东西全带来。小爱，她知道凯兰的所有喜好，明白她一切的哀与痛。

永远的小爱，她们从孩童时代相识，这20多年来，她们就像彼此的手臂，血肉相连，患难与共！

凯兰看着眼前的小爱，记忆的点点滴滴浮现在她的眼前。儿时的小爱就是个特别有个性、爱替人担当的主。有一段非常有趣的过往：上初中的时候，教政治的刘老师可是个传奇人物。刘老师是根红苗正的"贫二代"，她天生天不怕地不怕，有根金箍棒敢把天捅个窟窿。她老公沈老师却是出身书香世家，祖父是江浙纺织业巨头，毕业于北京大学中文系，长得挺拔英俊，博学多才、儒雅谦和，是当年众多女老师的梦中情人。世事沧桑，后来沈老师独身一人到西北任教。他的初恋女友留在上海，一对璧人远隔千山，只能靠书信鸿雁传情。

据说，当年刘老师对沈老师一见倾心，可神女有意，楚王无情。刘老师遭到沈老师拒绝后，她居然做出一番惊人之举，拿着一份结婚申请跑到校长办公室，称自己与沈老师已建立了恋爱关系，将于一月后完婚，请学校予以照顾。这事在学校炸开了锅，精明的校长经过一番深思熟虑之后找沈老师彻夜长谈，据说他痛不欲生，又无计可施。最后，刘老师和她心爱的萧郎终成眷属。沈老师那位异乡的爱侣不得已远走美国终身未嫁，用青春和年华去坚守那段凄美的爱情。这是学校里公开的秘密，刘老师长得高高大大，没有身材、没有颜值，也不温柔，在老师和同学们眼中她就是"河东狮"。

沈老师是学校最好的语文老师，因为埋葬了爱情，他不再涉足文学，不堪《孔雀东南飞》的凄楚哀婉，一句"孔雀东南飞，五里一徘徊"就让他泣不成声、泪洒课堂；一曲"红酥手，黄藤酒，满城春色宫墙柳"，就让他痛心疾首、肝肠寸断。如血夕阳里他经常站在窗前拉小提琴曲《梁祝》，据说这是他们最爱的乐曲。曾经沧海难为水，从此萧郎是路人。沈老师成了高中的生物老师，生涩的生物让他讲得通俗易懂、趣味横生，成了同学们最喜欢的课。

小爱她们上学的时候，刘老师已经50岁，年龄大了便由原来的教体育改教政治。她的板书不好看，以致每次开始上课她就在黑板上先写上一横，讲到第二个知识点就在一横上再加一横，第三个知识点就再加一横，写成三，整节课下来黑板上就是个三字。可是她记性超强，整本教科书的内容都能丝毫不差背下来。讲课基本不用书，哪个知识点在哪一页的哪个位置都门儿清。

刘老师早年是体育老师，两条大长腿跑起来两脚带风。她每天神清气爽陪着沈老师走进校园，大伙看到他们只会叹息月老的糊涂。为了看起来与丈夫般配些，她经常尝试烫些时髦的发型，脸上抹着白白的面霜，为了遮盖住长满雀斑的脸，面霜抹得有些厚，脸色显得不自然的煞白。这种面霜就是当时价格蛮贵，紧俏的"霞飞奥力丝"。学校的女老师们洞悉刘老师面霜的秘密，背地里叫她"霞飞奥力丝"，同学们也都叫她"奥力丝"老师。

当时，班上从乡下转来一个插班生，那个学生上课没有课本，坐在他前面的小爱就把自己的课本借给他用，因为小爱的表姐高一届，她就把表姐的课本拿来用。一次做复习试卷，"奥力丝"老师安排小爱和几个同学分别把卷子做出来，并且要求把每道题答案的页码也记在卷子上。当时她们这一届开始用的新版教科书，新版教科书和旧版的内容变动不多，但页码不同步。轮到小爱答题了，她都说出正确的选择答案，可回答页码时却和别人的根本不同。刘老师看着昔日勤奋的小爱这样欺骗糊弄自己，盛怒不已，惩罚她两周之内的政治课都到教室后面站着去上。至今说起来，凯兰都笑得前仰后合，当门神成了小爱的笑柄。

可是成年以后，她却是看望"奥力丝"老师最勤、照顾她最多的学生。沈老师前年病逝之后，她每周都会抽出时间去陪刘老师。刘老师强势了一辈子，争了一辈子，却从来没有走进沈老师心里，丈夫的离去像是带走了她所有的精气神，是小爱陪她度过那段最无助的孤独时光。

凯兰看着小爱的脸，又想起当年她做门神的事，不由地噗嗤笑出声来，说："你还记得当年在'奥力丝'老师课堂上当门神的事吗？"

"你还提我当年丢脸的糗事？刘老师现在身体状态都还不错，参加了老年艺术团每天练习跳舞唱歌,我来之前还去看她哩。"凯兰怎么能忘记,当年小爱远在济南上学,自己护理学自考的教材都是她从济南寄来,那些打着"趵突泉书店"签章珍藏在书橱里的书,都是她从自己生活费里挤出来买来寄给自己的,自从创业以来,更是她无私地帮助自己度过一次次难关。

新婚后的小爱,除了赡养公婆,还要照顾老公一岁多的侄女。李锐的哥哥再婚后,前妻的女儿留给了小爱的婆婆。对这个父母都再婚的孩子,小爱一个新婚的少妇早早地担当起妈妈的责任,直到这个孩子长大成人。照顾一个孩子一天容易,可是要做到视如己出一年、两年、五年、十年……何其不易呀!

凯兰让小娟先回去帮助处理公司的事,小爱每天陪着她做康复训练,陪她读书,不做康复的时候,她们就去地坛和附近的地方散心。凯兰渐渐走出颓废、悲观,她的脸色变得红润起来。小爱就要返乡,她心中充满不舍。

第四十七章　写给林健的信

在康复中心做了四个月的康复疗养,凯兰的身体状况得到卓有成效地恢复。几个月里,林健利用闲暇带着她走进中国康复研究中心、中国盲文图书馆和中国残疾人联合会爱心公益总工会,在这里认识了许多残疾人朋友,亲历见证他们自强不息、励志创业、友爱互助的人生轨迹。林健为她带来残联主席张海迪编著的《生命的追问》《轮椅上的梦》等书籍。张海迪的经历再一次真切地震撼、感染着凯兰,给她重生的勇气和信心。

凯兰康复疗养结束后,林健开车将她们送到首都机场,看着凯兰退去消沉和颓废,变得开朗和自信起来,林健心中充满期待。

"林处长,谢谢你把我从绝境拉了回来,如果没有你,我恐怕早就……"凯兰眼睛潮湿。

"我们每个人都会遭遇低谷,遭遇这么大的挫折,我坚信你是个坚韧不屈的人,人生路上会遇到太多的艰难和挫折,坚持下去就是胜利,我希望看到一个全新的你。一路顺利!"

"林处长,再见!这封信请你回去再看吧,请你放心,我不会再消沉,我不会让大家失望,不会让你和所有关心爱护我的人失望!"在要进安检口的时候,肖凯兰拿出一个信封交给他。

林健久久地凝视着划破长空的客机消失在视线里,再见!他祈祷这个励志的女子,在那片广袤充满期盼和希望的土地上重生。

林健坐在书桌前,打开信封,里面是一封由肖凯兰亲笔写的信,稿子上娟秀的笔迹书写着她滴血的心路,被泪水模糊的文字留下的痕迹让他心痛,读着这些文字,他内心泛起如潮的波澜。

尊敬的林处长:

当你读这封信的时候,我已经回到家乡,请你相信我不会再放弃自己,也不会让你失望,不会让妈妈流泪,不会让所有关心爱护我的人失望。一直以来,我叫你林主任、林处长,此刻我更想叫你,林大哥!

自从我出事这段时间以来,你一直在为我的事奔波忙碌着,我内心的感动和温暖无以言说。从当初在培训班初次邂逅,萍水相逢的你带给我一次次的感动和温暖。甚至因为帮助我们合作社的发展遭受别人的诬陷和诋毁而独自默默承担,所有的一切一切都藏在我的心里,温暖着岁月,温暖着奋斗的历程!

这些话本来应该当面给你说,我内心充盈着感激的泪、温暖和感动,任何语言觉得苍白无力,原谅我用最原始的方式写给你。自从出事以来,所有人都为让我能恢复健康付出了全力,但是我仍然徘徊在生死边缘,残酷的事实告诉我,站立、行走对我将是永远无法实现的一个遥远的梦。绝望、无助、让我每天痛不欲生,命运的残忍让我陷入绝望的深渊。我看到妈妈活的战战兢兢、如履薄冰、心碎成渣,让我觉得选择自杀是最好的方式,我的离开对她也许是一种解脱，时间会让伤口愈合，起码她就不用看着我无能为力，每天经受凌迟般的痛。我不敢去触及，妈妈在痛哭之后强作欢颜无助的目光，那是比残疾更让我心痛的事，比割碎心头肉还要难受啊！

可是我没能如愿，命运没有让我这么轻松的、不负责任的离开。那一刻妈妈从死神面前把我抢了回来，她抢回来的是我的躯体；尊敬的林大哥，是你硬着心肠训斥我，鼓励我、帮助我，把我的灵魂从绝望的深渊拉了出来。是你指引我直面现实，让我能坦然接受车祸带来的一切苦痛，让我明白，只要活着就有希望，就有梦！尊敬的林大哥，是你驱散了我心头的阴霾，将一个消沉的、悲观的肖凯兰，变成一个新的个体活了过来，让我以另一种方式"站立"、"奔跑"，谢谢你给了我希望和勇气！

半年多来，妈妈把我照顾得一丝不苟，我只能躺在床上，她每天给我擦拭身体、泡脚和按摩。每一次啊，当她看到我骨瘦如柴的身体，总会突然红了双眼，一边忍着泪，一边像擦拭艺术品般的小心翼翼，在我绝望之极的时候，她紧紧抱着我，浑身颤抖不止，泣不成声。我的妈妈已经穷尽了毕生力气，却换不回我健康的躯体，她努力半生，却换来的是一波又一波的绝望，她不甘心，却又无能无力。

尊敬的林大哥，是你告诉我，只要我还在，信心在，其他的都不重要，只要我努力，今后所有的梦想都能实现。每次想到这些话，都让我倍加鼓舞。妈妈身材瘦小、力量单薄，却扛起了重如泰山的生活；你萍水相逢、雪中送炭，引导我不要放弃希望。就是这样的你们，让我无从放弃自己。

如果说，这些年，我一直在征战沙场，妈妈是我的守护神，你就是我的引路人，是你们让我有了力量去抵抗所有的不幸和磨难。今后的恶战，有你们，我安心！

很多次，我想放弃，但是看到妈妈饱含希望的眼神，我就会告诫自己坚持下去；每次想起你的话语，就让我不能懈怠。所有的痛，妈妈都恨不得替我，所有的眼泪，她都不忍轻易落下。因为有你们，即便是再苦再累，我也会挺起胸膛坚强面对，友谊可以超越时空距离，让灵魂实现华丽的蜕变！

尊敬的林大哥，我想告诉你，以后的日子，无论命运给我多少磨砺和考验，只要心中装着你们的期盼，想到所有爱我和我爱的人，我就会永不放弃！

一切祝好！

肖凯兰

2010年12月6日

凯兰终于回到了阔别几个月的家，看着妈妈、丈夫、女儿，还有公司里翘首盼望的乡亲们，她告诉自己一定要坚强，要振作。时近年底，当年收获的马铃薯要做好后期储藏，营销团队的培训和充实，公司业务一桩桩都需要安排部署。

下肢行动受限，生活起居不能自理，为她增加了诸多不便。她看着自己软弱无力的双腿，把痛苦的阴霾深深藏进心底，她一次次告诉自己：折断了翅膀，我依然具有雄鹰的壮志，失去了四蹄，我依然具有骏马的情怀！自从知道自己离不开轮椅那一天，妈妈就像一个忠实的守护者每时每刻捕捉着她的信息。

凯兰不止一次想，妈妈一定是作过最坏的准备，但她从来没有对自己说过"你为我想想"。孩子的不幸在妈妈那儿总是要加倍的。她看着30岁忽然截瘫了的女儿，她情愿截瘫的是自己而不是女儿，可这事无法代替；她想，只要女儿能活下去哪怕自己去死也行，可她又确信一个人不能仅仅是活着，女儿得有一条路走向自己的幸福；这样一个妈妈，注定是活得辛苦的母亲。

妈妈面对艰难的命运，以异乎寻常的坚韧意志和毫不张扬的爱，随着光阴流转，对凯兰的印象愈加鲜明深刻。现实狰狞残忍带给自己不能承受生命之痛，残疾的躯体，在轮椅上思考，从大自然中得到启示，必须克服常人难以想象的艰难勇敢地活着。轮椅成了她的双腿，在她面前垂老的妈妈、幼小的孩子、体贴的丈夫、十多名员工生计、还没还清的银行贷款、未售出的二千多吨库存种薯，为了这一切她必须咬牙挺过去。

敦厚的陇平在凯兰出事当天，像受伤的老牛一样在山间奔跑，撕心裂肺地哭喊："老天爷，你糊涂了吗？你睁开眼睛看看吧！老天爷，你保佑凯兰妹妹度过这一劫吧！"他跪倒在地，泪流满面，痛苦地在地上乱刨，抓起一把带血的枯草，指尖的血渗进草里，浑然不觉痛意，跪在地上朝着各个方位磕头，虔诚地向天地间一切神灵祈祷凯兰能逢凶化吉。

自此，寡言的他每天早早上班，尽心竭力干好分内的保安工作。公休的时候也不例外，没事就去替换巧花干活，让她帮忙照看雪儿，帮凯兰做家务。他像一个忠诚、固执的奴仆，守护着给予自己幸福和希望的凯兰妹妹。

魏楚雄被提拔为学校的副校长，工作越发忙碌，他享受着这种忙碌。当凯兰给陈平女儿借钱的事传到他耳朵里时，他没有预想的盛怒，甚至对她只字未提，代之以渐行渐远地冷漠，我算什么？从头到尾就是别人的备胎，其他人眼中的笑话，你瞒着我当好人，把我纯粹的傻子！在凯兰出事之后，这个男人越发变得沉默寡言，他不再对公司的业务热心，他更喜欢学校的工作，待在书声琅琅的校园里，对他而言更是愉悦快乐的。生活总是有许多不可预期，他们就像两条铁轨在某个地方相遇，却又在某个岔路口驶向不同的方向……

两年多来，通过合作社对引进的陇薯6号、7号、青薯6号脱毒马铃薯原种、一级脱毒种薯进行种薯扩繁示范种植，合作社共示范种植一百亩。在全县部分乡镇因高山区高温、高湿，未脱毒薯种染病，部分极早死亡，造成减产绝收的现象。而他们合作社示范田脱毒薯种受影响较小，表现出新品种的抗病性能好，从出苗、开花、苗期生长到成熟期无马铃薯病害发生，产量明显增加，经技术人员多点测产结果显示，脱毒薯种青薯6号平均亩产量达2250公斤；陇薯7号平均亩产量达2282公斤，比当时老品种常年产量增幅达23.5%。

凯兰在欣喜之余又在思索：目前，合作社的马铃薯原种依靠从其他公司引进，要带动乡亲们早日致富，合作社要实现跨越发展，必须建立瓶苗组培室、原原种日光温室和智能连栋温室，实现马铃薯原种的自行培育。这一切都需要大笔资金支持和科技人员的引进，她明白这是公司实现华丽蜕变唯一的抉择，更是一条不亚于再次创业的艰难之路，唯有这样才能使公司在市场大潮中具备核心竞争力，使当地的马铃薯产业走向更璀璨的明天。

腊月二十三晚上，公司年终团拜会如期举行。凯兰换上了自己最喜欢的那件枚红色羊绒外套，意外地出现在会议室。她眼含热泪看着一张张熟悉的面孔，大家惊奇地发现历经劫难的她眼角垂泪坐在轮椅上，眼神是一如往昔的坚韧和沉静。

她还是原来那个肖凯兰，历经磨难决心不改的励志女子，她终于挺过来了，一时间大家都在偷偷抹泪。她微笑着看看大伙儿，满怀深情地为大家做新春致辞："今年我们公司的马铃薯喜获丰收，营销业务顺利开展，我们大家都要过一个幸福快乐的春节，今晚我们大家一起吃饺子过小年！"

吃完饺子大家围坐一起畅谈、联欢。陇平今晚穿着一新，首先表示要为大家唱首歌，"感谢肖总在我们最艰难的时候，帮助照顾我和孩子们，没有她就没有我们今天的好日子！我从心底里感激她，她就是我最亲的亲人！"

陇平全家四口人站在台上，一起哼唱起《感恩的心》："我来自偶然，像一颗尘土，有谁看出我的脆弱。我来自何方，我情归何处？谁在下一刻呼唤我？天地虽宽，这条路却难走，我看遍这人间坎坷辛苦，我还有多少爱？我还有多少泪？要苍天知道，我不认输！感恩的心，感谢有你……"

动情的歌声感染着大家，陇平唱出了大家的心声，大家手拉手围成一圈，含着泪，牵着手："感恩的心，感谢有你！"歌声在大厅里回荡，感恩的心，感谢有你！感谢风雨中彼此的相扶相助，感谢生命中所有的温暖和爱！

第四十八章　秦嘉故里寻左公

"林叔，您最近好吗？我是旺生，我明天要到北京来，您方便的话咱们一起坐坐。"

"旺生，明天正好是周六，我开车到车站接你。"

"林叔,不用麻烦您,我这边公司会有人来接,咱们明天晚上见。"

"好的,明天见!"往事历历在目,当年自己将旺生介绍到市里一家汽车修理厂当学徒,这个当年的毛头小伙,已经是当地最大汽车销售公司的技术总监。

"一溜溜山来一溜溜湾,一溜溜大路一溜溜川;一层层梯田望不到边,一户户农家笑开颜。青堂瓦舍四合院,古今字画挂厅堂……"

这首小曲,在老柳家乡当地民众中耳熟能详,口口相传,浸润着"仰韶"、"齐家"文化,崇尚耕读、钟情翰墨。林健挚友老柳就出生在通渭县榜罗镇。榜罗镇除了当年红军长征经过这里时,留下无法磨灭的红色印记之外,附近的秦家坪,还有秦嘉徐淑的合葬墓。1800年前,这里曾演绎过缠绵悱恻的爱情传奇。秦嘉徐淑伉俪情深,浪漫凄美的人生让后人写下了无数礼赞的诗文。流传千古的名篇佳作抒写着秦嘉与徐淑耳鬓厮磨的甜蜜,举案齐眉的和谐,分离相思的苦楚,悠悠千年寄满情谊的诗文相伴……

老柳和林健是20多年前的老同事,当年两人曾住在一个宿舍,都喜好书法,老柳自嘲"一笔(书)一壶(酒)走江湖"。每每提及秦嘉,老柳这个朴实的汉子自豪到忘形,在他的眼中,秦嘉、徐淑二人已然是古今第一夫妻诗人。他们当地人对秦嘉、徐淑寄予了最深沉的同情和赞美,近年来在县城的牛谷河边,修建了秦嘉徐淑文化广场,专门来纪念他们。

去往秦嘉徐淑文化广场的路上,牛谷河像一条青练绕城而过,他们跨过了河水之上名为"鹊桥"的石拱桥。出现在他们眼前的是秦嘉、徐淑夫妻二人的石雕,它是著名雕塑家何鄂的作品,秦嘉手秉书卷,徐淑坐抚古琴,"一世一双人",二人的目光望着故园的青山绿水。淡笑的嘴角,含情脉脉的双眼,柔情却坚定。仿佛在轻扬的琴声中,他们穿越回到东汉年间。纵使秦嘉徐淑诗文名动天下,但他们的根总在这里,直到最后他们托体同山阿,魂魄永远在故乡相依。

林健依稀记得老柳声情并茂朗读贾平凹《通渭人家》的情景,这篇散文是老柳最喜爱的作品:"一个只有十几户人家的小山村里,见到了其中三家挂有于右任和左宗棠的字。六月的天是晒丝绸的，村里人没有丝绸，晒的是字画。"贾平凹说："因为心里干净，生活就多了一份高贵。"当地爱字成风，写字也成风，现在成为中书协会员的人数在全省占据首位。林健出生世家，从七岁起，他亦与书法结缘，儿时一钵清水，一块大青石板就是他练字的全部家当。

大学毕业后，他和老柳在一起工作，他们闲暇就会收集单位的旧报纸用以练字。在市粮食局工作的5年间，他深入秦嘉故里乡野人家去鉴赏和临摹书画二十多次，就如贾平凹在《通渭人家》中写的一样，左宗棠等名家墨宝如沧海遗珠藏于民间，怀着对先贤的深深仰慕之情，他们的足迹遍访当地乡贤和书法业内人士。

林健当年大学毕业，为了改变家乡的落后面貌，放弃在首都就业的机会，毅然回到家乡。去市粮食局的植物油厂报道前一夜，父亲亲笔写下家训"发上等愿，结中等缘，享下等福；择高处立，寻平处住，向宽处行"为他送行。

20年来，林健案头的"身无半亩，心忧天下；破书万卷，神交故人"的自勉联，就是临摹左宗棠亲笔墨宝的条幅，让他时刻警醒责任和使命。工作闲暇之余，他便和老柳相约鉴赏临摹书法。

在当地碧玉乡，林健结识了老黄。那年冬天，老柳老家亲戚栓柱到市里来找老柳。晚上闲聊之中，栓柱说了村里黄树杰家发生的一件奇事。黄树杰五十多岁敦厚老实，识字不多，也从未出过远门，去年六月间，突然来了许多警察，据说是老黄家丢了宝贝。村里人不相信，老实巴交家境贫寒的老黄能有啥值钱的宝贝，让公安局的人来三四趟，最后还把附近一带外出做生意的人都叫去调查。最后大伙才知道了缘由，说是老黄家丢的是一副郑板桥的"竹石图"，价值几十万的宝贝。人们谁也不相信，老黄家几代人都在村里住着，大字不识几个，有这宝贝还过这穷日子？后来得到确切消息，真是郑板桥真迹《竹石图》被盗。

这年农历六月六，老黄在院子里晒画，让老婆看着画，自己到村口泉里担水，谁知老婆偏偏去麦场里背了一趟柴火，就这么点功夫那幅《竹石图》

就不翼而飞了。公安局查了好长时间也没查出结果……

"唉！真是想不到，我们有时间去老黄家转转。"听这话林健来了兴趣。

转眼到了腊月，这天林健休息，正在家躺着看书，听见老柳在窗外喊："老林，你今天闲着吗？我有事要回老家去，你不是说想去碧玉老黄家转转吗？正好有顺车到县城，去不去？"

"好得很，我去。"

"我在外面等着，你快点收拾。"老婆还没回家，林健就写了留言条放在桌上。他穿好棉衣，背上照相机，准备出门，扭头看见厨房地上放的一壶十斤胡麻油，那是前几天单位发放的年终福利，李爱珍还说正好这两天要炸油果子用。林健寻思先给老黄提上当礼物，顺手提起油壶，走出门去。

汽车把他们带到县城，从县城到碧玉乡还有16公里，当时只有上午发一趟农村班线车，下午就没有班车。老柳从县城的亲戚家给他们借来两辆自行车，一人一辆骑着去碧玉。蹬着自行车穿行在坑坑洼洼的砂石路上，虽然是隆冬天气，两人却骑出了一身汗。骑累了老柳就来一段小调："一溜溜山来一溜溜湾，一溜溜大路一溜溜川……"

栓柱带着他们找到老黄家天已经是掌灯时分，众人说明来意，老黄热情地将他们迎进家门。吃完老黄家的两碗臊子面，便坐在热炕上拉话。

敦厚的老黄指着堂屋里悬挂的那副中堂说，这就是左宗棠的，炕上这面墙上的横幅是于右任的。昏暗的灯光下，堂屋中堂正是左宗棠的那副"身无半亩，心忧天下；破书万卷，神交古人。"

"老哥，我听说村里人说，你家去年丢了一幅郑板桥的《竹石图》？"

"现如今我也不瞒着你们，栓柱知道我大字不识几个，这画是啥我也不认识。那东西是娃爷爷带来的，1970年那会儿，我爸在省城一所大学看大门打扫卫生……"

黄恩茂老汉拿着簸箕笤帚扫地，每天早晨遇到穿着藏蓝色中山装，提着公文包来上课的陈教授，"陈教授，您又这么早。"

陈教授就会谦和微笑："黄师傅早。"

老教授经常会把家里一些旧衣服送给黄恩茂，他说话总是微微笑着，语气很慢，即使对黄恩茂，也会谦和地打招呼。就是这样一位谦逊、儒雅的学者，被打得皮开肉绽、奄奄一息，已经站不起来，关在学校废弃的后勤仓库里。

黄恩茂怀揣着两个黑面馍偷偷来看他，发现老教授气若游丝地蜷缩在角落里，满身都是伤痕。老教授没想到自己落到这个处境，在人生最无助凄惨的日子，竟然只有目不识丁的看门老头来看他，不由得老泪纵横。

他蠕动着嘴凑到黄老汉耳朵跟前低声耳语："黄师傅，在我家屋后墙根里埋着个盒子，盒子里有样东西你收好，不要告诉任何人，找机会收拾着回乡下去吧。如果我能挺住活下去，就会来乡下找你。如果我躲不过这劫，就留给你做纪念……"

黄老汉含着眼泪承诺："我就是豁出命去，也帮您老把东西留着，等着您来取。"

第二天深夜里，黄恩茂果然在墙根下找到一个被油纸层层包裹的盒子。拿回来一看是个书画锦盒，盒子里是一副用锦缎包裹的画，画的是竹子和石头，几根稀疏的竹子、两块石头，就是黑团团、墨杆杆，这些识文断字的人为了这张纸逼着要人命是为啥呀？陈教授说什么追寻老舍先生的话，黄老汉是不明白的。

不幸的是，陈教授后来咬舌自尽。等人发现，他嘴角一摊子血，人蜷缩在柴草里已经硬了。学校悄悄找人拉到火葬场火化。黄老汉不敢声张，趁乱返回乡下，把那副画偷偷藏起来，等待陈教授的后人来取，这一等就是快三十年，一直没等到有人来取画。

老人临终前把儿子黄树杰叫到跟前，嘱咐他每年六月六一定要晒一下画，不能让任何人知道，"尽管我们不知道是什么？但这不是我们的东西，要留着等取画的人。"

"都怪我，把这宝贝让坏人钻了空子偷走，这辈子到黄泉路上，我也是没脸见我爸。"老黄说着就泣不成声。

当年因为给儿子在前庄里说了一个媳妇要3万的彩礼，家里实在是拿不出。老伴天天和他吵闹，说把那副画卖了，兴许能卖上几千块钱，补贴彩礼，老黄硬是没松口。前年六月六晒画，让儿子一个同学碰上，说这是个好物件。他给照了张相，把相片拿到省城去鉴定，结果省书画院的专家说很可能是郑板桥的《竹石图》，后来他同学还领着书画院的人看过一次，确定真是郑板桥的真迹，出价五十万。庄户人不知道这是多少钱，也没见过。老伴寻思吵着让卖掉，给儿子娶媳妇。父子俩记着"不是咱的东西，咱不能卖"的嘱托，没想到第二年晒画的时候一袋烟的功夫就没了。公安局怀疑是儿子同学作案，可那娃就像凭空蒸发一样没影子了！

"为这，我在炕上三个月没起身，没脸见老人呀！这是自家的东西咱就认了，可是这是人家老教授托付的物件，等人家后人来寻的时候，怎么有脸说呢？"

老黄取出前年给拍的照片和省书画院的鉴定证明，真是郑板桥的《竹石图》，落款处题着《竹石诗》："咬定青山不放松，立根原在破岩中。千磨万击还坚劲，任尔东西南北风。"三十年来藏有珍宝却固守着清贫，这份心底的纯净和执着，在现今何等稀缺珍贵！

看着家徒四壁的老屋，老黄满脸沧桑褶子的脸，这一切让林健心底萌生深深地敬意。他们聊到半夜，就和老黄、老柳三人在堂屋炕上睡了。

第二天一大早，老黄老婆已烙好酥香的烫面油饼，老黄在炕边熬罐罐茶。

"你爸不让卖画娶媳妇，媳妇没娶成，画最后还丢了，你怨恨过你爸吗？万一陈教授的后人日后来寻画，你准备怎么办？"看着老黄儿子旺生给他们端进热油饼，林健问旺生。

"这我不怪怨，我爷爷说过这不是咱家的东西，日后陈教授后人来寻，我就把丢画的事如实告诉人家，丢了人家祖传的宝贝，我挣钱给人家慢慢还。"

林健动容地看着这张年轻的脸，这个貌似笨拙的、贫寒的小伙让他敬佩。从年轻的旺生身上，传承着这个贫寒家庭三代人金子般的灵魂，这是多么可贵稀缺。

"我有个朋友在市里开汽车修理公司，不知道旺生想学汽车修理吗？我可以介绍他去学修理。"

"好得很，这娃就爱鼓捣个拖拉机汽车啥的。要能学修理这门手艺，娃日后也能靠这吃饭，真是谢谢林主任啦！"老黄抢先说。

铁骨铮铮的民族英雄左宗棠苍劲有力的墨宝"身无半亩，心忧天下；破书万卷，神交古人"挂在老黄家堂屋里，年代久远，宣纸有些泛黄，他拿起照相机给拍了几张照片，以备日后临摹用。

第二天下午，林健才回到家，一进家门就看见妻子一脸沮丧，"你可回来了，真没想到昨天咱家遭贼啦。"

"啊，咱家啥东西被偷了？"

"咱家厨房那壶油不见哩，我昨晚叫我姐过来帮忙做油果子，结果发现厨房里的油不见了，家里也没翻，其他东西好像没少，就那壶油。"

"老婆放心吧，家里没进贼，是我走得急顺手拿给老黄的，没顾上给你说。"

"你这个人真是的，拿走也不知道说一声，害我还寻思进了贼，担惊受怕的……"李爱珍一顿埋怨。

"老婆，消消气，是我不对，我给你道歉。"林健赔着笑脸。

听林健把老黄的故事说完，李爱珍许久才说："现在还真找不到像老黄这样的人家。"

听村里人说，后来有人在广州曾见过旺生那个同学，最初好像发了一笔财，从来没有回过老家，他爸去世都没露面，众人断定那幅《竹石图》就是他偷走的，这些年他像老鼠一般活着。

燕兰楼的包厢里，林健、旺生、成辉三个人谈笑风生。成辉早些年在国外生产红酒，在法国和北京有好几家酒庄。他也是在京的老乡，林健特意约来作陪。"旺生，咱们又是半年多没见了，家里都好吗？"

"林叔，家里都好着，我爸妈身体都好着哩，接到城里住了几个月，前几天刚回老家。我今年给镇里的养老院捐了5万元……"

"旺生你这些年做公益的事我都听说了，真的不容易！"林健被这个出

173

身寒门的年轻人深深感动。从旺生身上,他常常想到厚德载物这个词,善良、诚心、感恩是这世间多么可贵的品质。

席间,林健把旺生家的故事讲给成辉听,成辉感触良多:"我这几年在国外和北京漂,是赚了些钱,总寻思回乡去做些事情。看惯了商场上的尔虞我诈,旺生你们这家人太难得啦。"

林健动容地说:"一个人不在于他的财富成就有多大,而在于他对养育他的这块土地和人们做过些什么!"

这次和林健、旺生的闲谈,促成了成辉回乡创业的决心。他通过几次考察,敏锐地将目光定位于书画行业。

2013年晟心书画村在秦嘉故里规划建成一二期工程,充溢着传统文化气息的九十多间画廊鳞次栉比,古色古香,成为西北地区首屈一指的高品位的"文化聚集点"。

书画村作为县级书画专业市场,从规模、档次、人气氛围,到配套设施在全国一流。"抱玉者联肩,握珠者踵武",90多家高规格画廊书画创作、交易活动异常活跃,书画村内所有从业人员都深切地感受到了书画产业发展前所未有的热度。

在林健和当地政府、企业的积极奔走下,中国文联、中国美协、中国书协相关人士多次深入当地考察,金秋8月,中国·国际书画艺术节在秦嘉故里拉开序幕。全国各地的千名书画家汇聚书画村,开展了盛况空前的书画创作交流活动。三年时间里,书画城共接待游客20万人次,完成书画交易4万多件,交易额达5200多万元。

第四十九章　原原种日光温室

在林健的推荐下,凯兰和周梅、张恺等定西的多位企业家一起参加了中国·国际马铃薯大会暨贵州马铃薯文化节。大会旨在通过全球性马铃薯学术交流及研讨，各地相互学习借鉴发展马铃薯产业的先进技术和成功经验。中国国际马铃薯大会自2009年举办以来，会议规模越来越大，国际影响力越来越强。

本次马铃薯大会不仅吸引了国内外各有关科研单位和大专院校的专家学者积极参会，而且吸引了国家行政管理部门、公司企业、种植大户以及多家跨国公司派出的代表。农业部、科技部、国务院扶贫办等国家有关部委领导和甘肃、宁夏、云南、四川、重庆、广东、广西等省市区领导；中国马铃薯专业委员会注册代表；东盟部分国家马铃薯专家及部分省区马铃薯主管部门、大型加工企业、大型批发市场的负责人等一千余人参加了大会。

在西方，众多国家已先期将马铃薯列为主粮，我国农业部正在积极推进马铃薯主食化战略，这一过程必将带动整个马铃薯产业链的发展，其中可圈可点的就是马铃薯育苗环节。尽管马铃薯长相不起眼，但在营养学家的眼中，它是当之无愧的营养之王。被誉为人类的"第二面包"，其所含维生素是胡萝卜的二倍、大白菜的三倍、西红柿的四倍，维生素C含量为蔬菜之最。在我国，西北和内蒙古地区都有直接以马铃薯当主食的习惯，而对我国大部分地区，还是水稻、小麦的消费需求占主导。马铃薯主食化，因地制宜扩大种植面积，在不挤占三大主粮的前提下扩大到1.5亿亩，通过集成推广高产高效、可持续的技术模式，在我国小麦、水稻增产潜力有限的情况下，这将显著提高国家粮食安全保障水平。马铃薯生长需水少，在我国干旱半干旱地区，小麦、水稻等谷物类作物生长发育困难，而马铃薯不仅能正常生长，还能减少水土流失，这种旱作粮食产业的发展，能有效缓解农业生产的资源环境压力。

在这次马铃薯大会上，凯兰了解到，马铃薯产业发展的需求激增会引起对马铃薯种苗需求的快速增长。组培育苗恰好可以填补需求缺口，可以提供量大质优的马铃薯种苗。组培培育马铃薯苗生产速度快，可以不受季节、气候影响，全天生产，成品组培苗可以达到脱毒、保留优良性状的目的。如今，几乎所有种植马铃薯的主要国家都利用茎尖脱毒获得无毒植株并加以扩繁生产出无病毒粒型薯，再通过一定的繁育体系为生产提供优良种薯。我国自20世纪70年代开始利用这一技术，至今已有长足发展，在日趋成熟的种薯产业化发展进程中，马铃薯组培苗的标准化生产及规范管理尤为重要。

马铃薯大会对她触动很大，公司要突破发展瓶颈，实现跨越式发展，必须走现代农业之路。省农业大学生命工程研究院林科学院生物中心自成立以来就致力于全省马铃薯种薯生产体系的建设，马铃薯脱毒及扩繁技术已渐趋完善，设施设置组培苗扩繁最关键一条是必须做到无菌操作和无菌培养，所以保证良好的无菌环境是至关重要的。

肖凯兰从马铃薯大会回来之后，她将谋划已久的瓶苗组培室、原原种日光温室、智能连栋温室建设提上日程。当她满怀信心把自己的规划和魏楚雄商量的时候，却遭到他强烈反对："马铃薯咱们种植收购就行了，你建什么组培室和日光温室，那又得需要多少资金？把现有的业务做好就行了，你一天折腾什么劲呀？你现在这样的身体能少干就少干点，咱们的日子能过安稳就行！万一搞砸，钱打了水漂，是你能还清还是我能还清？你倒是省省心成吗？"

凯兰满满的信心被他泼了一盆冷水，资金短缺严酷的现实摆在面前，但公司要发展必须要有创新思路，她试图说服丈夫："公司的员工可以搞股份集资，咱们可以申请银行贷款，马铃薯原种培育成功后，可以给乡亲们带来更多的致富机会。"

"搞集资，你省省吧！做股份集资赚钱了大家高兴，亏了本让咱受牵连。当年种天麻亏本倒贴钱的教训你是忘了吗？真是好了伤疤忘了疼……"

凯兰心碎的发现，自己和楚雄这个最亲的人之间，不经意间竟有这么多隔阂。而这种隔阂随着事业的发展，彼此的嫌隙和裂痕越来越多。人啊，有谁能说清，为什么在生活的磨砺中，原本亲密无间的夫妻俩心却渐行渐远。

也许丈夫是对的，但是企业固步不前最终会被市场所淘汰。创业的艰辛历历在目，绿源农牧承载着自己的梦想和多少乡亲的希望和期盼！我该怎么办？凯兰辛酸的捶打着自己软弱无力的双腿，眼泪无声在脸庞滑落，她多么渴望那双有力的臂膀牵引自己，渴望他温暖的怀抱，依恋他一如往昔的扶助和鼓励呀！

文文的女儿妞妞已经长成18岁的大姑娘，当年的高考妞妞以优异成绩被西南财经大学录取。妞妞从小和凯兰建立了母女般的情谊，文文死后，是她无微不至的关心姐弟俩，在妞妞的心中她比亲生妈妈还亲。收到录取通知书的那天，妞妞推着轮椅陪着凯兰和陇平来到文文坟头。

妞妞跪倒在坟前给妈妈摆放祭品，点燃香烛、纸钱。坟茔绿草萋萋，文文离世已近十年。"娃他妈，我今天带着娃来看你，是要告诉你咱娃有出息考上大学啦，这些年都是她姨拉扯我们，你在天之灵安心吧！"

"文文姐，孩子们都长大了，我没有辜负你的托付，今天我来陪你喝这杯喜庆的酒。"凯兰先将一杯酒祭奠在坟前，自己端起酒杯一饮而尽。

"文文姐，又是好长日子没来看你，我好想和你说说话，我想把咱们的马铃薯合作社做大做强，想建马铃薯瓶苗组培室、原原种日光温室、智能连栋温室，可是楚雄不支持我，为了公司的发展我想再难都要去尝试，你在天之灵保佑我们吧！"凯兰眼含热泪看着苍茫的群山，向冥冥之中的一切神灵祈祷，祈祷能带给人们平安吉祥！

公司的员工大会如期举行，凯兰在会上提出了集资入股建设马铃薯种薯基地的规划，并让大伙讨论表决。这下会场像炸开了锅，赞同者有之，反对者有之，也有观望者。公司的几位高管和员工代表都相继发言，大部分人都支持这项规划。

她拿出破釜沉舟的勇气和胆识去迎接未知的挑战："本次集资入股采取自愿，以一万元为一股计算，入股员工按照风险共担、利益共享的原则，但凡有我肖凯兰一口饭吃，绝不会让大家饿着。"

"我完全支持肖总的提议，没有公司，我们全家不会过上今天的好日子，我们家只有三万元的积蓄，除去娃上学要用的一万元，其余两万我全部入股。"陇平第一个在集资协议书上签字。

公司办公室主任刘涛宣布公司的助学奖励机制："经过公司研究决定，

公司将设立公益助学基金，凡员工子女当年高考被重点大学一本录取的，公司奖励五千元奖学金；其余考取大专技校等职业院校的员工子女，公司奖励三千元，这是公司对员工的人文关怀，也是为我公司培养年轻化知识化后备资源的重要举措。"

人们欢呼雀跃着，每个人脸上都洋溢着幸福和快乐。经历多少不为人知的艰辛，肖凯兰带领她的团队在奋斗的历程上风雨同舟，砥砺前行。

第五十章　会心一笑

2013年2月3日，农历腊月廿三，北方小年的这一天，肖凯兰怎么也没有想到，在省上视察工作的首长会来到公司视察，详细询问公司发展情况，并对她依托马铃薯良种合作社带领乡亲们共同致富的做法和经验给予了充分肯定。

"希望你们更加努力，为发展马铃薯产业作出更大贡献！"首长的话言犹在耳。

2013年2月3日10时18分，凯兰至今想起心里还非常激动，首长在合作社的智能连栋温室前下了车，与等候的同志一一握手。

当看到首长的时候，她坐在轮椅上手足无措，一下子紧张起来。"首长，您好！"

可令她没想到的是，首长弯下腰来，亲切地伸出双手与她握手。一刹那，她感到他是那么亲切、那么随和，像一位慈祥的长者。她绷紧的神经轻松许多，也许是惊喜和过分感激，正儿八经地向他介绍起合作社的情况时，她的话语还是不大流利，声音也有些发颤。情急之下她壮着胆说了句："对不起！我是太紧张了。"当看到首长会心一笑时，气氛轻松了许多。

首长莅临公司考察带给凯兰无法言表的欣喜和鼓舞，她做梦也不曾奢望过能见到这位首长，和他面对面说话，听到他对公司的肯定和教导。

当前，定西马铃薯已成为全国叫得响的特色产业之一，主产区定西市着力打造"中国薯都"，当地农民人均纯收入约三分之一来自马铃薯产业。依托当地独特的地理优势，全市积极实施"中国马铃薯良种第一市"的产业战略，全力推进马铃薯种植产业发展，形成了集科研、种植、销售一体化的马铃薯种植产业发展新格局。她们公司正是在这样的产业发展大背景中，成长为当地马铃薯种植产业龙头企业。

四年前的一场车祸将她推进绝望的深渊，经过泣血的蜕变，她咬牙挺过来，苦难摧残了她的身体，但没有摧毁她坚韧的意志。她带领自己的团队，成立马铃薯良种专业合作社，在相关政策的扶持下，公司建起的这座2.5万平方米的日光温室，成了全国最大的专门用来生产马铃薯原原种的智能连栋温室。

"合作社连接农户，这种形式很好。"首长点了点头，接着问："你的合作社连接多少户农户？社员是不是全部入股了？"

凯兰回答说："有620户农户，一部分是入股形式，一部分是其他形式。"

首长接着又问："省上有啥补贴吗？"

"2012年马铃薯良种补贴了140万元。"凯兰说。

随后，省市县领导陪同首长一行进入了温室生产区。当看到他们弯着腰从地里挖着马铃薯的原原种进行查看时，凯兰深切地感到首长是那么亲切朴实。

"马铃薯是个好东西，在咱们北方地区也叫洋芋，从原产地南美洲传到世界各地。马铃薯营养丰富，含有很多维生素、蛋白质等营养成分，特别是富含维生素C，一个马铃薯的维生素C含量要顶三个苹果。"凯兰记得，从智能连栋温室生产区到出口处的走道处，首长专门停下脚步，对随行人员"内行"地说道。

首长凝视着茁壮的马铃薯原种苗深情地说："你们要进一步发展马铃薯产业，要做精做深，做大做强。越是贫困的地方马铃薯种植越多，要从扶贫开发的角度发展马铃薯，多加支持。当然，马铃薯的出路很重要，要首先考虑销路，销不出去就是大问题。一是要疏通和拓展鲜薯销售渠道，二是要提高加工能力，加大就地转化力度。希望你们更加努力，为发展马铃薯产业做出更大贡献。春节就要到了，向你们拜年。"

凯兰眼含热泪，目睹着车队渐渐走远，她心潮澎湃，这次首长的亲临视察给她莫大的鼓舞，时刻谨记他的嘱托，"咱们一块儿努力，把日子越过越红火"，为了这份沉甸甸的嘱托，凯兰鞭策自己向着新的目标迈进！

第五十一章　慈母离世

五一假期，林健回乡探亲，他开着车带着双亲去洮河边踏春，年近古稀的二老精神矍铄，一路上谈笑风生。一场春雨过后，洮河岸边沉睡了一冬的柳树已经苏醒，那细细长长的枝条上泛出一层新绿。柳树的枝干上又长出密密的枝条，柔软的枝条垂下来，在春风中摇曳舞蹈。他不禁想起温庭筠的《题望苑驿》："弱柳千条杏一枝，半含春雨半垂丝。"

田地里的苜蓿已经长出一片片嫩叶，鲜嫩诱人。记起小时候，每到这个时令，母亲就会用新鲜的苜蓿和新葱，做家乡的美食苜蓿新葱碎面，手擀的碎面，鲜嫩的苜蓿和新葱透着鲜香，每次都吃不够。妈妈做的饭菜是最好吃的，劲道的手擀面、香味扑鼻的臊子汤、一窝丝的糖酥饼、脆香的石子馍，普通的食材在母亲手中总会变得神奇美味，无论走到哪里都忘不了家的味道。他一时兴起，跑到路边的田地边，跟采摘苜蓿的老乡买来一袋鲜嫩的苜蓿。

"爸妈，今天我给咱们下厨，做一顿苜蓿新葱碎面吃。"

"好，咱们今天就吃你做的面……"

踏春回来，让二老喝茶休息，林健走进厨房做饭。擀面、切菜、下面，不一会，香喷喷的碎面已经端上桌。父母亲都破例吃了两碗，自己吃了两碗半，这味道真好！自己经常奔波在外，不能侍奉二老左右，对父母的陪伴是最好的孝顺！

无论再忙，每逢春节、清明、端午、中秋、国庆等节假日，他都会抽空回来，陪他们说说话，转转亲戚，这是一年中最快乐的时光。子曰："父母在不远游。"可是为了事业自己却不得不远离双亲在千里之外的北京工作，在北京他每隔一两天都会给父母亲打电话问问家里的情况。"慈母手中线，游子身上衣，临行密密缝，意恐迟迟归。"儿子又要返京工作，挚爱的双亲，愿你们身体健康，平安幸福！但是，谁也没有想到这次离别却成了他与母亲的诀别。

快到端午节了，因为自己有工作任务回不了老家，特意托人给父母带去了北京稻香村粽子过节。

2013年6月12日端午节，下午五点多，他给父母亲打电话，问了二老的近况，特别是身体状况，父母说他俩在老家有小妹照看一切顺心，正在吃从北京捎来的稻香村粽子，只是母亲最近有些咳嗽，今天还有少量咳血。他当时就嘱咐母亲一定去医院看看，随后打电话给在县城工作的小妹和在县医院呼吸科工作的同学，让小妹第二天带母亲去医院好好检查一下，不要把小病拖成大病。

当晚夜里十一点多，小妹突然打来电话："哥哥，妈妈刚睡下一会儿，就咳嗽不止，大量吐血，我已叫了120救护车，准备送医院，你赶快给你同学打个电话，让他先来家里。"

"好的，你们不要慌乱，我马上打电话，让他们先到家里抢救。"不到十分钟，救护车和急救医生就赶到了家里，积极进行抢救，但母亲还是吐血不止。他打电话问情况时小妹已经哭出声来。

"你别哭，让医生全力抢救，妈妈不会有事的……"半小时左右，县医院呼吸科的同学给他打来电话，说母亲由于肺动脉破裂，失血过多，经他们全力抢救无效与世长辞。亲爱的母亲就这样突发急病离开了人世，离开了所有挚爱她的人。他顿时觉得天旋地转，不能呼吸，觉得这是不可能的事情，不相信下午还通过电话的母亲会突然离世。随即打电话询问父亲，父亲是经历过很多磨难的人，强忍悲痛告诉他，母亲的确走了，走得很匆忙、走得很安详，唯一的遗憾是没能见上儿女们最后一面，父亲让他尽快回老家料理母亲的丧事。

"爱珍，母亲刚刚去世了，小妹他们在准备后事，你赶紧收拾一下，我已叫了朋友的车连夜送你去老家……"林健给妻子打电话让她先回去和妹妹操办丧事。

"天哪，真不敢相信，真是太突然了，我这就去准备，你抓紧买机票，赶明天最早的飞机回来……"妻子说着已经泣不成声。

此时已是凌晨一点多，林健带着在北京上大学的女儿，风风火火地赶到机场，从北京飞老家的最早航班是凌晨5点的，还要三个小时才能起飞。等待，煎熬地等待，此刻的他真想长出翅膀飞到母亲身边。

亲爱的妈妈，儿子不孝啊！这几年来，我帮助过多少亲戚、朋友到北京看病治疗，而让您却这样猝然长逝……牙齿将嘴唇咬出血，他浑然不觉疼痛，含血的腥味中，如烟往事清晰地浮现在脑海。

母亲娘家是当地的一个大户，她是这个家庭里唯一的女孩子。母亲从小温柔善良，凡事从来不与人争，一个人静静地做事。本来，母亲有的是读书的机会，然而，就在她小学还没毕业时，外祖母突然去世了，外祖父不同意她与哥哥一起接受教育。母亲读书不多，但这并不影响她拥有广远见识和博大情怀，在与哥哥的相处中母亲深知教育对一个人成长的重要意义。有了三个孩子之后，不管生活多艰难，母亲都坚决要求他们努力读书。母亲的言传身教对他们兄妹有着深远的意义，对自己的成长起到了决定性的作用。当地人一提起母亲，都赞不绝口，说那是一个世上难找的好人。不管谁家有难处，她都会尽自己的最大努力来帮助。

1964年，母亲嫁到林家后，太奶奶、爷爷和奶奶和他们生活在一起。那个年代，农村的生活非常拮据，三个长辈的衣食住行都由母亲来操持。母亲是个非常孝敬老人的媳妇，儿时的记忆里，每年从秋天开始，白天忙完农活，晚上母亲就在煤油灯下给一家人准备过冬的衣服。在艰难困苦的岁月，她每两年就会给太奶奶、爷爷、奶奶、父亲添置一件新棉衣，衣裤里换下来的旧棉花铺在廊下翻晒几日，再用棉花弓重新弹得松软，添些新棉花给孩子们做成棉衣裤，而母亲自己的冬衣总是最旧最薄的。

后来，母亲偷偷养了一只母羊，为的是用积攒的羊毛捻线可以给全家人织毛袜子过冬。那一年秋天，母羊下了两只小羊羔，全家人欣喜满怀，每天早上母亲总会给年迈的太奶奶端上一碗热羊奶。太奶奶舍不得喝，留给重孙的他喝，母亲总是提前叮嘱他们，告诉太奶奶自己不喜欢喝奶，其实瘦弱的母羊产得奶除了喂小羊羔，只有给太奶奶的这一碗。细心慈爱的太奶奶发现了这个秘密，她每次只喝一半留下一半给他这个重孙。

隔壁的邻居从城里下放到乡下，父亲好心把自家的房子借给他们居住，可那家人却偷偷把借住的房子办成自己的房产据为己有。即使这样，当他家儿媳妇因贫病交加而死，留下还在襁褓中两个多月的婴儿拴柱没有奶水喂养时，母亲每天送过去半碗弥足珍贵的羊奶，足足喂养拴柱到八个月。母亲去世后，拴柱跪倒在灵前失声痛哭，"林家婶婶啊，你的恩情我这辈子都还不起，当年没有你，这世上早没我拴柱了呀！"

一年除夕，村里有人向公社领导反映母亲私自养羊，母羊和小羊羔被拉去充公，父亲还要写检查反省。母亲自责痛苦地一夜没睡，在那样艰苦的环境中，她仍然教导孩子们要与人为善、以德报怨，要学会坚强隐忍。正是基于母亲这种潜移默化的教育，他们兄妹才能在人生旅途中始终保持着与人为善、替人解忧的优秀品质。

严格的家规使他懂得了真善美的高贵，林家的家规严，在当地是出了名的。在家里无论做什么事，三个孩子自己有理由也可以解释，但解释完了就必须照父母说的去做，再有顶嘴或懈怠的行为，就会挨木板了。可是自己从没有和妹妹们真正挨过打骂，因为他们总是自觉按父母的要求去做，从没发生过有悖情理的事。

儿时曾有一次受委屈之后"负荆请罪"的事，一直令他记忆犹新：有一次，一位老太太听说林健和村上孩子偷了村里果园里的果子，便在母亲跟前告了他一状。他放学回家后，母亲叫住他："健儿，你偷人家的东西啦？"他没搭腔。

母亲说："去吧，在堂屋里跪着去！"他便放下书包，直直地跪在那儿一声不吭。跪了好一会儿之后，告状的老太太反而觉得不好意思，劝母亲饶了娃儿。

老太太走后，过了好长时间，母亲才叹口气喊他站起来。他低着头来到母亲跟前，母亲问他以后还偷不偷人家的东西了，他说："妈妈，我以后不和他们一路上学了。"

林健才流着眼泪，告诉母亲自己根本没偷果子，只是在路上和偷果子的孩子们碰到一起罢了。母亲问他当时为什么不说明情况。

林健说："当时妈妈正在气头上，说了只会让村里的老奶奶觉得不好意思，再说那时我毕竟跟他们在一起，即使没偷也说不清楚，就想干脆认了算了，况且妈妈这样要求我也不是坏事，偷人家的东西到哪儿说都是丑事，我不想让妈妈担心。"

母亲的行世风范让他明白谦虚是最大的美德，林健是家中独子，即便如此，母亲也没娇惯着他，稍大一点就让帮家里干活。农忙时帮父亲在田里干活，撒肥、锄地、浇水；在家里帮母亲照顾妹妹。母亲深知，人必须能吃苦，爱劳动才行，否则长大后就会养成好吃懒做的毛病。同时，母亲还教育他不管到何时何地、自己有多大本事，都要保持谦虚待人的品格，只有这样，才会得到别人的敬重。母亲身体力行，为儿女们示范。她时时处处以诚待人，平等地善待所有乡邻。

母亲的深明大义激励他度过人生的坎坷，在遇到不公正的待遇时母亲以自己的行动教会孩子们冷静理智处理问题。古人说，天将降大任于是人也，必先苦其心志，劳其筋骨，饿其体肤，空乏其身，行拂乱其所为，所以动心忍性，曾益其所不能。是母亲的教导让自己成为了一个自信坚韧和懂得感恩的人，成为一个有责任心和有所担当的人。

"妈妈，我回来了，儿子来迟了，儿子不孝呀！"林健扑倒在母亲的灵前，看着母亲的遗像，痛彻心肺的悲痛让他晕厥。母亲的突然离世让他悲痛到无法呼吸，印象中的母亲从来是精神矍铄的，然而这一切都是假象。

子欲养而亲不待，当这个无法避免和逃避的瞬间来到时，将他和母亲活活地撕扯到两个世界时；这世上最晶莹的真诚和最无私的关爱就在自己身后，而回头的瞬间，她已经永远地消失了。

花圈，挽联，白花，灵堂，"孟母遗风，懿德长存"是所有人对母亲的悼念。未报春辉伤寸草，空余血泪泣萱花。母亲就在那里，却已经天人永隔。母别子，子别母，白日无光哭声苦……

第五十二章　意外骨折

料理完母亲的后事，林健不得不返回北京。母亲离世已经一个多月了，他依然无法相信这是真的。午夜阑珊，南柯梦醒，泪湿枕边，梦中母亲仿佛仍在窗前翘首期盼自己的归期。

2013年7月22日早晨7点，回乡探亲的林健早起为父亲准备早餐，下午他又要匆匆返京。刚把早餐端到餐桌上，突然屋顶的吊灯剧烈地晃动起来，整栋楼都感觉在摇晃，震感强烈。

不好，地震了！他第一反应是赶紧起身将父亲搀扶进卫生间。等地震波过后，搀扶父亲下楼到小区院子里，小区院里已经聚集了好多人。"岷县、漳县交界地段发生6.6级地震……"院子里的人紧张地交流着手机新闻上的信息。接着又发生了两次余震，余震过后，惊魂未定的人们陆续返回家里。

林健决定先不返京，向单位说明情况请了假，他要先安顿好父亲，然后去岷县探望小柱子爷孙俩，参与抗震救援行动。

林楠火急火燎的跑进门来："哥哥、爸爸你没事吧？我们刚起床在收拾屋子，就开始地震……"林楠住在附近，平时就由她帮忙照顾老人。

"我好着呢,你们那边都没事吧!"

"健儿,赶紧给你大伯和各家亲戚打电话问问情况。"父亲嘱咐道,确定大家都没事,才稍稍安下心来。柱子他们怎么样,不会有事吧?柱子爷爷的电话几次都无法接通,他不由担心起来,焦虑地在屋子里来回踱步,千万不能有事,他在心里一遍遍地默默祈祷。

"林爸爸你好吗?我们这边发生地震了,我和爷爷都好着呢,你放心吧。"9点的时候,终于和柱子他们联系上,林健听到柱子的声音,悬着的心终于放下。

电视新闻正在播报:2013年7月22日7时45分,甘肃省定西市岷县、漳县交界发生6.6级地震……

2012年5月10日暴洪泥石流肆虐过的岷县土地上,一年后又一场灾难降临。林健在九甸峡库区移民搬迁工作时,曾在岷县生活过400多天,已经和这片土地的人们建立了很深的感情。当天下午,他便告别家人起身赶往岷县。柱子和爷爷住在政府援建的新房里,地震发生的时候柱子已经在学校上自习,爷爷也在院子里打扫,家里没有受灾。

林健开车看望爷孙俩之后,随即参与到抗震救灾行动中。24日夜间到25日清晨,岷县又下起了中到大雨,最大降雨出现在岷县十里镇骆驼巷,截止25日10时降雨达到48.6毫米,降雨造成部分地方山体滑坡,通村公路中断,正在抢通之中。

7月24日深夜,大雨侵袭甘肃岷县地震灾区,林健和志愿者们一起冒雨,踏着泥浆将十余万的帐篷、折叠木床、被褥等救灾物资送到大山深处的中寨镇小寨村的受灾民众手中。崎岖蜿蜒的山路上,由于山体滑坡交通堵塞,车辆已经不能通行,志愿者们抬着帐篷在雨中穿行。手电筒的光芒在雨夜中如星星之火穿透黑夜的迷茫,给灾区的人们带来希望。大家在山间穿行,雨水、汗水、泥水,每个人头上身上都湿漉漉的,鞋里时不时钻进泥水,裹满泥浆的裤子黏在腿上,众人顾上不休息,坚持继续前行,希望尽早将物资送到受灾群众手中。

勇者无畏，林健在志愿者队伍中背着一捆被褥，深一脚浅一脚地在黑夜雨地里行进。雨从脖颈灌进去，冰冷冰冷的，雨衣下的裤脚早变成泥毡，徒步鞋里也灌进去泥浆，走路一步一滑。他跟着前面的志愿者往前挪动，不小心踩到一块小石头上脚底一滑，踩进一个小水坑里，身体打了一个趔趄差点摔倒，他怕把被褥掉到地上，着急用两只手去抓，所幸被褥没掉下来，右脚却被石子硌得生疼，顾不上脱下鞋去看，坚持继续行进，也许是走太久的缘故，脚似乎不疼了，只觉得发麻发胀，他也没在意，等到了目的地脱下鞋子看时，脚踝、脚面已经发黑肿胀。

"哎呀，老哥你的脚受伤了，快到帐篷里歇会吧。"同行的志愿者小邵扶着他走进帐篷。

"没事，就是刚才天黑跌进水坑让石头崴了脚，休息一下就好了。"他故作轻松地说，虽然脚疼得厉害。

天亮之后，交通部门的装载机清理了滑坡路段，林健他们才乘车返回县城。

我应该尽快回到北京，参与到在京同乡和企业界人士募捐和抗震救灾物资的筹集工作中。他稍作休息，换了衣服便踏上了返京的路途。看着肿痛的脚，当时估计只是崴了脚不要紧，便买了一瓶云南白药喷剂喷了几次。又累又困躺在卧铺上迷迷糊糊就睡着了，等要下车的时候，脚肿得已经穿不进去鞋，一条腿跳着下车，坚持到车站的超市买了一双大号拖鞋凑合穿上。第二天到北京医院骨科拍片检查，结果是右脚脚面骨折、脚踝裂缝三处，医生用石膏夹板固定治疗后，嘱咐必须卧床休息三个月不能行动。

这可把林健急死了，他瞒着家人拄着双拐参与到抗震救灾募捐活动中。回京第二天，积极响应部分在京老领导的号召，充分依托省政府驻北京办事处、北京甘肃企业商会等部门共同组织发起北京抗震救灾募捐活动，联合成立了救灾办公室，负责与灾区衔接和接受捐赠等工作。通过大家的努力，他们衔接各市州驻京办领导，第一时间与定西市县区沟通对接、落实核对，组织了多场捐赠活动，奔走号召动员爱心人士帮扶灾区。

七月流火，林健拄着双拐每走几步就汗流浃背，同乡们笑称他是"挂彩冲锋的伤兵"。在京甘肃籍或在甘肃工作过的老领导通过不同方式进行了捐款，北京甘肃商会众多企业家及甘肃籍老乡、兄弟省市商会企业家和爱心人士都积极参与，慷慨解囊，用实际行动表达了对灾区人民的深情关怀和对抢险救灾工作的大力支持。

8月8日上午，在定西市政府举行了捐赠仪式，来自北京价值511万元的救灾物资和268万元捐助资金送到灾区，帮助灾区群众早日渡过难关，恢复生产，重建家园。前一段时间一直在忙地震捐款的事，林健拄着双拐来回奔波，四个多月他才扔掉双拐，却发现右脚留下后遗症：时常发冷、走不了长路。

第五十三章　兴学助教惠桑梓

农历九月十三，林家老宅里洁净肃穆，香烛、水果、糕点，今天是太爷爷林盛永先生70周年祭日。泛黄的族谱，还有那本"发上等愿，结中等缘，享下等福；择高处立，就平处坐，向宽处行"的手札遗迹，揭开那段尘封的记忆。

1936年初夏，林盛永派人把赵宏兴请到家里。赵宏兴前几年曾在红军长征时担任过职务，后来县府追查搜捕，他外出逃难半年多，最近风声过了才回来。

"赵兄，我想捐钱建一所学校，商号木材厂的木材是现成的，学校建成后想请你担任校长，负责学校的管理。县府和教育局需要的手续我找人去办，还望老兄不要推辞！"

赵宏兴站起身来，朝着林盛永作揖拱手，"林兄在上，请受小弟一拜，捐资建学这是造福桑梓的大好事，最大的义举，难得林兄看得起小弟，我唯林兄马首是瞻。"

半个月后,在林家老宅客厅内,一场十几个人的家庭会正在进行。林盛永一生中,经历过数次这样的会,这一次的商讨主题是要在乡下老家漫坝河边陈家咀建一所学校。讨论异常激烈,建学校的各种问题包括建筑样式和规模大小,与会的人都提出了多种方案。

林盛永对学校只有一个标准:创办一所一流的学校。他对参会的人说:"干!拼着十亩地不算事,办个学校要让附近村里的孩子都能上学,识字明理。"

长久以来,筹资办学是他一直以来的夙愿,在林盛永的心中,捐资办学成为他当年的一件头等大事。他是个雷厉风行的急性子,决定干了就立刻开始选址。如何让农民把农田让出来盖学校?一般人肯定会想,林盛永有权有势,强行征地不就得了。谁也没想到,他没有来硬的,他用自家的两亩地换校区的一亩地,用自家的两间屋换校区的一间屋。

学校动土开工那天,林盛永特地请来县里三个大厨师宰杀了两头猪办了场盛大宴席,附近的乡绅和百姓一百多人一起祝贺,所有的工匠都被安排到席间,他还亲自向众位工匠师傅敬酒,一一鞠躬致谢。

1937年夏天,陈家咀小学建成,在这一年建设的时间里,林盛永的生活中就只有学校,几乎天天泡在尘土飞扬的工地。林家办学不是为了敛财,相对于学校每年数亩田产的投入,学生的学费非常低廉。陈家咀学校的学生很多是贫苦农民子弟,除了低廉的学费,林家还出资在学校设立一项"清寒补助金",定向资助家境贫寒的学生,保证他们不会因家庭经济困难而辍学。对学校的任课教师,林盛永更是待若上宾,学校任教老师的薪水都普遍高于其他公立学校的待遇。学校成立授课之日,他欣然亲笔写下"天下兴亡,匹夫有责"的条幅置于案头。马老师寿辰那天,林健再一次来到这魂牵梦绕的校园,来到那两棵侧柏树下,见到了那个将早餐留给奶奶的留守孩子刘小惠。目前,学校的孩子们大都是留守儿童,林健目睹着孩子们课外书籍和文具缺乏的现状,这一切绞痛着他的心。

回京之后，他多方奔走，联系到民间公益组织中国知行社负责人商谈，并邀请学校林应明校长来京面谈对接，详细介绍学校的教学情况，促成了与学校长期合作和进一步对接的计划，争取到该社捐助学校总价值为 5 万元的 1500 多册的爱心图书室项目。同时动员好朋友北京金星跨世纪文具礼品公司董事长李振祖先生捐赠了价值 2 万元金星钢笔 1008 支、北京平安信康商贸公司总经理宋平安先生捐赠了价值 15000 元时尚笔袋 530 个。

2013 年 12 月 12 日，林健陪同中国知行社和两家企业相关负责人到家乡临洮县陈家咀学校考察，并核实该校受捐助图书室建设情况和文具发放情况，现场与校方签订爱心图书室捐助协议，与当地领导和学校领导一起举行了简短的启用仪式。

孩子们期盼已久的爱心图书室正式开馆，中国知行社爱心成员同时给五年级一个班的学生做"关于个人素质培养和道德教育"的演讲，并与当地政府接洽推进中国知行社与该县在相关领域进行公益知识服务对接。

看着孩子们在图书室阅读书籍时幸福的笑脸，耳畔传来了孩子们朗朗的读书声，书籍将为这些孩子们插上梦想的翅膀。时光荏苒，校园里两棵侧柏长得郁郁葱葱，看着这两棵太爷爷当年亲植的老树，百年树人，斯人已逝，唯有这树见证着岁月的沧桑和 76 载的日月轮回。

两棵侧柏树长得挺拔俊秀，凌寒傲然而立，一如先祖铮铮铁骨傲立于世！林健把脸贴在树干上，他眼中含泪，抚摸着粗糙的树皮，风中树叶沙沙作响，似在告诉自己，当年太爷爷曾在树下吟诵过：风声雨声读书声声声入耳，家事国事天下事事事关心！

第五十四章　洮河岸边的英雄

1943 年 9 月的一个雨夜，连绵下了几场阴雨，天气已经很冷。县城保安营里四个站岗的哨兵垂头丧气地发着牢骚、嘴里咒骂着，听着营房里传出喝酒划拳的声音，巴不得早点换岗好去吃羊肉喝老酒。麻三提溜着裤子刚从茅厕解手回来，一脚踏到稀泥里，打了个趔趄，差点摔倒。

"这该死的天，天天下个没完。"麻三这家伙一脸的麻子，左脸上还有个刀疤，一双老鼠眼睛，人称麻三爷。他一肚子坏水，仗着他姐夫在省政府供职，麻三就作威作福的当起了县保安营的副队长。他欺男霸女、贪财好色，前几天因为糟蹋了北门外一个小丫头，差点让营长林盛永把这货枪毙正法。提起这事，麻三就心里窝火，随时像只疯狗支起耳朵憋着坏水准备报复。

他斜着眼看见营长林盛永的屋里亮着灯，他琢磨林营长今晚没来喝酒吃肉，保不齐在干什么秘密的事。林家是当地大家望族，在县城和乡下有百亩良田和磨坊，家族商号"永盛敦"，经营日用百货，在县城和邻县有商铺近百间，麻三对林家产业觊觎已久。他蹑手蹑脚溜到林盛永的窗前，眯着眼睛从窗子缝隙里往里窥探，支起耳朵窃听里面的动静。

林盛永正在和来人商量着什么事情，声音压得很低。一个长着络腮胡子的汉子用不流利的汉语说着："最需要粮食，还有……"

"粮食没问题，家里有着上百担存粮……"麻三听出这是林盛永的声音。

麻三将眼睛凑到窗棂的缝隙处，看到林打开一个盒子，从里面拿出几根"黄鱼"递给来人，说："这三根'黄鱼'收好，以备不时之需。"

穿袍子的人小心将"黄鱼"包好收进包袱里，三个人凑在一起又嘀嘀咕咕说了些什么，麻三听不清。

看到林盛永准备送来人出门，麻三不敢停留，悄悄溜回暗处。"六子，你亲自带两个人送两位掌柜出城。"林盛永向勤务兵王小六安排。

麻三一双邪恶的眼睛死死地盯着来人，准备"黄鱼"办的事肯定小不了。那两个不像做生意的掌柜，不是汉人，他们的长相和腰间挂的腰刀更像是藏族人。想到沉甸甸的"黄鱼"，麻三哈喇子都要流出来。林盛永安排送走来人，返身回到营房，装得若无其事和大家一起吃肉喝酒。

麻三跟在那两人身后，像一个邪恶的幽灵。看着来人在城外骑上了接应的马匹扬长而去，从骑马的姿势和说话的声音，麻三更确定了这是两个来自甘南的藏族人。

"好你个林盛永，前几天老子玩了个娘们，你就要枪毙老子，这回老子抓住你的把柄，让你吃不了兜着走！"麻三在雨夜里奸笑着。

柳树沟在距离县城15里的山洼里，山顶上还有几眼泉，老人们都叫饮马泉，泉水清澈甘甜，早年间夏秋之际，满山的野草莓、莓子。山梁上还有两个堡子，遥遥相望，柳树沟里到处可见郁郁葱葱的老柳树，这片林子属于山脚下张家湾人所有。早些年可是张家湾人的宝贝疙瘩，柳木是做案板的绝好木材，还能做家具，县城木匠铺里的柳木十有八九出自这里，农闲时间，家家都会到沟里砍柳条编筐，除了自用还能换几个钱。

同治年间，为了躲避白狼军，张家湾十来户人躲进山上的堡子里，谁料走漏了风声，半山的堡子被攻破，不光财物被抢得精光，十几口子人也暴尸荒野。常有传言说沟里阴风阵阵伴着凄厉的叫声和恐怖的鬼火，还有恶狼出没，自此柳树沟路断人稀。白天经过这里都觉得胆颤心惊，天黑之后更很少有人敢到这里来。

林盛永白天已经勘察过地形，傍晚他和六子两人赶着马车进入柳树沟。马车上面用柴草严严实实地覆盖，下面装着满满一车粮食。柳树沟因为人迹罕至，柳树、灌木越发长得茂盛，成了山鸡兔子的天地。从沟底到山上有一条新开的小路通往山另一边，这是埋伏的游击队留下的。

两个人悄悄潜进一个山洞，洞口正对着两棵大柳树，视野开阔，柳树前面是一块开阔地，对面的来人，对方的动向都能看得很清楚。山洞是早些年砍柴的人挖的，洞不是很大，白天他们把洞内的杂草、脏物清理过，又把阻挡视线多余的枝条砍掉，还用树枝杂草把洞口隐藏起来，这样六子就可以藏在洞里伺机而动。

一层秋雨一层凉，连续下过几天阴雨，山间更添寒气。月亮躲进厚厚的云层中，夜风吹在身上阵阵发冷，树影远山的魅影更像鬼魅一样。

林盛永拿出火柴，根据约定用准备好的干草引燃火把，火把熊熊地燃烧起来，他举着火把站在柳树下，在夜空里绕了几圈。

突然山间传来几声唿哨，紧接着从山梁中掠过几条人影，身形极为敏捷。啪，寒光一闪一只飞镖钉在柳树上，上面有一张纸条，"来者何人？"

他双手一抱拳，朗声说道，"道上的朋友，山高水长，我是三甲集的林掌柜，找王掌柜的送点东西。"

只听得又是一声唿哨，从树影后闪出两个人，一个人提着一把砍刀，对方一身黑色夜行衣，还用黑布蒙着半张脸。那两个人走近了，他认出高个子的那人正是游击队政委刘文。

两双手紧紧握在一起："林营长，多亏你提供的船，同志们已经渡过洮河，感谢你冒着危险给大伙送来这车救命的粮食，上级领导指示队伍保存有生力量，隐藏转移，你赶快回去，切记防备敌人的报复，尽早做转移撤离的准备……"

"好，兄弟保重，咱们后会有期！"

在国民党当局残酷镇压起义之后，一场疯狂屠杀起义民众的"清乡"运动将洮河两岸笼罩在白色恐怖中，因为麻三告密，国民党当局以林盛永暗中支持甘南农民运动，暗中提供粮食、枪弹和资金为由，秘密逮捕了他，在威逼利诱无果之后，林盛永英勇就义于洮河岸边。

一夜瓢泼大雨，洮河岸边萧瑟的秋风卷着黄叶，一辆牛车停在洮河边，上面停放着一口柏木棺材。虎狼般的军丁刚刚退去，坡地上、河岸边的黑压压的人群聚拢过来，愤怒的人群发出洪水般的哭声，拍击着岸边的沟梁。根据林盛永的遗嘱，将他安葬于陈家咀的馒头岇下，黄牛拉着硬轮木车在泥泞不平的河道里穿行，吱嘎作响缓缓前行。白色、黄色的纸钱飘落在泥地上，没有乐器鸣奏，没有唢呐呜咽，没有震耳欲聋的响炮，只有灵车在肃杀秋风中移动。

香蜡插在泥地上，阴纸在泥土上燃烧，车后默默地跟着不知名的人，馒头岇下堆起一座新坟。期盼有一天让普天下的穷苦人都能过上有吃有穿的好日子，丹心从来系家国，男儿到死心如铁，这是他最后的遗愿。

人们诉说着民国十六年，林盛永驱赶反动伪县长的果敢；追忆着民国十八年，他捐粮赈灾的壮举；传颂着他支持教育、捐资兴建学校的慷慨；敬佩他投身商旅，开河运修水磨的睿智；惋惜他追求进步，支持农民起义，喋血就义的无畏。太爷爷英年早逝之后，麻三之流大发淫威，侵吞抢占林家产业，万般无奈之下，太奶奶为避祸带领家人到乡下艰难度日。

第五十五章　母亲的冬果梨

老柳来京参加书法展览，给林健带来一箱冬果梨。初冬时节收获的冬果梨，经冬之后肤色变得乌黑透亮，全然没有了当初的亮丽丰润，将其浸泡于冰冷的水中，约莫半小时后，冰壳凝其表面，捞出去掉冰壳，梨软如泥，浆液充盈。所谓"皮薄一包水，化肉一团泥"，即其得名由来。冬果梨具有清热解毒、润燥止咳、生津化痰、滋身祛疾之功效，是食疗兼备的妙品。于右任先生赋诗赞曰："冰天雪地软儿梨，瓜果城中第一奇，满树红颜人不取，清香偏待化成泥"。严严冬日的午后，一颗冬果入口，沁人心脾。

客厅内，林健和老柳对坐饮茶，桌上小瓷盆里冷水浸着黑亮的梨子。"还是老兄记得我爱吃这梨，多谢多谢！"

"咱们小时候都好这口，自家树上的梨存着够吃一个冬天，这就是咱们最好的水果，趴在被窝里喝果子水的味道，这辈子都忘不了哩。"

"那也没有放开吃的，遇到咳嗽感冒才有机会享用美味的……"冬日里，母亲把冻得跟石子似的冬果梨放入屋外冷水中，待与冷水一起板结成冰块，再将冰块磕破，取出解冻之后的梨。这一现象无比神奇，直到后来学了物理，林健才将它和热传递联系起来。这一场景刻骨铭心，曾经无数次以经典模式袭入他斑驳的关于母亲的梦境。

时光荏苒，岁月匆匆，然而许多味道、色彩、声音并不会因为时间的流逝而泯灭，反而愈显出光华来。挑拣筛选，最后剩下一些名曰怀念的东西，坚硬执拗，真切如初。

母亲的冬果梨是这灵魂深处酸酸甜甜的味道，伴着成长的脚步留下酸甜的记忆。成年后他才知道曾经滋养他成长的冬果梨竟是西北红果梨之一种，冬果梨有润肺止咳、凉心消痰、降火、解疮毒、酒毒等功效。成熟的梨挂在枝头黄里透红，光泽鲜亮，掩映在锯齿状的绿叶丛中，颇能让贫寒年代半饥半饱的人们食欲猛增。

林家老屋后院果园有6棵梨树，春天赏花，夏天乘凉，秋天收果。小时候他总是偷偷爬上树去摘枝头黄里透红的梨子，躲在麦垛后面和妹妹们分享战利品。这个季节孩子们的黄书包总是很饱满，在同学们羡慕的眼神里，课间用冬果梨就着吃馍满嘴生香。有些同学还会用自己的白面锅盔来换林健的梨，他吃了自己玉米面做的馍馍，再把白面馍留给母亲和妹妹们，每当这时母亲总是揽进怀里摸着他的头，长久的叹息。

根据成色，同学们把杂粮面和玉米面做的馍馍分别叫"黑馍"和"黄团长"（"黄团长"是当时一部流行电影中的角色），母亲偶尔会做一寸厚的锅盔，松软爽口，透着白面的甜美清香。白面是稀缺的，是给长辈们吃的，母亲从来吃的就是黑馍。儿时的记忆里，母亲说她最不爱吃白馍，就爱吃粗粮。

如今想起母亲的这个谎言，常常让他泪流满面。在同学们羡慕的眼神中，啃着冬果梨嚼着馍，那是一种甜蜜的满足和幸福！梨没下来的前半年，他会怀揣"黑馍"或"黄团长"在课间速战速决，至今他都能苦涩地回忆起自己当年那份高贵而矜持的小自尊。

每年初冬，母亲都会指挥他们以虔诚的姿态，张罗着把冬果梨和洋芋、包菜、胡萝卜一起秋收冬藏。自然脱落的梨一般也是营养不良的，加之摔碰受伤，免不了喂猪的命运；树梢上的冬果梨占尽地利优势，饱受阳光雨露的沐浴，经霜后火红灿烂，却是看着诱人摘不到。母亲会将被褥垫在树下，叫他们用力晃动树枝，尽管如此，梨儿在掉落过程中也难免互相撞击，又引起母亲一阵叹惋。成熟之后摘得的梨则会受到最高规格的礼遇，母亲将它们分门别类，借助梯子用背篼提篮运至阴面屋顶较平缓的地方，储存在用胡麻秸秆精心编制的尖顶"小屋"内。按照母亲的说法，把梨运至房顶主要是防止老鼠偷吃，经过冬藏的冬果梨变黑、冻成硬梆梆的冰果，消冻后愈加香甜。但后来他逐渐悟出了这话的双关含义，觉得母亲主要是在防备贪吃的孩子们，因为梨储存好之后他家的梯子总会神秘消失。而每次遇上家里人感冒咳嗽，母亲就会变戏法似地端出几个梨来治疗咳嗽。正是母亲的精打细算，才使得家里的冬果梨细水长流，直到正月里还能吃到。

在寡味而冗长的冬日，母亲的冬果梨给他们的味觉增添着美感与诗意。记忆中经常有村里的妇女来讨一碗冬果梨，拿回去给发烧的孩子或咳嗽的老人吃，母亲从不拒绝，总是笑脸相迎，让她们自己挑拣。母亲对别人的慷慨大度与对自己的节俭苛刻对比鲜明。村里的王大妈是常客，她是个老气管炎，一到冬天就会犯病，收果子的时候，母亲总是早早送去一提篮给她。她家孩子们多，没几天就给吃光，时不时又会来家里讨要果子。有一次她竟然问及自家贵生是哪月出生的，说只记得农历十一月，早上是吃着冬果梨，中午就生了娃子，母亲听后居然不假思索说出了贵生出生的准确日子。

逝者如斯，小小冬果梨总能从岁月深处牵出母亲凝固在奔腾不息的时间长河里的音容笑貌和举手投足，瞬间即是永恒。十年前双亲回城养老之后，母亲将家里的冬果梨树都送给邻居们，每到入冬的日子，进城的乡亲们总会带来些新收的梨子，母亲总要留下他们吃顿饭再回。

母亲在两年前的端午节那夜猝然离世，她离去后很多事情也戛然而止，包括故乡老宅里的那些老梨树，从第二年慢慢衰亡，梨树们迅速变得老态龙钟，当年那种繁茂葱茏的景象荡然无存。万物有灵，冥冥中总觉得有一股力量在制造着一个又一个的疑团，感叹自己的渺小与无助，一同步入永远的怀念，看着眼前似曾相识的梨儿，追忆关于母亲的琐碎细节，怀想那些与冬果梨纠缠不清的成长足迹。

恍惚间，林健眼中泛起水雾，又是梨儿飘香的季节，亲爱的母亲，您在天堂可安好？

第五十六章　思母望儿台

今天是周天，林健早起晨跑回来，吃过早饭，泡了一杯清茶，走进书房打开笔记本电脑。关注时事新闻是他多年来的习惯，故乡的发展更像磁石吸引着他。一则《秦长城遗址望儿台焕发新貌》的新闻通讯映入视线："秦长城历经2000多年的风雨侵蚀和战火破坏后，目前在甘肃省、宁夏回族自治区和内蒙古自治区境内，仍保存约1250公里城墙、烽燧等战国秦长城遗址。其中，甘肃保存最多，长达600多公里。战国秦长城西起首由古狄道城西北三十里墩的'望儿台'开始的，望儿台是战国秦长城的第一个烽燧……"

读至望儿台，灵魂深处故乡的望儿台，望儿台前思母亲！挚爱的母亲离开已两年，天人永隔、生死茫茫，随着时间的流逝，记忆中那些片段定格在他的脑海里，往事历历在目。

儿时的记忆里，他围坐在母亲身边，母亲手中拿着针线在纳鞋底，讲岳飞精忠报国、包拯刚正不阿的故事。8岁那年冬天，母亲带他们兄妹去外爷家，指着远方的秦长城，讲述那个望儿台的传说。望儿台是故乡的父母等待、守望自己远方儿子的地方。相传在秦朝的时候，秦始皇大修长城，村里所有的壮年男子都被征去修长城，年迈的父母相约站在这里等待儿子归来，他们相互鼓励、相互扶持，年年月月，儿子遥无归期，父母在守望中逝去埋进黄土……斯人已逝，只留下望儿台这个凄美的传说。

听完这个故事，幼小的林健用纯黑的眸子看着妈妈，铿锵有力地说："妈妈，等我长大了，会永远陪在妈妈身边，不会让妈妈劳心牵挂我的。"

"健儿，好男儿要志在四方，忠孝不能两全，要有胸怀济世、治国、平天下的志向……"呜呼！当年的稚语言犹在耳，长大后的自己却在千里之外让父母久久的牵挂、守望！对父母的陪伴就是最好的孝顺，可是如今的自己却在千里之外的北京工作，无法在前尽孝！如今的望儿台已变成绿草丛生，景色秀美，虫鸟互鸣，满山狼毒花盛开的旅游景点，供游人观赏。

母亲的深明大义激励他度过人生的磨难，从小遇到公正对待的时候母亲总以自己的行动教会孩子们隐忍，励志，坚强；母亲教他做个真正的男子汉，教会他正确地对待蒙受的磨难、冷眼、屈辱、挫折；有志者，事竟成。只有养成谦逊、坚韧的品德才能做一个对社会有贡献的人；是母亲让自己成为一个坚强自信、懂得感恩的人，成为一个有责任心和有担当的人。孟子曰："天将降大任于是人也，必先劳其筋骨，饿其体肤，空乏其身，行拂乱其所为，所以动心忍性，曾益其所不能。"他们这一代上学时，父辈们经常教育他们一定要好好读书，做一个对国家有贡献的人。

2011年国庆之际，林健回乡带父母来北京游览。临行前在市医院对二老的身体进行了全面检查，所幸父母身体尚属康健，检查身体后陪同父母登上飞往北京的飞机。父母快乐得像孩子一样，20多天里，他和父母朝夕相处，北京之行，他们在故宫参观，在颐和园观景，品尝北京小吃，他还开车陪他们去了天津、河北秦皇岛、北戴河、山海关、老龙头、孟姜女庙……这次短短的行程，让二老莫大的满足，他们回到故乡后，每每翻看当时的留影，一次次地对亲友提及在京情景。自己总觉得时间很多，机会很多，能再陪他们。殊不知，不到两年，母亲就猝然离世！痛定思痛，痛何如哉！

730个日月轮回，17520个小时流逝，母亲的容貌依稀还在眼前，母亲的笑声仿佛还在耳边，空气里似乎还弥漫着母亲熟悉的气息，但母亲的生命却已远离尘世，化作了他们一腔浓浓的思念。

有多少遗憾存于心头，有多少愿望还未实现。生命不再重来，母亲的离世，让他更懂得珍惜，珍惜生命，珍惜亲人，珍惜一切。庄生晓梦迷蝴蝶，望帝春心托杜鹃。杜鹃啼血泪悲声，客心更触故园情！

第五十七章　沙棘果的诱惑

　　林健陪同相关人员在青海省西宁市考察，"大美青海沙棘产业博览会"正在召开。有"天然维生素仓库"之称的沙棘是一种药食两用植物，是唯一具有保护环境与经济开发双重潜力的天然野生植物。虽然果实较小却富含多种维生素，营养价值和保健价值极高。

　　沙棘果实营养丰富，含有多种维生素、脂肪酸、微量元素、亚油素、沙棘黄酮、超氧化物等活性物质和人体所需的多种氨基酸。近几年，青海省利用高原地区丰富的优质沙棘资源，大力发展沙棘产业，目前年产值超过2亿元，沙棘酒、沙棘油、沙棘复合提取物、沙棘饮料等系列产品远销欧美市场。在博览会上，他们品尝美味的沙棘制品，并听取了沙棘产业发展及规划的介绍交流。

　　青海省沙棘产业发展的成功经验引起了林健的强烈兴趣，沙棘这种生长在苦寒之地的野生植物在现代工艺中的华丽蜕变很值得家乡学习借鉴。

　　认识他的人都说，林健就是那种偏食的鸟儿，有机遇总是想着那远在千里之外的故乡。

　　林健曾在定西市政府任职，他的足迹踏遍了全市各县的山山水水。从九甸峡引洮工程的移民搬迁，到中药材市场培育、森林公园的旅游开发，他熟悉每个县的基本情况。看到青海省生机勃勃的沙棘产业，他不由联系起自己曾在考察森林公园旅游开发时了解过的漳县天然野生沙棘林区。那一片12万亩金灿灿的沙棘林区，就是金灿灿的黄金地呀！

　　沙棘适合在盐碱化的土壤中生长繁殖，定西市漳县因为得天独厚的地理因素，拥有天然野生沙棘林面积12万亩，如果将这里的沙棘林科学开发利用起来，那将是一笔多大的收益呀？这一切，让林健心中充满了欣喜。

第二天一早，林健与定西市相关领导就沙棘种植加工的事宜进行了沟通。随后，定西市漳县扶贫办王德邦主任带着当地的沙棘果样品标本来京，到水利部沙棘开发管理中心进行沙棘果的营养成分检测，通过检测，该品种每100克果汁沙棘果维生素C含量达到1000毫克以上，是同类沙棘果原料的优质品种。

带着这一可喜的讯息，定西市邀请沙棘开发管理中心深入实地进行检测研究。随后，北京圣果沙棘制品有限公司考察团多次深入定西市，就沙棘种植和加工等情况进行实地考察论证。通过各方面的积极努力，几经波折，2014年5月，签订了投资协议，计划投资3亿元，3年内在定西市建设国际一流的沙棘加工基地。

今天是周五，林健刚回到家，电话响起来，"林处长您好！我是漳县王德邦，告诉您一个好消息，我们的沙棘果基地一期工程已经奠基动工，预计明年4月份将建成投入生产，建成后年产沙棘果酱500吨，沙棘饮料750吨的沙棘生产线将开始投入使用……"

他打开书房的窗子，炎炎的暑气已经退去，傍晚的凉风习习吹拂在他的脸上，秋高正好凭栏眺，黛山远、斜阳照。昔日野生的沙棘果将变成创收的金豆豆，听到这个好消息，他的心情快乐地像丽日里滑行天外的鸽子。摊开宣纸，饱蘸浓墨，一副行云流水的行书条幅"心潮逐浪高"一气呵成。

第五十八章 拜谒禹王祠

林健刚参加完一个活动，回到办公室，顺手拿起办公桌上的《人民日报》看了起来。报纸头版一条消息《渭河源公祭大禹大典成功举行》引起他的注意。看到大禹祭典，林健心头一震，放下报纸，凝望着桌子上的相框。相框里是他和挚友方俊的合影，地点就在渭水源头禹王祠。身后山崖的石壁上镌刻着左宗棠的亲笔题词"大禹导渭",照片中的自己和方俊两个人亲切地搭着肩膀站在一起。林健身材清瘦,方俊比他稍胖一些,看到方俊的遗照,他深邃的眸子又一次潮湿。每当想到方俊,他的心就隐隐作痛。

方俊生前是林健故乡的县长,出身农门的方俊曾是当年的全省高考文科状元,考入北京大学考古系,后在日本国立神户大学留学,先后获艺术史学硕士和文化结构博士学位。怀着一颗炽热的赤子心,方俊主动申请到定西市工作,去做一些实实在在的事。十年前他和林健相遇相识,共同的理想和情操让他们惺惺相惜,成为挚友。他们一起讨论项目的发展,文化的挖掘,城市的规划,多少个日子青梅煮酒,一壶茶添了又换,多少个夜晚两人秉烛长谈,抵足而眠。

作为一个文化考古学留学归来的博士,方俊对当地文化的发掘和研究开发有着独到的见解和敏锐的洞察力。文化是历史的缩影,时代的镜子。马家窑文化的高度发展,是新石器时期华夏文明晨曦中最绚丽的霞光,折射着中华先民在远古时代所达到的多项文明成就,马家窑文化不仅包含着史前时期众多神秘的社会信息、文化信息,同时它创造了中国画最早的形式。马家窑文化彩陶的绘制中以毛笔作为绘画工具、以线条作为造形手段、以黑色(同于墨)作为主要基调,奠定了中国画发展的历史基础与以线描为特征的基本形式。彩陶是中国文化的根,绘画的源,马家窑文化将史前文化的发展推向了登峰造极的高度,创造了绘画表现的许多新的形式,彩陶图画,就是神奇丰富的史前"中国画"。

目前,对马家窑文化的挖掘还处于初期阶段,哥舒翰碑、姜维墩等这些淹没在历史烟云中的遗迹急需深度挖掘和保护,这个从秦献公设县,秦昭襄王治郡的边塞重镇,千年古城能遇到方俊这样的县长,实属有幸!

方俊在其位谋其政,他上跑经费,下搞调查,号召大家要"摸实情、想实招、办实事、求实效、创实绩"。他常说:"无功便是过"!他是这样说,也是这样做的。为了尽快了解基层、融入百姓,"出门招商、回家下乡"成了他工作的常态。他的公文包里除了文件就是随身带的急救药品。

林健对方俊的健康状况深深担忧，知道方俊要来北京申报文化申遗项目，他早早预约好北京心脑血管疾病专家、国内外知名学者钱院长的特需门诊，确诊方俊患有严重的睡眠呼吸暂停综合症，同时也出现早期肝硬化征状。钱院长嘱咐当时最好入院治疗，同时要求方俊不能再劳累和熬夜，否则，随时会发生猝死的不幸。当时他极力劝说方俊立即入院治疗，可方俊却以县上出租车置换和举办文化项目展览会为由匆匆返回。

就在林健托人预约好床位和专家，满心期待着他8月20号来京住院治疗前夕，8月15日凌晨，连续工作17个多小时的方俊同志因劳累过度，诱发心源性猝死，在办公室不幸去世，年仅45岁。惊闻噩耗，他肝肠寸断，自责、悲痛难以自抑，胸口像压着块巨石般沉重。放下手头一切工作，匆匆回乡祭拜挚友。

如果自己早一点安排方俊住院，如果自己平时多催促方俊治疗，如果……如今天人永隔，一千多公里的回乡路，林健一路紧闭着双眼，强忍着泪水。

依稀记得方俊写过的日志，此刻想来更令他心如刀绞："8月6日，是女儿妮妮四岁的生日，宝贝对不起！宝贝，爸爸又要对你食言，不是爸爸不爱你，爸爸工作真的太忙，等到月底回家一定陪你补拍生日照。我的妮妮宝贝，等爸爸有空的时候，一定带你去游乐园玩旋转木马，给你讲芭比公主的故事……"

8月18日，当地群众自发涌上街头，依依不舍地含泪为他送行。8月26日，省委决定，追认方俊同志"全省优秀共产党员"称号，号召全省广大党员干部向方俊同志学习。

林健桌上的这张照片，是5年前回乡之际应方俊之约，几位好友相邀前往渭水源去拜谒禹王祠时的留影。禹王祠位于名列经传的千古名山——鸟鼠山，这里就是黄河最大的支流——渭河的发源地。"三源孕鸟鼠，一水兴八朝"，渭河以宽广而博大的胸怀，孕育了灿烂的渭河文化。鸟鼠山系由南向北，将渭源分为东西两半，岭东为渭河流域，岭西为洮河流域。

鸟鼠山宛如巨龙，昂首起伏，蜿蜒东去。南侧密林深处，三眼清泉涌出，形成"品字泉"。泉旁建有禹王庙，以纪念这位"三过家门而不入的"治水英雄。当时的禹王祠尚未进行修缮，显得有些萧瑟和沧桑，一副木制长联在夕阳里显得尤为破败。

"中华圣地开渠灌溉种植耕耘万顷良田而富民一国振兴，大禹神功凿山导流疏通痈塞千古洪水入沧海九州平定。"方俊朗声读出这副对联。

"我专门请教过研究训诂学的陈教授，'渭河'的读音，渭在古音训诂中发 yu 音，是古音的保留。从鸟鼠山上流下来的这条河，一直被当地人民称为'浊源河'，也被称谓'禹河'，其中也饱含着对大禹导渭出山无尽的感恩和怀念。"林健说道。

"对，渭河在陕甘很多地区民间也被称为禹河，很大的原因就是源自大禹，是千百年来民众对大禹这位远古英雄的尊崇和虔诚敬仰。人生和事业从无坦途，唯其艰险，才更显勇毅；唯其笃行，才弥足珍贵。我们民族有伏羲、女娲、刑天、夸父、精卫的灵魂图腾，更有岳飞、文天祥、左宗棠、谭嗣同、叶挺、焦裕禄这样民族的脊梁，这是我们民族的'根'和'魂'，男儿到死心如铁，他们虽然身可死，精神不灭……"秋风瑟瑟，禹王祠前，这位博士县长侃侃而谈。

传说左宗棠拜谒禹王祠后，便欣然提笔在陡峭的石崖上留下苍劲雄厚的"大禹导渭"四个大字。他们在题词前拍照留念，方俊神采奕奕，眼神刚毅果敢，如今却天人永隔。

1 年后，林健去山东长岛出差，欣赏到当地歌舞团表演的神话歌舞剧《精卫填海》。精卫本是炎帝神农氏的小女儿，名唤女娃，一日女娃到东海游玩，溺于水中。汹涌的大海，恶浪滚滚，瞬间将弱小的女娃吞噬，死后其不平的精灵化作花脑袋、白嘴壳、红色爪子的神鸟，每天从山上衔来石头和草木，投入东海……

"我们民族记忆是伏羲、女娲、刑天、夸父、精卫的灵魂图腾……"言犹在耳，亲爱的方俊，你不正是这不死的精卫吗？你精神的光辉正无时不在鞭策、激励着我们，为心中的梦想去努力！

203

第五十九章　老妈妈的黄芪蜜

林健拉开衣柜的小抽屉找领带夹,看到里面一双手工纳的鞋垫,鞋垫上是"幸福　平安"的字样,这是远在碧岩镇塄岸村的陈月兰老人送给他的。鞋垫依然平整崭新,针针线线凝结着老人的浓浓深情和殷殷祝福。他拿起鞋垫,点点滴滴的回忆一幕幕浮现在眼前。

2012年春节前,他和市驻京办、北京海吉星医疗科技有限公司负责人一起,在碧岩镇塄岸村开展精准扶贫工作,将价值3万元的300袋大米捐赠到全村贫困户家中,缓解贫困户的生活困难问题。

晌午时分,在当地村干部的陪同下,林健他们提着两袋大米来到了陈月兰老人的家。一个不大的院子收拾得干净利落,三间土木结构的房屋略显破败,68岁的陈阿婆将他们迎进屋内。

听说他们今天要来,老人早早就准备烙好烫面油饼,说话间老人硬要让他们到炕上暖暖脚,村主任王喜生将客人们让上炕,陈阿婆的油饼子已端上了桌,王喜生收拾着熬罐罐茶,老人又端进来一碗刚热好的土蜂蜜让客人品尝。热蜂蜜是先将胡麻油在锅里加热之后再加入蜂蜜,搅拌而成。

"陈家婶,这蜂蜜是自家产的吗?"

"这蜜是自家养的一窝土蜂产的,蜂蜜产得不多,除去给亲戚送了几瓶,剩下的就留着自家吃。"醇香的土蜂蜜晶莹透亮呈琥珀色,热油饼蘸着热蜂蜜,吃起来满嘴生香。

"陈家婶,这么香的油饼和蜂蜜我还是第一次吃到。家里其他人呢?"林健问道。

"儿子和媳妇都在外面打工,家里就我和小孙女,小孙女在村小学上二年级。"

6年前老伴得了重病，先是在县医院看，后来又转到省人民医院，做了手术勉强支撑了半年，能借钱的地方都借遍了，家里值钱的东西也都变卖了，儿子和媳妇外出打工还债，为了省钱过年都不敢回来，可怜蓉蓉那孩子都两年没见过爸妈啦……

"这两年还了些债，可还欠着五六万要还，我平时除了干农活，就编些草编，孩子放假的时候就抽空带着娃去附近镇上药材加工户的药场干点零活，孩子太小，冬天冷，夏天热，老遭罪了。"老人边说边抹泪。这苦涩的话让众人听得心酸，随行的几个人都掏出钱塞给老人家让她置办些年货。

告别老人家往院外走，看见大门墙角处，有几个用土基子砌成的窝，上面倒扣着一个背篓，背篓和土基子窝窝用稀泥抹过面。林健知道这是当地人养土蜂的蜂窝："陈家婶，你这蜂窝做得可真不错呀！"

"娃他爸在世的时候，养着两窝蜂，去年我去地里干活，蜂王分群把一窝带跑了，我家建平也会养蜂。"

"阿婆，你没想过让建平留在家里养蜂吗？这样也能就近照顾老人和孩子。"

"我是做梦都想孩子们能回来，养蜂虽好，可是购置蜂箱、种蜂也要不少钱，家里欠着好些债，不敢想这些……"

老人家的情况让大伙心里沉甸甸的。

"这是我们村的普遍现状，年轻人大多在外地打工，村里就只剩下老人和孩子。留守的儿童常常两三年见不到父母，老人们遇到个病呀灾的凄惶得很，我们属于二阴山区，土地和气候条件很适合种植药材，但是药材受气候雨量的影响大，价格波动幅度大，多数农户对市场的耐受力差，没有经济实力，就只能外出打工。大多数也没个过硬的技术，只能干苦活累活，还挣不到多少钱。村里的年轻人娶媳妇是老人们最愁肠的事。"王喜生发愁地说。

当地是黄芪的道地产区，本地气候高寒阴湿，土壤肥沃疏松，具有黄芪生长独特的优越条件。因此当地黄芪栽培的历史悠久，独享其名。早在南北朝时期，大药学家陶弘景所著《本草经集注》中就有"黄芪第一出陇西，色黄白、味甜美，今亦难得"的记载。

北京海吉星医疗科技有限公司经过对当地的考察论证，将扶贫计划定位于发展黄芪种植基地建设。2013年，为进一步带动当地药农致富，北京海吉星医疗科技有限公司用3年时间以楞岸村为中心，采用"企业+基地+农户"的模式实施核心产品药源基地建设项目，建立规模化生产基地2000亩，辐射带动3000亩，主要以发放物资补贴和培训黄芪规范化种植技术的方式，帮扶农户增收致富。当年，种植黄芪1000亩，发放补贴2万元，培训种植户300余人次。

2013年春天，林健拿出2000元，委托海吉星公司的徐军经理，购置五只蜂箱和种蜂送给陈奶奶，让她在家里养蜂卖蜜增加收入。中秋节的时候，林健回乡探亲，应徐军相邀再次来到碧岩镇参观黄芪种植基地，顺道又来到了陈奶奶的家。

陈奶奶家的后院俨然成了一个小养蜂场，蜜蜂进进出出忙着采蜜。陈奶奶热情地将林健他们迎进屋内，端来香甜的月饼、醇香美味的蜂蜜和水果。

"陈家婶，最近可好呀？"

"陈月兰老人家也是我们签单的黄芪种植户，她家种了6亩黄芪。"

"林处长，徐经理，你们是我家的大恩人，你们别嫌弃，尝尝月饼和新蜜，我真不知道怎么感谢你们。"

"这都是我们应该做的，助推脱贫攻坚工作就是要让大伙都能过上富裕日子。今年蜂蜜产量还好吧？"

"好着哩，好着哩，端午节的时候割了一茬槐花蜜，前几天又收了这茬黄芪蜜。黄芪蜜质量好，顾客都寻到家里来买。我们今年栽种了6亩黄芪，药苗和化肥、地膜都是徐总他们公司免费提供的，黄芪的销路也由公司负责，这给我们吃了定心丸。我家建平和媳妇今年也再没出去，一家人能天天见着哩。"

"这是我给两位恩人纳的鞋垫，你们别嫌弃才好。"临走的时候，陈奶奶拿出两双鞋垫硬塞给他们，上面是用丝线细细绣成的"幸福　平安"字样。

陈奶奶还非要他们带走两罐黄芪蜜，"自家产的，给家里人尝尝鲜……"

林健看着蜂箱边忙碌的蜜蜂，想起罗隐的名句"采得百花成蜜后，为谁辛苦为谁甜？"

第六十章　公益助学桑梓情

林健出生在洮河边，在漫坝河畔长大。他永远也不会忘记，小学即将毕业那年春天，亲爱的马文老师带着同学们来到洮河边春游，坐在河堤的绿荫下，马老师背着手风琴弹奏《送别》，同学们吹着柳笛戴着自己编的柳帽，开心唱着"长亭外，古道边，夕阳山外山……"

冯老师小篮子里的韭饼散发着诱人的清香，韭菜是在学校后面开出的一块荒地上种的。为了准备这次春游，师母冯老师忙活了一上午烙韭饼给大伙解馋。看着一个个小家伙狼吞虎咽的样子，师母眉眼上堆着笑，林健的记忆里，师母总是温婉美丽。

马老师凝视着眼前的洮河，抑扬顿挫地朗诵："天下五湖四海，三江九河，溯流寻源，分派而出。西北鄙处边陲，山高地阔，汪洋江河，屈指不胜，惟洮河水势汹涌，翻流迅激。开天辟地，汇流泉涓溪以浩浩汤汤；推波逐浪，泻天河瑶池以崴嶵峥嵘。浩荡出西倾，挟青藏高原之雄风；蜿蜒入洮岷，滋草原平畴之物华……"

"我们的家乡钟灵俊秀、人杰地灵，'蜀中四大家'之一明代赵贞吉留有《临洮院后较射亭放歌行》一诗，'东风吹泉作酒香，洮水射河河水黄。落日正挂昆仑傍，手弯劲羽欺垂杨。借君厩上三飞骥，葱海蹴踏葡萄浆。黄鹄高高摩青苍，弹来一曲堪断肠，有女肯嫁乌孙王'。少年强则国强，我希望你们，都要做一个对社会有用的人！"30年多年来，马老师的话言犹在耳。

林健在京工作期间，偶然邂逅了清华大学"百合公益基金"发起人、北京大学爱基金秘书长谢建华并成为挚友。随后，林健成为"爱只因有你"公益基金会的一名志愿者。"爱只因有你"大型公益活动源于2007年活动发起人谢建华的一次西部之旅，因大山里的孩子们充满期待和希望的目光，因扎根于乡村的老师们对生命激情的热望。在西部山区不断走访的过程中，谢建华和志愿者们真切地感受到了西部乡村老师和孩子们是多么渴望走出大山，感受到他们渴望拉近梦想与现实的距离！

基金会号召北京的各界志愿者共同参与到西部乡村教师进京培训的活动中来，让西部的老师们来感受大都市的繁华，让他们体验梦想的实现，让他们的教育更有力量，让他们有更多全新的见闻去影响他们的学生和周围乡亲们。历时多年，从无到有，从个人的力量逐步发展为社会各界共同参与，已经成了专业公益培训机构，让乡村教师培训形成了一种常态化和既定的模式。同时，基金会不断扩宽培训范围，拓展培训内容，多次成功举办"百名最美乡村教师走进北京"、"百名乡村音乐教师走进清华"、"百名西部乡村教师北京行"、"百名少数民族乡村艺术教师走进清华附小"、"百名乡村体育教师走进北京"等一系列大型公益活动。

在林健的提议和奔走下，爱基金秘书长谢建华和乡村教师培训志愿者联合会会长徐莉萍夫妇发起倡议，赞助组织了"百名甘肃最美乡村教师北京行"活动，林健动员定西籍爱心人士北京鸿泰商贸公司总经理宋祥贵捐赠了价值3万元的时尚背包150套，同时协调驻京办给本市参加活动的8位最美乡村教师捐赠了价值3200元的文化用品。

在"爱只因有你"基金会，林健结识了同为志愿者的北京啸天投资管理公司董事长陈虹女士。陈虹热心公益事业，长期以来资助多名贫困学生上学，为学校捐款捐物。

2012年底，林健邀请陈虹来到故乡参观考察，游览了岳麓山、姜维墩、哥舒翰碑、廖化堡之后，他们又来到陈家咀小学、辛店镇白杨小学。

在此之后，陈虹女士在他的协调和动员下，连续6年资助辛店镇白杨小学，改善学校的基础设施环境，为孩子们捐赠图书和文具。2013年捐款10万元修建校门围墙、硬化校园地坪；2014年在陈虹女士的号召下，北京、兰州的爱心人士捐赠课桌30套、篮球架一副、师生校服140套、毛毯146条、图书100本，栽种两棵纪念树，价值15万元；2015年又协调潮汕商会投资5万元，修建文化墙和护坡。

林健在陈家咀小学那棵太爷爷亲植的侧柏树下，听着校园里的朗朗读书声，不由地想起最爱的那首诗《我爱这土地》：假如我是一只鸟，我也应该用嘶哑的喉咙歌唱：这被暴风雨所打击着的土地，这永远汹涌着我们的悲愤的河流，这无止息地吹刮着的激怒的风，和那来自林间的无比温柔的黎明……然后我死了，连羽毛也腐烂在土里面。为什么我的眼里常含泪水？因为我对这土地爱得深沉……

桃李不言，下自成蹊。虽大爱无痕，但他们爱得慷慨无私，爱得挚诚纯真，爱得荡气回肠，爱得洒脱从容……

第六十一章　漫漫凉山路

为了公司的发展，凯兰像勤劳的蜜蜂般忙碌。她每天7点前就早早起床，穿梭在瓶苗扩繁基地、日光温室和育种基地之间，常常到深夜11点多才能休息。因长时间坐在轮椅上，她的腿常常感到麻木、酸痛，这些健康人都难以适应的辛劳，她硬是咬牙坚持着，其中包含着多少鲜为人知的艰辛和不易。

几年来，公司销售团队将生产的"青薯9号"等马铃薯良种，销售到凉山地区，受到当地群众的青睐。凯兰毅然决定亲自去凉山地区，在公司业务代表与当地政府部门多次沟通的基础上，与当地农业部门以及龙头企业洽谈交流，达成两地战略合作框架协议，实现共赢发展。

凉山彝族自治州位于四川省西南部，东南与云南省隔金沙江相望，州府西昌市位于成昆铁路中段，自古以来就是通往云南和东南亚的"南方丝绸之路"重镇。这里冬无严寒，夏无酷暑，四季如春，享有"万紫千红花不谢，冬暖夏凉四时春"之誉。凉山州具有发展马铃薯的独特自然资源，被誉为全国最佳马铃薯种植区域之一。

从定西到凉山没有直达航班，也没有火车，凯兰选择坐汽车。坐汽车到西昌有14个小时的车程，长时间的颠簸，自己的身体根本吃不消，但执拗倔强的她还是义无反顾地出发了。妈妈知道无法改变凯兰的决定，只能默默祈祷一切顺利。

天蒙蒙亮，她们就启程。商务车从国道310线进入高速，开始了长达14个小时的颠簸。由于身体状况的原因，为了减少途中上厕所的麻烦，她一路上不敢喝水，每隔三四个小时在服务区稍作休息，吃一点东西，又匆匆踏上征途。到达绵阳的时候，她昏昏沉沉，头疼加重，浑身酸痛到几乎麻木，只能斜躺在商务车后排的座位上。

"姐，咱们到成都了就休息，你都要累瘫啦，明天再走吧！"小娟垂着眼泪央求凯兰。

"我没事，咱们坚持一下，等到了西昌再休息。"凯兰困乏地闭上眼睛，迷迷糊糊昏睡过去。

家里的那间老屋，扎着小辫的凯兰在灯下做功课，父亲在旁边给她削铅笔。每次考试父亲总会亲手削好三支新铅笔，他削的铅笔是规则、漂亮的圆锥形，考试答卷一点儿也不会硌疼指头。父亲削笔刀发出嚓嚓的声音，不一会儿铅笔就已削好。那时的她只有七岁，长着浓眉毛、大眼睛的父亲是那样年轻健康。从小她们的练习本都是父亲亲手做的，他把买来的大张白纸按照练习本的尺寸裁好，用大号针和棉线绳做成一本本漂亮线装的本子，还会用尺子画好线格。儿时的凯兰最渴望能有一个小订书机，这样父亲就不用那么辛苦用针线去装订。五年级的时候，父亲买来一个小订书机，做练习本方便多了。她至今保留着那个小订书机，尽管早已不能再用，但看着它，总会一次次想起当初捧着新本子时的那份喜悦，那些精致线装的小本子深藏在记忆里，承载着父亲浓浓的爱，伴着她成长的脚步，留下深深的烙印。

"蜀道之难，难于上青天！蚕丛及鱼凫，开国何茫然！尔来四万八千岁，不与秦塞通人烟。西当太白有鸟道，可以横绝峨眉巅……"自己站在廊下背诵《蜀道难》，父亲慈爱地看着她，眼里满满的期许。父亲牵着她和妹妹去电影院看《屈原》，"带长铗之陆离兮，冠切云之崔嵬，被明月兮珮宝璐。世混浊而莫余知兮，吾方高驰而不顾。"的屈夫子被放逐湘南，面容憔悴，在汨罗江畔哭泣吟诵，"路漫漫其修远兮，吾将上下而求索……"听闻秦国大将白起攻破郢都的噩耗，屈原纵身决然投江。自己昂着小脸问父亲，"爸爸，屈原先生为啥要投江呢？人的生命不是最宝贵的吗？"父亲摸着她的头："孩子，比生命更宝贵的是责任和道义，自古以来，文死谏、武死战，有多少人为了国家和信念舍弃生命，这就是舍生取义。爸爸希望你们都能做一个有责任有担当的人……"

凯兰突然从沉睡的迷雾中惊醒："小王，我们到哪里了？"

"肖总，我们现在正在雅西高速上，还有40公里就能到西昌，您再睡会吧。"

"小娟，你扶我起来，我想坐坐。"小娟将满身是汗的凯兰扶起坐在后排。

"姐，你靠在我的身子上，我们快到了。"凯兰疲惫地将头搭在小娟的肩头，看着窗外穿行的车流。

天已经全黑了，车灯犹如一个个穿透黑色迷雾的星星。为了公司优质马铃薯原种在凉山的大地上生根、发芽、结果，她们坐着车正穿行在蜀滇交界的大山中；为了这份沉甸甸的希望和责任，就像千年前矢志不渝的屈子，在漫漫征途中苦苦求索；为了带领乡亲们走上富裕之路，就算前方还有千里的颠簸，她也会坚持下去。

西昌终于到了，14多个小时的颠簸，凯兰已经疲惫到虚脱，她躺在床上，没有一点食欲，只喝了半杯热牛奶。小娟含着泪端来热水为她擦脸，洗脚。

"小娟，你早点休息吧，我没事。"

"姐，往后你别再这么苦着自个儿了，我求你啦！"小娟捂着脸呜呜地哭起来。

"傻丫头，哭啥呢？我这不好好得吗？没事……"

"都成啥样了，还好好的，呜呜……"

"别哭了，赶紧睡觉，咱们明天还要找人家谈事情呢，你哭成个熊猫眼能见人不？"

"咱们都睡，姐，有啥事你一定叫我。"

"好。"小娟转过头去，很快睡着了，她也累得不成样子。

当凯兰出现在凉山农牧局局长李文斌面前时，他惊呆了，这个坐在轮椅上俊俏清瘦的公司掌舵人居然长途颠簸14个小时，亲自来到凉山洽谈业务。凯兰的坚韧和诚信深深地震撼着他，双方初步达成两地战略合作框架议案。李文斌随后将合作议案向州政府分管领导进行了汇报，州政府领导非常重视，专门听取了凯兰和农牧部门的汇报。凯兰向各位领导介绍了绿源马铃薯原种的优势特色，提出双方构建战略合作的意向，就公司马铃薯"草膜三覆盖"种植技术的免费培训和对种植户技术指导等进行具体协商。

这个励志坚韧的女企业家以超乎寻常的魄力和优惠条件，为凉山地区的群众依托马铃薯产业脱贫致富助力。她用诚信和果敢深深地感染着身边的人，使双方的协商异乎寻常的顺利。几天后，双方协议达成，绿源农牧公司的马铃薯"青薯168"号、"陇薯10"号原种价格下调5个百分点供应凉山马铃薯产区，同时派出十名业务骨干对各县区开展"草膜三覆盖"马铃薯种植技术的免费培训和指导。

"草膜三覆盖"马铃薯种植技术是公司新引进旱作农业方面的一项新技术，相比传统马铃薯种植，技术含量要求更高、技术优势也相对明显。利用农作物秸秆对垄面进行覆盖，具有一定的保墒、降温、培肥地力、增产增效等优点，同时为富余秸秆资源优化利用找到了新出路，用地养地相结合，为一年两季粮蔬滴灌高产高效栽培提供新技术，可使马铃薯6月中旬早上市、蔬菜11月下旬上市，实现了粮蔬轮作，有效提高土地的利用率和产出率。该技术科技含量高、产业链条长，能够促进农民增产增收，有效推进精准扶贫进程，对大力发展马铃薯产业和推动马铃薯主食化具有重要的战略意义，"草膜三覆盖"马铃薯种植技术免费培训和指导,是绿源人送给凉山州同胞致富的金钥匙。

一周来,凯兰每天在各个种植区的考察,事无巨细地为优化战略合作奔波操劳,超负荷的工作加上水土不服、恶心、头痛、闹肚子,让她倍受辛苦。在外人面前,她强撑着以最好的状态面对,坚持参与凉山州马铃薯主要产区的每一次考察,从早到晚的颠簸,路上连水都不敢多喝,回到休息的宾馆腰腿酸痛,身体疲惫到虚脱。

半个月后,双方合作协议正式签署,凯兰顾不上多停留,第二天从西昌青山机场转乘成都,在成都停留6小时后匆匆乘班机到达中川机场返回。她心头时时牵挂的,是新一轮马铃薯的储藏和新员工的培训。

当大多数人还沉浸在新春团圆祥和之中,凉山彝族自治州进入播种期前夕,绿源公司的销售团队已经踏上征途,每天30多辆大型原种专用运输车在晨曦中出发,带着定西人民最质朴的礼物,源源不断将优质种薯送往大凉山,开启合作共赢、走向幸福的大幕。

第六十二章　梦回陇西堂

2015年7月,女儿林恩婧从北京外国语大学毕业,林健申请休假,和妻子带女儿回乡探亲,全家三口应好友陈旭相邀顺路来到李家龙宫游览。

李家龙宫始建于唐中叶,后因战争等原因屡遭破坏。随着李氏文化研究的进一步深入,当地政府多方筹措资金全面对李家龙宫西主殿、南北两侧殿、过殿等多处进行了恢复性维修。

李家龙宫南大门上高悬着唐太宗御笔亲书的"李家龙宫"4个金色大字,遒劲凝重,宫内供有"李姓始祖利贞公"(李利贞)、"李氏先祖伯阳公"(李耳)、"李氏先祖伯祐公"(李崇)三尊牌位及汉白玉雕刻的李族祖像,成为天下李氏主要的祭祖场所。

李家龙宫坐北朝南，建筑风格为宫廷式建筑，龙宫主殿屋脊上安放九兽，即龙、凤、狮子、天马、狻猊、押鱼、獬豸、斗牛和引什，龙宫建筑物上大大小小1899条雕龙，象征"十八子李"姓根深叶茂。

李家龙宫门口"李家龙宫"和"追本溯源"牌匾因唐太宗李世民御笔亲书而闻名。陈旭指着牌扁笑着说："大家看，李世民的题字和落款很有意思，追字上面没有一小撇，民字长勾上却多出一大撇。据说这是唐太宗的民本思想的体现。弟妹是李家人，林老弟算是半个李家人，这李家龙宫可是一定要来的。"龙宫有一面铜制巨型家谱，凡到此祭祖的李氏后裔，必会仔细地从中查寻自己的族系。

宫内建筑分前、中、后三组，楼阁林立，殿堂巍峨，环境肃穆，颇为壮观。龙宫院内一株百年沙柳，低回蜿蜒，盘根错节，如长江隐雾，气势磅礴，酷似一条临涧饮溪的苍龙，当地人都叫它"龙树"。也许是岁月的巧合，更或许是李家龙宫"真龙之气"的凝聚生发，喜逢李家龙宫重建修葺，公之于世，古老的龙树枯枝上抽出点点新绿，焕发生机和活力，迎接着一批又一批来李家龙宫的游人和李姓儿女，根雕馆陈列着当地众多鬼斧神工的龙形根雕。他们四人在龙树下合影留念，林健手抚龙树，望着修葺一新的李家龙宫，思绪万千。随后，他们又拜谒"陇西堂"大殿。

看着眼前雄伟恢弘的"陇西堂"，林健兴致勃勃地谈起秦腔剧《梦回陇西堂》进京演出的盛况。新编大秦腔《梦回陇西堂》由省市政府、宣传文化部门和文联共同策划，以大姓氏李氏宗祠"陇西堂"为背景，以大唐明皇年间的重大历史事件为主线，探讨李耳（老子）、李白、李隆基等3位历史人物对世人的影响和启迪，将姓氏文化资源搬上舞台，通过对唐明皇、李白、杨贵妃等人感情纠葛的演绎，深刻揭示了凡"尊道贵德"者定家兴国昌，凡离经背道，为宠小爱而弃大爱者必受历史惩处这样的历史发展规律，同时将老子的《道德经》呈现在舞台艺术中，以启迪弘扬民族美德。

演出前两个月，林健和驻京联络处的同志们一直在为《梦回陇西堂》进京演出忙碌着。他们积极联络在京同乡,为顺利演出做着大量繁杂而细致的准备工作。为了保证演出的成功,大家事无巨细从剧场的安排和演职人员的食宿接待来回奔波。邀请知名导演于向远和中国文联、中国剧协分党组原副书记、秘书长王蕴明、《中国戏剧》杂志社原主编姜志涛等众多戏剧界专家、剧评家观看演出并参加演出研讨会。

淅淅沥沥的秋雨也没阻挡住京城戏迷的脚步。演出当晚,他们全家带着小柱子一起观看了演出。那年暑假期间,林健让妻子把小柱子也带到北京。李爱珍带着小柱子在天安门广场看升国旗,游览名胜古迹,品尝北京小吃。柱子生平第一次吃到了烤鸭、豌豆黄儿、茯苓饼、百果年糕。

7时30分,新编大秦腔《梦回陇西堂》在中国评剧大剧院拉开帷幕,伴着铿锵的锣鼓,全场戏迷走进"诗仙"李白的世界,"安能摧眉折腰事权贵,使我不得开心颜!"在铿锵的锣鼓声中,"吼一声亘古的大秦腔,梦回在茫茫天地间","诗仙"李白穿越千年历史梦回"京城",豪迈洒脱、气势夺人……

秦腔剧完美地展现以李白为代表的大唐学士对民族、对国家可贵的责任心,一袭白袍飘逸俊朗,其音色洪亮清雅,表演风格潇洒自如,将"诗仙"的风骨和魅力展现得淋漓尽致;精湛的演技,将能歌善舞而又凄美异常的杨贵妃塑造得生动感人、催人泪下……深邃文化内涵、韵味醇厚的唱腔,两个半小时的精彩演出,不时博得全场戏迷阵阵掌声!许多戏迷在大饱眼福的同时,也对《梦回陇西堂》发出由衷的赞叹。

林健站在李家龙宫廊下,倾听着钟楼上传来悦耳的风铃声,夕阳把"陇西堂"染成了金色。在金色的流光里,耳畔萦绕着那首熟悉的歌,"暗淡了刀光剑影,远去了鼓角铮鸣,眼前飞扬着一个个鲜活的面容。岁月啊,你带不走那一串串熟悉的姓名……"

啊!故乡这片土地,从仰韶、齐家、李氏文化到"陇西三李"的惊世传奇;从一代名医悬壶济世到易安居士的风华绝代;从柳毅传书的梦幻浪漫到陇右烽火的热血沸腾……唐渭州治地,一代君王李世民将它奉为国姓之郡望,气宇轩昂的李家龙宫,从此成为天下亿万李氏族人心中的家园,多少家人恭谨虔诚敬于宗庙，多少赤子辗转万里膜拜于前。今天，千里之外的游子回家了！

参观完李家龙宫，陈旭请他们在龙宫步行街品尝当地特色小吃。在"百荞香老荞粉"的摊位前，林健见到了刚刚送货回来的张晓鹏，他热情地端来四碗荞粉。

陈旭笑着介绍道，"张晓鹏在两年前成立了甘肃源会食品有限责任公司，创立百荞香老乔粉品牌，利用电子商务模式将传统的荞粉推向全国市场。东街村是一个以小吃闻名的村，以前卖荞粉是用一根扁担挑了铜皮包边雕了花纹的小粉箱……"

回京之后，林健热心地将陇西荞粉介绍给北京飞天大厦等几家酒店试用，得到普遍认可，老荞粉摆上京城酒店的餐桌。这是近年来，继陇西腊肉、金钱肉、腌驴肉之后又一特色传统美食荣登首都星级酒店。

几个月后，在林健和其他在京人士的支持帮助下，定西市特产超市顺利上线运营，销售业绩一路攀升。传承数百年的美味飞跃千山万水，带着游子割不断的牵盼来到首都，依托电子商务平台和实体店的紧密合作，传统的特色小吃正在为当地群众脱贫致富带来新的商机，舌尖上的美味成功开启脱贫致富的大门。

第六十三章　圆梦之路

吃过晚饭，林健坐在沙发前，观看《新闻联播》。此刻新闻正在播报：《世纪梦圆，引洮工程一期工程建成通水》，"甘肃人民翘首期盼了半个多世纪的'圆梦工程'——引洮供水一期工程，今朝梦圆！这个甘肃历史上最大的跨流域调水工程，在历时8年的艰苦鏖战后，2014年12月28日宣告建成并全线试通水。总投资50亿元的引洮供水一期工程，惠及定西、白银、兰州等市7个县区的154万城乡群众，还将滋润19万余亩千年干旱的黄土地。

28日上午10时,随着一声'通水'令下,洮河上游九甸峡水库的取水闸口缓缓开启,清澈的洮河水倾泻而出,涌入引洮一期工程总干渠……"。

"爱珍,你把那瓶红酒拿来,我们祝贺一下引洮工程通水。"林健招呼着妻子。

李爱珍一边倒酒一边笑着说:"看把你高兴的。"

"祝贺引洮工程顺利通水!"两个人举起酒杯一饮而尽,灯光下,林健的眼中闪动着泪花。引洮梦,一个久远的梦,这是个起起伏伏、承载着几代人希望和梦想的世纪梦!

1958年6月17日,引洮工程奠基开工。那一天,山谷里红旗招展,群情激昂。爷爷成为这项浩大工程千千万万大军中的一员。他们抱着人定胜天的决心与信念,参与到这场声势浩大的追梦历程。而且因为工期紧张,整整三年爷爷都没回过一次家。1962年4月,因自然环境、工程设计、施工条件等种种因素制约,引洮工程中断了。同村与爷爷一起出去的10多个工友,有2人永远长眠于洮河边上,他们的灵魂和尸骨永远与洮河相伴……

旱塬上的人们就像逐日的夸父从未放弃过对洮水的渴望,2006年,九甸峡水利枢纽及引洮供水一期工程开工奠基,半个多世纪的洮水之梦再次扬帆起航。林健庆幸自己赶上了改革开放的时代,能够进入国家高等学府深造,在改革的洪流中,回报社会、回报家乡、回报亲人,做一个全心全意为人民服务的公务员。

他每天很早就到办公室,对一天的工作进行梳理安排。9点多的时候,他正在批阅文件。桌子上的手机嗡嗡地响起来,是省政协的陈彬。

"陈主任你好,好久不见,老朋友忙些什么?"

"林处长你好,省政协准备征集出版《西部大开发文史资料选辑》丛书,你是咱们引洮工程和扶贫开发的亲历者和参与者之一,想邀请你对省西部大开发发展历程写一些回顾文章,望老弟不要推托……"

陈主任是林健的老朋友,负责征集出版《西部大开发文史资料选辑》的征稿工作。引洮工程,世纪梦圆,他毫不犹豫的答应了陈彬。

一个追了半个多世纪的梦，一双双渴盼了两万多个日日夜夜的眼睛，终于与水为邻，和水相伴。半个多世纪的求索，是时间的组合，是血泪的叠加，是期盼的延伸。咸碱沟里挑水的扁担，雨水窖里打水的水绳，终于安放进记忆的深处，成为历史的典藏。干渴的黄土旱塬上，终于出现了一条"人间银河"，水声潺潺，这是陇中儿女心中最美的画卷。

第六十四章 父亲的足迹

农历七月十五是父亲70岁的寿辰，林健早早就盘算着回乡看望父亲。父亲的一生经历过太多的磨难，他坚韧地面对所有的艰难和不公。林健因为在遥远的首都工作，常常节假日有重要工作任务回不了老家，只能打个电话向老人祝福节日、互报平安，父亲理解儿子作为政府工作人员必须以工作为重，把对唯一儿子魂牵梦绕刻骨的思念深深藏在心底。

农业历七月十三下午，林健从首都机场登机返乡。飞机在万米高空的云海里穿行，1000公里的回乡路。他望着舱外的云朵，喃喃低语：我挚爱的父亲，你的儿子回来了！他把头靠在靠背上，闭上眼睛，那些尘封的记忆一幕幕浮现眼前。

100多年前，林氏家族商号永盛敦，是狄道乃至周边县区一个很有规模的家族商号。100多家店铺遍及周边，不仅在狄道设有总号，在会川等地均办有分号。晚清民国时期，人们皆知晋商、徽商的名气，但陇商也有不凡的业绩，永盛敦商号就是其中的佼佼者。

1943年9月，太爷爷因为资助革命事业被害，家族的产业被肆意侵占，太奶奶在风雨飘摇的困境中带着一家人艰难度日。父亲大概出生在1945年农历七月，还没满一岁的时候，奶奶突然病故，爷爷之后又娶妻生子。父亲出生的准确日子就成了永远的谜，爷爷只记得父亲是农历七月出生的，出生当晚天上有月亮。"七月十五的月亮最圆，就把这天当生日吧！"

当时，父亲在兄弟中年龄最小，又黑又瘦的，奶奶去世后，适逢当地严重干旱，闹饥荒，周遭的树皮草根都被人挖尽，饥饿的狗吃了死人的肉，两眼发红。有一天，父亲坐在院门口独自玩耍，突然被人带走了。全家人急得不知所措，太奶奶一想到小孙子可能会惨遭不幸，哭得死去活来。全家四处寻找不见踪迹，到了傍晚，父亲突然被人完好送回来。太奶奶惊喜不已，赶紧跑到厨房拿仅有的两个馍馍致谢。可她从厨房出来时，那人已离去，再也没有出现过。年幼丧母的父亲从小在太奶奶膝下长大，太奶奶贤良淑德，仙逝之后，父亲含泪泣血写下了在当地流传很广的祭文。"先慈祖母钟氏，嫁至余家，贤良淑德，勤俭持家。适逢祖父患病，即剐骨疗治，疾便愈。两次剐肉疗治，后果愈。其敬夫，怜子及孙，至诚至坚之赤心，闻者无不敬佩，真乃望尘莫及。至盖棺时，两胳膊两次刀痕，历历犹在。其丹心，可映千秋，不易泯尔。为人德厚，千秋难忘萱草香；养育恩高，四代永记良母爱。今我略告儿孙，勿忘先祖母伟德事迹可也……"

1969年农历十一月，4岁的林健突然得了急性痢疾，因为在乡下，村里唯一的赤脚医生诊断为感冒。痢疾按照感冒来治，病情当然迅速恶化，到了第二天夜里，他身体发生抽搐，一度出现昏迷。家里距离县城10多公里，父亲二话不说拉着架子车，拉着他和母亲就往县医院跑。架子车在坑坑洼洼的道路上颠簸，耳畔传来冬夜呼呼的风声，满天的飞雪。母亲用旧棉大衣把他包着紧紧地抱在怀里，父亲拉着车，车把上挂着家里唯一的马灯，忽明忽暗的灯光照着前行的路，出门不一会儿，他们都变成了雪人。

很多年后，母亲不止一次的说过，那晚的雪好大，路是那样长。三个多小时后，好不容易走到医院，已经是半夜时分。医院里静悄悄的，坐在车上的母亲早已冻僵，她抱着孩子的双臂酸痛麻木，满天飞雪里她把孩子紧紧抱在怀里，用自己的体温温暖着病重的儿子。父亲顾不上多想从母亲怀里抱起他，飞速地往急救室跑，边跑边喊："大夫，大夫，快来看看我娃……"

一个四十多岁的男医生从值班室走出来："快把孩子抱进来，刘护士长，你测体温、量血压……"这位略带上海口音的男医生,是从上海来县医院的儿科主任鱼大夫。一番检查化验之后,确诊得的是急性痢疾。因为误诊耽误了病情,痢疾造成身体机能下降脱水,急需输血,抗生素必须用当时非常稀缺的青霉素才行。

"老乡,孩子急需输血,可是输血要到地区专署血站去调也来不及呀!"

"大夫,用我的血给娃输吧!"父亲挽起袖子,"好吧,先去化验血型,如果匹配就用你的血。"病房里,林健和父亲并排躺在两张床上,鲜红的血液从父亲血管流出正缓缓地流进他羸弱的身体。父亲虽脸色苍白但目不转睛地盯着儿子的脸,母亲心疼地看着父子俩,悄悄拭去眼角泛出的泪。

青霉素在当时是管制药品,非常稀缺,需要院长审批才能用。第二天早上,父亲拿着鱼大夫开的处方找到了张院长。

"张院长,家里娃得了急性痢疾,村里的赤脚医生把娃耽搁了,只有用青霉素才能救孩子的命!恳求您无论如何给批上几只。"

"老乡,孩子的情况我都了解,可是青霉素是管制药品,这批药品已经下拨给内科和妇科了……"

"求求您救救这娃吧!我求您了!"父亲无计可施,差点给院长下跪,才得到了4支珍贵的青霉素,救活了他的命。从女儿婧婧记事起,他就不止一次地告诉女儿,母亲给了自己生命,父亲给了自己第二次生命!

1958年,13岁的父亲以优异成绩从小学考入地区专署工业专科学校。从家到学校要100多公里的山路,当时不通汽车,他背着书包和干粮步行两天才能到学校。林健在市上任职期间,曾经专门开车沿着父亲当年求学的路走过一次,他望着那崎岖的山路和沟坎不止一次落泪。在那个缺衣少食的年代,烈日炎炎的盛夏,一个瘦弱的13岁的少年用脚板丈量着距离,背着几个玉米面、谷面的馍,天黑之后借宿在路途中的农家草舍之中,能有一碗热水或是一碗稀野菜糊糊都是奢望!

父亲不止一次给他讲过在吴大妈家借宿喝了一碗野菜糊糊的事。那是1959年8月,父亲启程去学校,赶了一天的路,快天黑的时候,突然乌云滚滚下起暴雨。漫天瓢泼的大雨把浑身浇透,看到路边有户人家,父亲就去避雨借宿。这是一家姓吴的人家,女主人是个40多岁的中年妇女,看到他全身湿漉漉的,就找来家里的干衣服让他换上。又把锅里热气腾腾的野菜稀糊糊舀了一碗,雨中全身湿透瑟瑟发抖的他,吃了这一碗野菜糊糊,登时觉得畅快、暖和。

看他走了一天的路,脚上磨出了血泡,吴大妈又烧来热水让他泡脚。父亲说自己永远也忘不了吴大妈亲切的话语和怜爱的神情。1960年父亲求学的工业学校解散了,他回到家,之后又下乡。几年后,父亲还专门去寻找过吴大妈,可是却得到吴大妈已经离世的噩耗。父亲十分悲痛,跪倒在地仰天叩拜。善良的吴大妈一生连一张照片都没留下,但那温暖的记忆却永远藏在父亲心底。

因为父亲年纪最小,便跟随太奶奶和爷爷奶奶来到了乡下,永盛敦商号中转站的车马店就成了他们的栖身之所。1964年成家之后,年仅19岁的双亲不仅要侍奉照料三位长辈,还要照顾年幼的姑姑和叔叔,林健兄妹三人出生后,家里更是捉襟见肘。为了一家人的生计,像当年求学一样,倔强坚韧的父亲又踏上新的征途。

第六十五章　为了有尊严地活着

全家人早在十多天前就商议给父亲过70岁寿辰的事,父亲生性喜欢清静,最怕喧闹,他的生日都是家人聚在一起吃顿便饭,聊聊家常。他常说:"别给我张罗过啥生日,一家人能平平安安聚在一起说说话,吃顿饭,我就知足了!"往年的生日都是这样,可是70岁的整寿还真的犯了难。不能逆着老人家的意思,家人商量在郊区一家生态农庄订好位子,那家农庄有鱼塘可以垂钓,现场钓的鲜鱼可以加工制作成可口美食,还有美味的放养柴火鸡和山野菜等。远离城市的嘈杂，来到桃花源似的地方，陪着老人垂钓是一个不错的选择。

父亲寿辰前一天傍晚，身处各地的家人都回到家里，李爱珍和妹妹们在厨房做饭，不一会儿就摆了满满一桌子菜，全家人围坐在一起吃饭。父亲脸上洋溢着幸福的微笑，父亲真的老了，当年那个为了全家人生计奔走劳累的父亲已经成了古稀老人，头发已经花白，额头布满深深浅浅的皱纹，几年来养成了早晚打太极拳的习惯，所幸老人的身体还算硬朗。儿女们的陪伴照顾是给父亲最好的生日礼物！

从记事起，每逢父亲的生日，母亲总会做一碗香喷喷的手擀长寿面。在那些艰难的岁月，家里人过生日母亲总会提前好些日子操心这天的饭食。家里要伺候三个长辈还有两个年幼的姑姑和叔叔，母亲会用稀缺的白面擀一大块又大又圆的面饼，切成均匀细长的面条，还会给过生日的人的碗里加一个荷包蛋。多少年来，这面的味道胜过自己吃过的任何美味。

第二天，林健早早地起床，照顾父亲洗漱罢，妹妹的早餐已经端上桌，他们都少吃了一点，便陪着父亲出门打太极。父亲的拳友们看到他们父子俩都热情地打招呼，老人们开始打拳，林健在旁边的健身器材上也做起了运动。打完拳回家休息，他们又喝了一些牛奶。

"咱们去乡下的老屋里转转吧，看看那些老邻居。"父亲提出想去乡下，"好，咱们一起去。"家里人都想回乡下看看。收拾停当正准备要出门，父亲的电话响了，"没搞错吧，谁会给我寄快递？哪里寄的快递？"

"老人家没错，寄件地址是宁夏中卫……"快递送来了，除了一大包宁夏枸杞和枸杞芽茶，还有一封信：

尊敬的林工长、老哥哥：

你最近好吗？我们老弟兄好几年没见了，真想你呀！记得七月十五是你70岁的寿辰，我们老兄弟几个都想来看你，可是年纪都大了，坐不成车来不了。想打电话的时候心里想说的话多得很，可是拿起电话就笨嘴拙舌地说不成啥。

年轻时那些年是你带着我们干活挣钱，养活了婆娘娃们，当年咱们有饭一起吃，有口馍掰成几瓣儿分着吃，虽然日子过得苦，可是咱们心在一处，一转眼都40年了。我们哥几个都是奔70岁的人了，有今天没明天的，就想着啥时能聚在一块喝碗盖碗茶，说会儿话。给你寄了点自家产的东西泡茶喝……

马德禄、马新彪、海兴奎、麻富贵。

祝老哥（弟）寿比南山！

望着眼前鲜红的枸杞子，父亲的眼睛湿润了，这么多年来，远在400公里以外的老伙计们还能记得他的生日。这些老伙计们，是当年他在宁夏中卫沙坡头干工程时的兄弟患难与共的老朋友。

40多年前，家里有太奶奶、爷爷和奶奶还有5个未成年的孩子（奶奶去世后，爷爷又续娶生了两个孩子），一家老小的生计都要靠父母两个人操持。记忆中，母亲和奶奶每夜都在油灯下做针线，一家人的衣服和鞋子都是她们一针一线做出来的。

1968年，那年冬天特别冷，年关越来越近了，太奶奶的哮喘病越来越严重，一到冬天的哮喘就会发作。除了两袋子留着准备过冬的粮食，家里再拿不出任何东西换钱给老人治病了。粮食本来就不宽裕，不能再变卖，不然家里人就要断顿了。愁苦的母亲一大早就去了外爷家，天黑的时候，她揣着15元钱，背着半袋子红薯干回来。薯干是当兵的舅舅回乡探亲带回来的，薯干耐饿，在那个年月里薯干可是上好的东西，不光能在做野菜糊糊的时候添着煮，还能煮熟后当馍充饥。太奶奶说自己的病就是拖累大家，别再浪费钱给她取药看病了，买来药她坚决不肯再吃。母亲还在老中医跟前讨到一个偏方，说是用经霜的桑叶加水煎汤可以治疗哮喘。第二天蒙蒙亮，母亲走了5里路，在前村有桑树的人家讨来桑叶，每天给曾祖母煎服，老人的哮喘竟然奇迹般地有了好转。

快进腊月了，父亲背着几个谷面黑馍跟着前村两个年轻人偷偷上路，前往青海海北州煤矿。因为村里早先在煤矿干活的人传来口信，煤矿上要招一批下井矿工。他们没钱买车票就步行，走了一天走到火车站，躲在货车车厢里一路到了西宁，西北风、雪渣子打在脸上，他们3个抱在一起互相取暖，到了西宁火车站，等到车站的人检查调换车厢的时候，才发现角落里3个冻僵的人还有口气，在火车站缓过劲，又搭乘货车一路颠簸来到海北。

青海海北州地处雄奇壮丽的祁连山腹地、闻名遐迩的青海湖北岸，这里就是西部歌王王洛宾先生创作著名歌曲《在那遥远的地方》时的采风地——海北藏族自治州。海北州古代为羌族居地。在那个冬天，在遥远的海北露天煤矿上，父亲冒着生命危险在极其危险的环境中当矿工挖煤、运煤，那年的除夕他没能回家，寄回来120元钱让家里人过年。

第二年秋天，恰逢矿山要扩建修厂房和宿舍，上过工业专科学校聪明能干的父亲被选到建筑工地干活，半年后升任为工长，开始了在海北建筑工地3年艰苦的历程。从青海海北到宁夏中卫再到兰州20多年的时间里，父亲一年四季风餐露宿在各个建筑工地上奔波。为了让一家人能吃饱穿暖、孩子们有学上，他带着村里的年轻人成立了建筑劳务队，辗转在各个地方务工包工程。

在当年的社会背景下，为了让全家人有尊严地活着，有饭吃、有衣穿，父亲隐忍着伤痛和辛酸，带着他们一帮人硬是坚持了下来，直到林健大学毕业参加工作之后，他才回到家乡。

父亲常说："人不能只顾着自个儿，人活一口气，世上没有过不去的沟坎，再大的苦难咬牙都能挺过去，活着就要堂堂正正。"

全家人开着车回到乡下，远远地看见老屋前聚着十来个人。看见他们的车，大伙都迎了上来。

"老社长，我们寻思您今天准要回来，我们大伙都等半天了。"

"你们大伙都在，怎么就知道我今天回来呢？"

"叔，我是您看着长大的，哪能不记得今天的日子，我们就知道您一准回来。当年要不是您领着我爸他们干工程挣钱，我们也没今天的好日子，您老给我们当了十几年的社长，今天是您老的寿辰，我们都准备好给您老过寿呢！"

说话的是王大伯的儿子根虎，他是新任的社长。这个200多人，40多户人家的社，父亲当了13年社长。刘大伯拉着父亲的手，"老社长，今天刚杀了羊，还有鸡，羊肉在根虎家煮着呢，快熟了，我们大伙就等你回来呢！"

"谢谢大伙还惦记我，有些日子没回来，今天我寻思着回老屋来看看大伙。"

"叔，你老赶紧上车，我爸在家收拾炖菜，咱们先去我家，吃完饭您再回老屋去瞧瞧。"根虎吆喝着，大家一起往他家里走去。

在根虎新盖的小二楼的客厅里，鲜香的羊肉手抓、香嫩的柴火土鸡、满桌子的时令菜肴，林健打开带来的北京红星二锅头给每个人斟满，在一片祝福声中，大家一起端起酒杯，"祝老寿星身体健康，寿比南山！"

第六十六章　飞鸽牌自行车

老屋院子里，葡萄架上紫盈盈的葡萄一串串垂下来，粉色、红色的大丽花开得绚烂，屋里还存放着那辆飞鸽牌老自行车和缝纫机，当年，父亲在宁夏中卫干工程之后攒钱买了这辆自行车，村里人进城赶集就来借着骑。后来家里又添了一台缝纫机，这台缝纫机成了村里最早的家用缝纫机。心灵手巧的母亲很快学会熟练使用缝纫机和裁剪衣服，她总是别出心裁的在孩子们穿短的旧衣服下缝上一圈，给女儿们穿破的衣裤上补上几块用花布拼成的图案，又新颖又好看，即便旧衣服母亲总是缝补漂亮，熨烫平整。

有了这台缝纫机，母亲做衣服方便快捷许多，可是也平添许多额外的忙碌。村里的女人们总会拿着料子找母亲给她们裁剪做衣服，有些人的衣服破了也会来缝补，母亲总是笑呵呵地给她们免费帮忙，下雨天、午后、晚饭后家里总是少不了找她做衣服的女人。过去，布料的品种不多，有的确良、有棉布的、有条绒的，最多的要算咔叽布。布料的厚度不同，缝纫机的声音也不同，薄布料声音清脆，厚布料声音柔和，晚上母亲尽可能做厚布料的衣服。

那些年里一进腊月，母亲总是忙碌到深夜，忙着给村民和自己家人准备过年的衣服。一个冬天的寒夜，林健从梦中醒来揉揉眼睛，看到妹妹在炕角喃喃地说着梦话，母亲仍在缝纫机跟前忙碌着："妈妈，你还没睡吗？快别做了，早点睡觉吧。"

"健儿，你赶紧钻进被窝，别冻着，你陈大叔的这条裤子一会就做好了。"母亲慈爱地将他拉进被窝，将被子捂好，"闭上眼睛好好睡觉。"

他怕耽误母亲干活，闭上眼睛假装睡着。缝纫机在布料上扎线的声音很柔美，听着听着迷迷糊糊就睡着了。天寒地冻的隆冬，没有火炉，最温暖的就是火炕。

晚饭后，孩子们做完作业，赶快钻进被窝里，母亲在油灯下做衣服，他们经常伴着缝纫机声入睡，朦胧中还能听见缝纫机的声音。有时深夜，一觉醒来，还能听到有节奏的声音。过年的时候，做过衣服的人家偶尔会送来两个大馒头、几个油饼。一件件衣服和睦着邻里之间的关系，缝纫机的声音是林健童年抹不去的记忆。

有一年冬天，村里人很多人都患了感冒。四岁的大妹妹感冒了好长一段时间，时好时犯，因为咳嗽引起了幼儿气管炎。当时治疗气管炎最有效的方法就是注射青霉素，青霉素只有县医院和乡上的卫生院才有。冬季工程停工回家的父亲每天骑着自行车载着妹妹一天两次去卫生院打针。下雪的日子，父亲就背着妹妹一路上踩着厚厚的积雪走到医院，衣服会被汗浸湿。后来，卫生院一个老中医教给他一个治疗气管炎的食疗方法，将白萝卜、生姜切片，加入红糖熬成水喝，妹妹的气管炎才慢慢被治好了。这条路上留下了多少父亲辛劳的汗水啊！

小时候，父亲在劳动闲暇间，为了给贫寒的生活增添一点乐趣，更为了教育孩子们，他就在自行车后座上安装了一块木板，母亲用旧衣服做了一个厚布垫子绑在上面。他在自行车三角梁上加了个小座椅载着小女儿，林健和大妹妹坐在后面的车座上，载着他们去几里外看露天电影。骑到上坡路段的时候，父亲就下来推着车子走，林健在车后面帮父亲推车，兄妹三人唱着歌："牛儿还在山坡吃草，放牛的却不知道哪儿去了？不是他贪玩耍丢了牛，那放牛的孩子王二小……"

"健儿，你要永远记住，林则徐所说的'苟利国家生死以，岂因祸福避趋之。'只要对国家有利，即使牺牲自己的生命也心甘情愿，绝不能因为自己可能受到祸害而躲开……"

回来的路上夜静悄悄的："落后就要挨打，只有知识才能改变命运，要努力学习，将来做一个对家庭对社会有所担当的人。"四十多年来，父亲的话言犹在耳，时时刻刻鞭策他做一个对社会有贡献有担当的人。

父亲的那辆自行车载着儿女们走过四季，在成长的记忆里留下深深的烙印。林健大学毕业后，在外承包干工程的父亲回到家乡当了社长。早在父亲外出干工程的时候，他就带着村里20来个人外出干活，互相帮衬着在那个艰苦的年代里养家糊口。当社长之后，他骑着那辆旧自行车不辞辛苦跑乡上、县上的劳务部门给村里的工程队联系劳务输出承揽工程，乡亲们的建筑施工队成了全县最有名的建筑施工队，是全乡最早实现温饱的社。那辆老自行车吱吱呀呀地见证着乡亲们从贫困实现温饱走向小康的历程。

小妹林楠去省税务学校上学那天，父亲推着他那辆老自行车将她送到车站，路上叮嘱她："到学校好好学习，学好本领，将来做一个公正廉洁的好税官！"

第六十七章　活在人们心中的人

2015年10月初，林健陪同国家扶贫办许军来到定西市调研。业务调研结束当天傍晚，他们一行人来到座落在东山上的许铁堂纪念馆。纪念馆是为了纪念清康熙年间任过知县的一代廉吏许铁堂建造的，馆内刻有"为官之镜"

的墓碑一块，仿古砖木结构的碑廊80米，雕刻石碑60块，以及陵园、诗亭等建筑。在纪念馆上的一块台地上，还迁建有他的墓冢，至今香烛不断。

林健笑着对许军说："许主任，让陈馆长给您讲讲文天祥相伴清代廉吏赴定西任城隍的故事吧！"

"文天祥？城隍文化是中国传统道德文化和民间信仰相结合的产物，是集好官文化、廉政文化、善心文化法律与道德相相结合的产物；城隍文化在民间，有着极其深厚的文化土壤，信仰崇拜文天祥这样的廉吏，在当代仍有巨大的现实意义。"许军顿时有了兴趣。

"许主任，农历五月十八城隍庙会就是祭奠文天祥的圣诞，数百年来，民众奉文天祥为城隍神，城隍神是城邑之主，治世之神。

"传说，在康熙四年（1665年）二月，福建省侯官（今闽侯）举人许铁堂，被朝廷任命为安定知县，赴任途中先从福建省闽侯下海乘船，看见前面行进的一条船上竖立着一面安定城隍的旗帜，他很是纳闷，这船和他乘坐的船保持一定的距离，他们走，这船走，一直到河南黄河边的孟津渡上岸走陆路。在他换乘车马后，又看见前面行进的车马，也竖着安定城隍的旗帜，一直过西安，踏上西行之路，经平凉到定西，到青岚山突然不见了前面的车马和旗帜。后来，他在一客栈忽然做梦，梦见文天祥相邀自己一道赴安定县，并告知他也已被授为安定县城隍，他怀疑自己遇上了赴任安定城隍的民族英雄文天祥的灵魂。

"许铁堂到任后，将此事广为宣传，并筹集银两扩建城隍庙。许铁堂虽然在这里履职3年，却让他赢得了300多年的赫赫声名，当地人都称他'许爷'，这都是民间传说，源于百姓对'人生自古谁无死，留取丹心照汗青'的文天祥热爱崇敬，数百年来当地形成祭祀城隍文天祥的盛事"。陈馆长娓娓道来。

"我们这个民族历来都是先贤崇拜，老百姓都有"明君梦"、"清官梦"，渴望头顶这片青天。我今天有幸来参观纪念馆，凭吊追念先贤，真是一次别有深意的廉政教育，不虚此行！"许军说。

瞻仰过许铁堂画像之后，一行人又重点参观了纪念馆的碑刻和墓冢。碑廊里林立着60多方碑刻，细细地品读一方方的碑文，忘记时间的流逝。长长的碑廊之上，只有斜阳留下苍凉的光与影……

这些碑刻笔墨或厚重、或轻灵、或秀雅，表现着许公那些忧国忧民的诗篇，如一面面镜子，明鉴今人，昭示后人。渐渐的，许公模糊的面容逐渐变得清晰起来，将那些散见于地方典籍里的只言片语开始连缀在一起，让人们拼出了他完整的人生履历。

许公去世后的近300年间，这里战乱频仍，每逢清明之日，历任县官率士民百姓备抬酒肴，撰写祭文，前往许公墓地祭祀，此风一直延续至1946年。300年的漫长时光，百姓唯独怀念许铁堂在任的那短暂3年，这是何等的荣耀！如今许铁堂纪念馆已成为市级廉政教育基地，许公一生勤廉为民、乐善好施、体察民情、关爱百姓的作为，是勤政廉洁的典范，启迪着今人。

他们在许公的坟茔前静立良久，躬身拜祭，这一抔黄土之下，安葬的是一个高洁、伟大的灵魂！

2016年10月29日晚，由甘肃定西大众秦剧团和定西百花演艺有限公司联合排演的第五届甘肃戏剧红梅奖获奖剧目，大型新编秦腔历史剧《许铁堂》在定西大剧院汇报演出。该剧以康熙四年，许珌（字天玉，号铁堂）被朝廷录用为巩昌府安定县知县期间，重教兴学、乐善好施、教化民风、深受百姓拥戴和称颂的真实历史故事为主线，通过惩治当地恶霸、狠抓民风教化、抗命放粮赈灾等典型事例，将许铁堂为百姓疾苦而宁愿弃官请命、为社会公平而敢于惩恶扬善、为官场风清气正而自甘清贫的人物形象展现在人们面前。

剧场内座无虚席，人们含着泪，深情追思这位三百年前的廉吏，在泪水与震撼中树立"风清气正"、"勤政为民"的灵魂坐标。

半个月后，林健见到了来京洽谈业务的凯兰："林处长，公司的马铃薯原种培育和基地发展很好，但是对公司未来发展构思，让我常常陷入迷茫之中。"

"这是好事，证明你没有因公司取得的业绩而骄傲，也没有裹足不前，每一次的思考探索，哪怕就像蜗牛爬行，都是在进步。"林健的眼中是赞许和鼓励。

"我经常在考虑公司的发展和出路，但是不知道从哪方面着手去做？"凯兰说出自己的困惑。

"今年2月，农业部就已经启动马铃薯主食化战略。7月初，农业部召开马铃薯主食化产品及产业开发试点项目推进落实会议，把甘肃纳入试点。我觉得你们公司可以通过考察论证，在马铃薯主食化方面拓展业务，立足地域资源研发生产马铃薯主食化系列产品，惠及千家万户。"林健的话，让凯兰醍醐灌顶，每当在自己迷茫的时候，哥哥肖海和林健总会给她启发，让她走出迷茫和困惑。

"从古到今，世间有过太多富豪，时光流转千年，能让民众记住、称道的人却寥寥无几。为官须看《曾国藩》，为商必读《胡雪岩》。显赫一时的红顶豪商胡雪岩，曾经拥有的万贯家财和浮华一生，都没能给后人留下基业与向往。胡雪岩帮助左宗棠筹款收复新疆，他精心创下的'胡庆馀堂'，为西征将士诊病疗伤，至今仍以其'戒欺'和'真不二价'的优良传统矗立在杭州河坊街上，所有人因为'胡庆馀堂'而传颂着胡雪岩的名字。

"仙逝的邵逸夫先生30多年捐助内地事业的资金达32亿元，受惠学校及教育项目近5000个，'逸夫楼'遍布神州大地校园。每当我们看到逸夫教学楼，心中就会涌起对先生的怀念和感激，他永远活在所有人心中！"林健动容地说。

"是啊，我上卫校的时候，学校就有'逸夫教学楼'，当年在'逸夫楼'里上课，老师还提起当地的陈家咀学校，说那是您的太爷爷林盛永先生70多年前捐资兴建的……"

几天前，林健收到当地一位离休老前辈赠送的回忆录《沧桑掠影九十年》，年近九旬的耄耋老人饱含深情地写道，"学校的建成后，结束了陈家咀附近20里没有学校的历史，这个学校先后给当地培养了很多人才，我就是这个小学毕业的，衷心感谢他们为地方兴办学校的辛苦，他们的功劳至今难忘！"

林健眼中潮湿，半个多世纪以来，英年早逝的太爷爷依旧活在人们心中，这足以告慰他的在天英灵！那力透纸背的苍劲行书手札犹在，"发上等愿，结中等缘，享下等福；择高处立，寻平处住，向宽处行"激励着儿孙们，"非淡泊无以明志，非宁静无以致远"……

第六十八章　坐上火车去西藏

2016年6月中旬，林健带着老父亲和家人坐火车去西藏。出发前一个月，全家人在医院做了全面体检，父亲在医院又调理了一个星期。他们从兰州乘坐Z917次列车开始24小时的行程。列车穿行冻土、高海拔段里程最长的青藏铁路，终抵西藏自治区首府拉萨市，全长1956公里，穿越海拔4000米以上地段960公里，其最高点唐古拉山口海拔5072米。

全家人一起去西藏，是林健多年的一个梦想。列车在高原上奔驰，车厢内回响着韩红的天籁之音，"那是一条神奇的天路，把人间的温暖送到边疆，从此山不再高，路不再漫长，各族儿女欢聚一堂……"

远离喧闹的京城大都市，看着车窗外雪域高原草木茂盛，山峦峥嵘，河谷鲜绿堆叠。眼前的高原葱绿、纯净、平和，这里已然褪去曾经的原始、愚昧和落后，是所有人心中的天堂。一家人的西藏之旅除了游览高原独特的风光之外，更是为了让疲惫的身心接受一次心灵的洗礼。

列车于第二天中午11时许抵达拉萨，他们下车后，乘出租车前往在网上已经预定好的酒店，酒店距离拉萨火车站直线距离约4.7公里。考虑到老人的身体状况、高原缺氧等因素，他们准备当天在酒店休息，第二天去游览布达拉宫。酒店位置不错，交通便利，站在房间阳台上就能看到金碧辉煌的布达拉宫，高原的阳光照进房间，让人感觉心里暖暖的。

当天傍晚，他们乘车慕名来到宇拓路娜玛瑟德餐厅吃晚餐。娜玛瑟德是尼泊尔语"你好"的意思，经营正宗的尼泊尔餐，店主来自尼泊尔。餐厅内巨幅的布达拉宫照片遮盖了整个墙壁，随处可见的红绿帷幔使娜玛瑟德充满藏族的气息。餐厅的藏餐和尼泊尔菜都做得很正宗，座无虚席。他们点了餐厅最著名的玛莎拉鸡配楠、无骨羊肉、经典酥油茶。松软的面饼，蘸着咖喱，酱汁味道很浓郁。吃完美味的晚餐，他们来到大昭寺广场散步。

天快亮的时候，淅淅沥沥地下起了小雨。拉萨的雨量很少，雨中的布达拉宫愈发显得宏伟壮丽。9点的时候雨停了，他们从酒店出发来到布达拉宫广场，与来自甘肃的10名游客组成布达拉宫一日游散客团，由一名藏族小伙导游带领游览。导游名叫扎西，是藏语吉祥的意思。扎西毕业于西藏民族学院旅游专业，是西藏中国青年旅行社的导游。带领游客们首先去的是白宫，白宫也是布达拉宫的冬宫。

前往白宫的路上，扎西将布达拉宫的美丽传说娓娓道来：布达拉宫建于公元7世纪，是松赞干布为迎娶文成公主而建的。布达拉宫依山而建，占地36万多平方米，由红宫和白宫两大部分组成，红宫居中，白宫横贯两翼，红白相间，群楼重叠，异常壮观。在布达拉宫的最中央，也就是红山的最高点，是松赞干布修建的修行室。布达拉宫虽然是藏传佛教典型的建筑，但同时也保留有汉族建筑雕花梁柱等特色，是民族团结的历史见证。

红宫建筑在海拔3700多米之上，气势雄伟，有横空出世之感，气贯苍穹之势，坚实敦厚的花岗石墙体，松茸平展的白玛草墙领，金碧辉煌的金顶，具有强烈装饰效果的巨大鎏金宝瓶。红宫还有一些附属建筑，包括山上的朗杰札仓、僧官学校、僧舍、东西庭院和山下的雪老城和红宫后面的龙王潭等。整座宫殿具有鲜明的藏式风格，依山而建，气势雄伟。宫中还收藏了无数的珍宝，堪称是一座艺术的殿堂。里宫墙内的山后部分称做"林卡"，主要是一组以龙王潭为中心的园林建筑，是布达拉宫的后花园。

孙女林恩婧搀扶着爷爷，在各处取景留念，爷孙俩笑逐颜开，老爷子游览了一整天，仍精神矍铄不觉疲倦。

布达拉宫，梦中的地方！仓央嘉措，曾在万丈红尘与菩提净土之间游走，痴情地歌颂那高原雪山般纯洁的爱情。

林健想来这里看他，不因他的传奇身世，而是他对红尘深刻的眷恋和浩荡的深情。捧读他的诗作，仿佛是与一场伤感的温柔相遇，被他柔软的爱深深砸伤，让人坠入情海难以自拔。是他让身处闹市的林健又见最纯净的情感天空，恍惚间觉得这世间还有一种信仰，可以穿越时空。

第二天一早，他们收拾行装，备好氧气袋从拉萨出发前往林芝，开始林芝、纳木错、日喀则9日游。大巴穿行在318国道上，自拉萨而出，很快便到墨竹工卡，这是松赞干布的故里。路上时不时遇到磕长头的朝圣者，而那些三步一叩首的朝圣者则渐近渐远地化为一个个小点，最终融进布达拉宫的方向。

米拉山前，道路突然开始攀升，眼前渐渐化成雪白。视觉受到极大的冲击，林健知道米拉山口就要到了。海拔5000多米的米拉山，天更蓝，云更白，氧气也更稀薄，这是拉萨市与林芝地区的分界山口。米拉山因其高大雄奇而成为当地百姓心目中的神山，在山口的最高处，矗立着一座标有"雪域之舟"的西藏牦牛石雕像，在米拉山口海拔5013米处，全家人合影留念。

在林芝，他们选择于山寨竹屋栖身，于白云山际放歌，于温泉花海沐浴，融入自然、荡涤尘垢的梦幻旅途。

那根拉山口海拔5190米，是跨过念青唐古拉山脉去纳木错的山间通道，属于号称生命禁区的海拔5000米以上的山口。山口立了一块标明海拔高度的石碑，山口的玛尼堆上挂满了经幡。从山口向北望去，远远可以看到碧蓝碧蓝的纳木错。到山口下车参观时，林健觉得大脑有些发胀，两腿感觉轻飘飘的，呼吸也感觉有点费力，有轻微的缺氧特征。询问了父亲的身体反应后，将老爷子安排在休息处吸氧，他和妻子女儿登上山口。遥望四野，他的心里顿时涌起雄浑、苍茫、辽阔的感觉。在山口远眺纳木措，犹如一面宝镜嵌在天际。

林健搀扶着父亲站在纳木错湖畔，任高原的风吹拂面容，吹起衣衫，抚去烦忧；任明媚的阳光直射心灵，温暖心房；任清澈的湖水洒在他身上，荡涤尘埃。在纳木错湖畔，父亲和女儿、妻子像鸟一起张开双臂，拥抱蓝天，他按动快门，留下珍贵的影像。陪着父母来西藏是他长久以来的愿望，母亲猝然离世后，能多陪陪父亲是他最深切的愿望。

天是那样蓝，云是那般美，看着古稀老人在高原的阳光下孩童般开心的笑脸，他祈祷时间在那一刻停止。他相信世间万物皆有情缘，每一只牛羊都有情感，每一株草木都有灵魂，每一片流云都有眼泪，而山川河流，飞禽虫蚁都有不可言说的灵性与尊严。

西藏，这是一片有生命脉息的净土：雪山是身躯，高原是胸膛，草场是皮肤，森林是胡须，河流是脉络，湖泊是眼睛。此刻在它的怀里，只为捧起一掬清澈的湖水，只为看一眼布达拉宫的日落，只为叠合文成公主走过的脚印。带着妻儿陪着父亲来到西藏，只为了一个梦，那个梦里父亲依旧健硕，母亲仍然健在。带上虔诚，不怕缺氧，这里有爱的供养；不惧高峰，正好用身体丈量佛缘的高度。

纳木错湖边，林健写了一首诗，在这离天堂最近的高原上，母亲就在云端里，微笑着看着自己，圣洁的湖水里有她慈祥的面容。他在湖边吟诵这首诗，相信亲爱的母亲能够听得见：

> 纳木错湖，你忧郁的眼神，
> 是否还在期盼那遥远的呼唤？
> 素洁的白云舒展着你的思绪，
> 广袤的草原点缀着你的裙裾，
> 清澈的海子是你宁静的眸子，
> 远古的长风是你悠长的歌声。
> 你的清澈，
> 洗去我一身的尘埃；
> 你的广袤，
> 包容我那颗流浪的心；
> 你的悠远，
> 给了我一个守望诺言的理由。
> 你是世间最孤独的守候，

长长的时光早已浓缩成耸立的雪山。

母亲！

你的儿子在红尘中千百次的追寻着你。

母亲！

你就在这里，

你温暖的怀抱，

接纳着远归的儿子回来找你……

第六十九章　一群人温暖一座城

2016年夏天，陇平在车站的月台上，等待接实习回来的女儿。巧花嘴里念叨着："妞妞该又长高了吧？又半年没见这孩子，怎么还不来呢？"

"爸爸，妈妈，我在这儿。"随着银铃般的叫声，婷婷玉立的妞妞出现在陇平面前，乌黑顺滑的高马尾，一件粉色T恤衫，黑色中裤，当年的小姑娘已从西南财经大学毕业。

"走，快回家，家里人都等着呢。"陇平接过拉杆箱，对女儿说。

"虎虎，让姐姐抱抱，姐姐给你买了变形金刚玩具哩。"妞妞抱起弟弟虎虎，虎虎今年四岁半，长得虎头虎脑。虎虎手里拿着两个棒棒糖，"姐姐，这个糖给你，这个给虎虎。"

"姐姐不吃，都给虎虎吃。"妞妞对两个弟弟都一样亲。

"看跟姐姐亲的哟，妞妞你把虎虎放下让自己走，他跑得可快，调皮得拉不住。"

看着一家人和谐融洽的相处，陇平心里比喝蜜还要甜。

"爸，回家我要先去看我姨，我好想她。"坐在车里，妞妞说道。在妞妞的心中，凯兰就像妈妈一样亲切。

"你姨知道你今天回来,正等你哩,我们一起去看她。"

"姨,我回来了,你好吗?"妞妞扑进凯兰的怀里,抽泣起来。

"我的妞妞回来了,坐车累了吧?"她怜爱地摸着孩子的头。

"姨,我不累,实习一完,我就想长翅膀飞回来看你。"

"好,好,我的妞妞都毕业啦。"夜晚,妞妞和雪儿依偎在凯兰身边,时间太短,想说的话太多……她对文文留下的两个孩子视如己出,弟弟壮壮如今在省体校训练中长跑,这个从小顽劣的小家伙在她面前像猫咪一样听话。妞妞被安排到公司财务部门协助小娟工作,小娟已经成家,要照顾自己一岁多可爱的小宝宝。妞妞平时就住在凯兰这里,照顾她的生活起居。

和妞妞一起上岗的还有当地的5名未就业大学生,公司在招聘员工时,同等条件下对贫困家庭子女优先录用。凯兰当年带着她的"3860"队伍开始艰辛的创业,如今,他们都过上富裕的好日子。

出生在贫苦农家的她,是父辈佝偻的背影,是自己强咽下去的苦水,激励着创业的信念和勇气。从公司成立之初,吸纳当地贫困人员就业、脱贫致富就是凯兰的初衷。从种植场,到合作社,到集团公司的组建是业务的拓展;从当地到云南昆明,到四川凉山地区战略合作框架的实施是经营的延伸;从原始耕作,到作坊加工,再到高科技培植是公司技术上的突破;从一个人的单打独干,到400余人的集团化运作是绿源人对家乡的回报……

这个谦和微笑的女子用她的善良、诚信、励志、坚韧,带领自己的团队,创造着马铃薯产业的奇迹,看着她谦和的笑容,让人深切地顿悟着"厚德载物、达济天下"的内涵。

人们见到她沉静地坐在轮椅上,将每一个员工的冷暖挂在心上。她常带微笑的容颜,谦和坚定的声音,让团队的每个人觉得温暖可亲。一次,她看到一个女保洁员,蹲在墙角,用抹布正擦拭地板上的污迹。她问保洁员为什么不戴橡胶手套?保洁员低声说:"手套没有了"。她立即召来业务主管,责令立即购置橡胶手套,并要求保洁员戴上手套后进行清洁工作。

看到刚入职的一个女员工因为用清洁球打扫餐厅地板角落弄伤了手指,

她心疼地从自己的包里拿出创可贴给她包扎，同时要求管理人员必须配备创可贴、消毒药水等日常的医疗保健包，以备员工及时处理一些简单病痛。虽说只是一双橡胶手套和一张创可贴，但她给予员工的是一份体贴，收获的是一份感动。她尊重团队的每一个人，无论再忙，连员工的工作餐配餐表，都会定期抽查，从企业发展的前景规划到员工的点滴冷暖，都牵动着她的心。她常说：公司能发展到今天，是这个团队努力的结果，只有凝聚团队的力量才能坚而不摧，勇往直前！

不因不幸而消沉、不因平凡而懈怠、不因收获而止步，她就是这样一个人，面对鲜花和掌声，她恬静如水，依然每天拖着疲惫的身躯，面带笑容，坚强地奔波在这片充满深情的土地上。

初冬的一个寒夜，凯兰在省城开了一天的会，十点多才拖着疲惫的身体回到宾馆。躺在床上，她习惯性地翻看公司的微信联系群，群里闪动着消息：

"小琴怎么了？这几天情绪不对。"

"你不知道呀？小琴要走了，她妈妈病重，要做手术。"

"啊，啥病着，严重不？"

"听说好像是脑瘤，要做手术，这可怎么办呢？她家生活本来就困难，要做手术需要好多钱呢。"几个员工在继续聊着，小琴就是那个瘦弱寡言的女娃，凯兰对她有印象。她支起身子从床上爬起来，拨通公司人事部副总张涛的电话。

"小张，你休息了吗？"

"肖总，我刚睡下，您这么晚还没休息吗？"

"我回到宾馆不久，看到微信群里大家在讨论刘小琴母亲生病的事，这事你知道吗？"

"我下午听说了，具体情况不是很清楚……"

"你既然知道就应该及时了解，我们要尽最大的努力帮助她们，你明天上班后第一时间立即找刘小琴了解情况。"

"好的，我一早就抓紧落实，您早点休息吧！"张涛睡得迷迷糊糊被电话铃吵醒，以为有重要的工作安排，没想到是因为这件事。

第二天一早，他就把刘小琴叫到办公室了解情况。原来刘小琴母亲4个月前因为脑出血住进了县中医院，5月份送省军区总院检查，结果是脑膜瘤。去年她的父亲因给家里拉麦子在山上翻车摔伤，丧失了劳动能力，弟弟还在上高中，家里就靠小琴打工赚钱。母亲的手术费和后期康复治疗就高达14万元。所有的压力都像一座大山压在这个柔弱女子的肩上，家里就靠一等低保2500多元和自己打工的钱来维持生活和母亲的治疗费用。

听完张涛的汇报，肖凯兰立即做出指示：安排公司财务先以她个人名义捐款五千元，同意刘小琴的长期请假要求，公司人事部门为她保留岗位，倡议公司全体员工募捐。

公司所有的员工无一例外伸出援助之手，不论是正在一线生产的还是到外地出差的，都以各种不同的方式给这个不幸的家庭捐款，奉献爱心，许多社会爱心人士也慷慨解囊。她还专门安排张涛带领相关人员到刘小琴母亲的病房进行探望，与省城大医院的专家教授联系衔接，向县上有关部门联系申请大病救助补贴。当汇聚着公司全体员工爱心的捐款送到刘小琴母亲病床前时，爱的暖流如雪中送炭，她们流泪了。

"这是又一个让人心酸的故事，生活每天都上演着苦痛和喜悦的故事，亲情的力量能够产生奇迹，但是比母爱、亲情力量更强大的是社会之爱。如果更多的人能够伸出真情的手，脆弱的生命将重焕光彩。爱是博大的，像刘小琴这样的家庭，需要来自社会各界人士爱的温暖，需要相应救助制度的保障。"

几天后，在公司的一次会议上，凯兰说了这样一段话：给弱者一份同情、尊重是做人的原则，每一个员工，都是我们的兄弟和手足。无论何时何地，团队中任何一个人遇到困难，我们都要全力以赴地帮助他，爱心无价，要用我们的爱心去拯救生命！

第七十章　成耀祖创业之路

半年来，成耀祖多次邀请林健到他在家乡创建的特色农业基地参观。

2016年7月，这是一年的收获季，成耀祖陪同回乡探亲的林健来到了基地。基地里务工农民忙碌的身影随处可见，整个村庄一片丰收景象。他们走进大棚，眼前鳞次栉比，一袋袋菌棒整齐排列。

园区基地位于省道209线交通主干线边上，交通便利，规划建设面积300亩，投资1.2亿元建设特色农业基地，计划建设香菇出菇棚300座，菌棒培养棚100座，菌棒生产车间1座。一期占地165亩，计划总投资5000万元，规划建设大棚122座（养菌棚36座、出菇棚86座），食用菌制菌棒生产流水线和常压灭菌工艺流水线各一条，并配套微喷增湿降温系统。

开工建设一年以来，已建成蓄水池二座、气调库3座、500平方米菌棒生产车间一座、出菇棚122座及部分配套基础设施。目前已生产菌棒30万棒，装菇棚34座。二期占地135亩，计划投资7000万元，规划建设大棚178座，主要生产香菇、猴头菇、灵芝、草莓等，并配套餐饮住宿、观光采摘等设施。

农业基地的务工人员大部分是当地村民，他们在家门口当起了工人。车间内，工人们正在采摘成品香菇，王富贵是基地的成品验收员，他熟练地挑选着采摘的新鲜香菇。这个敦实的中年汉子，基地未建成之前他们夫妻一直在杭州打工，现在都是基地的固定员工。

"我名字叫王富贵，可是日子就从来没宽裕过，三年前我爸生病住院把积蓄都折腾完了，我家是村里的低保户，日子过得那叫个难。前几年外出打工，钱没挣多少，把老人和娃丢在家里，就怕有个头疼脑热没人管，能把人愁死，现在家门口上班挣钱，地里的农活不耽误，老人和孩子也都能照顾上。"

"林处长，等基地项目全面建成后，这里将成为集菌菜生产、加工、储藏、销售及观光采摘、餐饮住宿为一体的现代化农业产业园，年可生产菌棒500万棒，带动周边300多户贫困户从事菌菜生产，增加就业1500多人次，项目区贫困户人均纯收入增加3000元以上。"成耀祖兴致勃勃地介绍。

参观完基地，成耀祖开车带着林健回到距离基地10公里的老家。这里林健之前来过几次，成耀祖是他在北京工作认识最早的朋友。当年成耀祖作为来京创业人员的优秀代表，他们在省商会组织的一次活动中相遇相识。8年来他们成为挚友，在泥石流、地震灾区他们携手救灾，作为一个成功有爱心的企业家，成耀祖为家乡捐资修路，为学校的孩子捐赠羽绒服；在林健的支持和帮助下，成耀祖决心回乡创业，建起这个特色农业基地，带动乡亲们脱贫致富。

因为公司主要业务在北京，老婆和孩子都在北京。成家的老房子在5年前已经拆掉，盖成了宽敞明亮的小二楼。屋后的小菜园里，种着油菜、小白菜、韭菜、西红柿、黄瓜等蔬菜，猪圈里养着两头猪，还养着十几只土鸡。两位老人前些年接到北京根本住不惯，闻不到土地的味道，没有乡亲们一起唠家常走动的他们，饭吃不香，觉睡不着，浑身不得劲。"庄农人哪能这样一天闲吃闲住的，在这鸟笼子里再窝着就把人憋死了，我们要回老家去……"成家老两口固执地逃离了北京，回到老家。

和土地生活打了一辈子交道，这山、这水、这地就是他们的根。成强老汉在庄子跟前的田地里，种了玉米、洋芋、胡麻。现在耕种庄稼已经不再是为了孩子们的学费和一家的吃食，更多的是一种生活习惯的延续。

他们刚走进院子，黑虎汪汪叫着亲昵地跑过来在成耀祖身边撒欢。成强老汉迎了出来："林处长，赶紧进屋里坐，等你们老半天哪。"

"成叔，您和我婶身体都好着吗？"

"都好着呢，先洗个手擦把脸，咱们喝罐罐茶，吃鸡肉。"

在一楼的客厅里，摆设着考究的实木沙发和茶几，成老汉已经收拾好喝罐罐茶的家当。煮罐罐茶的小电炉子，茶叶、茶碗、冰糖、红枣、桂圆、枸杞一应俱全。成老汉拒绝了儿子帮忙煮茶的想法，自己亲手煮起茶来。

罐罐茶还未曾煮好，香喷喷的热油饼已端了进来："林哥，尝尝我们自己家烙得热油饼，油是自家产的胡麻油，比城里卖得香！"

这是成耀祖的大妹成秀，成秀婆家就在村里，她在县城开童装专卖店，今天回来看望老人、帮着做饭。

"成秀，你店里生意忙不？"

"我做童装县区代理，从浙江开订货会前天刚回来，3家店里都有店长操心，我自己就是看订货调货就行，现在不比前几年，轻松多了……"

"听听，咱们成秀都成大老板了！"林健竖起大拇指。

"你可别夸她，前些年日子过得凄惶，这几年童装生意做得挺好的，大人孩子都在县城住，时不时回来看看我们。他们商量要在县城给我们买套房子住，确实用不着，就在这老院里住着舒心……"成老汉边说边倒茶，"尝尝这茶和油饼，咱这水是洮河水，煮茶比早先的水香，电炉子干净方便，再不用烟熏火燎哩。"

林健前些年经常下乡对罐罐茶很熟悉，大多数庄稼人早上起来第一件事就是喝罐罐茶，许多人都有茶瘾，要是错过一顿，一天则毫无精神，下不了地，干不了活。罐罐茶因此成了每天早上必做的一件功课。农家老人们喝茶用的是火盆，火盆是用生铁浇铸的一个圆盘，下面有三个小柱子做底座，火盆上面中间部分用的是泥或铁做的支架，支架开一个口，开口处放一片破瓦，破瓦上面便是放"曲曲罐"的位置；煮茶用的燃料都是自己捡的柴火，这就是为什么西北农村很多人家的正屋顶柱子都是黑漆漆的原因，是由于长年累月用木头烧火煮茶熏出来的。

现如今，生活条件好了，许多年轻人一年到头在外地打拼。过年回到家中，最想的除过吃杂面浆水面就是喝罐罐茶。

"小时候冬天，猫在炕上看着我爷和我爸煮罐罐茶，喝上半杯子他们煮败的残茶，还贪图能混上半个白面喝茶馍，我在外面这么多年，最馋的就是这。乡愁就是一盅罐罐茶、一锅煮洋芋、一碗浆水面。"成耀祖动情地说。

茶刚喝了几盅，成秀端着托盘进来了，托盘里放着筷子、切好的蒜片、白面锅盔馍。成耀祖把煮茶的家当收拾到茶盘里,"咱们先吃饭,吃完再喝。"

"林处长,赶紧动筷子,这是我自个儿养的公鸡,粉条、洋芋都是自己家的。"成大妈笑容可掬走进门来。

"婶,赶紧坐,你都忙活半天了。"

"你们赶紧趁热吃,这是早上刚杀的鸡,自己养的比外面买得香!"柴火鸡、红烧土豆块,鲜香的鸡汤,是妈妈的味道。

"娃们一年在外面跑,外面的东西哪有自己家养的好,我们老两口种点玉米、洋芋,养些鸡和猪,干点活这身子骨也觉得畅快。"

吃完饭,成秀收拾碗筷,他们坐在一起聊家常:"咱现在啥都不缺,洮河水都引到厨房里,早年那日子可就难肠得呀!"

林健曾听成耀祖说过,他是家里的长子,生下来就缺奶吃,饿得他日夜啼哭,幸好父亲早几年趁雨雪天队里放工,偷偷地开垦了几块荒地,加起来也就是一亩左右,都是路远难行,确实可以用"人迹罕至"来形容的偏僻之地,种的洋芋丰收了,父亲母亲还有不满十岁的姐姐,偷偷地收回来,储藏了大半窖,全家人才熬到秋后。

父亲10天一趟,后半夜出门,担上一担洋芋,走上20几里路,到了县城里,一分半分地卖完,换上两罐炼乳,天色黑透了才敢回家来。半窖洋芋,担了十几趟,底儿就朝天了,好在快到秋收,村里两个亲房嫂子生了娃,年轻奶水足,姐姐就抱着他挨家吃免费奶水。后来洋芋喂大了他,可孩子多家里贫寒供不起学费,无奈辍学。

19岁那年,他跟着亲戚到北京打工,在一家汽车修理厂做学徒工。一年后,勤奋好学的他当上了修理车间的班长,在车辆维修中电路及电脑板解码成了他最大的难题。当别的工友休息时间去打牌喝酒的时候,他抱着书本,听着录音机从头学英语。

"咱们一个修车的泥腿子,你叽哩哇啦地学啥英语,省省力气吧!"面对同事们的质疑和嘲讽,他默默努力,把辛苦挣来的工资买成资料书,又报名参加汽修专业进修课程学习。当年舍不得吃一份荤菜,买一双新鞋,每月给家里寄钱之后，口袋里的钱都交了学费买了书。3年后，他终于考取了汽车维修技工资格证和助理工程师证。提起当年边打工边学习的事，成耀祖动容地说，"当时就一门心思，不钻研学习，高档车的电路和维修保养就搞不懂，除了在汽修上学到胜人一筹的本事，能养家糊口外，也是为了圆自个的大学梦，更有尊严地生活！"

业精于勤，1999年他成功竞聘到郑州一家公司做汽车销售经理。

2000年，他在北京十里河汽配城创建了一个只有5个人的小型汽车维修保养兼汽车配件经销部，当时注册资金只有十万元，年修车200多台，经过3年诚实经营和过硬的技术，客户日趋增多。

2003年，他成立了北京腾达汽车维修中心，注册资金五百万元，年修车台数达到4000多台；几年来接纳在职和培训定西市籍修车技术人员达100多人，有部分人员已成为北京大型修理厂的技术骨干。

成耀祖这个昔日的穷小子逆袭为成功的企业家，其中还有一段传奇的故事。

那是一个冬天的寒夜，他们忙碌了一天刚睡下。突然听到一声巨响，因为他们的修理厂位于偏僻地段，车流相对偏少，夜里传来的声音格外清晰。

"这是怎么了？小刘，小王赶紧起来，咱们去外面看看。"他们三人提着手电筒顺着声音的方向往前寻找，距离修车厂30多米的位置，一辆黑色桑塔纳3000轿车撞在公路边的护栏上。车前身因为撞击冲出护栏，刚才发出的声响，就是撞击发出的声响。事故车边不时有路过的车辆和行人，可是大部分人都是抱着多一事不如少一事的想法。他们看到驾驶员还在车内，头部流血好像晕了过去。

"咱们过去把车门弄开看看人怎么样。"

"成哥，还是别管这闲事，素不相识的，万一弄不好还给咱惹麻烦呢！"

"人命关天的，哪能不管，有啥事我负责。"他拿出手机打了急救和报警电话。经过三人的初步判断，是轿车左后轮胎爆胎引起车辆失控，撞上了公路护栏。

随后，救护车和交警都赶到现场，经过现场急救，车主苏醒了过来，这是一个四十多岁的中年人。交警勘查事故现场，做了笔录。车主伤势不是很重，头部因为猛烈撞击出血，造成了短暂昏厥。交警和保险公司了解到成耀祖的修理厂就在附近，征得车主同意后事故车辆先拖到修理厂修理。成耀祖陪着车主到医院帮忙照顾检查，直到家属到来之后才放心回来。

第二天一早，成耀祖动手检修事故车辆，发现车前身因为撞击需要重新喷漆，更换保险杠、水箱等配件。检查车辆时，他发现在车后备箱里有个灰色的手提袋，手提袋里除了一些文件资料，还有6万元现金。

"车主当时受伤，估计忘记了车后的巨款。人家出事故受伤，又把现金落在车里，我要赶紧送过去。"当天中午他拿着鲜花和水果，提着手提袋来到医院。

原来车主刘庆山是一家房地产公司的老总，当晚从外地的工地赶回来。因为疲劳驾驶，加上车胎爆胎、车辆失控造成了事故。当时他的头部被撞击出血，头疼发晕，根本没想到车内的钱财。刘庆山握着成耀祖的手动情地说："兄弟，昨晚真是谢谢你救我，今天又把钱给我送来，我真不知道怎么感谢你！我比你大十来岁，以后你就是我兄弟。这两万元你拿着……"

"刘哥，昨晚那情况，遇着谁都会那样做，我做的都是应该做的。这钱我是绝对不会收的，你要认我做兄弟，就把钱收起来。你身体检查怎么样？"

"身体没啥事，就是有些轻度脑震荡，右手手臂有处错位、骨折，过几天就能出院。好兄弟，你以后就是我的亲兄弟！"刘庆山发现这个不大的修理厂价格公道，修理技术好，便介绍自己的朋友来公司修车，慢慢的，这家小修理公司因为诚信和公道走上良性发展的轨道。而刘庆山则成了成耀祖进军房地产业的领路人，2008年底，成耀祖正式进入房地产门窗和幕墙行业。

"咱们是吃洋芋长大的农村娃，做人就要实实在在的，如今能在家乡为乡亲们做点事，是我一直以来的心愿！"

"来，咱们都喝点酒，这可是咱们县里的程氏烧酒，这酒兼有西凤酒的清香型和茅台酒的窖香型，是特有的兼香型酒……"

"好，大家都要喝完这杯幸福酒！"他们共同举杯，祝愿未来的日子越过越红火！

第七十一章　酸辣粉丝

凯兰早早起床洗漱，今天要陪同全市科技大会的参会代表到公司瓶苗育种基地参观。她简单吃过早餐，匆匆赶往公司等待参观团的到来。在这座名叫灯盏屲的山脚下，瓶苗基地掩映在翠绿的树荫中，显得十分静谧。这里是公司最早起步的地方，现在已经发展成为公司马铃薯原原种生产线的第一道关口，也是最重要的关口——脱毒种苗扩繁车间。

参观开始，与会代表穿上备用的工作服，套好鞋套，经过消毒后，进入车间。当第一眼看到那些装在小瓶内，一株株如牙签大小的绿色小苗苗时，几乎不能相信这就是马铃薯的种苗，这与他们想象中的"如同小树苗般大小"的马铃薯种苗相去甚远。

"所谓的脱毒种苗扩繁，顾名思义其重点就是脱毒，不仅车间要消毒，工作人员进入车间全面消毒，就连工作期间，工作人员都要戴口罩，互不说话，实现无菌作业。"

"首先分离出小小的茎芽，经过完全脱毒后，再实施扩繁，才有了我们看到的装在小瓶内的种苗。可不要小看这些茎芽，一片小叶就是一株种苗。将这些待繁脱毒苗在无菌条件下每叶节切一段，接种在含培养基的组培瓶中培养。就在这个车间，这些不同寻常的小苗苗每月能够繁育出接近1200万株的种苗，年产最少也在1.2亿株。"分公司杨总经理逐一介绍说。

在灯盏屲山下看完这些不同寻常的小苗苗，大家乘车来到面积达2.3万平方米的智能连栋温室和120座马铃薯原原种日光温室所在地。长期以来，在大量种植洋芋的广大农村地区，许多地方经常会出现产量下降、品种退化、颗粒腐烂等现象，这些都严重影响着农民种植的积极性，也直接影响着农民的经济收入。

"马铃薯组织培养及原原种生产技术病毒和类病毒的累积性感染是引起马铃薯种性退化的重要因素，而通过组织培养获取无病毒种薯来恢复种性是根除这些问题唯一、直接、有效的方法。"公司的工程师、种薯技术总监刘向荣向来宾介绍："这也正是我们公司建立马铃薯原原种培育生产线的主要原因之一，从最初已催出芽的马铃薯块茎上切芽，经过无菌处理后接种到培养基上培养外植体。经病毒检测将不带病毒的株系进行扩繁，未脱毒的株系直接淘汰。直白地说，就是我们这里快繁的每一颗芽苗从一开始都是无毒和无病害的。快繁的脱毒芽苗进入智能连栋温室和原原种日光温室，进行基培和雾培。基培不难理解，就是将脱毒芽苗植入'特制的'基土中繁育原原种。雾培就是芽苗根系全部生长在空气中。这听起来有些不可思议，但它的确就是生长在空气中。产量大幅度提高的同时，完全避免了土传病害的生存和传播。"

作为公司的创始人，凯兰对这座智能连栋温室的"智能"所发挥出的巨大能量要比别人显得更加理解和偏爱，她向客人介绍："所谓的智能，不管是基培，还是雾培，什么时间浇水，什么时间施肥，什么时间药防，芽苗株在整个生长期都是全自动控制，偌大的温室只需二到三个人操作就能完成所有工序。"

凯兰无论多忙，每隔一段时间，她都会来到原种基地抽查。这里的2300米的平均海拔造就了良好的植被和肥沃的土壤，半山半川的二阴地区不仅适合当归、党参等中药材的生长，深厚肥沃的土层更是洋芋等农作物生长的乐园，基地繁育的优质马铃薯原原种就近在这里找到了"婆家"，它的后代因其自身具有的优良品质"远嫁"白银、临夏、兰州、张掖、武威及四川、内蒙古等省市。

"按照就近优先的原则，我们免费将原原种提供给当地农户，同时配送化肥、农药，集中连片种植，并派出技术人员全程跟踪监督指导。"说起原原种的去向时，凯兰自信地告诉大家："收获季节，我们按照每吨1100元的价格从农户手中全部回收，农户的投入仅仅是人工。"她自豪之情溢于言表："每亩种植4000粒原原种，亩产最高可达8000余斤，最低亩产也达到6000斤以上。公司提供的原原种，成品薯在收获的时候，我们全部以高于市场价10%的价格从农户手中回购，有些贫困农户，我们的回购价还会适当提高，让农户得到最大的利益实惠。"

基地庭院的花坛里，有牡丹、芍药、海棠、月季、垂柳等十来种花卉林木，芍药和牡丹花期已过，月季开得姹紫嫣红，空气中传来阵阵诱人的清香。

一个月前，结合我国启动的马铃薯主食化战略，林健建议拓展马铃薯深加工，进军马铃薯主食化产业市场。马铃薯的营养价值丰富，在国外有"地下苹果"和第二面包之称。粮、菜、水果中所含的营养成分，马铃薯几乎都有，马铃薯种植及深加工项目前景广阔。

这段日子以来，凯兰一直在苦苦思索这件事，县政府决定开发建设开发区，她想在开发区申请筹建马铃薯深加工基地。项目资金，产品生产技术的引进一系列问题都是摆在她面前的难题。

国内正在积极推进马铃薯主食化战略，将马铃薯加工成馒头、面条、米粉等主食，预计到2023年，50%以上的马铃薯将作为主食消费。近期农业部召开的马铃薯主食开发成果展示交流会上，我国马铃薯主食中全粉添加比例已由第一代产品的30%左右，提高到当前第二代产品的50%以上。尤为可喜的是，集地域特色型、休闲消遣型、功能保健型等特色的马铃薯主食产品的发展呈蓬勃之势，比如航空食品、列车食品，正逐步开发出来，以满足不同地域、不同人群、不同年龄消费者的需求。产品种类由最初的馒头、面条、米粉，迅速拓展到饺子、饼、凉皮、蒸包、油条、麻花、煎饼等，形成六大系列近三百种马铃薯主食产品。

张凯的凯悦集团公司研发的"薯圆圆"系列马铃薯主食化产品已经率先在全市上市，营销团队进驻全国各大城市，在兰洽会上成功签约，与乌克兰、俄罗斯等国家和地区签订战略合作协议。

2016年3月上旬，全市为期三天的马铃薯主食化产品开发从业人员首期培训班顺利开班，标志着全市马铃薯主食化产品开发从业人员培训工作正式启动。凯越集团已经赢在起跑线上，于此同时，全市6家企业马铃薯企业宣布全面进军马铃薯主食化产品领域。

机遇稍纵即逝，时不我待，怎么办？凯兰心里满是焦灼，忙碌了一天，傍晚时分她又开始发烧。自从车祸之后，下肢行动受限，对身体的机能损伤很大，加上超负荷的劳累，发烧头晕成了时时困扰她的梦魇。吃过药之后，妞妞照顾她用温水冲澡，躺在床上休息。每次身体不舒服发烧，她就用冲凉、擦身这种物理方法降温。

"姨，咱们找个时间到省城或者北京彻底做个身体检查好吗？"妞妞边说边掉下泪来，凯兰慈爱地拂去她眼角的泪。

"傻孩子，姨是学过医的，我这身体没好办法治，好孩子别哭，我答应你，咱们过几天去省城看奶奶，到时我一定去医院做理疗。"

"好，姨，就这么说定了，你睡会吧，有啥事就叫我。"妞妞帮她盖好被子，关掉台灯，轻轻走出门去。妹妹若兰夫妻俩在省城开了一家会计事务所。她五年前在省城买了套房子，方便雪儿在省城上学，妈妈被若兰接了上去，照顾两个孩子的起居。雪儿有外婆和小姨照顾着，她很放心。

雪儿是个冰雪聪明懂事的孩子，她的学习成绩一直名列前茅，从来不用妈妈操心。又是半个月没见到家人了，真的好想她们。宝贝，原谅妈妈不能常常陪在你身边，妈妈亏欠你太多了。凯兰喃喃自语，体温渐渐恢复正常，她沉沉地睡去。

妞妞看到她醒了，轻轻走到床边："姨，你身体不舒服，今天在家好好休息，就别去公司啦。"

"我的身体没事，昨晚去四川凉山种薯基地回访的技术员回来了，我早上要了解那边的情况。"妞妞既心疼又无奈地看着凯兰，帮她换衣服洗漱。为了让自己每天保持最佳状态，她养成每天早晨冲澡的习惯，保持干净清爽的形象去做事。

"妞妞，咱们今天去职工食堂吃早餐。"凯兰收拾停当，妞妞推着她出门乘车前往公司。食堂里员工们正在吃早餐,看见她,纷纷站起来打招呼。

"你们赶紧坐下吃,别管我,吃完好上班。"凯兰微笑着,她们来到靠窗的桌子跟前,让妞妞过去选择爱吃的东西。食堂的早餐有凉拌三丝、凉拌金针菇、茶叶蛋、素包子、小米粥。

餐厅伙食管理员陈亮迎过来说:"肖总您过来了,我给您看着单独准备几样。"

"小陈不用再麻烦,我就是要尝尝员工的早餐,待会你把最近的食材采购单和食谱拿来我看一下。"妞妞和陈亮很快就把早餐端了过来,她们正吃着。"肖总您好,您也来过来吃早餐了,我们昨晚回来的。"农技员小常和两个年轻人走过来打招呼。

"小常,四川那边情况还好吗?我今天专门过来要听取你们的汇报。"

"那边马铃薯一周后就可以大面积收获,长势非常好,我们通过实地抽样检测,预计今年是个大丰收年。等您吃完早餐,我们再向您详细汇报。"

小常手里提着一个塑料袋,袋子里装着三桶方便粉丝。"肖总您要不要尝尝这粉丝,我们昨天带回来的,前几天在凉山吃过两次的,口味真的不错,就带回来一箱。"

"咱们大家都尝尝,我都快吃饱了。"听到凯兰的话,陈亮拿着方便粉丝到食堂后厨,用开水冲泡。几分钟后将两盒粉丝端了出来,用小碗分成六份给大家品尝。

凯兰看到这是产自四川成都某公司的方便粉丝酸辣粉,劲道爽滑的口感让人齿颊留香。

"这种粉丝是以红薯粉为原材料做的,在凉山地区销量非常好⋯⋯"听完凉山马铃薯战略合作的汇报,凯兰心中充满欣喜,公司优质的马铃薯原种在凉山区的落地生根,硕果累累,丰收在望。这一切将为今后双方合作向纵深推进打下良好基础。他们可以将红薯粉丝做的这样成功,马铃薯淀粉含量高,比红薯粉丝在口感和产量更具优势,我们或许可以研发出系列马铃薯主食化产品。凯兰心里有了打算,她要去天府之国的成都考察取经,去叩开马铃薯主食化大门。

难得清闲的周末，凯兰来到省城看望家人。家人看着她清瘦憔悴的面容，听说她要去成都考察，都不约而同地反对。

若兰说："姐，咱们把现有的产业做好就成，用不着再那么忙碌劳累。马铃薯做主食化产品好是好，可是也存在风险，万一投资失败咋办？别再折腾啦……"

凯兰知道这是家里人心疼自己，妹妹的话其实也是身边很多亲友的想法。可是公司不能裹足不前，她现在不是自己一个人，不只是这个小家，是400多员工，更是400多个家庭的温饱小康。员工殷殷期待的目光，首长充满希望的嘱托，她不能懈怠，也容不得懈怠。

她冷下脸训斥妹妹："亏你还是学财经的，为啥我们的半袋子土豆比不上人家一包薯条的价格？只有不断拉长产业链，才能更好带动大伙致富。这点道理都不懂？企业就是在不断创新中发展，否则终将被市场淘汰。"

"姐，我说不过你……"若兰红着脸嘟噜着。

认定的事再难都要去做，这条路注定会有坎坷艰难，但是必须去做！

第七十二章　成都寻路

凯兰决定去成都，考察当地几家知名方便粉丝生产企业，寻找公司发展马铃薯主食化合作之路。她近期血压不稳定，身体状况不佳，不适宜乘坐飞机。依着她的性子，根本等不及让自己的身体恢复。这次考察她做了充足的准备，专门携带了公司的马铃薯淀粉样品，带着妞妞、农技师肖华和司机汪军前往成都。

从家里出发沿国道310线进入连霍高速、十天高速、平绵高速、京昆高速，从成都收费站出高速进入龙泉驿区，全程840公里，近10个小时的车程。

对于凯兰，这是又一次艰难的行程，当初前往凉山州的路途中，她就吃尽苦头，这其中的艰辛她从来不让外人知晓，对妈妈和家人更不愿提及，自己把所有的不容易默默咽下，逼自己坚强，勇敢地面对所有的挑战和不可能。

越野车在高速公路上奔驰，远望青山如黛，犹如黄宾虹大师笔下浓墨重彩的绝世丹青。成都，美丽的天府之国，我要寻找的路在这里吗？车内播放着赵雷的民谣《成都》，"在那座阴雨的小城里，我从未忘记你。成都，带不走的，只有你。和我在成都的街头走一走，直到所有的灯都熄灭了也不停留，你会挽着我的衣袖……"

那次去凉山途中途经成都，行色匆匆，无暇去领略天府之国的美丽。成都，你是我梦里来过的地方，是我生命中思念的郑爷爷安息的地方。

从小听着郑爷爷念叨的成都，武侯祠、杜甫草堂、都江堰让她向往，而那段尘封苦涩的往事让她伤感。小时候，爸爸单位收发室的门卫爷爷，说一口四川话，老家就在成都。凯兰姐妹亲切地叫他郑爷爷，郑爷爷干着单位的仓库保管员和收发室的工作。两个孩子都成家在外地工作，他和老伴王奶奶在这里。老人还会诊脉，大家遇到头疼脑热的小病找他，用几种草药就能解决。

每年端午前后，郑爷爷常背着背篼带着她去采艾草，采来艾草晒干做成艾绒，给附近的大人小孩艾灸治病。当年的艾绒是不能用艾灸的，艾灸要用三年的陈艾。遇到水痘、惊风之类的，不用去医院，郑爷爷两把艾绒就能手到病除。

凯兰四岁那年，得了风寒感冒，后来又染上肺炎，住院注射庆大霉素，输液治疗半个月肺炎才慢慢好起来。出院后，三天两头咳嗽，两个月进三回医院。最后还是郑爷爷用新鲜竹叶和几味草药，加水煎、调蜜服配合艾灸给彻底治好的。

记忆中，老人对她们姐妹很是疼爱，当时妈妈在单位工地打临工，姐妹俩就常常托付给郑爷爷照管。每天中午饭都是由郑奶奶给他们四个人做好一起吃，郑爷爷给她们讲故事，教认字识数。她们姐妹没上过幼儿园，可是到了上小学的时候，却会读会写很多汉字，这都要归功于郑爷爷。

郑爷爷有台神奇的小收音机，里面能听故事还能唱歌。两个小丫头猫在传达室的热炕上，陪着老人听单田芳先生和田连元先生主讲的《三国演义》《水浒传》《薛仁贵征东》《呼延庆打擂》等传统评书，"大宋一统锦华夷，八帝徽宗登了基。自从八帝登基后，普天下刀兵滚滚不安息……"吃过午饭，趴在炕头，单田芳先生的《水浒传》就开讲啦，这是每天最快乐的时光。

郑爷爷常常半眯着眼睛，看着夕阳，给她们讲美丽的成都，那故乡的武侯祠、都江堰、杜甫草堂……春天，拿着小锄头，跟着老人到后院果园空地里，种一些旱烟叶、油菜、菜瓜、菠菜、小葱。说是帮忙，其实是捣乱，不是把种子撒了，就是把苗儿踩断。郑爷爷从来也不会骂，依旧笑呵呵地重新来做。博学的郑爷爷从来都是微笑着，吧嗒吧嗒地吸着旱烟，潜移默化地教给她们最好的学前启蒙知识。

八岁那年，一天傍晚放学，她照例去看望郑爷爷，可是屋里聚了很多人，还有几个陌生叔叔阿姨。她拼命挤进去，看见爷爷脸色苍白、憔悴地躺在炕上："爷爷，爷爷你怎么了？"

"好孩子，爷爷没啥，就是感冒受了点凉，过几天就会好的……"郑爷爷说一句就要喘半天。

"呜呜，爷爷你要快快好起来！"她拉着老人的手摇着，边说边掉眼泪。

"我的好孩子，爷爷很快就会好的，别哭，别哭……"老人的手慈爱地摸着她的头，眼角滚落着浑浊的泪。

"凯兰听话，别吵着郑爷爷，赶紧回去吃饭写作业，爷爷要多休息。"爸爸把凯兰拉过来。

"听话，跟你爸回去，爷爷没事，过两天就会好的，明天再来看爷爷……"

"爷爷你要好好睡觉、吃饭，明天放学了，我再来看你……"

"好，爷爷一定好好吃饭，要乖乖地听爸爸妈妈的话。"爸爸牵着她的手，一步三回头地往家里走。当凯兰第二天下学后，一路飞跑着去看郑爷爷的时候，传达室里却是一个陌生的叔叔。

"叔叔，郑爷爷哪里去了？"

"郑爷爷已经回四川了,说是他生重病,家里人把他接回去。"

"还回来吗?什么时候回来?"凯兰带着哭腔追问。

"不知道,应该不回来了……"

她边哭边往家跑,"爸爸,你骗人,郑爷爷回老家去了,我再也见不到郑爷爷啦,呜呜……"

"好孩子别哭,等郑爷爷病好了就会回来的。"爸爸一边安慰她,一遍指着桌子上粉色的小套娃和两个新文具盒:"这是郑爷爷临走的时候留给你和妹妹的,往后想爷爷的时候,就看着这套娃……"

凯兰常常含着眼泪抱着套娃玩具,期待着郑爷爷的归来,他像一只蝴蝶一样飞走了,留下一个凄美的梦。爷爷无数次出现在她的梦里,抱着她们笑,给她们讲故事,能清晰地看到他花白的头发,慈祥含笑的面容,闻到那熟悉的旱烟味,可是却永远没有再见他。

两个月后,郑爷爷就不幸去世。长大后,她才知道,郑爷爷出生于中医世家,当年郑爷爷的父亲因为不肯为日本军官看病疗伤,被关押杀害。他们家人逃难离开家乡,流落到这里。老人知道自己得了不治之症,最后时刻才通知家人来接他回乡,叶落归根。郑爷爷的离去,让凯兰第一次体会到生离死别的凄苦,是老人无私的关爱幼年的她们,这种不是亲人胜似亲人的爱,是深藏心底温暖而苦涩的记忆。

长时间的颠簸让她倍感辛苦,一路上不敢多喝水,越野车到达广元,他们在服务区吃午饭,稍作休息。广元是女皇帝武则天的故乡,"女皇蒸凉面"是当地名小吃之一,这种凉面耐嚼、爽口,吃法多样。凯兰感到头发晕,腰腿发酸发麻,一点胃口也没有,嘴里干得冒烟,就喝了半杯热水。肖华买来的蒸凉面她只吃了几口,就再也咽不下去。路程还有一半,要强迫自己打起精神。

"姨,你好着吗?你在宾馆休息一下咱们再走吧!"

"我没事,"凯兰露出亲切的笑容,"吃完午饭我们就出发,到成都再休息。"

253

一直以来，她就像一个勇往直前的战士，不给自己任何退缩的机会和理由！在很多人眼中，她早已不用这么辛苦，从国家到省、市、县各种荣誉，在她心里这些荣誉更是鞭策，让自己不能有丝毫的懈怠。十个多小时，到达目的地成都龙泉驿区，住进预定好的宾馆，她的身体像散了架一样的，耳朵里嗡嗡地响，身体好像已不是自己的。

妞妞照顾她简单洗漱，她疲惫不堪地瘫在床上。晚饭只吃了半碗燕麦粥和一个水蜜桃。龙泉驿区盛产水蜜桃，被称为"中国水蜜桃之乡"，这个季节正是鲜桃上市的季节，桃子是肖华从旁边的水果店买来的，鲜嫩多汁。

"妈妈，你就是不听话……"凯兰躺在床上，眼前浮现出雪儿撅着小嘴，嘟噜的样子，每次长途出差，疲乏到极点时她就靠水果的营养来补充体力。明天要去四川的一家食品有限公司考察，出发前已经和对方有过接洽，只有通过实地考察，才能了解对方的真实情况。

窗外月光如水，斑斓的霓虹灯，天府之国美丽的夜晚。

凯兰身体疲惫到极点，大脑却异常清晰，没有一点睡意，此行能给乡亲们的马铃薯找到更好的出路吗？她在心中默念着，祈祷能通过考察学习对方的成功经验，实现合作共赢。

第二天，早起洗漱罢，在"幺牛幺怪（一两多味牛肉面，一两怪味面），幺脆幺怪（一两脆臊面，一两怪味面）"的吆喝声中，他们每人吃了一碗吴记怪味面。面馆旁的一间小店里，巨大的蒸笼散发着蒸糕的香味，看着蒸糕腾起的白雾，记忆中郑奶奶做的蒸糕非常好吃，此刻还能嗅出童年那幸福的甜香。

他们驱车来到四川某食品公司，公司位于成都龙泉驿开发区，这里是食品公司龙泉总厂，是生产方便粉丝的基地。这是一家专业从事食品研发、生产、加工、销售和推广的中型企业。公司食品旗下主要产品为方便粉丝、"小城故事"砂锅米线、"努力餐"川菜烹饪料和"抢抢吃"风味佐餐菜等系列产品，品种规格达到200多个。方便粉丝面市6年来畅销全国，出口海外30个国家和地区，国内市场占有率达40%，是国内最大的方便粉丝产销企业。

公司业务部经理刘威和公司营养师沈浩带领他们在公司参观。刘威边走边介绍："我公司在全国现有四大生产加工基地。严格按照国家食品 GMP 和 ISO14000 标准设计建设，拥有国内目前最先进的方便粉丝自动化生产设备和生产工艺，在粉丝生产工艺上开创性地运用'在线连续急冻老化开粉'技术，改变了粉丝行业的'百年难题'，食品安全保障一举达到国际先进水平。对产品生产实行从田间到餐桌的全程质量监控管理，健全了产品质量可追溯体系。在四川成都等地建立了十万亩的红薯、蔬菜、香辛料等原料种植基地，全面引进脱毒红薯技术，提高红薯产量和淀粉出产率。公司在产品口味、花色品种、包装规格、工艺技术改革、新技术新材料应用、品牌建设、市场推广等方面引领着国内方便粉丝行业的发展方向。"

中午，刘威经理代表公司盛情款待，并请凯兰一行品尝了公司研发的集传统美食与现代工艺结合的方便特色的肥肠粉和成都特色美食。肥肠粉的粉丝晶莹剔透，汤碗红白分明，入口麻辣鲜香。肥肠粉起源于清朝末年，至今已有一百多年的历史，是白家镇的特产，也是成都的名小吃之一。

对方将他们带来的马铃薯淀粉样品取样制作成粉丝，现场进行了品尝。马铃薯粉丝的口感和营养成分比例是制作方便粉丝食品的优质原材料，研发马铃薯快餐食品具有广阔的前景。接下来几天，凯兰和公司副总经理马瑞东等人就建立战略合作关系等具体事宜进行了交流洽谈，双方在研发马铃薯主食化产品方面达成了初步共识。

考察结束后，马瑞东安排公司业务部接待陪同她们在成都游览，刘威做他们的向导。业务考察出乎意料地顺利，让她倍感欣慰，是时候让自己放松一下。他们来到杜甫草堂、武侯祠、都江堰游览，品尝成都火锅、正宗川菜，来到这里，不吃火锅就对不起这片火辣辣的土地。

凯兰坐在轮椅上，注视着眼前古老的都江堰，在这历史岸边，风中裹着水气，感受古人的那种激情和智慧，穿越时空，此刻，抑制不住的激情汹涌澎湃地向她袭来，心中那般痛快，不禁由衷地赞叹。

春秋战国，多么遥远的一个时代。两千多年了，不论发生过什么，都被后世一次又一次的战尘掩埋，一重又一重的繁华替代。

今天的成都，能触摸到的，不仅是孔孟夫子留下的扎根在我们体内的思想，还有这里李冰父子留下的都江堰。都江堰这位千旬老人，依旧站在波涛汹涌的江口，拦截着滔滔江水，灌溉着万顷良田，为后人造福。战国蜀太守李冰，这个旷世闻名影响深远的水利家，据说都江堰建好时，他让人根据自己和儿子的相貌身形雕刻成石像，当作水位测量柱放在水中，永永远远地驻守着大坝。

石像还在，整整屹立了两千年。多少年来，当现代的水利工程师到都江堰考察时，都会被眼前的工程惊呆，这是怎样的建造精巧，计算精确，构造合理，巧用地势，现在的工程都不一定可以做得到，而两千年前的李冰做到了。他与两个儿子修筑的都江堰浩大工程，使蜀地沃野千里，堪称世界之最，被尊为"川祖"。"士为知己者死"，李冰正是这样的君子，到蜀地干出一番事业，就是为了报答昭襄王。他上任之后，主持修筑都江堰，父子三人发扬大禹精神，比大禹更有过之。他们永远怀念家乡，永远与水在一起，因为他们的灵魂与水一样，是那样的至清至纯啊！

千里之外的故乡，孕育着华夏文明的泱泱渭河啊，我挚爱的家乡，今天你的女儿在千里之外的蜀地寻路，为了带领乡亲们走出贫困阴霾，再难我都会义无反顾！我亲爱的郑爷爷，你知道吗？我来看你了，你在天上看着我吗？凯兰喃喃自语，泪流满面。

第七十三章　这人这水这桥

渭河上有很多座桥，人们都叫它们渭河大桥。这条河老人们不叫它渭河，叫它禹（yu）河。这是它的乳名吗？老人们都说这是为了纪念导渭的禹王。当年的这座桥要拆了，这段日子里，凯兰不止一次去看它，想把它永远留在记忆里。

抚摸着桥栏杆，记忆中的点滴涌上心头。爸爸，女儿真的好想你！这里曾留下你的汗水，留下你的欢笑，留下你辛劳的身影，这里有凯兰最深刻的记忆！

29年前的那个初冬，为了提前完成桥梁建设任务，寒风呼啸的日子里，他们仍然在灌注桥墩。爸爸几天都没有回家，他一直在工地上忙碌着。今天是农历十一月二十九，是他的生日。

天已经很晚了，爸爸还没有回来，锅里的红烧肉凉了又热，手擀的长寿面早已做好。

"兰儿，你们先吃完睡觉，明天还要上学，不要等爸爸了。"

"妈妈，我们要等爸爸回来一起吃。"

爸爸终于回来，可是她们早已睡着了。等妈妈将长寿面端上桌，爸爸靠着椅子在桌边也沉沉睡去，嘴角露出欣慰的笑，因为桥墩基础今天终于顺利完工了。

寒假的时候，爸爸带姐妹俩到渭河边，指着耸立在河道里的桥墩："要赶在明年雨季之前把桥修好，那样两岸的人就能在渭河盛水期安全通行。"

走在河岸上，望着结冰的渭河，爸爸的声音萦绕在耳畔，"渭河上有十几家砂厂，桥梁建设的所有砂石料都来自渭河。渭河砂粒径均匀是优质的基建材料。"当地几乎90%楼盘、桥梁、甚至每一寸沥青路面的砂石材料都来自渭河。每每想到我们的房子，家园都有渭河的影子，对这条河心中就会充满感激和温暖的情愫，就像爸爸离自己已经遥不可及，但如山的爱深藏心底，让我们不觉孤单。

物资匮乏的年代里，亲爱的爸爸用自己的双手给她们制作风筝、小木娃娃、订制笔记本，让娃们度过幸福快乐的童年和少年时光。凯兰11岁的生日礼物是父亲用一块白色的渭河石亲手磨成的心形小坠子。一枚饱满漂亮的小石心坠子是他用了一个月工作的间隙才打磨而成的。爸爸已经仙逝多年，看到它就会想起那无私殷殷的爱，想起他的坚韧、朴实和善良，让凯兰勇敢地面对一切困难和挑战。

　　经过 16 个月艰苦的施工，1989 年 8 月这座沟通南北的渭河大桥终于建成了，这座桥凝聚着无数建设者心血和汗水的桥，成立联通北部 9 个乡镇通往城区的干线通道。

　　很多年后，当爸爸已经仙逝，禹河这在外人看来这貌似土气的称谓，是智慧、可亲可敬的乡亲们是用自己心底最纯正、朴素、钟爱的名字去呼唤着它。

　　眼前是滚滚东去的渭河，河道里施工机械正在架设管道、引流，新的大桥建设序幕已经拉开。泪眼婆娑中，亲爱的爸爸你在天堂好吗？

　　公司最早种植天麻的种植场后来被专门用作马铃薯瓶苗扩繁基地，几年前，种植场周边流转的 20 亩土地建成了 12 个日光节能温室。引进栽种优质"红提"葡萄，通过检测比较"巨峰"、"醉金香"等品种葡萄，甜度在 20 度左右，而"红提"葡萄高达 25 度多。该果果皮中厚，易剥离，肉质坚实而脆，细嫩多汁，硬度大，刀切而不流汁。香甜可口，风味独特。是鲜食葡萄品种中最珍贵的和最具有商业价值的品种之一。

　　金秋的田野蓝天白云，山上的落叶松、红桦、云杉等树木呈现出金黄、橙红、黛绿等缤纷的色彩，光彩夺目，令人沉醉。每到秋天这里就变成了一个五彩斑斓的世界，美的多姿多彩，美的如诗如画。走到这里，就仿佛走进了一个色彩斑斓的梦中，这里有碧波盈盈的河水，远处苍茫的原始森林，两岸层峦叠嶂的树木，吸引着人们的目光，仿佛漫步在仙境之中，走进五彩缤纷，绚烂多彩的梦。

　　秋天是色彩最绚丽的季节，深邃幽蓝的天空，如火耀眼的红枫，金黄的落叶松，所有浓烈的色块都组合在一起，无论从什么角度，永远都是一幅绝美的画面。这里的景致保持着世间几近绝迹的纯粹，其独特的地貌和原生态的自然风光，这里的天空古朴、高远，这里的大地苍劲、广阔，这里的水湛蓝、清澈，这里的树安静、茂盛，这里的一切都是那么的幽远深邃。

　　葡萄园由附近村子的党老汉负责管理，党老汉是村里的贫困户，葡萄园吸收了村里 6 个人务工，让他们在家门口实现了就业。

看着一串串晶莹剔透的葡萄吸足了养分，格外地饱满发亮，就像一粒粒璀璨的珍珠，散发出诱人的醇香。幸福是什么味道？我的幸福是酸甜的葡萄味！凯兰常自嘲自己就是个馋嘴的吃货，小时候家里有两株大大的葡萄，她们在葡萄架下背书，每到葡萄收获的日子，妈妈总会安排她们将紫莹莹的葡萄送给邻居们。

公司的葡萄园进入盛果期以来，凯兰便安排要将采摘的第一茬葡萄送给镇里养老院的孤寡老人们。岁月荏苒，幸福的味道在默默地传递。

丰盈的葡萄园里熙熙攘攘，人们提着采摘篮，漫步在葡萄架下，穿行在葡萄藤蔓间，亲手采摘天然无公害的葡萄，触碰果实的丰满与润滑感，感受劳动的快乐，品尝原汁原味的甘甜，享受着家人其乐融融的幸福。

第七十四章　马铃薯文化博览园

凯兰永远也忘不了，首长视察公司的情景。"你们要进一步努力做好马铃薯产业，要做精做深，做大做强。"

"希望你们更加努力，为发展马铃薯产业作出更大贡献！"他的话言犹在耳，激励着自己不断前行。

公司连续召开两次董事会和股东大会，将拟定《马铃薯文化博览园项目规划案》中建设马铃薯深加工基地、马铃薯信息大厦、餐饮文化园等具体项目提交讨论，董事会及股东代表经过激烈讨论，几经波折最终通过议案。

县政府正在规划建设开发区，如果项目能落户开发区，对公司的发展将会带来更大的契机。凯兰带着公司《马铃薯文化博览园项目规划书》来到县政府，准备找县委副书记、县长洪军汇报。

洪军是6年前从邻县调任来的，五十来岁的中年人，高大的身材，浓眉大眼，一双虎目炯炯有神，英气逼人。6年的日子里，他数次深入公司马铃薯基地调研、检查、指导工作，他亲切的话语，爽朗的笑声，雷厉风行的工作作风让所有人津津乐道。

凯兰来到二楼洪军县长办公室门前，门开着一条缝，她抬手敲门，听到敲门声，里面传出一个男人浑厚的声音："请进"。

妞妞将轮椅推进去，自己悄悄退出门外。洪军正在办公桌前批阅文件，抬起头看见她，他放下笔起身。

"洪县长，您好！今天来找您，是想汇报一下公司近期的工作和项目规划。"

洪军伸出右手和凯兰亲切地握手："凯兰同志你行动不方便，有些工作打电话汇报就可以，不必要来回跑吗。"

听着洪军的话，凯兰心中涌起一阵暖流。洪军转身推着轮椅走到茶几前，亲自给她泡上一杯茶水。

"洪县长，感谢您一直以来对我们公司的关怀和支持！今天打扰您，是想当面向您汇报我们公司规划在开发区建设马铃薯博览园项目的构想，请您多指导支持。"

洪军坐在沙发上，凯兰将项目策划书递给他。她将公司规划建设以马铃薯深加工基地、马铃薯文化展厅等为核心的马铃薯博览园项目规划进行了详细汇报。洪军听着汇报，频频点头，并不时提出更有建设性的意见。

听完凯兰的汇报，洪军爽朗地说："这个项目对做大做强我县马铃薯产业，推动马铃薯主食化道路，推进我县精准扶贫向纵深发展，带动当地群众就业有重要的意义，是利民兴县的好事。我本人会大力支持的，你回去把项目规划书的相关细节内容做进一步地修改完善，在此基础上拿出更科学可行的项目策划书，我会提交县长办公会议做专题研究。"

"洪县长，感谢您一直以来对我们的支持和帮助，等项目策划书修改完善后，我就给您送来。"看到凯兰从办公室出来，妞妞三步并作两步迎上来。

"姨，今天汇报的怎么样？"

"今天太高兴了，"凯兰按捺不住的喜悦，"洪县长表示会全力支持这个项目的建设，并提出了建议，我们回去马上着手对项目规划书进一步修改完善，再上报讨论研究。"

"那真的太好了！"妞妞开心地推着她走出办公大楼。

政府大院空气中弥漫着桂花沁人的幽香，花坛里的几盆状元红桂花花团锦簇。每到金秋季节，这里远远就能闻见扑鼻的香气，总能把人带到一个美好而甜蜜的世界。凯兰酷爱这些细小的花，生的清丽典雅，在尘埃中挺拔，以一种孤婉转成一道风景，让人情不自禁。状元红桂花本是江南花种，自是江南女子的韵味。它像一个曼妙的女子用生命去绽放，以短暂的花期结束自己清香的一生。秋渐渐远离，花儿一瓣一瓣凋零，在泥土中把香气散尽。

公司重新修改完善的《马铃薯博览园项目策划书》很快提交县政府，半个月后，洪军主持召开县长办公会议，建设马铃薯博览园项目作为其中一项议题进行讨论。政府办主任高明将项目策划案复印件给与会领导都分发了一份，会议安排十分钟时间供与会领导审阅项目策划案。

"绿源公司规划建设马铃薯博览园的项目策划书大家都已经看了，发表一下各自的意见吧。"洪军说道。

"我本人认为这个项目建设实施很有意义，对于推动我县马铃薯主食化进程、推动我县马铃薯产业发展有战略性意义，我赞成上马。"

"我的意见是发展马铃薯深加工基地固然好，但是某些地方发展马铃薯主食化产品不尽人意，仓促上马很可能造成人力物力的浪费，我持保留意见。"会议室内大家议论纷纷，赞成者有之，反对者有之。

听完大家的讨论发言，洪军微皱着眉头，一脸坚毅的神情，他掷地有声地说："我个人认为这个项目的规划建设对推动我县马铃薯产业向纵深发展有着重要的意义，国家启动马铃薯主食化就是用它加工成适合中国人消费习惯的馒头、面条、米粉等主食产品，实现马铃薯由副食消费向主食消费转变、由原料产品向产业化系列制成品转变、由温饱消费向营养健康消费转变。我县的马铃薯产业化取得阶段性进展，但要满足潜力巨大的市场，还需要从各环节入手，不断加快产业化步伐，推进马铃薯主食化产业化，这一项目建成后对推动我县精准扶贫和贫困就业有积极的意义。我们不能因为惧怕看到某些地方的失败而却步，更不能因为个人得失而逃避。"

会议最后通过表决，赞成者以相对优势通过公司马铃薯博览园的建设规划方案。洪军从当地长远发展的角度出发，经常带领有关部门的领导深入现场，开展调研、反复论证，现场拍板，使马铃薯博览苑很快上马建设。在建设的过程中，他牵挂着建设进度，定期听取有关部门的汇报，督促进度，为马铃薯博览苑的建设给予大力支持，也为马铃薯产业链的不断拉长付出心力。

公司引进目前国内最先进方便粉丝自动化生产设备和"在线连续急冻老化开粉"生产工艺，食品安全保障一举达到了国际先进水平，公司建立健全严格的质量管理认证体系，严密的产品质量追溯体系，确保每一件产品从原材料到成品每一个环节都有据可查，真正将无添加、非油炸由理念变为现实。公司与四川某食品公司达成指导建厂和设备选型的战略合作协议，借力四川公司的研发团队，打造出自主品牌成功上市，致力研发马铃薯主食化快餐食品，惠及千家万户。

马铃薯文化主题博览园，建设面积5838平方米，以渭河、马铃薯文化为主题，全面展示马铃薯良种繁育、成品薯种植、产品加工，提供餐饮服务、旅游观光等服务。公司抢抓国家"丝绸之路经济带"和华夏文明传承创新区重大战略机遇，围绕"大渭河、大文化、大旅游、大产业"发展定位，按照"华夏文明渭河源"战略品牌总体要求，打造宣传渭河文化、马铃薯文化，让马铃薯插上文化的翅膀，进一步提升渭河文化的知名度和影响力，构建渭河文化、生态旅游和产业融合的文化产业发展大格局。

国内一位学者听闻凯兰励志创业的故事，实地考察采风之后，心潮澎湃难以自抑，欣然作《薯王赋》以赠："渭水横空，华夏滥觞，文明肇兴，故国洋洋。桥有灞陵，绾毂秦陇，人有夷齐，贤名传扬。秦皇挥剑，炀帝巡边，鸟鼠同穴，实属奇观。大禹定源，三品神泉，粟广之野，桑麻成田。洪荒及今，薯算珍家，既可饱腹，又可延生。华实蔽野，黍稷盈畴，光言富庶，春秋千年。人杰地灵，石可成金，薯本外物，繁生衍育。汲天灵气，采土淳德，根植华野，养吾庶黎……"

　　一年后，马铃薯主食化自主品牌召开新品发布会，公司研发生产的19个单品产品全面推向市场，马铃薯餐饮文化园开园迎宾。餐饮文化园雕刻着《薯王赋》汉简，高约6米，简片宽20公分，汇聚了文学、书法、雕刻于一体。《薯王赋》是对渭河马铃薯文化的重要记载和传承，也是对马铃薯产业从引进、繁殖、推广到普及的详细记载，更是对马铃薯从救命薯、温饱薯、致富薯到小康薯演绎的记录，凝聚着几代人对马铃薯的情思和遐想。

　　当人们在融和苏州园林与徽派风格的生态文化园流连忘返，在马铃薯产品展厅感叹马铃薯的前世今生，洋芋，于我们，不是桌上的菜，不是碗里的饭，也不是书本上的主粮，而是一段记忆，一本故事，一种痛苦和艰难中励志向前的欣慰，一根牵扯在我们内心的丝线……

第七十五章　鲁冰花海

　　马铃薯文化餐饮园开园庆典和主食化产品新闻发布会成功举行，文化展厅主体结构完成进入后期装修。这天傍晚凯兰接到小爱的电话："咱们去和政观赏鲁冰花吧，就算给自己放个假休闲放松一下。"

　　"好啊，周末咱们就去，这段时间真的太累，是该让自己放松一下啦。"

　　"夜夜想起妈妈的话，闪闪的泪光鲁冰花……家乡的茶园开满花，妈妈的心肝在天涯，夜夜想起妈妈的话，闪闪的泪光鲁冰花……"这首是儿时最喜欢的儿歌，当年流着眼泪看过电影《鲁冰花》，那茶园，那不幸夭折的"坏孩子"天才少年古阿明和他的老师郭云天，梦中的鲁冰花用来象征母爱，它开满乡间田野，点染农村景致，花叶凋零后作为花肥，所以又叫"母亲花"。

　　几天后，凯兰和小爱如约来到和政鲁冰花公园，观赏梦中的鲁冰花。鲁冰花公园是由当地富农种苗专业合作社打造建设，富农合作社几年来陆续建成了富农花海鲁冰花基地、牡丹园、花海中心基地。在富农基地里有牡丹、芍药、鲁冰花、金鱼草、醉蝶、大花葱、剑兰、香水百合、冰岛虞美人、金露梅等花卉品种。这些花农在乡间用辛勤的劳动，将山水之间的农田变成童话乐园。

鲁冰花学名羽扇豆，是豆科羽扇豆属植物的统称。我国台湾地区山地的茶农在种植茶叶，特别是其特有的高山云雾茶时，需要在茶山周边、甚至是茶叶植株的附近种上鲁冰花，据说它可以帮助茶叶健康生长，并且可以让茶叶具有芳香甜美的作用。并不起眼的鲁冰花，却正如同世间最真挚的爱——母爱一样无私和伟大。这里的鲁冰花有鹅黄色、红色、浅蓝、粉红、砖红、白色及双色等颜色，散发着浓烈的、沁人心脾的香味。

小爱推着轮椅，她们在花海的小径上漫步。公园里播放着甄妮的《鲁冰花》，悠悠的歌声里，置身花海，就像来到童话王国。今天是小爱开车来的，只有她们两个人。妞妞和男朋友正在准备婚礼，凯兰给她放了假。

当年，她们相约去省城观赏郁金香，物是人非，转瞬已经十年。十年的岁月经历多少磨难和不易，欢乐、忧愁、辛酸、奋斗、抗争，感谢生命中拥有彼此，风雨中相助相守，生命因为真挚的友谊而绽放华彩。

公园里还有美丽的大花葱，花梗自叶丛中抽出，球状花序由上千朵小花组成，紫红色的小花呈星状展开。花球也随着小花开放而逐渐增大，美丽异常。冰岛虞美人也因为虞美人这个名字更加凄美，传说千年之前，在虞姬的坟墓之上长出了一株特别的植物，它茎细且直，花单生于花萼之上，微风吹来似美人起舞，于是将它取名虞美人。虞美人的花语可能也是受凄美故事的影响，多含有忧伤的寓意。不同颜色的虞美人含有不同的花语。白色的虞美人代表安慰、慰问，红色的虞美人代表顺从，冰岛虞美人更是伤感，代表生离死别。冰岛虞美人能更加的适应寒冷环境，似乎又为其添加一丝凄凉之美。

花海里几朵红色虞美人分外的鲜艳美丽，这是千年后虞姬的灵魂所化吗？它们置身花丛之中，就像美丽的虞姬傲世独立，让游人不可近观，只能远眺，成了传奇！

花海里也有一大片向日葵，黄灿灿的向日葵开得别样美丽。向日葵除了丰盈的果实，更是献给父亲最美的花，父亲在的日子天天是晴天。3年前，小爱的父亲在省城探亲途中猝然长逝，父亲的离去一度让她无法走出痛苦，惧怕去看父亲的遗像，不敢提及父亲的任何往事。

凯兰无论多忙，每天都要给小爱打电话问候，两个人常常说着说着就会一起流泪，安慰她、陪伴她走出痛苦的阴霾。

爸爸的手上长着几个常年褪不掉的厚厚老茧，这些苦涩而温暖的记忆伴着她成长的脚步，留下深深的烙印。初春的季节里，爸爸就会给她扎风筝。他先用竹篾扎出骨架，再贴上彩纸，用画笔画出眼睛和嘴巴及各种美丽的图案。爸爸的风筝做得惟妙惟肖，他没有学过绘画，做得风筝却那般精美，也许那些美丽的图案本就藏在他的心中。"又是一年三月三，风筝飞满天，抓把泥土试试风，放开长长的线……"

放风筝的日子，爸爸牵着自己的小手去体育场放风筝，教她放线、收线，风筝高高地飞在天上，他的眉眼里带着满满的爱意。这些年来，每到风筝满天的日子，她总会哼唱起这首歌谣，记忆中的风筝高高飞在碧蓝的天空，但是做风筝的人却……

祖辈们大都酷爱秦腔，在老家那方小戏台上，他们用激越、悲壮、深沉的唱腔，演绎人世间悲欢离合。年轻的时候，爸爸营务戏箱可是一把好手，当年为了保存下几箱戏装，他没少操心受累，后来存下的这几箱戏装成了村里的宝贝物件，20世纪80年代初村里成了方圆几十里最早能唱起大戏的村子。当年县秦剧团几次要调爸爸去团里工作，他都婉言谢绝了，也许他已经看明白人生如戏，洞察生命中的悲欢离合和跌宕起伏吧！

儿时每逢过年庙会，爸爸总会被村里早早叫着拾掇戏箱。他虽然没有经过专业培训，却有很高的悟性。当年能看上西安易俗社、三易社的一本秦腔是最开心快乐的事。戏曲武生穿的叫靠，分为硬靠、软靠、改良靠。爸爸给演员穿戴的靠和靠旗，演员们演出的时候靠旗不掉不斜，表演时能发挥地淋漓尽致、轻松自如。演完曲目演员穿的剧装他都摆放的井井有条，换装也是忙而不乱，有条不紊。演出结束后，演员们卸装，他则忙于收拾衣物，整理戏箱。爸爸能准确无误地哼唱全本的《三滴血》《火焰驹》《血泪仇》《辕门斩子》……

她从小听着《赵氏孤儿》陈婴、《辕门斩子》的杨彦景、《周仁回府》的周仁、《铡美案》中包相爷的故事长大，父亲用陈婴、周仁这些戏中的人物教育她做人要善良、诚信、坚韧、勇敢。

她曾经不止一次问过爸爸，周仁和陈婴舍弃妻儿，忍辱负重到底图什么？爸爸说："人在世上为了道义，活着必有所为，有所不为！"父辈们的勤劳、善良、无私、宽容是馈赠给她们一生无穷的财富。正是有这样善良、坚韧的父辈们，才培养出她们善良、诚信的人生观和价值观。

父亲就是她们心中的向日葵，想到他们，心中就会充满苦涩温暖的情愫，她们的父亲都是最平凡的普通人，但他们教会儿女感恩，善良无私，虽然他们已不幸远去，如山的爱永远在心头，让自己不觉孤单，只要心中有爱，便不惧岁月寒凉。

"不要问我从哪里来，我的故乡在远方，为什么流浪，流浪远方，流浪，为了天空飞翔的小鸟，为了山间清流的小溪，为了宽阔的草原，流浪远方，流浪……"

在这片鲁冰花海里，又想起自己最爱的三毛，伴她走过成长的岁月中的《雨季不再来》《撒哈拉的故事》《哭泣的骆驼》《温柔的夜》《梦里花落知多少》，当三毛走过《滚滚红尘》，此刻任风吹动自己的长发，她就在心里、风里、云里……

观赏过鲁冰花，小爱驱车前往松鸣岩镇，她们在镇上品尝当地民族美食河沿面片和广河大结杏和野草莓。美丽的风景处处有，不同的是一起看风景的人。

一年前，凯兰当选全国政协委员期间，怀着无比激动的心情参加了全国两会。这半年以来，绿源公司致力于发展马铃薯主粮化产品的研发，她长期关注马铃薯产业高质量发展。"小爱，明年参加两会，我准备提交国家支持西北寒旱区马铃薯精深加工业创新发展的议案。我初步拟定了两项建议：一是将马铃薯纳入国家粮食补贴范围，提高农民积极性；二是对全营养马铃薯米等新型主食化产品进行推广应用，并将马铃薯米纳入粮食战略储备。"

马铃薯是我国继小麦、水稻和玉米之后的第四大栽培作物，种植面积达8000余万亩，位列全球第一，也是西北寒旱地区特色优势作物之一。马铃薯产业为深度贫困地区的经济社会发展作出了积极贡献，马铃薯产业从过去的"救命薯""温饱薯"正在向"致富薯""小康薯"过渡。马铃薯具有很高的营养价值、巨大的增产潜力和广阔的产业发展前景，近年来，我省马铃薯产业迅猛发展，正在从数量扩张阶段转向稳定规模、提升质量、持续创新的繁荣发展阶段。但是在马铃薯产业快速健康发展方面还存在一些亟待解决的困难和问题，主要表现在：一是马铃薯主食化应用率低。马铃薯主粮化，就是把马铃薯加工成符合中国人饮食习惯的像馒头、面条、米饭一样的主食。目前只是将马铃薯加工成淀粉及全粉后，作为辅助添加剂使用，应用率在5%左右；二是新鲜马铃薯由于储存期短，运输成本高，精深加工技术缺乏，附加值低。为推动马铃薯产业实现转型升级，进一步加快马铃薯产业助推精准扶贫精准脱贫步伐，实施乡村振兴战略，全营养马铃薯米是一种由马铃薯、稻米、谷物经加工而成的营养均衡、口感细腻的复合型主食产品，使马铃薯主食加工应用率达到50%左右，可解决马铃薯贮藏周期短、贮藏难的问题。马铃薯米的推广应用，将加强粮食战略储备，实现"粗粮细吃"，创造马铃薯加工"零排放、零污染"，推进马铃薯主食化进程，并通过精深加工带动马铃薯产业发展，辐射带动贫困农户脱贫，实现脱贫攻坚"扶上马、送一程"。

凯兰兴致勃勃地告诉小爱："我梦想着在未来几年争取规划建设马铃薯特色旅游小镇，让马铃薯在原有原种培育、深加工基地、博览园的基础上带动旅游产业发展……"

"我就知道你永远都不会放弃最初的梦想，想干就干吧，我会永远支持你！"

"小爱，谢谢你！无论有多少艰难险阻，我们都永不放弃梦想！"她们憧憬着美好的未来，凯兰大大的眸子里是坚毅执着，说到早逝的亲人，两个人眼中都噙着眼泪，但此刻的泪是浴火重生的泪，幸福的泪，激动的泪！

看着凯兰果敢和坚定的眼神，小爱想起那个远古的传说："在传说当中，凤凰是人世间幸福的使者，每500年，它就要背负着积累于在人间的所有痛苦和恩怨情仇，投身于熊熊烈火中自焚，以生命和美丽的终结换取人世的祥和与幸福。同样在肉体经受了巨大的痛苦和轮回后它们才能得以重生。凤凰投入火中，浴火新生，成为美丽永生的火凤凰……"黄土地的儿女们，她们正经历着脱胎换骨的嬗变，为了梦想，奋力奔跑。

第七十六章　物流园

2017年6月底，在隆隆的礼炮声中，投资35亿元建设的公铁联运军民融合应急物流园区项目在定西市开工奠基，这是北京兴邦物流公司在定西市开发建设的西北五省区首屈一指的现代物流应急园区。林健作为特邀嘉宾出席开工仪式，和与会嘉宾一起培土奠基。他和北京兴邦物流公司董事长万鹏程的手紧紧握在一起："我们多年的梦想终于实现了……"

十年前，林健担任市发改委副主任时，到广东省考察学习。林健对这次考察充满期待，期望通过考察学习，将对方成功的经验带回去对脱贫有所帮助。考察团陆续考察了深圳、广州、东莞，一周后来到佛山考察。佛山市位于广东省中南部，地处珠江三角洲腹地，东倚广州，南邻港澳，地理位置优越，气候温和，雨量充足，四季如春，属亚热带季风性湿润气候，自古就是富饶的鱼米之乡。佛山的商业发展历史源远流长，有着"广纱中心"、"南国陶都"的美誉，悠久的历史，孕育了佛山独具魅力的岭南传统文化。

在佛山，他们考察的第一站是一家现代物流园，这个按照专业化、规模化、集约化的要求和"建设一个园区、繁荣一个市场、发展一个产业"的思路打造的现代物流园区，吸纳同类型的物流企业和商贸经营者入驻，整个物流园区呈现出欣欣向荣的景象。豪盛物流集团的董事长牛雄，个头不高，挺着个臃肿的大肚子，头大脖子短，显得很不协调，长着一双鼠目，眼睛叽里咕噜地转透出一种精明狡黠。

"欢迎诸位领导莅临指导，这里是我集团公司旗下的一处农产品物流园区。"牛雄用不流利的普通话介绍着。

考察团团长逐一介绍成员和他认识，牛雄殷勤地和来自福建、上海等发达省份的团友握手，寒暄交流，"我们公司计划在贵省拓展业务，要请您多多关照啦！"

轮到介绍林健的时候，林健友好地伸出手去："牛总您好，很高兴见到您，我是来自定西市的林健。"

"这个地方我好像听说过，你们那边贫穷落后得很吗，大概对物流的重要性没什么概念……"他们礼节性地握了手，便转身离开。参观完物流园，到他们公司旗下的酒店就餐时，牛雄与发达省市的参观考察团成员热情寒暄，频频敬酒，杯杯豪饮。

等到林健他们桌的时候，他的酒杯只在唇边碰了一下便草草了事。在这个精明的商人眼中，对发达地区的"财神爷们"要好好款待，谋求更多的发展机会。看着这人势利轻蔑的神情，林健心里很痛，他心中像打翻了五味瓶。

回到宾馆，他打开日记本开始写日记："我市作为干旱欠发达地区，大力发展现代化物流势在必行。商贸物流是城市化进程中的有机组成部分，是城市功能优化和城市空间布局优化的重要组成部分，是城市第三产业发展的平台。我们需要整合和改造提升现有商贸物流专业批发市场、仓储设施，加快发展专业市场体系，扩大商贸物流产业发展规模。我们要引导物流企业加快物流配送中心建设，建立专业物流公司、配送中心、直达供货、连锁经营等现代物流企业，培育多式联运、货运中转站、散货集中配送、快递等新型物流业态，批发交易与生产加工、物流配送相结合的路子，促进现代物流产业链的完整发展，实现生产、交易、仓储配送一体化，物畅其流……"

夜已经很深了，林健躺在床上，辗转反侧难以入睡，今天牛雄的傲慢就像一根刺，扎的他心痛。这已经不是第一次了，在很多人眼里，我们落后贫穷，外出打工的人缺少技术，只能干最重最累的活，拿最低的工资。农产品外销难，更是制约群众脱贫致富的瓶颈。就算遇到多少艰难险阻，现代物流园一定要在家乡落地生根……

十年来，他常常会做梦："一只身子黑黑的、嘴白白的、爪子红红的，脑袋上还有花纹的鸟儿，嘴里叫着'精卫、精卫'，叼起西山的石子、树枝往东飞，飞到东海，就把石子、树枝填到海里，然后再回来叼。精卫鸟一刻不停地从西山衔来石子和树枝，往东海填。遇到狂风暴雨，它在风雨中穿行。有时候，它离水面太近了，海上的恶浪要把它吞没，它会像箭一样从海面掠过，呼唤着新的精卫鸟继续来填海。在它身后，有很多只小精卫，在风雨里穿行，搏击……"

自己分明能感到海水的苦咸，用生命搏击的精卫鸟在他梦里，更在他心里。早逝的方俊，你就是这不死的精卫鸟，你的精神激励着千千万万的干部在脱贫攻坚的路上，披荆斩棘、励志前行！毛主席说共产党员就是愚公，人民就是共产党人的天，为了人民的利益，什么样的困难都能克服，什么样的大山都能移走。共产党人在革命时代，推翻了压在民众身上的三座大山，在新时代建设的征途上，我们众志成城、齐心协力向贫困宣战，一定会移走这贫困的大山，走向共同富裕。

洮洮洮河水，连片马铃薯在风中摇曳，空气中弥漫着醉人的药香，他像一只丽日里轻快的鸽子在天空滑行，远处传来悠悠的歌声："这是一片迷人的土地，西部大开发在这里播种生机，这是一片希望的土地，陇上文化城从这里冲天而起。望一望层层梯田，洋芋花卉在这里创造奇迹……"即使与故乡相隔千里，这片土地永远是他魂牵梦萦的灵魂家园！

8月15日，是挚友方俊逝世三周年的祭日，林健从北京回乡专程去看望挚友的妻子和遗孤。三年过去，小姑娘已经上了小学，把孩子抱在怀里，他又一次垂泪。

皓月当空，想起方俊和逝去的挚爱亲人，家族兴衰百年，故园家国梦，万千思绪凝于笔端，林健为挚友含泪写成祭文一篇。

时维公元二〇一七年八月十五日，农历丁酉年闰六月廿四，乃三周年祭奠之期，恭具香烛楮财、时鲜供品，置祭于灵前，作揖叩首，低头泣血告慰祭奠之词：

甲午年七月二十昼，惊悉噩耗，急奔临洮。晴天霹雳，天妒英才。痛心疾首，惶恐失措。一家之柱，撒手人寰。出殡之日，百姓相送。洮水呜咽，岳麓悲鸣。天昏地暗，无力回天。呼天唤地，肝肠寸断。阴阳相隔，生死茫茫。哀声悲啼，往事如泉。

弟兄六人，排行为五。出身农家，少衣少食，抬水割草，体谅父母。不畏困难，艰苦朴素，天资聪慧，少年大志。煤油灯下，挑灯苦读，分秒必争，手不释卷。文科状元，北大学子，轰动桑梓，增光添彩。天之骄子，家之希望，终成佳话，激励后辈。

千里之外，燕园求学，未名湖畔，谈笑风生。聆听大师，博古通今，北大熏陶，家国情怀。

燕园归来，甘肃考古。敦煌戈壁，练就人生。悬泉遗址，元致子方。魏晋壁画，唐代彩绘。秦公大墓，敦煌佛爷，整理研究，成果显著。

母亲离世，抱憾终生，未见终面，痛心不已。每遇想起，以泪洗面。母亲鞋垫，常伴于身，母子情深，天地可鉴。

留学东瀛，东渡神户。师从名门，百桥明穗。成绩优异，学贯中西，博士学位，用时最短。史无前例，首屈一指。京都访学，拜至富谷，鸿篇巨著，译成中文。经典译著，影响深远。学友会长，华侨理事。长江水灾，台湾地震，奔赴街头，积极募捐。心系家国，倡导友好。绿化黄河，功德希望，爱国情怀，淋漓尽致。

日本学成，毅然归国，一腔热血，雄心壮志，义无反顾，奉献家乡。从政陇原，施展才华。省委办公，主动请缨。挂职基层，赴任定西。文化招牌，李家龙宫，借力招商，成效卓越。千年药乡，中国药都。陇西安定，调任临洮，出门招商，回家下乡。一村一品，精准施策，文化兴县，产业富县。亲民爱民，一视同仁，为人随和，不忘初心。

壮志未酬，英年早逝，老父幼女，实心不忍。音容笑貌，不绝于心。痛失挚友，言难表尽。时代楷模，陇人骄子，此木生芳，万世留香。跪拜灵前，恭奉清酌。一路走好，早登极乐！

哀哉

尚飨

丁酉年桂月

林健拜祭

第二天清晨，林健接到凯兰的电话，邀请他和家人到马铃薯博览园参观游览。

林健站在马铃薯产业园热火朝天的建设工地上，心潮澎湃眼前规格一流、设备完善、传统文化浓郁的博览园，正在实现着强县战略对薯业发展的期望。凯兰和她的团队在这个大手笔大抒写的大好时代，正在铸就一片璀璨的神奇。

第七十七章　寻访红崖湾

林健参加完物流园奠基仪式后回到老家，当天晚上，正陪着父亲看电视，手机嗡嗡地响起来。

"林处长最近可好？我是赵坡。"

"老赵你好，我前天刚从北京回来，上午参加了物流园区的奠基仪式，好长时间不见了，最近忙什么呢？"赵坡是邻县政协文史委主任，他多年的好友。

"我刚看新闻才知道你回来的,明天有安排吗?我们组织文史委员去参观红崖湾纪念馆,老兄有没有兴趣一起去看看?"

"没问题,红崖湾我早有耳闻,我可以带父亲一起去看看,我问问老爷子的意见……"

第二天一早,林健和父亲开车来到约定的地点红山头,赵坡一行人已经在路口等他们。

"林叔,您老人家身体还这么硬朗哩!"赵坡向林老伯问好。

"小赵,我好着呢,能吃能睡,就是偶尔血压高点,你还是老样子么。"

"在您老跟前,我们小辈不敢说老,我今年也五十喽。您看这地方叫红山头,这块宝地传说是孙大圣踢翻了太上老君的炼丹炉烧成红色的……"赵坡是当地的文史专家,个性豪爽健谈,当地的人文历史随口拈来。

一行人都互相打过招呼,便驱车赶往红崖湾。汽车在西五公路上行驶,公路两旁的行道树郁郁葱葱,像一个个忠诚的卫兵。

40年后,红崖湾已不是当初的那个小山村。当他们再次走进这个曾经"过不下去日子"的山村,山坡上新植的花椒树舒展着嫩绿的叶子,梯田里绿油油的小麦长势喜人,信号塔下的村子里不时传出牛羊的叫声,一派生机勃勃的田园风光。一条新修的水泥路从碧岩镇通到了村口,动力电接到了庄里,家家通上了自来水,户户都有了摩托车、三轮车,有些家庭还买上小汽车。村里6户人家留在山上搞养殖的同时,还种着中药材,还有300亩花椒林;其他的6户人家则走出山村发展,把家安到了山下镇里、县城甚至外地。

大家将车停放在纪念馆前的停车场上,当地乡镇副镇长赵小刚和万沟村村主任杨军迎了上来。

"赵主任,欢迎你们到红崖湾来,欢迎诸位领导的到来!"赵小刚和赵坡热情地握手。因为主管这块工作,赵小刚和文史委员们都是老熟人。

"小赵,老杨,这是林老伯和林处长,他们今天也特地从老家过来参观咱们的纪念馆。"

"林叔您好,林处长您好,欢迎你们到红崖湾来参观指导。"

红崖湾纪念馆位于碧岩镇万沟村,2011年11月18日建成开馆, 2015年12月30日,被甘肃省博物馆协会批准为甘肃省第二批文化遗产"历史再现"工程"乡村记忆"博物馆。纪念馆主要由红崖湾纪念碑、文化墙、展厅三部分组成。展厅占地面积98平方米,展室2间。有展板22块,实物60多件,纪录片4部。收集展出有当时群众使用过的生产生活工具30多件,主要有升子、马灯、瓦桶子、木风箱、喝茶用的火炉、做豆腐用的手推磨、海燕牌收音机、纺线车、分地用过的绳和斧刨、秤粮食用的大秤等。档案资料30多件,珍藏着当时的县委书记在全县四级干部会议上的讲话、党支部会议记录、存根清单(1978年)、现金流水账、1978年原万沟大队干部大会工作记录、1979年原万沟大队口粮供应粮花名册等。《红崖湾的秘密》一书的编著出版,以翔实的史料对红崖湾实行包产到户的全过程进行了全面的介绍和宣传,揭开红崖湾那些尘封的往事。

大家围坐一起,观看了红崖湾包产到户专题片《亲历大包干》,参观完红崖湾纪念馆,杨军带着大家走访看望79岁高龄、时任生产队会计的何应俊老人。提起当初包产到户时的情景,老人记忆犹新。

大家坐在宽敞明亮的堂屋里,杨军煮起罐罐茶,老人将当年的往事娓娓道来。

"那时候真叫个苦啊,那时的红崖湾,是远近闻名的'讨饭生产队'。吃不饱肚子,全队12户人家中'有本事'的青壮年都外出讨饭,一年四季也混不上个肚儿圆。因为穷,全队没有一户人家向国家交过一斤粮,家家户户靠回销粮度日。同样也是因为穷,生产队没人愿意当队长,也选不出来队长,便每家轮流当。"

"唉,何老哥呀!说起当年的日子,真叫一个难,我当年去北海煤矿挖煤,差点没冻死在火车上,家里老人、娃们多,有了上顿愁下顿……"

"没办法在煤矿上豁出命下井,老人孩子都丢在家里照顾不上,我们下矿第二年发生瓦斯爆炸事故,同住一个宿舍的人没了两个,想起一家老小,煤矿上这危险的活说啥也不能干了。东奔西跑承包了村里荒废的旧水磨,没日没夜辛苦两个月，满怀信心准备开水磨，指望平常磨面榨油，空闲也能加工做盘香的香料，原想着给村里交完租金能多少有点盈余，拉扯一家老小。谁能想到在开业的前一天晚上，让村里的懒汉偷放一把火烧光，还差点把我烧死在里面……"说起往事，两个古稀老人的眼圈都泛红。

"老兄弟啊，当年村里人扒煤车，相跟到陕西讨饭、背粮，那苦日子，咱们老辈子人都忘不了哩。那一年，红崖湾的生产队长没人当，没个队长组织大伙生产，成为红崖湾生产队和万沟大队甚至碧岩公社的一道难题。实在没办法，时任碧岩公社书记的袁志茂找到县委书记张自强反映情况，而张自强也正在积极寻找能让社员吃饱饭、调动群众生产积极性的出路。

张自强问：'你想怎么办？'

袁志茂回答说：'能让我回去给他们包产到户吗？'

听到这个答案，张自强书记表面上说了句'你胆子可真大'，私底下却让他回去悄悄试办。同时，两人'约法三章'：'第一条，你在公社不准讨论，我在县里也不讨论，你知我知咱俩知道就行。第二条，你回去后给社员宣布一条铁的纪律，要绝对保密，对亲戚朋友都不能说。第三条，当年粮食打下来以后，第一场打碾的粮食必须按公社分配的数目缴清公粮。'

当年秋收之后，红崖湾12户人家种上了冬麦，同时也将希望种在了黄土地里。我们庄子不管老的少的、男的女的都像疯了一样，睡下急着等不到天亮，一心想着下地劳动刨光阴。天黑了，在地里干着不愿回家，生怕干得比别人少；劳动起来，恨不得把土地爷都挖出来。没有搞包产到户以前，公家的庄稼地半地是草。现在社员的承包地里，连一根草根根都不留。"

第二年，红崖湾迎来了大丰收。队里的人都交够了公粮，家家有了饭吃。"那年我们家里的柜子、袋子里全装满了粮食，老七家人口多，以前不够吃，但那一年整整粜了4车粮食……"这是红崖湾几十年来都少有的景象。

"几天后，县委张书记和公社袁书记在生产队长家里开会，就来年再这么弄不弄了、包产到户的政策继续执行不执行等问题征求社员意见。大伙都眼巴巴地盯着他们，我们就一个主意，把地收回去怕是不行的，我们还想这么干，不这么干不行，你们书记干部今晚必须把这个主做下了再走。最终，会议决定来年继续照样办。"

这次会议，没有再强调保密，也让红崖湾的"秘密"变成了公开的秘密。

"1979年，全县31个生产队率先有组织地公开试行以包产到户为主要内容的'大包干'。截至1980年9月，全县实行包产到户的生产队占到了总数的81%；10月底，全县2226个生产队中只有3个没有实行包产到户。而此时，全国实行包产到户的生产队只有15%。"

从何老汉家出来，林健和赵坡站在山坡上，风中弥漫着山花的甜香。

"老赵，你负责编辑修正的戴老先生的《金石文存集》进展如何？"

"碑文拓片的整理和考证工作正在紧张进行，真觉得时间不够用，这段时间老是腿疼，身体也是状况不好。"

"你的腿不方便真得多注意，我们都是被工作逼着自己，就像停不下的陀螺……"赵坡儿时得过小儿麻痹，右腿留下残疾，看着他疲惫憔悴的面容，林健不禁担心起来。

"老林没事，这么多年早习惯了。我还有个梦想，想把秦武昭帝姚苌史料挖掘整理出来。姚苌灭符坚建立后秦，其子姚兴为十六国时期最贤明的帝王。后秦一度成为当时最鼎盛的王朝，虽然姚苌诱杀符坚历来被人所诟，但他是乱世中的枭雄，人品优劣难掩他的雄才伟略。你看，这座山背后就是姚苌的出生地……"

"去年我实地寻访了六次，经过各方面的努力，终于证实了70多年前曹家岘红军遗址，这是我最感到欣慰的事，曹家岘史料已经列入陇右革命纪念馆。老林，由于历史原因，你家林盛永老太爷的事迹资料很遗憾的缺失，现在急需整理，烽火岁月中那些的见证者和亲历者大部分已离世，健在的都成耄耋老人，这事可不能再耽搁啦，这既是对前辈最好的纪念，更是对我们子孙后代的激励，铭记历史，走向明天……"

"老赵，你真是为了文史工作呕心沥血的努力，让我感动啊！我三爷正在整理太爷爷的相关资料，对我们后代来说，努力做一个对社会有所贡献的人更是对祖辈最好的纪念。"

他们的谈话还在继续，放学的孩子们排着整齐的小队走在公路上，他们的歌声在风中飘荡，"以超越平凡的力量矗立在彩虹之巅，以无所畏惧的胸襟让生命再次怒放……"

10天后林健返回北京，谁能想到这竟是和赵坡的最后一面。积劳成疾的赵坡在他返京后的第二天凌晨猝然长逝，年仅50岁……

第七十八章　端午节拜祭母亲

端午节是母亲5周年的祭日，每每想到母亲，林健就痛彻心扉，触及"母亲"二字心即隐痛、无法自已，这份痛楚让他窒息，思念的日子里泪水常常模糊眼睛。天人永隔，生死茫茫，随着时间的飞逝，记忆中那些片段定格在脑海里，清晰浮现在眼前。

五年来，休假返乡的日子，他往返于北京与故乡之间，奔波着、忙碌着。每逢节日，即便因为工作繁忙确实无法返乡，他都会给父亲打电话，利用网络视频传递问候，老爷子的健康平安是他心中最深的牵挂。

在淅淅沥沥的雨中，全家人来到母亲坟头拜祭，墓园里九棵松柏郁郁葱葱，林健从纸箱里拿出香烛，林娥将篮子里的果品、祭品供上，一一摆放在母亲坟茔前。

他跪在前面点燃香烛，端起酒杯举到胸前，将三杯酒祭洒在地下。身后，李爱珍、林娥、林楠等人依次跪着。香烛燃尽，他开始焚化祭祀纸品和阴纸，在心中默念："妈妈，儿子带着儿媳、妹妹、妹夫和孩子们，来看您啦！"

"妈妈，祈祷您的在天之灵庇佑一家人，健健康康，幸福平安……"

林健跪在土地上一边垂泪焚化，一边默念，身后的家人在低声呜咽着，一行人，处在一种肃穆悲痛之中。

洋芋花开

世间最痛的莫过于生死别离、天人永隔。时光荏苒,今年是太爷爷罹难七十五周年,馒头山下的坟茔,早已在后来的土改中被平为农田,儿孙们只能凭着记忆在地边焚香遥祭。

傍晚全家人围坐在一起聊天,父亲精神矍铄,谈兴很高。看着母亲的遗像,林健说起上高中时的往事。高中是在离家十公里的临洮中学上的,在那个物质贫乏的年代,学校的大灶食堂很多学生是不去吃的,因为每顿5角钱的面条是奢侈的。他每周回家会带去一周的锅盔馍和洋芋、包菜。平时住校只有每周末才能骑着自行车回家,周天傍晚就必须返回学校。除了取干粮,每周帮家里干活也是必须的。

干粮都是母亲天蒙蒙亮就起身烙好的,自家产的洋芋和小白菜、包菜、萝卜就是全部的蔬菜。白面是稀缺的,除了偶尔的白面馍平时只有玉米面发糕、荞面黑馍。周一下午课外活动的时候,每个学生宿舍就会派出一个代表,提着各自家里背来的面粉去附近的压面铺压面。每个人压好的面条回来晾干就是一周的食粮。夏天的时候,有些粗心的家伙往往就把面条捂馊了。做饭都是用煤油炉子,平底锅里倒一丁点油或者剜一筷子肉臊子,把切好的包菜和洋芋倒进去搅动几下,再倒点水,把压好的面条放进去,等水炖干,饭也就做好了。

慈祥的母亲总是舍不得让他吃机器面,等全家都睡了,她就偷偷地爬起来,忙碌大半夜给他擀面。等收拾停当,每每到了晨光微现的时辰。母亲把劲道的手擀面切成均匀的面片和面条,这是备给他一周饭食。外爷家有两棵老核桃树,每年冬天,母亲总会用珍藏的核桃仁和杏仁炒成油茶给上学的孩子们,一碗醇香诱人的油茶是冬季最奢侈的味道。记得一个雨天,妈妈把一颗温热的煮鸡蛋塞到他手里,嘱咐着"下雨天骑车路上小心,好好学习!"

高三那年一个初冬的傍晚,从下午开始天洋洋洒洒地下起鹅毛大雪,到下课的时候,地上已经铺上厚厚一层,这六角形花瓣争着抢着在大地上留下深深的季节邮戳,用最纯净的心迎接冬夜的来临。

到放学的时候,雪越下越大,雪刚下到地上是水,到了傍晚就变成了冰水,车轮碾压过的地方留下一道道冰碴。看着漫天的飞雪，不少住校同学放弃了回家的打算。想到母亲守望的目光，一下课他就收拾好书包，准备及早上路。风夹杂着雪片吹在脸上，刀割一般生疼，因为走的急忘记戴棉帽，刚出了县城，头上就蒙上一层雪，分不清是雪水还是汗水，顺着额头流下来，眼睛里涩涩的。他使出全身的力气蹬着自行车，车子却像泄气的皮球一样，县城还有段沥青路，这会的砂砾路崎岖不平又是泥又是水。他的衣服前胸后背都湿了好大一片，飘雪的冬夜总是来的比往常更早，顶着风雪蹬着车子往家赶。路上是步履匆匆的行人，山风呼啸，偶尔几声狗叫声会打破黄昏的沉寂。转过这段河堤，家就在前面，大门口透出桔色的灯光，他心中升起一股前所未有的温暖。

母亲正在门口焦急的张望着，看见雪中的儿子，三步并作两步迎上来："健儿，今天雪这么大，我还担心你不回来，我们都吃过了，给你留着饭呢……"

"妈，路上雪大不好走……"

母亲心疼地捂着他冻僵的手走进屋内，火炉边洋瓷小盆里，一锅面散发着诱人的香味……成年之后，无论自家身在何处，相隔多远，只要想到心中这个温暖的家里，永远有一盏为自己守候的灯，心就不会迷途，灵魂就不会孤单。

林娥站在身后，听哥哥讲述的往事，忍不住泪眼婆娑。她给父亲按肩膀，做按摩，这个当年因为家境贫寒放弃就学、当过任课教师的大女儿，在省城经营着一家服装公司，主营各类职业装、宾馆酒店服装。十多年市场的打拼，她已经蜕变成一个精明能干的企业家，生意做得风生水起。

"爸，我给你上次买的足浴盆你用着吗？把我哥准备的红花和当归药包加上，这样对身体好！"

"用着呢，你们带来的东西我都用着呢，别老带东西，老了用不了那么多，尽浪费啦。"

说话间，小妹林楠把足浴盆端过来，热水里加进去提前煮好的当归和红花药液，替父亲脱掉鞋袜泡脚。

林健端来一杯热水放到茶几上，泡脚时喝点水会有助于健康。"小娥，现在生意不好做，你和你哥他们不一样，不管到啥时候都要记着诚信为本，不能做损人利己的事。咱们祖上几辈人都是经商的，至今还有老人提起咱们家的'永盛敦'商号，咱们家里现在只有你是从商的，也算继承祖业啦。"

"爸，您就放一百个心，我绝不会做对不起良心的事，不能让别人戳咱们的脊梁骨。"林娥边说边给老爷子腰里垫上抱枕。

"爸，今年是我太爷爷罹难七十五年，我三爷这段时间考虑整理太爷爷的生平事迹呢。"

听到哥哥的话，林楠抬起头，看着父亲说："爸，这么多年，我常在想，如果当年太爷爷没有喋血就义，而是安稳做生意，咱们家人过着富足快乐的日子，也许就不会受这么多苦，我想起这些就忍不住难过……"听了林楠的话，大家都沉默了。

七十五载时光荏苒，多少艰辛、多少努力，这个家族背负的荣辱辛酸，血泪里熬过的岁月啊！无论多难他们都不曾放弃，不曾彷徨，几代人的奋斗史，为了家国，放弃个人的生命和荣辱，不正是这个民族时代巨变的缩影吗？

"如果当年没有就义，他会去延安，这是你太爷爷的梦想，在就义前跟去探监的人还说过，如果能脱身就一定去延安！"父亲缓缓地说。

祖上是农耕兼商的耕读世家，太爷爷自小受到良好教育，曾毕业于师范学校和甘肃政法学堂。1930年前后在鲁大昌部任连长、营长，崭露头角。1930年后鲁大昌部调往陇南，他随即离开军队转而经营商业。当年为了扩大商业发展，从上司处借银元10000元作为资本经营商业，直到1941年牺牲前两年才还清了这笔借款。他出身武行，既有军人气息和政治层面人物的特点，又颇具经商头脑，实现渴求谋利，进而为地方兴办公益事业的愿望。所以他一投入商界就显示了大商巨富的姿态和胸襟，除继承祖业，继续经营陈家咀、会川的商店外，将陈家咀车马店加以扩充，使之成为接待往来于川甘、陕甘大型驮队的客栈；在陈家咀前的漫坝河沿修引水渠，兴办并经营水磨四座，方便了群众加工面粉的需要；在县城东大街开办"永盛敦"商号，经营布匹、日用杂货；在北槐巷开办了水烟加工厂；从临潭冶力关购山林一处，组织采伐木材，开通洮河水域，顺河流放木头至临洮县城西边木厂储存出售。以诚实守信赢得群众好评，对18世纪三四十年代当地的商业兴起有着直接的推动作用。他捐资助学兴建学校，造福桑梓，当年林娥还在这学校里当过任课老师。

"往事如烟，重要的是我们后代要做些什么，才能无愧这个时代，只有我们对社会有所作为，才是对家族、家风、家教、优秀基因的传承，这样才是对祖辈英灵的最好祭奠！"林健铿锵地说。

林娥的眸子里泛起一层雨雾："爸爸、哥哥，我这两年公司发展壮大了，很多时候就在想该做点啥，能做点啥，来回报父老乡亲！你们帮我出出主意……"

夜渐渐深了，他们的谈话还在继续。在这个脱贫攻坚、乡村振兴的时代洪流中，林娥和多少远方儿女正在做着斑斓的返乡梦。树叶在夜风中哗哗地响着，像一个母亲在呼唤：远游的孩子，回来吧！

第七十九章　巾帼扶贫车间

林健这次回乡专门申请了年休假，端午假期加上年休假，本来可以在家多待几天，突然接到通知："经有关省市提议，报请国家有关部委同意'关于进一步加强东西部扶贫协作推进会议'会期提前到下周一。"脱贫攻坚就是一场和时间的赛跑，要按期实现全国同步脱贫，加强东西部扶贫协作工作意义重大。这次大会原定于十天后举行，因为林健一直参与负责相关业务工作，接到通知后，他立即在网上预定高铁票，于第二天上午返京。

上午10点30分，G430从定西东站驶出，本次列车需要9个小时车程到达北京。林健拿出手机，首先给父亲打电话："爸爸，我这会儿已经出发啦，到北京再给您报平安，您要保重身体、高血压的药一定按时吃……"

挂断电话，又给妻子发微信："老婆，等我到京后给你发消息，节假日没事的时候多去老人那边看看，祝好！"随后又给两个妹妹发了消息，嘟嘟嘟……微信回复消息纷至沓来。他微笑着翻看，"一路顺风！亲爱的老公！""哥哥一路顺风！父亲我们会照顾好的，你安心工作。"这些年多亏了小妹林楠在身边照顾老人，每当想起这些，心里总会多一份感动和温暖。"哥哥，一切祝好！今天我这边公司要和临夏一所中学签约校服的订单……"

无论相隔多远，至亲之间的关爱像寒夜中的温暖，是藏在心中最柔软的所在。什么是人生？人生就是永不休止的奋斗！只有认定了目标并在奋斗中感到自己的努力没有虚掷，这样的生活才是充实的，快乐的。

列车到达秦安车站，一个中年男人领着一双儿女坐到对面空着的座位上。列车在秦岭山脉间穿行，这里隧道密集，经过秦岭隧道群就要进入宝鸡境内。中年男人四十多岁年纪，鬓角的头发却已经花白，女孩长的清秀，大概十二三岁的样子，男孩带着医用口罩，十五六岁的样子，高挑的个头，身子清瘦，单薄如纸片一般，显出病态的苍白。中年男人放好行李，女孩搀扶着哥哥坐到靠窗的座位上，自己坐在中间，男人坐在靠近过道的位子上。林健正在翻看杂志，抬起头友好的冲男人笑笑，算是打过招呼。

坐稳后，男人低声打着电话："娃他妈，你别多操心，把园里的水蜜桃看着卖上个好价钱，咱们等着用钱呢，两个孩子在北京我会照顾好，争取给刚子做手术的时候你能上来……"

"老乡，是要带孩子去北京吗？"林健问中年男人。

"你到哪儿呀？我们到北京做手术。"男人回答。

"我也到北京，在那边上班的。"

"唉，孩子得了这想不到的病，到西安的医院住了半年多，说只能做骨髓移植手术才能有救，全家人做配型，可只有娟子配型最合适，孩子才这么小，我这心里唉！手心手背都是肉，舍不得孩子们遭这罪！眼看果园桃子就熟了，全家人都指着这果园给娃看病，娃他妈还要守着果园，就盼着到北京大医院把手术顺顺利利做好，这在北京也没个熟人，我一个庄户人也没出过门，唉……"男人连连叹气。

"大家都是老乡，谁都会有难处，我在北京的医院认识一些人，兴许能帮些忙的。"

"这是真的吗？你肯帮帮我们？"中年男人有点不相信。

"当然是真的。"林健诚恳地说。

"我叫张来福，没想到能在车上遇到贵人，自从孩子得了这病，我们全家就像天塌了，有些亲朋看着都躲着走，怕借钱……"

"出门在外，都是老乡，你把我电话记一下，有事需要帮忙的可以给我打电话。"

张来福在手机上存了电话号码，哽咽着说不出话来："我都不知道该说啥感谢的话，能在车上遇到您这贵人，真是我家小刚的福气，我……"

说话间，列车已经驶出西安车站。林健头靠在座椅上，闭上眼睛准备小憩一会。看着眼前这个清秀、娇弱的女娃义无反顾选择捐献骨髓，去救助哥哥的生命，困难中的相互扶持、无私的大爱让他温暖、欣慰。

这个孩子与当年的妹妹是多么相似啊！可爱的妹妹从小体弱多病，8岁那年冬天，她风寒感冒又染上气管炎，连续半个月母亲带着她去卫生院打青霉素。打针时间长了，屁股上青一块紫一块满是针眼，护士举着针管都不忍心下手，"阿姨，你打吧，我不疼！"瘦小的妹妹从来不哭不喊疼，常常眼泪在眼眶里打转，硬是咬着牙一声不吭。每天晚上，母亲用热毛巾敷针眼，都忍不住偷偷抹泪。

当年她高中毕业考取西北师范大学的自费班，当时自己正在北京上大二，妹妹却执拗的不去学校报到，理由是她不想上大学，要去太爷爷当年捐资修建的学校当代课教师。其实全家人都知道她是最喜欢读书的，懂事的妹妹因为家境困难，不愿家里增加负担。她偷偷抹泪背着行李去了学校，成了年龄最小的任课老师，在那所乡村学校整整十年。每月不到100元的工资，她自己只花费不到20元，其余的全部寄给自己当生活费，每每想到这些，他就忍不住心疼。

"全国东西部扶贫协作推广会议"在北京如期举行。根据会议安排，最后一项议程由各结对帮扶省市对帮扶项目具体对接讨论。林健负责对接青岛市帮扶陇南市和福州市对口帮扶定西市的扶贫帮扶相关工作。陇南市和定西市提交了帮扶筹建《东西协作巾帼扶贫车间项目计划书》，针对深度贫困县区的农村贫困留守妇女数量多，文化程度偏低，既无致富技能又没有条件外出务工的实际，申请利用东西部协作机遇创立巾帼扶贫车间，吸纳"走不出去"的贫困妇女就地就近就业。

会后，林健积极鼓励妹妹回乡创业，支持她的公司投资参与巾帼扶贫车间。在东西协作扶贫车间签约入驻之前，林娥专程去北京当面和哥哥进行了一次长谈。

前门老舍茶馆里，两杯大红袍，两样京味点心，一碟瓜子。兄妹俩相对而坐，边看舞台上表演的相声、吃着糕点，感受着老北京老舍茶馆独有的风味。

"投资建设扶贫车间的事你决定了吗？"林健端起茶碗，抿了一口茶问道。

"哥哥，说实话，我公司目前的发展还算不错，要投资扶贫车间，需要付出太多辛苦，我是真想为家乡做点事情，但是我心里没底，不知道自己能不能做好，该不该去冒这个险？"她说出了心中的纠结和疑惑。

林健深邃的眸子看着她，开解妹妹的疑虑和心结："我们祖上就经商，太爷爷当年捐资助学，兴建实业，创建木材厂，支持革命，值不值得？冒不冒险？当前'巾帼扶贫车间'已经实现了从初步探索到大面积建设的转变，这也是秉承祖辈传统的事，只要决定了就义无反顾去做！"

"困难我不怕，吃苦也不怕，有你们的支持我就有信心哩。我常在想，肖凯兰，一个重度残疾的女人能做那么大的事业，她能行，我也能行！"

"对，这样想就对啦！办扶贫车间困难肯定会有，但不要怕，有国家政策倾斜，政府大力支持，还有咱们全家人做你坚强的后盾。贫困户外在的贫困不可怕，完全可以依靠国家和政府的扶持帮助走出贫困，而真正贫困是在他们心里的贫困，只有激发起他们的内生动力，才是真正走出贫困。只有这样你的企业也才能做大做强……"

舞台上正在表演现代京剧沙家浜《智斗》片段，阿庆嫂沉着冷静，不卑不亢，机智对答，刁德一巧妙周旋，韵味十足的经典唱段，精彩的表演赢得阵阵掌声。

茶童小哥穿梭在园中，热情地添茶送水，他们的谈话还在继续。人生不也是一场智斗吗？以坚定的信念，无畏的决心，战胜犹豫彷徨的自己。第二天中午，她定好机票，告别哥哥启程前往泉州与一家服装公司接洽扶贫车间筹备事宜。

2018年8月，阵阵鞭炮声中，他们计划投资600万元建成1100平方米的全市首个"巾帼扶贫车间"揭牌仪式隆重举行。扶贫车间采取"公司+党支部+扶贫车间+贫困户"及"带动收益+务工收入"的扶贫模式，泉州威龙制衣有限公司与甘肃凌睿服装服饰有限责任公司强强联手共同入驻，以"镇上找厂子、公司带机子、三方挣票子"的经营理念，从事服装、床上用品、针织品的生产、加工、销售等。

车间吸纳了当地周边60多名建档立卡贫困妇女，经过专业培训，从农村家庭贫困妇女成为加工各类校服、工服、制服和床上用品的蓝领产业工人，人均月收入1500多元。扶贫车间模式为当地贫困群众稳定脱贫致富探索出了一条新路子，达到了就业一人、脱贫一户的帮扶目的，激发了他们致富奔小康的内生动力，实现了贫困妇女照顾家庭、下地务农、车间挣钱三不误的持续增收愿望，省市领导多次莅临车间调研，对这一扶贫模式给予了充分肯定，并号召在全省宣传推广。

第八十章　孝行天下之狄道乡韵

冬日暖阳里，头戴呢制暖帽的父亲坐在轮椅上，林健用毛毯包住父亲的腿，推着轮椅沿着小巷缓缓前行，林楠跟在身后。这里是洮阳镇双联村，2000多年前秦帝国的边塞小镇，宋朝经略安抚使王韶进行熙河开边的军事要地，带着历史厚重的足音，焕发出新的生机。

这个不算大的村庄，街道整洁清爽，还处处突出"七彩"特色，家家户户的院墙上都画着风格独特的生活画图，或用簸箕、柴草、瓦罐、筛子、镐头或纺车镶嵌的壁画，用各种颜色的鹅卵石镶嵌成形态各异的飞禽走兽，栩栩如生，来到这里犹如回到农耕时代的时光隧道中。

在万物萧索的季节，在这狄道乡韵里花开的正好，到处熠熠生辉。嵌在墙壁里的陶罐是时光与生命的融合。花枝蔓延出来，在冬天里展现出别样风采。墙角里、屋檐下、树枝上，都有花的身影，随处都展现着生机。彩陶遇到花，悠久的远古文化未衰，又添娇艳的色彩，融汇出了别样的意境。粗犷与柔美，勾勒出崭新的画面冲击着视野。用花为缀，生命与时光的交汇点，将这个沉默的村庄装扮成了七彩的世界。

炊烟袅袅伴着乡愁缕缕，真是一幅静美的农耕画卷。随处可见别具一格的房屋、壁画、农耕器具诉说着双联村前世今生。走在居民的房前屋后，褪了色的斗笠、蓑衣，笨拙古朴的石磨盘，彩陶镶嵌的屋脊，记录着岁月变迁的旧式马车等，唤起大家对农耕文化的记忆和乡愁。于喧嚣中，这是一方让人放松心境的美丽村落。行走在古色古香的双联村，穿梭在充满农趣儿的青石小巷，静坐在岁月清浅的木质摇椅上，触摸、感受眼前这一隅天地。一街一巷、一砖一瓦，定格古朴韵美；一草一木、一人一景，叩响静美时光！

前面是香积农家院，热情的店主站在门口招呼客人，"老乡，陪老人家进来喝碗八宝盖碗茶解解乏再逛吧……"

林楠蹲在父亲身边，"爸这半天乏了吧？咱们去喝碗茶，吃点饭，暖暖身子，待会儿再去活动广场好吗？"

"好，这也快到中午啦，咱们就在这儿吃午饭。"父亲兴致盎然。

古香古色的农家小院干净整洁，院子里错落有致地摆放着各色奇石、盆景，林健选好一个向阳带炕的房间，把父亲抱到靠窗子热炕上。喝着八宝盖碗茶、点了几样家常小菜，不一会儿烂草帽油饼、香酥素菜丸子、烤洋芋、酸辣洋芋粉、酸拌汤陆续端上桌。腰伤两个多月没出门的父亲今天兴致很高，美味的特色小吃让老人胃口大好。

"爸，我想申请回来挂职，这样可以多陪陪您。"林健给父亲茶碗里添水，说出自己的打算。

"我身体好着呢，腰疼也好得差不多啦，能吃能睡，你安心在北京工作，别为我影响工作。"

"哥，你决定了吗？"

"我半个月前已经跟领导谈过，表达了想回来挂职的请求，乡村振兴战略是群众脱贫致富的重要举措，在决胜小康的关键时刻，我回来工作，比留在北京更有意义！我回来挂职也更方便照顾咱爸，事业固然重要，对我来说，能在爸身边尽孝同样重要！"

太阳暖暖的照在身上，父子三人在活动广场驻足，面对一组巨型的"孝行天下：仁是人之初，孝为性本善"鹅暖石浮雕沉思良久。当年父亲给他取名健儿，寄托着"天行健，君子以自强不息"的美好祝愿。当突然病重的父亲病情越来越严重，用爱心和行动去陪伴父亲走完人生最后的暮年时光是每一个儿女应尽的责任。

第八十一章　改革春风吹拂神州四十年

扶贫车间的陈月娥早早起床，将屋里、院里打扫干净，填好炕，走进厨房准备做早饭。不一会儿，一小碟子酸白菜、一盘花卷、鸡蛋汤就端进上房。84岁的老公公也已经起床，正在收拾喝茶的家当，老公刘来顺给牛已经添过草料，全家人坐在一起吃早饭。

老公公虽然年过八旬，但身体还算硬朗，每天清早几罐浓茶、半碟子热馍是半辈子的喜好。"爸，花卷我刚热过的，您多吃些，我要赶紧去扶贫车间呢。来顺你们慢慢吃，吃完了把碗筷收拾到厨房里就行……"

"你赶紧吃完上班去，我吃完就收拾洗好了，你干活别太逞强，要心疼自个的身体。"来顺叮嘱月娥。

"爸，火炕我刚填过，天冷你就在炕上暖着，等过会太阳暖和再下炕……"她总是不忘叮嘱老人注意冷暖。

"月娥，你都忙活大半天，赶紧吃完去上班，让来顺收拾吧。"刘老汉对孝顺的儿媳妇像女儿一样亲，十里八乡的人提起月娥这位"尊老孝亲道德模范"都会竖起大拇指。她供养孝顺婆家三位老人的事，被十里八乡的乡亲们传为佳话。

"月娥，月娥，快点走，再不走就迟了……"听到门外传来刘晓红的声音，陈月娥放下饭碗，抓起包走出门去。

"刚碰到桂花、巧凤她们几个，咱们也赶紧走，别迟到啦。"

"就是，昨晚陈师傅把军宏学校的校服料都下好了，今个儿咱们要抓紧干活。"月娥和晓红两人边走边说。

月娥是巾帼扶贫车间党支部的宣传委员，她和附近村里的 60 多个姐妹都是车间的缝纫女工，她是第一组的小组长，晓红是第二组的小组长。往年她们是带领乡亲赴新疆摘棉花的领头雁，如今又是车间亲密无间的伙伴。

车间内，车间主任、党支部书记林娥正拿着抹布擦拭工作台，旁边开水炉已经嗞嗞地冒着热气。她每天总是最早来到车间的人，整理工作台，在姐妹们上班之前为大家烧好开水。

车间里，她不仅是一个管理者，更是贴心的大姐。车间筹建半年多来，千头万绪的事都得亲自去做，由于工人们大都没有缝纫基础，一切从零开始，她亲自担任老师，手把手指导员工开展技能培训，每晚到嗓子嘶哑、四肢酸痛、筋疲力尽，爬到床上就感觉整个人累瘫了。为了指导姐妹们缝边走线，她的手指头不知道脱了几层皮。

"你都快五十岁的人啦，还受这罪做啥？"当初老公不止一次抱怨、劝阻过自己，再难她都咬牙坚持了下来，"不为啥，既然决定要干，再苦、再难都要坚持下去，现在只能进不能退……"半年中她只回过三次家，最长的一次两个月都没进家门。

"林姐,你又上班这么早!"陈月娥亲热地跟林娥打招呼。

"你们还要干家里的活,我在车间宿舍住没事干,就早点过来收拾收拾。"上班时间到了,她们领着大家站好队开始开晨会、做早操。

"姐妹们,告诉大家一个好消息,我们这个月的订单比上个月提高了一倍!昨天,我们又接了两个大订单,这批订单时间紧,任务重,我们大家要全力以赴保证按期交货。今天下午给大家发放工资,这个月大家的工资比上个月平均增加了300元……"听着林娥说的好消息,大家都喜笑颜开,开始忙碌起来。

只有她和会计两人知道,开业三个多月以来,除去工人工资和日常花销,每月的利润寥寥无几,甚至是亏损的。笑容背后的辛酸不为人知,她把快乐带给贫困的姐妹们,留给自己的更多的是责任和担当!坚持,只要坚持下去,一切总会好起来!

满勤的陈月娥这个月能领到2200元工资,她开心地在工资表上签字,盘算这些钱足够给上大学的儿子两个月生活费,不出家门就能挣钱,她心里乐开了花。

"月娥,你和晓红给大伙通知一下,因为明天停电,大家只能休息一天,这批订单时间很紧,后天开始我们可要抓紧了!"临下班的时候,林娥对陈月娥安排第二天休息的事。

"林姐,我和姐妹们商量一下,咱们今晚加班吧。这批活时间紧,不能耽搁哩。"

"这能行吗?大家都辛苦一天啦。"说起让大家加班,林娥心中不忍。"哪能不成呢?我们往年在新疆摘棉花,哪天不是天不亮就下地,每晚都到半夜的,这点苦算啥?我给大伙去说。"

经过大家商量,一致决定晚上加班,把第二天的活赶出来。看着这些贴心的好姐妹,所有的辛苦都值得,林娥的心中涌起一阵暖流……

窗外是一轮皎洁的明月,车间内灯火通明,电动缝纫机哒哒哒的声音像合奏的美妙小夜曲，林娥提着食品袋，给员工分发肉夹馍，这是她特意在镇上的小饭馆里订的宵夜。

"姐妹们，休息一下，吃点肉夹馍，喝口水吧。"大家陆续放下手中的活，围坐在火炉前吃馍。夜已经深了，时不时有姐妹在打哈欠，"林姐，咱们跳广场舞吧，跳跳就精神哩。"急性子的刘晓红提议道。

"好，咱们一起跳广场舞喽！"大家你挪凳子，我搬纸箱，在车间中间收拾出跳舞的场地，排好队形。

"我相信我就是我，我相信明天，我相信青春没有地平线。在日落的海边，在热闹的大街，都是我心中最美的乐园，我相信自由自在，我相信希望，我相信伸手就能碰到天……"

激扬的乐曲在车间里回荡，姐妹们在欢快地舞动着，跃动着一张张幸福的笑脸。跳完广场舞，大家都没有了睡意，重新开始干活，直到晨光微现。

2018年12月18日，这是个飘雪的清晨，巾帼扶贫车间的姐妹们又开始了忙碌的一天。

"月娥，你给大家通知一下，今天上午10点我们组织政治学习，大家一起观看'庆祝改革开放四十周年'大会实况直播。"林娥走到陈月娥跟前，给她安排。

上午10时，庆祝改革开放40周年大会在北京人民大会堂举行。大会上，伴随着《春天的故事》乐曲，宣读了获得改革先锋称号人员、中国改革友谊奖章获得者名单，全场响起雷鸣般的掌声。中共中央总书记、国家主席、中央军委主席习近平出席大会并发表重要讲话。

巾帼扶贫车间里，听着总书记的讲话，大家都情不自禁地鼓掌，从当年的土胚房到如今的新农村二层小楼；从当年的架子车、自行车到如今的电动三轮车、小汽车；从当年的吃一个鸡腿都是奢望，到如今海鲜鱼虾都能成为年夜饭的主角，她们相信只要心中有梦，脱贫致富的日子就在明天！

"四十载惊涛拍岸，九万里风鹏正举。江河之所以能冲开绝壁夺隘而出，是因其积聚了千里奔涌、万壑归流的洪荒伟力……"此刻在遥远的北京，林健也在观看大会实况直播。亿万中华儿女都在关注着这历史性的时刻。

绿源实业集团的会议室里，凯兰和公司高管们也在观看大会直播。改革春风吹拂神州四十年，肖凯兰这个与改革开放同龄的女企业家此刻心潮澎湃。十二年艰苦创业如诗如歌，十二年是一首不断奋进的乐章，绿源实业得益于国家实施改革开放的国策，植根于这片沃土，雄关漫道真如铁，而今迈步从头越，在脱贫攻坚的决胜之年，他们在脱贫攻坚的路上逐梦小康！

千里之外的北京，林健步履匆匆，他正在陪同市委领导，衔接争取对各县区对口脱贫攻坚帮扶工作，他提议规划的"全市特色农产品北京扶贫超市"正在积极筹备中。

上级组织研究通过了他的挂职申请，已经任命林健为定西市委扶贫委员会主任，在决胜小康的最后两年时间，他将在这个脱贫攻坚的主战场上和大家并肩作战。就在两天前，他从北京301医院拿到诊断报告，亲爱的父亲癌细胞转移扩散，失去了手术价值……

路漫漫其修远，定西儿女众志成城、勠力同心，脱贫攻坚吹响集结号。改革开放四十周年，感天动地、气壮山河。定西儿女披荆斩棘、风雨兼程，以坚如磐石的信心、只争朝夕的劲头、坚忍不拔的毅力，奔跑，逐梦！

（全书完）

后　记

　　长篇小说《洋芋花开》，终于恋恋不舍地画上了句号。就像一个孩子的孕育、出生，在小说的写作过程中，曾经的过往历历在目，自己的感情也随着小说的情节跌宕起伏，陪着小说中人物的悲欢离合，或欢笑、或流泪、或愤怒、或感动。

　　出生于改革开放之年的自己，见证了身边众多的致富带头人艰辛创业的感人事迹。生活在广袤的黄土旱塬上，旱塬是我们的依靠和滋养，这块土地博大而包容，宽厚而深沉，教会我们坚韧自尊。十年前，自己的一篇散文《父亲的洋芋情结》在定西市马铃薯征文大赛中幸运获奖，欣喜之余又是难言的苦涩。洋芋对于生于斯长于斯的我们来说，那种情愫是无法用任何精美或深情的文字所描述的。那是灵魂里充满黄土的馨香、充满柔软的芬芳。在父辈们的微笑里，我们把一切苦难艰难飞渡；在黄土地的富饶里，每一个人都是一朵绽放的洋芋花，绽放出生命的华彩。

　　感恩我的父亲，从小读书很少的他，用自己的方式培养我学习写作，教我观察生活，为我埋下了文学的种子。9岁那年，父亲将本土著名作家王守义先生的《纸皇冠》送给我，教导我身边熟悉的人和事都能写出来，文学的根就在生活之中。贫寒的岁月里，他将大张白纸按照练习本的尺寸裁好，用大号针和纯棉线绳做成一本本漂亮线装的本子，还会用尺子画好线格。每次作文，他都会一字一句的修改，遇到不懂的词和字教我查字典。长大之后，每次让我把作文读给他听，一遍遍推敲斟酌……所有的这一切，让我不敢懈怠也不忍懈怠。父亲浓浓的爱伴着成长的足迹，温暖着生命的历程。亲爱的父亲，用自己最朴素的方式教会我善良、隐忍、宽容、坚韧。

慈父见背，孤女垂泪，他的英年早逝是我心中最深的痛，一直以来总想为他写点什么，每每心头掠过这个想法，眼中即会泛起泪花，心底的酸涩涌上心头，生怕结痂的伤痕再次撕裂流血。我将自己对父母的思念和爱融入了小说，女主人公肖凯兰父母形象的原型就是我挚爱的双亲。深藏在灵魂中的往事，凌迟般痛楚伴随着最深的思念，将眼泪和眷念凝于笔端，去追寻那些记忆深处的故事。

这部小说从2016年12月动笔，初稿完成后几经修改，历时整整3年9个月，通过对多位女企业家的跟踪采访，她们的励志、顽强、坚韧、不屈，深深感染着我，让我敬佩、感动、震撼。小说女主人公肖凯兰是集合定西市多位女企业家原型的形象，从她身上我能看到很多熟悉的影子，也能看到自己的影子。历经三年多的思考、积累和沉淀，用自己笨拙的笔将这部小说呈现给广大读者。鉴于自己的学识能力十分有限，想到它不是最完美的面貌示人，我心怀愧疚。对此，我已做了最大努力，期望它不是过于粗陋。

在此要特别感谢定西市人大常委会民侨内务司法工作委员会副主任李建林先生，这位相识多年尊敬的兄长，他的曾祖父李友三前辈，为民国时期爱国进步人士，兴办实业、捐资建学校造福桑梓，为了革命喋血就义，家族中更有多位长辈为了革命进步，献出宝贵的生命。几代人秉承家族遗训在时代的洪流中凸显出的铮铮铁骨、赤子之心和家国情怀，因为历史的客观原因，李友三前辈的事迹一直被淹没在历史的烟云中。当初听他讲述曾祖父的故事，让我落泪、扼腕、痛惜。他们就像一束光，强烈的吸引着我，当时自己萌发出一种强烈的愿望，一定要用自己手中的笔把这些过往写出来。我深知自己能力有限，而这种历史题材对自己是全新的未知领域，当我怀着忐忑的心情，冒失地把自己想写这部小说的想法对他提及，意想不到得到了他的全力支持。他无私地将自己的家族故事和工作经历提供给我，为小说提供了弥足珍贵的素材。同时介绍我与多名熟悉的企业家认识，为我提供了难得实地采访采风的机会。小说初稿完成后，他更是逐字逐句审定修改 5 次，对小说中政策性史料准确真实的给予指导，同时对小说文字严格把关，对小说整体水平的提高起到了至关重要的作用。因为工作忙的原因，他常常审核修改小说到深夜，他的这种无私信任和全心付出让我始料不及，更让我感动到落泪，在此表示诚挚的谢意！

两年前我曾专程去肋巴佛纪念馆、陇右纪念馆去采风，希望能发现前辈哪怕是一点史实记载，结果却是悲哀的失望。2019 年 6 月 15 日，一个阴雨绵绵的午后，我们一行四人走进了梦想中的陈家咀学校。往事如烟，当年的一切都已湮灭在历史尘埃中，82 年后只有从残存的遗迹中去追慕先贤。幸运的是，这次有李建娥姐姐陪同，她是李友三先生的曾孙女，曾在学校上过小学、初中，又在这所学校当过老师。

当年的学校已经变了模样，1937 年，李老前辈捐资兴建的"李氏正风小学"就在不远处的庙里，后来才迁到现在的校址上，遥望半山腰的小庙，闭上眼睛仿佛眼前浮现出当年建校的情景，耳畔传来朗朗的读书声。这位意气风发、喋血就义的乱世英雄的慷慨激昂和果敢无畏令我崇敬而扼腕叹息，两棵郁郁葱葱的百年侧柏在校园内格外显眼，听看门老大爷说这是当年建校的时候，由李老前辈亲手栽植。

建娥姐姐指着校园后面有个貌似馒头的小山丘，那就是馒头山。当年喋血就义的太爷爷的墓地就在那里，时间流逝，后来墓园已变成平地农田。百年树人，岁月有情，唯有这两棵侧柏依然苍翠，英雄的英灵已化作春泥滋养着百年老树，以特有的方式默默铭记着不朽的功绩。

因为是星期六，校园里没有学生，静悄悄的，一个年轻的妈妈带着儿子在院里玩耍，他们是承包学校食堂经理的家人。我问他们，你们知道这所学校是1937年，由一个名叫李友三的老爷爷在他38岁时捐资兴建的吗？他们茫然摇头，从来没听说过……

心头又一次涌起难言的酸涩，抚摸着侧柏斑驳的树干，峥嵘岁月英雄远去，草木有情，我们这些后辈，不该忘记，又怎么能忘记？当我走出校门，遥望蒙蒙细雨中的馒头山，蓦然回首的瞬间，眼泪模糊了双眸……当地政府已经开始，在陈家咀学校筹建校史馆，立起纪念牌，上面镌刻这些尘封在历史中的往事，告诉孩子们永远铭记，当年是那位前辈建起学校，让贫寒的孩子们有了学校可以读书。渴望着这段史料能早日进入肋巴佛纪念馆或者陇右革命纪念馆，铭记历史，激励后人，这是对前辈最好的纪念。致敬我所崇敬的前辈，为纪念李友三先生诞辰120周年，长篇小说《故园家国梦》初稿正在酝酿写作中，目前已完成8万余字，相信在不久的将来，它会以全新的视角与亲爱的读者见面。

出生寒门的女企业家历经磨难、艰辛创业；林氏家族几代人九死不悔投身时代洪流，面对责任和担当，他们虽历经艰辛，却从没停止追逐梦想的步伐。如"李爱珍"、"肖海"、"小爱"、"大姑"、"文文"、"陇平"、"郑爷爷"、"林娥"、"赵坡"等，他们都是自己熟悉的亲人、朋友，正是这些平凡的普通人身上，构成了这个时代的脉动。这种困难中的互助、自强不息，爱与坚守是这个平凡的世界里却不平凡的所在。平凡的人用自己的善良、坚韧、勤劳、无私，真实地演绎着300万定西儿女的人生嬗变，激发起内生动力，去实现摆脱贫困，奔向幸福的百年梦想！

在脱贫攻坚的路上，赵坡英年早逝，方俊积劳成疾倒在工作岗位上，他们就是逐日的夸父，就是填海的精卫，他们为了理想付出了生命，而生生不息的精神鼓舞着更多的后来者擦干眼泪，继续前进。

依稀记得，当自己准备写女主人公遭遇车祸的时候，心中充满着无法驱散的惶恐与悲痛。那是个寒冷的冬夜，伴着床上酣睡的娇儿，我坐在床上，在笔记本上流着泪敲击着文字，眼泪顺着脸颊肆意的流淌，键盘某两个键被滴下的泪水浸泡到失灵，一直哭到半夜……

沧桑七十年，壮丽四十载。小说于2019年共和国七十华诞前完成初稿，在眼泪婆娑中我一次次的告诉自己，自己要写出来，哪怕是不成熟、不完整，也要用笨拙的笔去铭记这些不该忘记的人和事。这是自己应该做，必须做的事。

长篇小说创作的艰辛，远远超出自己的预期，写到中途的时候，感觉素材太少，自己的思路中断，太艰难、太辛苦写不下去……不止一次地想过放弃，又一次次地想起父亲，想起他的教导，不能辜负李建林兄长的信任和鼓励，想起大家的期望，告诉自己不能放弃，一定要坚持下去，伴着眼泪、欢笑凝结成近二十二万字的小说，辛苦更快乐着。

小说初稿完成后，在红袖添香网和陇西文联官方平台《陇西资讯》连载，点击量达到3万以上。定西市人民代表大会常务委员会党组书记、主任王美萍女士，对小说的创作给予了大力支持，在百忙之中审读小说并作序，提出客观指导和批评意见，衷心感谢王主任的支持和热切关爱！感谢国家文化和旅游部在定西挂职担任过中共定西市委常委、市政府副市长的朱自浩先生，对小说创作和出版的关心、帮助和支持！在小说准备出版之际，第十三届全国政协委员、中国美术家协会分党组书记、驻会副主席徐里欣然题写书名，在此对徐主席的帮助支持表示衷心感谢！感谢中共定西市委宣传部历届领导的支持，感谢定西市文联历届主席和同志们的大力支持！感谢刘晋寿老师、夏志雄老师、许仲文老师、杨学文老师对小说的审定指导！感谢张爱平先生、许彦君先生、张剑先生的鼓励支持。感谢陇西县文史委前主任赵麦雄，对小说在文史方面的指导，指导我树立"史以文美，文以史重"的小说写作原则。

感谢杨郦姐姐在文史领域给予的帮助,感谢出版社领导和编辑的支持和辛勤付出!感谢我的家人的鼓励支持,感谢我的同学和朋友们一直以来的鼓励和支持,感谢众多不知名的网友读者们给予我的支持和点评……感谢所有给予我帮助的人,人生没有圆满,拥有一二即是幸福,瞬间亦永恒。感谢生命中所有温暖的存在,有你们关爱相伴让我一路前行!

路漫漫其修远兮,吾将上下而求索!由于自己能力非常有限,小说中存在很多欠缺不足,敬请大家不吝批评指导。在父亲离世二十五周年之际,小说的出版是对自己的激励更是鞭策。这些不成熟的文字就像人生的里程碑,谨以《洋芋花开》献给养育我的这块土地和我所挚爱的人们!在以后的写作道路上,力争能多参加专业性培训学习,努力提高文字驾驭能力,观察生活、体验生活,用自己笨拙的笔去记录感动和温暖!

2020年11月蔺红霞于陇西